Mortimer M. Müller

Kabine 14

Ein Kitzbühel-Thriller

Berenkamp

Berenkamp

www.berenkamp-verlag.at
ISBN 978-3-85093-307-0

Bibliographische Information der Deutschen Bibliothek

Die Deutsche Bibliothek verzeichnet diese Publikation in der Deutschen Nationalbibliographie; detaillierte bibliographische Daten sind im Internet über http://dnb.ddb.de abrufbar.

Österreich, Tirol, Schiregion Kitzbühel, Dreiseil-Umlaufbahnbahn, Talstation

Montag, 1. Januar, 08:10 Uhr

Der späteste Morgen des Jahres begann mit einem solch prachtvollen Sonnenaufgang, dass man hätte meinen können, die Sonne wollte die Kürze des Tages durch einen beispiellosen Lichtertanz vergelten. Keine einzige Wolke zeigte sich am azurblauen Himmel, nicht einmal der Kondensstreifen eines Flugzeuges – als wäre die menschliche Spezies von gestern auf heute von der Erde verschwunden. Die von der Sonne beschienenen Berghänge glänzten im satten Gelb wie gigantische Goldnuggets. Es herrschte eine derart beeindruckende Stille, dass der Eindruck entstehen konnte, nicht die Menschheit, sondern der gesamte Planet hätte beschlossen, den Neujahrsmorgen mit einem erholsamen Schlummer zu beginnen.

Es riecht nach Frühling, stellte Benjamin Lehnwieser fest. Das pünktlich vor Weihnachten eingetretene Tauwetter hielt an, mittlerweile waren die Südhänge bis zur Waldgrenze hinauf frei von Schnee. Auch in den kommenden Tagen sah es nicht nach einer Wetteränderung aus. Die Temperaturen würden laut Prognosen sogar weiter steigen – ungewöhnlich, aber nicht außergewöhnlich.

Benjamin schnupperte und drehte sich in Richtung Süden. Ein schwacher Windhauch, kaum mehr als ein sachtes Vibrieren der Luftmasse; aber er hatte ausgereicht, dass die Temperatur auf über tausendfünfhundert Meter Seehöhe nicht unter den Gefrierpunkt gefallen war. Traumhaftes Schi-, aber schlechtes Schneekanonenwetter. Benjamin betrachtete die schmalen, weißen Bänder an den Bergen ringsum, die sich in abstrakten Formen die ungustiös braune Gebirgslandschaft hinabschlängelten. Dank des frühen Kaltlufteinbruchs Ende November waren die Pisten ausreichend beschneit, aber in einigen Tagen würde es für die unteren Lagen kritisch werden. Blieb zu hoffen, dass der Winter beizeiten wieder Einzug hielt.

Benjamin blickte auf die Armbanduhr. Es wurde Zeit für den monatlichen Kontrollgang; eine Aufgabe, die in sein Tätigkeitsfeld als Sicherheitschef der Seilbahn GmbH Kitzbühel fiel.

Ohne Eile betrat er die Station. Er rechnete nicht damit, dass pünktlich um halb neun Horden an Wintersportlern die Seilbahn stürmen würden. Am Neujahrstag waren – wenigstens in den Morgenstunden – die meisten Pisten menschenleer. Dennoch wollte er nicht unter Zeitdruck geraten; die Betriebsführung legte großen Wert auf einen pünktlichen Beginn.

Benjamin inspizierte die abgestellten Gondeln der Dreiseil-Umlaufbahn, den Verlauf von Trag- und Zugseil samt Spannhydraulik sowie die Überwachungseinrichtungen in der Halle. Zuletzt aktivierte er das elektrohydraulische Aggregat für die Garagierungsbrücke und fuhr die erste Kabine aus der Garage. Die Kuppelklemmen rasteten klaglos ein und hefteten sich vorschriftsmäßig ans Zugseil.

Alles in bester Ordnung, der Seilbahnbetrieb konnte starten. Benjamin nickte Ibrahim zu, dem heutigen Liftwart der 3S-Talstation, und trat ins Freie. Für einen Moment hielt er inne, schloss die Augen und genoss die wärmenden Sonnenstrahlen auf der Haut. Es schien einmal mehr ein ereignisloser und entspannter Arbeitstag zu werden. Gut so.

Italien, Südtirol, Schlanders
Montag, 1. Januar, 13:00 Uhr

„Matteo, bitte, reiß dich zusammen!"

„Was hast du, Emma? Ich wollte doch nur seine Aussage richtigstellen."

„Sie sind unsere Gäste! Das gehört sich nicht."

„Sei nicht so zimperlich. François hat sich sogar bedankt."

„Aber nur, weil seine Frau daneben gesessen ist. Er wollte sich auf keine Diskussion einlassen."

„Hör mal, Emma. Es ist doch lächerlich zu behaupten, James Watt hat die Glühbirne erfunden. Selbst ein Mittelschüler weiß, dass Edison und Swan die ersten brauchbaren Glühlampen hergestellt haben."

„Also, ich habe es nicht gewusst. Nicht jeder ist so eloquent und belesen wie du."

„Das ist doch kein Grund, eine falsche Aussage im Raum stehen zu lassen."

„Der Ton macht die Musik. Deine Antwort klang ziemlich borniert."

„Mach dich nicht lächerlich. Ich hab' ihn völlig sachlich korrigiert."

„Da ist dir wohl sein Gesichtsausdruck entgangen. Begeisterung sieht anders aus."

„Und wie hätte ich es deiner Meinung nach bringen sollen? Als Witz?"

„Du hättest *gar nichts* sagen sollen."

„Ist es der richtige Weg, Unwissenheit zu unterstützen, indem man sie ignoriert?"

„Nein. Aber man sollte lernen zu unterscheiden, ob die Richtigstellung einer Aussage notwendig oder entbehrlich ist. Es muss nicht immer alles der Wahrheit entsprechen. So kann man sich viel Ärger ersparen."

Matteo seufzte ergeben. „Okay, gut. Ich gebe mich geschlagen. Ich werde den Mund halten, selbst wenn François behauptet, die Erde ist eine Scheibe."

Emma verzog die Lippen. „Das will ich hoffen."

Sie kehrten ins Wohnzimmer zurück, in dem die Gäste bereits sämtlichen Wein geleert hatten.

„Liebe Emma, vielen Dank für die hervorragende Bewirtung. Das Essen war wie immer ausgezeichnet!" Julie rieb sich den Bauch und strahlte Emma offen ins Gesicht. Zumindest sie schien nichts von der Auseinandersetzung der Gastgeber mitbekommen zu haben.

„Danke." Emma nickte knapp, setzte sich auf ihren Stuhl und lächelte. „Es freut mich, wenn es meinen Gästen schmeckt."

Rüdiger, mit knapp fünfundsechzig Jahren der Älteste in der Runde, ergriff das Wort. „Wir wollen euch einen Vorschlag machen", sagte er und legte eine Kunstpause ein, bis er Matteos und Emmas volle Aufmerksamkeit genoss. „Julie, François und ich sind von Freitag bis Sonntag in Kitzbühel Schi fahren. Wir laden euch herzlich ein mitzukommen, die Kosten für eure Unterkunft übernehme ich."

Matteo und Emma warfen einander einen flüchtigen Blick zu. „Ich bin nicht sicher, ob das eine gute Idee ist", bemerkte Emma. „Du weißt doch, mein Knie …"

„Letztes Jahr gab es keine Probleme, erinnerst du dich nicht?"

„Stimmt, aber da war ich ein Jahr jünger."

Rüdiger lachte hell auf. „Komm schon, Emma. Gegen mich bist du doch ein Jungspund. Wenn ich das schaffe, dann du erst recht!"

Matteo begegnete Emmas Blick erneut. Diesmal länger, eindringlicher.

„Wir werden das noch besprechen“, sagte Emma.

Deutschland, München, Untergiesing-Harlaching
Mittwoch, 3. Januar, 08:45 Uhr

„Steh auf, Schatz“, flüsterte sie ihm zu und knabberte neckisch an seinem Ohrläppchen.

„Noch fünf Minuten, Sonja, bitte.“

„Kommt gar nicht in Frage“, erwiderte sie und kitzelte ihn unter den Achseln. „Ich will frische Brötchen zum Frühstück.“

„Ja, ja, schon gut“, sagte Raphael hastig, als Sonja mit ihren Fingern verführerisch seine Lenden entlangstrich. Er gähnte ausgiebig, setzte sich im Bett auf und kratzte sich am Hinterkopf. „Soll ich auch Milch für ein Müsli besorgen?“, erkundigte er sich.

„Ja, gute Idee.“ Sonja grinste. „Und wenn du schon dabei bist: Bring mir ein paar von den Apfelschnitten mit, die ich so gern habe.“

Raphael wälzte sich ächzend aus dem Bett und begann sich umständlich anzukleiden.

„Du benimmst dich wie ein alter Mann“, spottete Sonja.

„Nach deiner groben Behandlung fühle ich mich auch so.“

„Was? Der geile, erfüllte, tabulose Sex gestern Abend?“

Raphael schmunzelte. „Nicht direkt. Du hast mich in der Nacht geschlagen.“

Sonja legte den Kopf schief. „Ernsthaft?“

„Ja. Es war so: Ich wache irgendwann in den frühen Morgenstunden auf, drehe mich um – du liegst natürlich wieder auf meiner Bettseite – und bekomme deinen Ellbogen ins Gesicht. Ich sage: ‚Aua!', aber du grummelst nur Unverständliches, gibst ein wunderbar attraktives Grunzen von dir und wendest dich ab. Ziemlich unverschämt, finde ich."

„Oh. Tut mir leid."

„Ist das alles?"

„Na ja ... Ich mag dich einfach so gern, ich will auch in der Nacht in deiner Nähe sein."

„Jaja, wer's glaubt. Ich verlange Schmerzensgeld!"

Auf Sonjas Zügen erschien ein laszives Grinsen. „Kann ich es auch mit Naturalien abgelten?"

„Nein. Wie wäre es am Wochenende mit Schi fahren – und du zahlst die Karten?"

Sonja griff nach einem Polster und warf ihn nach Raphael, der hastig einen Sprung zur Seite tat und seiner Freundin die lange Nase zeigte.

„Mach, dass du nach draußen kommst, du Schuft!", rief sie und streckte ihm die Zunge heraus. „Aber vergiss bloß meine Apfelschnitten nicht."

Schiregion Kitzbühel, 3S-Bahn, Bergstation
Mittwoch, 3. Januar, 10:00 Uhr

„Sie haben die Zwanzigerpiste dicht gemacht."

„Ehrlich?" Benjamin zog die Augenbrauen hoch. „So arg?"

„Offenbar schon." Natascha Järvinen warf ihre langen, blonden Haare über die Schulter; in einer unglaublich erotischen Bewegung, wie Benjamin fand. „Im unteren Drittel gab es zu viele apere Stellen und nicht genug

Schneereserven, um die Schäden zu reparieren. Da sind ihnen die Pisten auf der Streif wichtiger."

„Klar", brummte Benjamin und ging vor dem Notantrieb in die Hocke. „Was wäre Kitzbühel ohne Streif?!"

„Fast so schlimm wie ein Fernsehabend ohne Bier."

Benjamin wandte sich um und warf Natascha einen entsetzten Blick zu. „Ich bin empört", sagte er. „Mich so früh am Morgen mit dieser Horrorvorstellung zu konfrontieren!"

„Ach komm schon", erwiderte sie und tippte ihm mit dem Zeigefinger auf die Nase. „Du weißt doch: Wenn dir das Bier ausgeht, schau einfach bei mir vorbei."

Sie lächelten beide.

Himmel, dachte Benjamin. *Wenn ich im Sommer geahnt hätte, welches Klasseweib das Personalbüro als meine Stellvertretung einstellt, hätte ich meinem Waschbärbauch den Kampf angesagt.* Natascha war Mitte zwanzig und damit mehr als fünfzehn Jahre jünger. Sie stammte aus Finnland, war in Österreich aufgewachsen und besaß einen Körper, auf den jedes Topmodel neidisch gewesen wäre. Dazu diese satten, blaugrünen Augen, die wie ein stiller Bergsee funkelten. Trotz ihrer gegenseitigen Sympathie hatte er noch keinen Vorstoß gewagt, und es war bei gelegentlichen Flirts geblieben. Aber das würde sich ändern. *Bei nächster Gelegenheit frage ich sie, ob wir etwas trinken gehen,* schwor er sich zum wiederholten Mal.

„Was ist jetzt mit dem Notantrieb?", erkundigte sich Natascha und zwinkerte ihm belustigt zu.

Benjamin wurde bewusst, dass er Natascha seit geraumer Zeit mit einem dämlichen Grinsen im Gesicht anstarrte. *Verdammt,* schimpfte er in Gedanken, senkte hastig den Blick und wandte sich um. *Ich benehme mich wie ein Trottel! Wahrscheinlich bin ich ihr sowieso zu alt.* „Tja, es springt nicht an", entgegnete er mit betont gelassener Stimme. „Stromversorgung ist vorhanden, der Öldruck passt auch, und die Anzeigen sind alle im Normbereich. Könnte an der Startautomatik liegen, die war schon mal defekt. Am besten wir melden es der Technik, die soll sich das ansehen."

„Geht klar. Wie lange hast du heute Dienst?"

„Normale Schicht. Also bis siebzehn Uhr."

„Okay, ich auch. Mal sehen, ob ich den Abend wieder gelangweilt vor der Glotze verbringe."

Jetzt, sagte eine eindringliche Stimme in Benjamins Kopf. *Frag sie, ob sie mit dir ausgeht!* „Ähm", begann er und musste sich zusammenreißen, um nicht wie ein schüchterner Schuljunge auf seine Füße zu starren. „Solange du genug Bier daheim hast."

Mist. Benjamin, du feige Sau!

Ein schwaches Lächeln zeigte sich auf Nataschas Lippen. Nur schien es keine rechte Freude zu transportieren. „Ja", sagte sie. „Das habe ich. Ohne Bier wäre der Abend noch einsamer."

Kanada, Québec, Percé
Mittwoch, 3. Januar, 09:30 Uhr Lokalzeit

Henry Duvall starrte auf das Meer hinaus. Tiefe, dunkle Wolkenfetzen fegten über den Himmel, scharf kontrastiert von den ersten Strahlen der aufgehenden Sonne. Der Sankt-Lorenz-Golf wirkte unruhig, eine nachtblaue, zerfurchte Fläche aus Tälern und Bergen mit einzelnen, sturmgepeitschten Schaumkronen. Der Rocher Percé, ein monströser Kalksteinfelsen, der nur bei Ebbe zu Fuß erreichbar war, erhob sich vor der Küste wie ein gigantisches, gestrandetes Raumschiff; unbeteiligt und starr inmitten des wirbelnden Chaos aus Wasser und Luft.

Henry hatte erst vor einer Stunde mit seiner Tante in Gaspé telefoniert, kaum fünfzig Kilometer entfernt. Dort war es zehn Grad kälter, und seit mehr als zwei Wochen fiel wieder Schnee. Es war nur eine Frage der Zeit, bis die barokline Zone weiter nach Süden vordrang und auch in Percé die Temperaturen zu fallen begannen.

Dennoch war der kommende Wetterumschwung harmlos gegen die Kräfte, die momentan über seinem Kopf werkten und die an einer ganz anderen Stelle ihre volle Macht entfalten würden. Henry hatte ein gutes Gefühl fürs Wetter. Oft ahnte er Tage im Voraus, wenn ein markantes Wetterereignis bevorstand. Manche behaupteten sogar, er wäre ein auf der Erde gestrandeter Wettergott – oder zumindest ein Mensch, der einen besonders guten Draht in die Welt der atmosphärischen Geistwesen besaß. Vielleicht lag es an seinen indianischen Vorfahren, vielleicht an seiner Zeit als ehrenamtlicher Wetterbeobachter. Jedenfalls ging kaum eine seiner Prognosen daneben, seine Trefferquote war sogar höher als die des örtlichen Wetterdienstes.

Henry fuhr sich mit der Hand durch die langen, dunklen Haare und schloss für einen Moment die Augen. Diesmal sah es übel aus, wirklich übel. Die Farbe und die Zugrichtung der Wolken, der mächtige Höhenwind und die extremen Temperaturgegensätze ließen nichts Gutes erahnen. Und dann war da noch das Meer. Henry hatte schon immer den Zeichen im Wasser besondere Bedeutung beigemessen. Ein düsterer Schleier durchzog die Wogen, ein erregtes Murmeln tanzte über die Wellen, das mit dem Geräusch der Brandung mitschwang wie die schlecht gestimmte Saite einer Gitarre.

Weniger als drei Tage, dachte Henry, als er sich abwandte und gegen den heulenden Wind gelehnt den Heimweg antrat. *Europa steht ein schwerer Sturm bevor.*

München, Untergiesing-Harlaching
Mittwoch, 3. Januar, 16:00 Uhr

„Hast du das heute Morgen ernst gemeint?"

„Was denn?"

„Dass du Schi fahren gehen möchtest."

„Ja, eigentlich schon. Ist eine Weile her, seit ich das letzte Mal auf der Piste gestanden bin. Außerdem waren wir erst ein einziges Mal zusammen Schi fahren. Das war Weihnachten vor einem Jahr, anlässlich unseres zweijährigen Jubiläums."

Sonja grinste. „Ach ja, richtig. Du wolltest am Gipfel ein Foto von uns machen und hattest die Kamera im Schnee verloren."

„Hey!" Raphael kniff die Augenbrauen zusammen. „Wie du weißt, haben wir das Foto nachgeholt."

„Stimmt. Fotografiert von einem vorbeikommenden Österreicher, der das Bild mit deinem Handy geschossen hat. Nur waren wir so verwackelt und unscharf, dass wir wie zwei Kobolde mit Gesichts-OP ausgesehen haben."

Raphaels Mundwinkel wanderten nach oben. „Netter Vergleich, gefällt mir. Immerhin, das Wetter war doch traumhaft, oder?"

„Ja. War das in Kufstein oder Kitzbühel? Ich verwechsle die beiden Orte immer."

„Kitzbühel. Ich kann mich erinnern, dass du die Rezeptionistin in unserem Hotel gefragt hast, was man hier in Kufstein alles erleben kann."

„Die hat ein ziemlich pikiertes Gesicht gemacht – und gemeint, man sollte nicht unter Alkoholeinfluss Schi fahren."

Sie lachten beide.

Raphael nahm Sonja in den Arm und gab ihr einen sanften Kuss auf die Stirn. „Ich liebe dich, mein Schatz", sagte er.

„Ich dich auch", erwiderte sie und drückte sich fest an ihn.

„Also magst du mit mir am Wochenende die Pisten unsicher machen?"

„Wieder in Kitzbühel?"

„Ja, wenn du willst."

„Gern. Mir hat es dort gefallen."

„Gut." Raphael nickte und strich Sonja über die schulterlangen Locken. „Dann machen wir das. Wir suchen uns ein günstiges Quartier und fahren Freitagabend hin. Und diesmal achte ich besser auf die Kamera, versprochen."

Bayerischer Wald, Jagdhaus bei Arnbruck

Mittwoch, 3. Januar, 23:15 Uhr

Sie hatte nicht mehr geschrien. Ein wenig enttäuschend, wie er fand. Nachdem er zum dritten Mal innerhalb einer Stunde in ihre blutige Muschi ejakuliert und dabei das Messer über ihre Brüste gezogen hatte, war sie ohnmächtig geworden. Selbst die doppelte Dosis seiner Spezialmischung – ein mit Amphetaminen und Kokain versetztes, intravenös verabreichtes Energiegetränk – war nicht stark genug, um sie wach zu halten. Ohne ihre Schreie verebbte das Lustgefühl, und er brachte die

Sache rasch zu Ende. Immerhin. Sie hatte länger durchgehalten als die Letzte.

Er ließ seinen Blick durch den Raum schweifen. Sämtliche Arbeitsspuren waren beseitigt, die Leiche so arrangiert wie die anderen – oder zumindest auf eine Weise, die einen Zusammenhang unverkennbar machte. Ein paar neue, makabre Details schienen ihm angebracht, um seiner Kreativität Genüge zu tun. Ein Grinsen stahl sich auf seine Lippen, als er an die Gesichter der Kriminalisten dachte, wenn sie irgendwann hier eintreffen sollten. Zweifellos würden sie sein bisheriges psychologisches Profil um den Zusatz „vollkommen irr!" ergänzen.

Er streifte die Latexhandschuhe ab, reinigte seine Geräte und verstaute sie in der unauffälligen Styropor-Box. Sein Werk war vollbracht, hier gab es nichts mehr zu tun. Er pfiff *Summer dreaming* von Kate Yanai, als er das Haus verließ und über den morastigen Boden zu seinem Wagen schritt. Während er die Bewegungsmelder abmontierte und im Rucksack verstaute, warf er einen Blick in den Nachthimmel. Am Wochenende würde es wieder schneien und die Spuren verwischen. Unwahrscheinlich, dass man die Leiche vor dem Frühjahr fand.

Was ist das Schöne an Schnee?, dachte er und lächelte. Die Antwort war ihm selbst eingefallen. *Er deckt alles zu – das Gute wie das Schlechte.*

Tirol, Innsbruck, Zentralanstalt für Meteorologie und Geodynamik (ZAMG), Wetterdienststelle
Donnerstag, 4. Januar, 06:30 Uhr

„Morgen, Peter", sagte Andreas Stamberger, leitender Meteorologe des Tages, und betrat das Büro. „Schon wieder so früh auf?"

„Konnte nicht schlafen. Scheiß Föhn."

Andreas verzog einen Mundwinkel. Peter war eigentlich ein netter Kerl, nur manchmal ein bisschen zu direkt und nicht unbedingt ein optimistischer Zeitgenosse. Aber er war ein hervorragender Synoptiker; einer der Gründe, weshalb man ihn ins Team geholt hatte.

Andreas legte seine Umhängetasche ab und ließ sich auf seinem Drehstuhl nieder. „In zwei Tagen ist der Spuk vorbei, dann gibt's endlich Neuschnee."

„Föhn, Schnee, wer braucht denn das? Wie wär' es zur Abwechslung mit einem stabilen Russlandhoch und grimmiger Kälte?"

„Die Schigebiete jammern seit Tagen. Bis über eintausend Meter ist alles aper."

„Wozu gibt es Schneekanonen?"

„Klappt nur, wenn es kalt genug ist."

„Eben, also brauchen wir russische Polarluft. Habe auf Facebook eine Gruppe gegründet: ‚Ein Hoch dem eisigen Russlandhoch!' Trittst du bei?"

Andreas winkte ab und schaltete den Rechner ein. „Danke, aber du weißt, ich habe kein Profil auf Facebook. Außerdem ist mir Schnee lieber."

„Na dann. Magst du Kaffee?" Peter deutete auf eine dampfende Kanne neben sich. „Vor fünf Minuten frisch aus der Maschine."

„Gern, den kann ich brauchen. Der Wecker hat mich heute Morgen aus dem Tiefschlaf gerissen."

„Du Glücklicher." Peter nahm die Brille von der Nase und begann sie zu putzen. „Ich wäre über nur eine Minute Tiefschlaf heilfroh gewesen."

„Sei nicht so wehleidig." Andreas nahm eine Tasse und warf einen flüchtigen Blick aus dem Fenster, hinter dem tiefste Nacht herrschte. „Dafür hast du keine Albträume."

„Schon wieder?" Peter hielt im Brillenputzen inne. „Der Gewittersturm?"

Verdammt. Andreas verfluchte seine vorschnelle Wortmeldung. Kein gutes Thema, um den Morgen zu beginnen. Er nickte knapp und schenkte sich geräuschvoll Kaffee ein. „Immer dasselbe. Ich stehe am Abgrund, kann mich nicht regen, und das Unwetter rast genau auf mich zu."

„Hattest du den Traum schon vor deinem Studium? Ich meine, vielleicht …"

„Ja, hatte ich. War sogar einer der Gründe, weshalb ich Meteorologie studieren wollte. Vielleicht habe ich gehofft, der Traum würde verschwinden, wenn ich die physikalischen Hintergründe verstehe."

„Ich weiß, ich wiederhole mich", meinte Peter, „aber wäre es nicht sinnvoll, wenn …"

Andreas schüttelte den Kopf. „Ich halte nichts von Psychotherapeuten. Und mit Medikamenten lasse ich mich schon gar nicht vollstopfen. Ist ja nur ein Traum."

„Träume können mehr Bedeutungen besitzen, als man glaubt. Verdrängte Erlebnisse aus der Kindheit, unbewusste Ängste, versteckte Neurosen."

„Wieso bist du nicht bei der Psychologie geblieben? Von der geistigen Unvollkommenheit des Menschen zur

Unberechenbarkeit der Atmosphäre – ein studientechnisch beeindruckender Sinneswandel, finde ich."

Peter zuckte die Schultern. „Was weiß ich", sagte er und warf einen konzentrierten Blick auf den Flachbildschirm vor sich. „Vielleicht, weil ich bei Föhn nie schlafen kann."

Österreich, Wien, Alsergrund

Donnerstag, 4. Januar, 09:15 Uhr

„Ruhe, habe ich gesagt!"

Moritz und Samuel verschränkten schmollend die Arme, nur die Jüngste der Familie, die sechsjährige Samantha, war nicht gewillt, in ihrem Treiben innezuhalten, und hopste auf ihrem Stuhl auf und nieder.

„Setz dich bitte hin, Samantha", ermahnte Doris die Tochter und warf ihrem Mann einen Verständnis suchenden Blick zu. *Sie ist erst sechs*, wollte sie sagen. *Kinder sind nun mal lebhaft und voller Energie. Sie brauchen Freiraum zur Selbstentfaltung*. Das Blitzen in Ferdinands Augen blieb ihr nicht verborgen. Der elterliche Aufgabenbereich der Kindererziehung war ein heikles Thema; zu heikel, um genau zu sein. Und einer der Gründe für ihre zeitweilige Trennung vor einem Jahr.

Samantha sah wohl ein, dass sie den Bogen nicht überspannen sollte, und setzte sich – griff aber sofort nach dem Löffel und stocherte lustlos im halb aufgegessenen Grießbrei herum.

„Wir werden eine gemeinsame Entscheidung treffen", sagte Ferdinand, als hätte es keine Unterbrechung gegeben. „Jeder darf nur eine Stimme abgeben. Zur Auswahl stehen ein Besuch bei Oma im Waldviertel, ein Schiwochenende in Kitzbühel ..."

Beide Hände Samanthas schnellten in die Höhe; mitsamt dem Löffel und einem Batzen Grießbrei, der in beeindruckender Geschwindigkeit dem Plafond zustrebte und mit einem kaum hörbaren Klatschen an der Decke kleben blieb. Doris hoffte inständig, dass es Ferdinand nicht auffiel.

„... oder ein Besuch der Therme in Bad Loipersdorf."

„Ich will zu Oma", grollte Moritz und scharrte unruhig mit den Füßen am Boden.

„Ich auch", ergänzte Samuel, knuffte seinen Bruder in die Seite und deutete grinsend auf den Klumpen Grießbrei an der Decke, der sich allmählich zu lösen begann.

„Ich würde gern Schi fahren gehen", sagte Ferdinand und wandte sich seiner Frau zu. „Was ist mit dir?"

Doris zögerte. Zwei erholsame Tage in der Therme würden ihr sicher guttun. Aber damit wäre es zu einer Pattsituation gekommen, neue Streitigkeiten unvermeidbar gewesen. Außerdem wollte Samantha in die Berge.

„Schi fahren waren wir diesen Winter noch nicht. Bin dafür."

Moritz stöhnte auf, und Samuel warf eine zusammengeknüllte Serviette nach seiner kleinen Schwester, die sich jedoch auf halbem Weg auseinanderfaltete und mit einer eleganten Drehung in der Obstschüssel zu liegen kam.

„Gut", sagte Ferdinand und ignorierte das Stück Grießbrei, das in einer braunweiß aufspritzenden Fontäne in seinem Frühstückstee versank. „Wir fahren nach Tirol."

Innsbruck, ZAMG, Wetterdienststelle
Donnerstag, 4. Januar, 09:45 Uhr

„Sieh dir den aktuellen Lauf des Europäischen Wettervorhersagemodells an." Peter deutete auf den Monitor. „Vor der Bretagne, Freitagnacht."

„Nicht übel." Andreas nippte an seinem mittlerweile dritten Kaffee und strich sich über den gepflegten Vollbart. „Die Welle ist ziemlich flott unterwegs, sicher an die hundert Kilometer pro Stunde. Sieht nach einem Schnellläufer aus. Liegt auch südlicher als in der letzten Rechnung. Das war gestern noch nicht so drinnen."

„Es kommt noch dicker: Schau auf die Entwicklung bis Samstag früh. Da steht das Ding als voll entwickeltes Sturmtief an der Grenze zu Deutschland."

„Bemerkenswert. Ein Druckabfall von dreißig Hektopascal in kaum mehr als zwölf Stunden."

„Klassische Rapid Cyclogenesis", warf Felix ein, der dritte diensthabende Meteorologe. „Das wird wohl ein Orkantief. Also hatte Henry Duvall tatsächlich recht."

„Henry wer?"

„Ein Kanadier, der eine eigene Wetterseite betreibt. Teilweise sehr gewagte Prognosen, aber es ist direkt unheimlich, wie oft er richtig liegt. Er hat schon gestern Nachmittag geschrieben, dass wir uns am Wochenende auf einen Orkan einstellen müssen."

„Na ja, noch ist der Sturm nicht da. Mal sehen ... Verlagerung der Zyklone quer über Mitteldeutschland ... tiefster Druck unter neunhundertachtzig Hektopascal ... markante Gradienten der Isobaren. Wie sieht es mit den Höhenwerten aus?"

„Genau am left-exit des Jetstream", erwiderte Peter. „Extreme positive Vorticity, quasi Idealposition für ein

Sturmtief. In tausendfünfhundert Meter Seehöhe Samstagmittag über siebzig Knoten. Spätestens an der Kaltfront sind Orkanböen bis ganz herunter möglich."

„Was sagen die anderen Wettermodelle?"

„Das GFS der Amerikaner hat die europäische Schiene übernommen. Rechnet sogar einen noch tieferen Kerndruck. Die Japaner sehen die Sache moderater, hier zieht das Tief nördlicher. Am gefährlichsten ist aber das UKMO der Engländer: Hat eine markante konvektive Zone an der Kaltfront drinnen – de facto also eine Gewitterlinie; bei dem Höhenwind könnte es damit selbst im Flachland Böen über hundertvierzig Stundenkilometer geben. So wie ich die Lage einschätze, wird es ab Samstagmittag auch in Tirol schweren Sturm geben – und das nicht nur auf den Bergen."

Andreas kniff die Augen zusammen und rieb mit seinen Fingerspitzen über die geschlossenen Lider. „In Ordnung", sagte er und nahm einen weiteren Schluck Kaffee. „Geben wir eine Vorwarnung heraus."

Kitzbühel, Sporthotel Schweizerhof

Donnerstag, 4. Januar, 17:00 Uhr

„Ah, da seid ihr ja!" Rüdiger trat ihnen freudestrahlend entgegen und schloss sie in die Arme. „Es freut mich, dass ihr euch doch dazu entschlossen habt, nach Kitzbühel zu kommen."

Emma musste sich beherrschen, um die sportlich schlanke Gestalt ihres Gegenübers nicht mit offenem Mund anzustarren. Rüdiger schien innerhalb weniger Tage um Jahre jünger geworden zu sein. Er wirkte nicht wie fünfundsechzig, ja nicht einmal wie sechzig. Hätte er behauptet, den Jungbrunnen entdeckt zu haben, Emma hätte keinen Augenblick daran gezweifelt.

„Einfach war es nicht“, erwiderte Matteo und rückte die Brille auf der Nase zurecht. „Aber ich konnte Emma davon überzeugen, dass es ihrer Gesundheit nicht abträglich sein würde, für ein paar Tage das Haus zu verlassen.“

„Womit du völlig recht hast.“ Rüdiger klopfte Matteo auf die Schulter und hakte sich bei Emma unter. „Ich gebe zu, die Schneelage könnte besser sein, aber die Pisten sind ausgezeichnet präpariert. Herrlichster Firn und keine eisigen Stellen. Habe mich am Nachmittag selbst davon überzeugt.“ Er grinste. „Im ersten Stock ist ein Doppelzimmer für euch reserviert, Abendessen gibt es in zwei Stunden.“

„Ausgezeichnet“, meinte Matteo. „Ich habe seit der Früh nichts gegessen.“

„Es gibt Tiroler Kaspressknödelsuppe und Eiernockerl mit Salat. Als Nachspeise Kaiserschmarren mit Kompott und Schlagsahne.“

„Schlagobers.“

„Wie?“

„In Österreich heißt Sahne Obers.“

„Ach so.“

„Matteo!“ Emmas Empörung war unüberhörbar. „Jetzt sind wir kaum fünf Minuten hier und schon …“

„Lass ihn doch“, sagte Rüdiger gönnerhaft und zwinkerte ihr zu. „Es macht mir nichts aus, wenn ich meine reichlich vorhandene Unwissenheit ein wenig schmälern kann. Schlagobers also.“

Emma begegnete Matteos Blick. Ein zufriedenes Glitzern lag in seinen Augen. *Siehst du,* meinte sie in ihnen zu lesen. *Ich habe dir doch gesagt, die Menschen wollen die Wahrheit erfahren.*

Emma seufzte ergeben. Hoffentlich gingen die drei Tage rasch vorbei.

Seilbahn GmbH Kitzbühel, Besprechungsraum
Donnerstag, 4. Januar, 17:30 Uhr

„Setzen, setzen", sagte Franz Reiter und klopfte mit dem Laserpointer ungeduldig gegen seine Handfläche. „Die Bergung des Verletzten von Piste vierzig war eine Katastrophe. Unfallstelle schlecht abgesichert, dilettantischer Umgang mit dem Verwundeten, der Transport ins Tal viel zu langsam. Das wird dem Aufsichtsrat nicht gefallen." Wie üblich hielt sich Franz nicht mit einer Vorrede oder harmlosem Smalltalk auf. Wie üblich ließ er keine Rechtfertigung zu und brachte Wilhelm, den Leiter der Bergrettung, mit einer herrischen Geste zum Schweigen. „Mehrere Fahrgäste haben sich beschwert", fuhr er im gleichen Tonfall fort, „dass in der Bergstation der Hahnenkammbahn kein Bediensteter anwesend war, als die Türen einer Kabine klemmten. Ab sofort Doppelbesetzung, bis die Ursache der Panne geklärt ist. Dann die Sache mit dem Betrunkenen: Wenn jemand mit einer Wodkaflasche in der Hand einen Sessellift besteigen will, hat man ihn, verdammt noch mal, davon abzuhalten. Und natürlich die Schließung von Piste zwanzig. Wir haben Hochsaison, da bleibt, zum Teufel, *jede* Piste geöffnet, und wenn wir den Schnee mit Schubkarren vom Großglockner holen müssen!"

Franz legte eine Pause ein und warf jedem einzelnen Anwesenden einen bohrenden Blick zu, als wäre der so Zurechtgewiesene für sämtliche Verfehlungen des Tages verantwortlich.

„Es darf doch nicht wahr sein", polterte er weiter, „dass nichts mehr funktioniert, wenn ich zwei Tage außer Landes bin. Georg, ich bin enttäuscht von dir."

Georg Semmelweis war offizieller Stellvertreter des Betriebsleiters und inzwischen so tief in seinem Stuhl versunken, dass er einem kleinwüchsigen Männlein und nicht dem Zweimeterhünen ähnelte, der er eigentlich war.

„Tut mir leid", murmelte Georg, wagte es aber nicht, den stechenden Blick seines Vorgesetzten zu erwidern. „Ich war einfach überfordert. Der Besuch des russischen Finanzministers, die Sicherheitsüberprüfung, der Schneemangel, dazu die Umstellungen in der Marketingabteilung …" Er schüttelte matt den Kopf.

„Schwamm drüber", sagte Franz, womit seinem geliebten Einstiegsthema *Anschiss und Vergebung* Genüge getan war. „Zuerst: Ich will, dass Piste zwanzig morgen früh wieder geöffnet ist. Wenn nötig, sollen die Arbeiter eine Extraschicht einlegen. Dann hat mich Benjamin darauf hingewiesen, dass der Notantrieb in der 3S-Bergstation noch immer nicht funktioniert. Maria, kannst du etwas dazu sagen?"

Maria war die leitende Technikerin im Betrieb; sehr talentiert, mit feuerroten Haaren und unzähligen Sommersprossen im Gesicht. „Wenig", gab sie zurück. „Wir haben ihn uns schon gestern Abend angesehen. Konnten nicht feststellen, woran es liegt."

Franz nickte knapp. „Ich will, dass der Reserveantrieb bis zum Wochenende läuft. Falls notwendig, wird jede Schraube einzeln ausgetauscht."

Maria verzog die Lippen, erwiderte aber nichts.

„Weiterhin ersuche ich alle hier Anwesenden, auf die strikte Einhaltung der Sicherheitsprotokolle und Anlagenbestimmungen zu achten. Wie mir Benjamin mitgeteilt hat, ergab die Überprüfung am Dienstag, dass hier Verbesserungsbedarf besteht."

Sebastian Wertens, seines Zeichens Koordinator der Pistenpräparation, hob die Hand. „Das wird nicht einfach", meinte er. „Ich glaube kaum, dass wir Piste zwanzig hinbekommen, ohne die Grasnarbe nachhaltig zu beschädigen."

Franz' Augen blitzten, seine Brauen wölbten sich bedrohlich. Sebastian ließ sich nicht einschüchtern und erwiderte den durchdringenden Blick des Betriebsleiters gelassen. Zwischen den beiden herrschte mehr als kühle Ablehnung. Benjamin wusste das. Wie so oft ging es um eine Frau.

„Bearbeitet die kritischen Stellen mit der Hand", sagte Franz.

„Zu großer Aufwand, zeitlich und personell. Da müssten wir die Hälfte der Belegschaft nur für die Zwanzigerpiste abziehen."

„In diesem Fall legen wir eine Nachtschicht mit Sonderzulage ein. Können wir das für die Betriebsprüfung unter personelle Mehraufwandkosten stellen?"

Diese Frage war an Boris gerichtet, den Juristen und Finanzberater des Unternehmens. „Ja", entgegnete dieser. „Das wäre kein Problem."

„Na also", triumphierte Franz. „Dann werden wir es so machen."

„Ich habe mich vielleicht nicht klar ausgedrückt", sagte Sebastian. Obgleich er die Stimme nicht erhob, sprachen seine zusammengekniffenen Augen Bände. „Wir haben einfach nicht genug Leute, selbst wenn wir eine Extraschicht stellen. Die Zwanzigerpiste ist ja nicht die einzige, die Probleme macht."

„Wir könnten den Pistenquerschnitt reduzieren und einige Schneefuhren von der Schwarzkogler Nordwand verarbeiten", schlug ein anderer Mitarbeiter vor.

„Man muss den langen Anfahrtsweg bedenken", warf Sebastian ein. „Außerdem haben wir selbst dort kaum noch Reserven."

„Eine weitere Alternative wäre", ergriff Franz das Wort, „dass wir die neuen Schneelanzen ans Netz schließen."

„Unmöglich", kam es vonseiten der Technik. „Das dauert Tage. Besser ist, wenn wir …"

Benjamins Aufmerksamkeit ließ nach, seine Gedanken wanderten in die Ferne – oder eigentlich in die Nähe. Genauer gesagt, an das andere Ende des Konferenztisches. Dort saß eine humorvolle, lebenslustige, wortgewandte Blondine mit türkisfarbenen Augen und fantastischen Rundungen, ließ ihre zarten Finger durch das seidige Haar gleiten und leckte verführerisch über ihre roten … *Ruhig Blut*, unterbrach Benjamin seinen eigenen Gedankengang und vermied jeden Blick in besagte Richtung. *Du benimmst dich wie ein Pubertierender*.

„Bevor ich vergesse", sagte Franz gerade. „Wir haben vom Wetterdienst eine Warnung für Samstagmittag erhalten. Schwerer Sturm, eventuell sogar Orkanböen. Gegebenenfalls müssen wir den Liftbetrieb vorzeitig einstellen. Das entscheiden wir dann morgen." Franz warf einen Blick in die Runde. „Gibt es sonst noch Unklarheiten, Fragen oder Anregungen?" Als sich niemand meldete, erhob er sich und klemmte sich den Tablet-PC unter den Arm. „Gut, dann Feierabend. Morgen eine Memo wegen dem Sturm, ansonsten Business as usual."

Auch Benjamin richtete sich auf und warf nun doch einen Blick zu Natascha. Sie lächelte ihn an, offen und ehrlich, auf so innige, vertraute Weise, dass Benjamin ein wohliger Schauer durch den Körper jagte. *Verdammt noch mal*, dachte er und bemühte sich einen Wassertropfen auf der Tischplatte zum Kochen zu bringen. *Gefühle sind wie die Atmosphäre – pures Chaos.*

Seilbahn GmbH Kitzbühel, vor dem Besprechungsraum
Donnerstag, 4. Januar, 17:50 Uhr

„Kommst du mit ins Fünferl?"

Benjamin rieb sich den Nacken. „Na ja, ich weiß nicht. Genau genommen sollte ich ins Bett."

„Um sechs Uhr?" Sebastian lachte und deutete einen Kinnhaken an. „Komm schon, vor ein paar Jahren hättest du sofort zugesagt."

„Meine Güte, man wird eben nicht jünger."

„Ach? Dann schau mal mich an und dann dich. Was siehst du?"

„Einen hässlichen, untersetzten, bierbäuchigen Kerl, der zehn Jahre älter aussieht, als er ist, und einen frischfidelen knackigen Typen, dessen Testosteron noch in zehn Meter Entfernung jede Frau umhaut."

„Das ist vielleicht etwas krass, so schlimm siehst du wirklich nicht aus."

„Ich weiß. Meinte dich damit."

Sebastian zwinkerte. Dann aber lachte er schallend und knuffte Benjamin in die Seite. „Na schön, Benji, ich will dich nicht drängen", sagte er. „Aber vielleicht gibt es etwas, dass dich zum Umdenken bewegt."

Benjamins Herz tat einen Sprung. *Oh nein …*

„Natascha ist mit von der Partie", sagte Sebastian grinsend. „Sie hat mich gefragt, ob du auch ins Fünferl kommst." Benjamin blickte zu Boden. Gefühle rangen in seinem Inneren, die er seit seiner Schulzeit für ausgestorben gehalten hatte. *Was soll das?*, grübelte er halb verzweifelt, halb verstimmt. *Habe ich mit vierzig noch immer nicht gelernt, meine Empfindungen unter Kontrolle zu halten?*

Sebastian trat einen Schritt auf Benjamin zu und flüsterte ihm ins Ohr: „Na, komm schon. Wir wissen doch beide, dass du etwas von Natascha willst. Und, so ganz im Vertrauen, sie auch von dir."

Das gab den Ausschlag.

„Na schön", sagte Benjamin. „Ich komme mit."

Kitzbühel, Waldhofweg

Donnerstag, 4. Januar, 23:55 Uhr

Er mochte Kitzbühel. Das lag einerseits an seiner Vorliebe für alpinen Wintersport, andererseits an dem außergewöhnlichen Charme der touristisch geprägten Kleinstadt. Vor allem aber strahlten Kitzbühel und seine Umgebung eine Aura von Sanftmut, Ruhe und Geborgenheit aus, der er sich nicht entziehen konnte. Dazu kam der fantastische Blick auf die Berge ringsum. Gerade jetzt, kurz vor der Geisterstunde mit dem aufstrebenden Halbmond – ein wahrhaft berauschender Eindruck.

Zudem hatte er in Kitzbühel eine seiner Frauen kennengelernt. Ein junges Ding, Anfang zwanzig; sie war auf der Piste gestürzt, und er hatte ihr aufgeholfen, ein paar Worte mit ihr gewechselt, sie unauffällig verfolgt und ihr ein paar Tage später in einem Waldstück aufgelauert. Betäubt und gefesselt brachte er sie in eine Scheune im Schwarzwald. Es war ein – im wahrsten Sinne des Wortes – Mordsspaß. Sie war ausdauernd, eine Kämpfernatur, erst ganz zum Schluss verfiel sie dem Wahnsinn. Viermal kam er in ihr, seine bisherige Bestmarke. Soviel er wusste, hatten die Kriminalisten diesen Mord nicht einmal auf seine Fahnen geheftet, was wahrscheinlich daran lag, dass er nach getaner Arbeit die Scheune in Brand gesetzt hatte. Er legte den Kopf in den Nacken und wandte sich um die eigene Achse. *Der Mann vom Mond dreht sich um sich selbst, und die Sterne drehen sich um ihn. Er ist der Kreis, das Zentrum, die Vollendung.*

Obwohl es erst gestern gewesen war, hatte er schon wieder Lust. Das war schlecht. Er wusste, wie wichtig ein ausreichender Zeitabstand war, selbst wenn die Toten erst nach Monaten gefunden wurden. Er musste vorsichtig sein. Vorsicht war das Um und Auf seiner Neigung. Klar – er war krank, ziemlich krank sogar, und niemand wusste das besser als er. Aber die gesamte Menschheit war ein Ameisenhaufen aus Verrückten, die Gesellschaft beherrscht von widersinnigen Normen, bodenloser Gier, Angst und Lügen. Er war nur ein Vollstrecker, ein Scharfrichter, geschaffen, um Lust und Schmerz zu einer gemeinsamen Perfektion zu führen. Geschaffen, um der Menschheit die eigene Verwundbarkeit, Unvollkommenheit und Krankheit vor Augen zu führen.

Er wandte den Blick von den Sternen und trat den Rückweg an. *Vielleicht*, dachte er, *ergibt sich in den nächsten Tagen eine Gelegenheit.*

Innsbruck, Pradl

Freitag, 5. Januar, 04:00 Uhr

Andreas starrte in die Nacht hinaus. Sie war klar und lau wie die vergangenen. Durch die späte – oder frühe –

Stunde herrschte beeindruckende Ruhe, nur das sanfte Säuseln einer milden Brise und gelegentliches, fernes Motorengeräusch unterbrachen die Stille. Von irgendwo, vielleicht von einem anderen Balkon, drang Blütenduft an seine Nase. Sehr ungewöhnlich für diese Jahreszeit. Das Lichtermeer der Stadt verblasste hier im achten Stockwerk, schien sich auf das Straßenniveau zu kauern wie ein ängstliches Tier. Diamanten blitzten vom Himmel. Hunderte, Tausende. Ein schwarzer Ozean, erfüllt mit den strahlenden Seelen träumender Menschen.

Nur Andreas träumte nicht. Nicht mehr. Er war aus dem erholsamen Schlummer gerissen worden – durch einen Traum. Den Traum. Normalerweise vergingen ein, zwei Wochen, bis er ihn erneut durchleben musste. Diesmal nicht.

Es war wie immer gewesen. Er stand am Abgrund einer steinernen Felswand mit gezackten, scharf geschnittenen Spitzen. Darunter ein See aus Dunkelheit, der mit Blicken nicht zu durchdringen war. Über ihm ein runder Vollmond, so hell, dass er die kärglich mit Bäumen bewachsene Landschaft in eine vereiste, geisterhafte Steppe verwandelte. Direkt voraus das Gewitter.

Eine nachtfarbene Wand, noch schwärzer als die Finsternis zu seinen Füßen, fortwährend erhellt von weißen und gelben Blitzen, die in einem wilden Tanz aus der Wolkenfront zuckten, in den Himmel fuhren oder in der Dunkelheit verschwanden. Der Gewittersturm näherte sich rasch, ballte sich zu einer Wand aus wirbelnden Fäusten zusammen. Sie stieß ein bedrohliches Grollen aus, tief und unheilverkündend, streckte ihm seine faserigen Wolkenfinger entgegen, fauchte ihm einen eisigen Windhauch übers Gesicht – und Andreas war erwacht, wie stets.

Das war vor einer halben Stunde gewesen. Seitdem stand er auf dem Balkon und blickte über das nächtliche Innsbruck. Er konnte sich nicht erklären weshalb, aber er hatte ein sehr eigenartiges Gefühl, das an beklemmende Gewissheit grenzte, dass ein bedeutsames Ereignis bevorstand. Ein Ereignis, das sein Leben und das vieler anderer Menschen verändern würde.

Ein Ziel in naher Ferne, dachte er, selbst überrascht, welch Melancholie ihn ergriffen hatte. *Nur – was mag dieses Ziel bringen? Verlust oder Gewinn?*

Er schob den Gedanken beiseite. *Ich sollte noch eine Runde schlafen. So früh am Morgen wandert der Geist auf viel zu abschüssigen Pfaden.*

Schiregion Kitzbühel, Hahnenkammbahn, Talstation

Freitag, 5. Januar, 08:15 Uhr

Benjamin gähnte ausgiebig; so ausgiebig, dass er um ein Haar eine verwirrte Stubenfliege verschluckt hätte, die seinen weit geöffneten Rachen wohl für einen sicheren Unterschlupf gegen die bevorstehende Rückkehr des Winters gehalten hatte.

Der gestrige Abend war aufregend gewesen. Sie hatten das Fünferl zu siebt betreten: Sebastian, Natascha, Maria, zwei Männer, die zur Technikabteilung gehörten, eine Dame mit Kurzhaarschnitt vom Marketing und Benjamin selbst. Anfangs war der Tumult zu groß, die Lautstärke zu hoch gewesen, als dass er sich mit Natascha hätte unterhalten können. Aber nach dem einen oder anderen Cocktail war die Stimmung ruhiger geworden, wie auch die Musik von Pop und Dance zu Kuschelrock gewechselt hatte. Maria war mit einem ihrer Kollegen an einen separaten Tisch übersiedelt. Sebastian hatte mehr als eine Stunde mit seiner Schwester telefoniert und war anschließend nach draußen gegangen. Die Kurzhaarige vom Marketing hatte bald eingesehen, dass Benjamin nicht an ihr interessiert war, und sich des zweiten Technikers angenommen. Mit einem Mal waren sie sich allein gegenübergesessen, er und Natascha. Nach einigen Floskeln und halbherzigen Scherzen war ihr Gespräch tiefgründiger geworden. Zunächst hatten sie über ihre Arbeit gesprochen, dann über Politik, das Leben, über Schicksal und Zufälle, die Zeit und universelle Grundsätze des Universums – also tatsächlich über Gott und die Welt; und natürlich über menschliche Beziehungen. Es war faszinierend gewesen zu hören, dass sie sehr ähnliche Erfahrungen gemacht und Enttäuschungen erlebt hatten und trotz ihres Altersunterschiedes eine Menge Gemeinsamkeiten besaßen. Schlussendlich hatte es zwischen ihnen geknistert wie ein loderndes Kaminfeuer. Und doch war nichts geschehen. Nicht das Geringste. Nicht einmal ein Kuss. Sie hatten sich voneinander verabschiedet; unschlüssig, wie sie es anstellen sollten, und zuletzt nur eine ungeschickte Umarmung zusammengebracht. Ihr Duft war in seine Nase gestiegen, hatte ihn auf eine Weise und in einer solch unerwarteten Heftigkeit erregt, dass er hoffte, niemand würde die Ausbuchtung an seinen Jeans auffallen.

Benjamin holte tief Luft und rieb sich die Augen. Womöglich hatte er sich den gestrigen Abend bloß eingebildet, was bei der Menge an Alkohol kein Wunder gewesen wäre. Er gähnte ein weiteres Mal und blickte auf seine Armbanduhr.

Genug der Tagträumereien, schalt er sich selbst. *Konzentrier dich auf deine Arbeit.*

Benjamin straffte demonstrativ die Schultern und kontrollierte die Öffnungsautomatik der Kabinentüren. Heute und morgen Vormittag noch Dienst, der Sonntag war frei – und zwar nicht nur für ihn, sondern auch für Natascha. Benjamin nahm sich fest vor, diese Gelegenheit nicht ungenützt verstreichen zu lassen.

Keine Chance dem inneren Schweinehund, schwor er sich und ballte die Hand zur Faust.

Innsbruck, ZAMG, Wetterdienststelle
Freitag, 5. Januar, 09:00 Uhr

„Also können wir die Warnung so belassen?", fragte Andreas und nahm einen Schluck Kaffee.

„Sieht ganz danach aus", erwiderte Peter. „Die Front dürfte sogar etwas später eintreffen, erst gegen dreizehn Uhr erreicht sie den Großraum Innsbruck."

„Ja, hab' ich schon gesehen. Davor sollte es noch keine relevanten Böen geben."

„Unwahrscheinlich, stimmt. Außerdem gibt es eine Inversion im oberen Talniveau und eine weitere auf über zweitausend Meter. Selbst in höheren Lagen sollte es vor den Mittagsstunden kaum Windspitzen über sechzig, siebzig Kilometer pro Stunde geben."

Andreas schwieg einen Moment und betrachtete eine Reihe von Wetterkarten. „Das hochaufgelöste Modell der Engländer hat den konvektiven Bereich an der Kaltfront abgeschwächt, es dürfte nur vereinzelt Gewitter geben."

„Ja, aber auch bei Schauern sind Orkanböen bis ins Talniveau möglich."

„Stimmt natürlich. Was anderes: Wie siehst du die Gefahr von gefrierendem Regen im Bereich der Warmfront?"

„Könnte in den Tälern gefährlich werden. Dort wird es kälter als in den vergangenen Nächten. Bedenkt man, dass die stärkste Temperaturinversion im Mittelgebirgsniveau liegt … Ja, eigentlich müssen wir das berücksichtigen; mit viel Niederschlag ist zwar nicht zu rechnen, aber für ein paar eisige Gehsteige könnte es reichen."

„In Ordnung." Andreas nickte. „Dann bleiben wir dabei. In den Morgenstunden Gefahr von Straßenglätte durch gefrierenden Regen. Ab Mittag schwere Orkanböen über hundertvierzig Stundenkilometer auf den Bergen, um hundertzwanzig in den Tälern, Schwerpunkt im Nordalpenbereich. Einsetzender Schneefall, der sich in den Abendstunden verstärkt und in den typischen Staugebieten zumindest bis Sonntagnachmittag anhält. Neuschneemengen bis achtzig Zentimeter in vierundzwanzig Stunden, mit dem nur langsam schwächer werdenden Sturm steigt die Lawinengefahr. In Summe Warnstufe eins für Osttirol, zwei für die Regionen südlich des Inntals, die restlichen Gebiete, inklusive Innsbruck und das gesamte Unterland, erhalten die höchste Warnstufe. Ich schicke die Informationen an die Landeswarnzentrale und den Winterdienst, übernimmst du die Pressemeldung und unsere Partner bei den Schibetrieben?"

„Geht klar, Chef." Peter grinste. „Sonst noch Wünsche?"

„Du könntest frischen Kaffee machen."

Niederösterreich, nahe St. Pölten, Autobahn A1
Freitag, 5. Januar, 13:30 Uhr

„Himmel, Samantha! Setz dich sofort hin!" Ferdinands Augen sprühten Funken, als er seiner Tochter über den Rückspiegel einen scharfen Blick zuwarf.

„Tu, was Papa sagt", pflichtete Doris ihrem Mann bei und wandte sich den drei Kindern auf der Rückbank zu. „Und Moritz – hör auf, Keksbrösel auf den Sitzen zu verteilen."

„Ich mach' doch gar nix", grummelte Moritz und fegte die zentimeterdicke Schicht aus weißen Krümeln von seinem Schoß.

„Ich muss Pipi", sagte Samantha und schnitt eine Grimasse.

„Schon wieder?" Ferdinand seufzte unüberhörbar.

„Wir bleiben an der nächsten Raststation stehen", sagte Doris. „In Ordnung, mein Engel?"

Samantha zog eine Schnute und verschränkte die Arme, blieb aber stumm.

„Wo hast du noch mal die Unterkunft reserviert?", wandte sich Doris an ihren Mann.

„In einer Privatpension in Jochberg", erwiderte Ferdinand. „Zu Fuß nur zwei Minuten zum Lift. Für Samantha gibt es ein Zustellbett."

„Ich mag in kein Gitterbett", quengelte Samantha.

„Das musst du nicht", meinte Doris. „Du kannst bei uns im Bett schlafen."

„Kann sie nicht", widersprach Ferdinand. „Sie ist alt genug, allein zu schlafen."

„Aber du weißt doch ..."

„Nein, Doris." Er warf ihr einen Blick zu, der sie verstummen ließ.

Du meine Güte, dachte Doris. *Hoffentlich steht unsere Ehe die nächsten zwei Tage durch.*

„Ich muss Pipi!", wiederholte Samantha, rollte mit den Augen und presste ihre Hände gegen den Bauch.

„Gleich, mein Engel, gleich sind wir bei der nächsten Rast..."

„ICH MUSS PI-PI!", brüllte Samantha und begann auf ihrem Sitz auf- und niederzuhüpfen wie ein Gummiball.

„Ich halte am Pannenstreifen", sagte Ferdinand so ruhig, dass Doris unwillkürlich erschauderte. „Entweder sie pinkelt in den Straßengraben oder ich stecke sie in die nächste Babyklappe."

Seilbahn GmbH Kitzbühel, Büro des Sicherheitschefs
Freitag, 5. Januar, 15:30 Uhr

„Hast du das Memo schon gelesen?" Nataschas Stimme klang verzerrt durch das Mobiltelefon. Vermutlich war sie gerade in einem der zahlreichen Funklöcher des Schigebiets unterwegs.

„Nein." Benjamin streckte sich und verschränkte die Hände im Nacken. Vor einer guten Stunde war Franz, der Betriebsleiter, bei ihm vorbeigekommen und hatte ihn um seine sicherheitstechnische Einschätzung des bevorstehenden Wetterumschwungs gebeten. Nach Durchsicht der aktuellen Wetterwarnung schlug Benjamin vor, den Liftbetrieb am Samstag gänzlich einzustellen, was allerdings auf wenig Begeisterung stieß. Kein Wunder, war das Wochenende nach Silvester doch meist eines mit der größten Auslastung. „Was steht denn drin?"

„Regulärer Betrieb bis zwölf Uhr. Eventuelle Änderungen morgen früh."

„Na toll. War ja klar."

„Nehme an, du hast Franz nicht dazu geraten?"

„Nein, natürlich nicht. Ich finde es leichtsinnig, aber leider steht auch der Aufsichtsrat hinter der Entscheidung."

„Du weißt, dass du es hättest verhindern können."

„Ja, natürlich. Aber mit einem Einspruch hätte ich viel riskiert. Vielleicht sogar meinen Job."

„Das würdest du Franz zutrauen?"

„Wenn es um den Gewinn des Unternehmens geht? Auf jeden Fall."

„Dann hoffen wir, die Meteorolügen behalten recht."

„Oder unrecht, und der Sturm wird halb so wild."

Natascha lachte leise. „Stimmt, sehr viel wahrscheinlicher. Bei den zahlreichen Fehlwarnungen in letzter Zeit würde sich fast eine kleine Wette lohnen."

„Okay, ich sage, es wird harmloser als vorhergesagt."

„Hey, das ist unfair! Aber von mir aus. Wenn du gewinnst, musst du mich zu einem Candle-Light-Dinner ausführen."

Benjamin grinste. „Einverstanden. Und falls du gewinnst, verlange ich eine Ganzkörpermassage von dir."

„Mit oder ohne Öl?"

„Mit – ich mag es schön glitschig."

Sie lachten beide, heiter und ausgelassen, wie sorglos spielende Kinder.

Ach herrje, dachte Benjamin. *Die erste Wette, bei der ich lieber verlieren würde.*

Kitzbühel, Sporthotel Schweizerhof

Freitag, 5. Januar, 16:45 Uhr

Endlich zurück! Emma seufzte erleichtert, schälte sich aus ihrem Schianzug und warf sich aufs Bett. Im Grunde war der heutige Tag interessant und aufregend gewesen; außerdem sehr amüsant. Rüdiger hatte auf einer Berghütte die ganze Runde zum Lachen gebracht, als er Südtiroler Politiker parodierte. Aber es war auch anstrengend gewesen. Die langen Abfahrten, das Warten bei den Liften, das Schwitzen unter den viel zu warmen Kleidungsschichten – und natürlich ihr Knie. Sie war nicht sicher, ob sie einen weiteren Schitag durchstehen würde.

Die Tür des Zimmers öffnete sich. Emma wälzte sich auf den Rücken und erblickte Matteo, dessen roter Schioverall wie eine Reklametafel leuchtete. Für Ende fünfzig sah ihr Mann verdammt attraktiv aus, trotz – oder gerade wegen seiner Brille und dem modischen Kurzhaarschnitt. Leider wusste er das auch. Emma wollte gar nicht wissen, mit wie vielen Frauen er sie betrog.

„Ich glaube, ich werde morgen am Zimmer bleiben“, sagte sie.

„Warum?“

„Es soll schweren Sturm geben.“

„Ja, aber erst ab Mittag.“

„Egal. Ich möchte nicht in einer Gondel festsitzen, wenn draußen ein Orkan tobt.“

„Da mach dir mal keine Sorgen. Für Seilbahnen und Schilifte gibt es Sicherheitsvorschriften. Der Betrieb wird eingestellt, lange bevor der Sturm einsetzt.“

„Trotzdem. Es könnte sein, dass wir noch auf der Piste sind, wenn Wind und Schneefall über uns hereinbrechen. Du weißt, ich hasse Schi fahren bei schlechtem Wetter.“

„Sei nicht so ängstlich. Dann fahren wir eben langsamer.“

„Außerdem ist da noch mein Knie. Bei den letzten Abfahrten habe ich es wieder gespürt. War nicht sehr angenehm.“

„Der Orthopäde hat gemeint, du solltest Bewegung machen.“

„Ja, aber keinen Extremsport. Wandern, schwimmen und dergleichen.“

Matteo verdrehte die Augen. „Bei deinem Fahrstil ist Schi fahren eher mit Yoga zu vergleichen. Aber es ist deine Entscheidung. Kommst du morgen nun mit oder nicht?“

Emma zögerte. „Ich werde darüber schlafen“, erwiderte sie.

Bayern, Viechtach, Polizeiinspektion

Freitag, 5. Januar, 16:45 Uhr

„Hallo? Polizai? Hia spricht Josef Haunsnbaua. I sog Ihna, do liagt a bluat'ge Leich' in da Hütt'n bam Wanbichl. A Weibsbüd, ma, wia grauslich, auf'gschnitt'n, wia voa an Metzga. Des gonza Bluad! Teifi, i hob sowos noch nia g'seng!“

„Könnten Sie das bitte wiederholen?“, fragte der Polizeibeamte und presste den Hörer fester an sein Ohr.

Nach fünf anstrengenden und von beiderseitigen Zwischenfragen unterbrochenen Minuten war klar, dass der Anrufer weder ein Scherzbold war, noch der Grund seiner Meldung lapidare Bedeutung besaß.

„Bleiben Sie vor Ort und fassen Sie nichts an“, sagte der Polizeibeamte. „Ich werde sofort die zuständigen Stellen informieren.“

Straubing, Polizeipräsidium Niederbayern

Freitag, 5. Januar, 16:50 Uhr

„Servus, Andreas!“

Polizeikommissar Bernhard Lichtenberger war angenehm überrascht. Schon lange hatte er nichts mehr von seinem Freund gehört, der als Polizeiführer in der Inspektion Viechtach tätig war. „Was verschafft mir das unerwartete Vergnügen?"

„Leider kein erfreulicher Anlass. In meinem Revier hat es offenbar einen Mord gegeben."

„Tatsächlich? Das wäre der erste seit gut fünf Jahren."

„Scheint so. Darüber hinaus dürfte es kein gewöhnliches Tötungsdelikt sein."

„Wie meinst du das?"

„Ich meine, dass es nach einem Triebmord aussieht."

„Scheiße …"

„Ja, und zwar von der besonders unangenehmen Sorte. Geschändet und mit Schnitten am ganzen Körper."

Bernhard seufzte tief.

„In Ordnung", sagte er. „Gib mir die Details durch."

*

„Anna", sagte Bernhard, als er das Gespräch beendet und sich seiner Partnerin zugewandt hatte. „Ich fürchte, wir haben Arbeit."

„Was Ernstes?"

„Vermutlich Mord."

„Wo?"

„In einer Waldhütte bei Arnbruck."

„Sind schon Leute von uns vor Ort?"

„Nein. Aber Andreas, ein Freund von mir, hat gemeint, der Anrufer sei glaubwürdig."

„Gut, also das volle Programm?"

„Ja." Bernhard nickte. „Wir brechen sofort auf."

„Musste so kommen", murrte Anna und schob ihre Dienstwaffe in den Halfter. „Weshalb immer Freitagnachmittag?"

„Wüsste ich auch gern", murmelte Bernhard und wählte die Durchwahl zu seinem Vorgesetzten, während Anna die Ausrüstung zusammenstellte.

Wie recht sie hat, dachte Bernhard und rieb sich den verspannten Nacken, als er Minuten später mit seiner Kollegin in den Dienstwagen stieg. *Das war's wohl mit dem Wochenende.*

Bayern, Rosenheim, Autobahn A8
Freitag, 5. Januar, 17:15 Uhr

„Ich muss Pipi", sagte Samantha.

Ein allgemeines Aufstöhnen wanderte durch das Fahrzeuginnere.

„Bist du dir sicher?", erkundigte sich Doris. „Du warst erst vor einer Stunde am Klo."

„Ja. Ich muss Pipi", schmollte Samantha und trat gegen Moritz' Schienbein, dem ein „Blöde Kuh" über die Lippen gekommen war.

„Solange wir hier im Stau stehen, kann ich nichts machen", sagte Ferdinand. „In zwei Kilometern ist die Abfahrt auf die A93, dann sollten wir schneller vorankommen."

„Könntest du nicht gleich hier die Ausfahrt Rosenheim nehmen?", fragte Doris.

„Ist ein Umweg. Wir verlieren eine Viertelstunde."

„Jetzt sind wir so lang im Stau gestanden, da ist es doch egal, ob wir …"

„Sie ist sechs Jahre alt und kein Baby mehr!", fuhr Ferdinand sie an. Seine Stimme war hart und schneidend. „Wenn sie sich nicht mal zehn Minuten zusammenreißen kann, wird sie eben Windeln tragen."

„Mit sechs kann man seine Blase noch nicht so gut kontrollieren, das weißt du genau."

„Schwachsinn!", donnerte Ferdinand. „Und jetzt halt den Mund!"

Eisiges Schweigen breitete sich aus, keines der Kinder wagte einen Mucks. Doris wandte sich ab und blickte aus dem Fenster. Tränen der Verzweiflung traten ihr in die Augen. *Es fängt wieder an,* dachte sie und presste die Lippen aufeinander. *Bitte, lieber Gott. Lass nicht zu, dass unsere Familie zerbricht!*

Bayerischer Wald, Jagdhaus bei Arnbruck
Freitag, 5. Januar, 18:30 Uhr

Sie lag auf einem flachen, ausladenden Holztisch, die Gliedmaßen weit von sich gestreckt, wie eine makabre Persiflage auf die menschliche Proportionsstudie Leonardo da Vincis. Die helle, nackte Haut war von zahlreichen Schnitten verunstaltet, die Brüste glichen unförmigen Erhebungen aus Blut und hervorquellendem Fettgewebe. Das Gesicht des Opfers war der einzige Körperteil, der keine Verletzungen aufwies. Die toten Augen waren weit aufgerissen, starrten in beklemmender Leere hinauf an die Zimmerdecke. Obgleich die Züge der jungen Frau unermessliche Qualen offenbarten, war unverkennbar, dass sie eine schöne Frau gewesen sein musste.

„Wer tut so etwas", flüsterte Anna und trat zögernd näher.

Bernhard ermahnte sich zur Behutsamkeit. Seine Partnerin besaß außerordentliche Fähigkeiten, aber sie war noch jung und bisher nur mit vergleichsweise harmlosen Tötungsdelikten in Kontakt gekommen.

„Jemand, der nach außen hin der normalste Mensch der Welt sein kann", erwiderte er und schwenkte die Taschenlampe ein wenig zur Seite. „Nach meiner Erfahrung werden die grausamsten Sexualmorde von Personen verübt, denen es niemand zugetraut hätte, selbst die engsten Bekannten nicht."

Anna schüttelte stumm den Kopf. Ihr Gesicht war aschfahl, glich der ausdruckslosen Maske einer Pantomimin. Bernhard hätte nicht gewundert, wenn sie sich erbrochen hätte. Auch ihm war bei dem Anblick übel geworden. Dabei war es nicht so sehr das Bild dieser bestialischen Tat. Nein, es war die Inszenierung. Ein grotesker Aktionismus, der an Werke von Hermann Nitsch erinnerte und doch ganz anders war. Perfider. Gleichzeitig aber auch freimütiger. Der Täter schien keine Wut empfunden zu haben. Mit Sicherheit Erregung, aber keine Aggression. Seine Herangehensweise offenbarte sachliche Distanz; eine Distanz, die beachtliche Selbstdisziplin erforderte. So grausam das Bildnis war, es erweckte den Eindruck, als wollte der Schöpfer etwas vermitteln; ein Wissen nach außen tragen, das wohl nur ihm selbst zur Verfügung stand.

Bernhard brach ab. So oder so, es handelte sich um eine hochgradig gestörte Persönlichkeit.

„Haben Sie irgendetwas angegriffen oder verändert?", wandte sich Bernhard an den Mann hinter ihnen, einen vollbärtigen Riesen in kariertem Hemd und Lederhose, der dem archaischsten Heimatfilm entsprungen zu sein schien.

„Wos?" Der Mann machte eine Geste des Abscheus. „Sans wohnsinnig!? I bin kan Schriad näha zuweganga. Hob glei ang'ruf'n und drauß'n g'woart, bis Sie kumman san."

„Wie haben Sie die Leiche entdeckt?"

„Mei Hund hot o'gschlogn. Is' einebuhrt und hot wia deppat 'böt."

„Also Ihr Hund ...?" Es bereitete Bernhard erhebliche Schwierigkeiten, den Dialekt des Einheimischen zu entschlüsseln.

„Soll ich das übernehmen?", erkundigte sich Anna.

„Bitte, das wäre nett." Bernhard nickte und wandte sich ab. Er zog einen kleinen Notizblock samt Bleistift aus der Dienstjacke. Seit Jahren hatte er die Angewohnheit, diese Dinge während der Ermittlungen vor Ort immer in Händen zu halten, für den Fall, dass ihm ein spontaner Einfall kam.

Bernhard ließ seinen Blick durch den Raum gleiten. Es war purer Zufall, dass die Tote entdeckt worden war. Das Jagdhaus wirkte verlassen, gleichzeitig aber sauber und aufgeräumt. Bernhard vermutete, dass man die Hütte vor Beginn des Winters gereinigt, seitdem aber nicht genutzt hatte. Er betrachtete den Körper der Frau. Die Leichenstarre der Toten war noch aufrecht, und er vermochte keinen Verwesungsgeruch festzustellen. Wenn man die warme Witterung berücksichtigte, konnte das Opfer kaum mehr als zwei, drei Tage hier liegen, wenn überhaupt.

„Was ist mit der Spurensicherung und dem Forensiker?", wandte sich Bernhard an seine Partnerin.

„Sollten in wenigen Minuten hier sein", erwiderte Anna und biss sich auf die Lippen. Ihre Augen waren glasig und von schwarzen Schatten umgeben. Bernhard hätte sie gern emotional gestützt, nur war er in zwischenmenschlichen Angelegenheiten leider ein hoffnungsloser Tollpatsch.

In ihm keimte der dunkle Verdacht, dass die Tote kein Einzelfall war. Womöglich hatte sich der Mörder – sofern es sich um einen Einzeltäter handelte – bereits an anderen Frauen vergangen. Er meinte sich sogar zu erinnern, in der Kartei auf ähnliche Tötungsdelikte gestoßen zu sein.

„Oh mein Gott ..." Annas Stimme war kaum mehr als ein Hauch. Ihre geweiteten Augen fixierten einen ganz bestimmten Körperteil der Toten. Er wollte nicht hinsehen. Er wollte es nicht wissen. Aber er musste. Bernhard beugte sich vor, lugte zwischen die gespreizten Beine der grausam entstellten Frau.

Der Mörder hatte die Klitoris abgeschnitten.

Kitzbühel
Freitag, 5. Januar, 19:00 Uhr

Er saß auf der Kante des Bettes und blickte auf seine halb geöffneten Hände hinab. Vor seinem inneren Auge blitzten wiederholt dieselben erregenden Bilder auf. Das Mädchen, wie es nackt auf dem Rücken lag und sich verzweifelt bemühte, die Fesseln abzustreifen. Ihre erbärmlichen Schreie, als er sie wieder und wieder penetrierte. Das Kreischen in seinen Ohren, während er ihre Knospe der Lust entfernte und in die kleine Ampulle mit Alkohol fallen ließ. Ihr heiseres Wimmern, derweil er ihre prallen Brüste aufschnitt und sich an den blutigen Luftblasen seiner Stöße ergötzte.

Er hatte Lust. Unfassbare Lust. Fast meinte er, es wäre noch niemals so schlimm gewesen. Bislang hatte er sich zumindest einige Wochen oder gar Monate beherrschen können, bevor er die Jagd wieder aufgenommen, sich eine Frau gesucht und mit den Planungen begonnen hatte. Diesmal war es anders. Er musste sich ablenken, irgendwie. Gleich würde es Essen geben. Gut. Danach könnte er eine Runde durch den Ort joggen und sich später einen schwachsinnigen, aber unterhaltsamen Hollywoodfilm ansehen. Vielleicht ging er auch in eine Bar. Oder besser nicht, womöglich traf er dort auf interessante weibliche Gesellschaft. Aber ein Poker- oder Tarockspiel wäre eine willkommene Zerstreuung. Er wusste auch, wen er dafür begeistern konnte. Ja, auf diese Weise sollte er den heutigen Abend überstehen.

Und morgen ... morgen würde ihm garantiert nicht langweilig werden.

Bayerischer Wald, Jagdhaus bei Arnbruck

Freitag, 5. Januar, 19:15 Uhr

Bernhard Lichtenberger kauerte auf einem hölzernen Schemel und betrachtete die Leiche der jungen Frau. Mittlerweile war die Spurensicherung eingetroffen und an der Arbeit, der Schauplatz wurde von mehreren Scheinwerfern taghell erleuchtet. Michael, der Gerichtsmediziner, ein überraschend junger, drahtiger Bursche, hatte ihm seine Vermutung bestätigt, wonach das Opfer noch nicht lange tot sein konnte; vermutlich weniger als achtundvierzig Stunden. Zwar wollte Bernhard den Ergebnissen der Spurensicherung nicht vorgreifen, doch nahm er an, dass Fund- und Tatort identisch waren. Wahrscheinlich hatte der Mörder sein Opfer hierher gebracht, sich an ihm vergangen und es anschließend durch einen Schnitt in die Kehle getötet.

„Wir haben sie“, sagte Anna und senkte ihr Mobiltelefon. „Die Frau heißt Jasmin Müller, Studentin in München. Sie wurde gestern früh als vermisst gemeldet.“

Bernhard nickte abwesend. Etwas an der Toten irritierte ihn. Aber er konnte nicht sagen, was es war.

„Ich habe den Besitzer der Jagdhütte eruiert", sagte Andreas , der vor wenigen Minuten am Tatort eingetroffen war. „Ein Großgrundbesitzer aus Arnbruck. Er ist bereits auf dem Weg hierher."

„Gut, gut", murmelte Bernhard. *Es hat mit dem Blut zu tun. Ist es die Farbe? Der Geruch? Die Beschaffenheit?*

Seine Gedanken wurden von Motorengeräusch unterbrochen, das rasch anschwoll. Ein Geländewagen mit Blaulicht hielt am Ende der Forststraße. Drei Männer sprangen heraus, einer davon war Bernhard nicht unbekannt. Mathias Ortlieb, der Polizeivizepräsident des Landeskriminalamts in München, quasi der Vorgesetzte seines Vorgesetzten und ein enger Freund von Bernhards Vater. „Wer ist hier der leitende Beamte?", brüllte er.

Bernhard erhob sich und trat auf den Neuankömmling zu. „Das bin wohl ich."

„Ah, Bernhard." Ein schwaches Lächeln erschien auf Mathias' Zügen. „Ich hätte dich lieber unter angenehmeren Umständen wiedergesehen. Wo ist sie?"

Bernhard deutete zur Jagdhütte.

In diesem Augenblick blitzten erneut Scheinwerfer zwischen den Bäumen auf. Zwei Fahrzeuge schlingerten den Waldweg entlang, eines davon erinnerte verdächtig an einen Sendewagen. „Haltet uns die Presse vom Leib", befahl Mathias seinen Begleitern, zündete sich eine Zigarette an und folgte Bernhard in das Innere der Hütte.

Auf der Stirn des Vizepräsidenten erschienen tiefe Falten, als er die Tote erblickte.

„Verdammt", fluchte Mathias und zog heftig an seinem Glimmstängel. „Sieht nach Nummer fünf aus."

„Ist kein Einzelfall, nicht wahr?"

„Richtig." Mathias fuhr sich durch das schüttere Haar. „Die Lage der Toten am Rücken, die Schnitte im Brustbereich und vor allem die Entfernung der äußeren Genitalien sind Beweis genug. Vermutlich handelt es sich um einen Einzeltäter. Es wurde immer nur eine DNA am Tatort gefunden. Zumindest vier weitere Tötungsdelikte in den vergangenen Jahren gehen auf sein Konto. Jeder Mord in einem anderen Bundesland, alle Opfer wurden in abgelegenen und verlassenen Gebäuden gefunden. Wenn das Bundeskriminalamt davon erfährt, wird es sich zweifellos einmischen. Wir müssen die Angelegenheit sofort zur Chefsache erklären. Was wir brauchen, ist ein fähiger Inspektor, der die Leitung der Ermittlungen übernimmt."

Mathias legte eine Pause ein und nützte die wenigen Sekunden Stille, um sich eine neue Zigarette anzuzünden. Bernhard begegnete Annas Blick. Das Gesicht der jungen Kriminalistin war eine Grimasse, ein Abbild von Schmerz, Unverständnis, Abscheu – und glühendem Zorn mit dem unverrückbaren Wunsch nach Gerechtigkeit.

„In Ordnung", sagte Bernhard. „Ich mache es."

*

„Neuwertige Winterreifen für Normal-PKW, vermutlich hundertfünfundachtzig Millimeter Breite", sagte der Spurentechniker. „Der Abdruck ist gut erhalten. Marke und Serie sollten sich feststellen lassen."

„Gibt es noch andere Reifenabdrücke?", erkundigte sich Bernhard.

„Ja", entgegnete der Techniker. „Von zwei weiteren Fahrzeugen. Allerdings schon älter und dementsprechend schlecht konserviert."

„Bitte trotzdem digitalisieren."

Bernhard wandte sich ab. Er wollte ein weiteres Mal zu der Toten, bevor sie der Gerichtsmediziner übernahm und fortbrachte. Nach wie vor hatte er das Gefühl, ein entscheidendes Element zu übersehen.

Anna trat ihm entgegen. „Wir haben Fußspuren entdeckt, die vom Täter stammen könnten", sagte sie.

Bernhard folgte seiner Assistentin zu einer Stelle mit festerem Untergrund, wodurch die Fußspur gut erhalten geblieben war. Die Abdrücke zeigten ein grobes Profil, offensichtlich Stiefel oder Wanderschuhe. Die Schuhgröße schätzte Bernhard auf vierundvierzig, maximal fünfundvierzig.

„Ich glaube, es sind Lowa-Schuhe", mutmaßte Anna.

„Das erkennst du an der Profilierung?" Bernhard war beeindruckt.

„Wie gesagt, ich glaube. Habe diese Marke selbst daheim."

„Gut, wir klären das", meinte Bernhard. „Ich gehe jetzt noch mal hinein."

Anna wich seinem Blick aus. In ihren Augen stand ein unruhiges Flackern. *Nein*, entschied Bernhard. Er würde sie nicht bitten, ihn zu begleiten. Zwar sahen vier Augen mehr als zwei, aber auch nur dann, wenn alle vier Augen sehen wollten.

Ein winziger, weißer Fleck im Morast zu seinen Füßen ließ ihn innehalten. Bernhard legte den Kopf schief. Das sah definitiv nicht nach einem Schneerest aus. Er zog eine durchsichtige Kunststoffhülle aus seiner Tasche, bückte sich und beförderte den Gegenstand – zusammen mit einem Klumpen nasser Erde – in den Beutel. Prüfend hielt er ihn ins Licht. Augenscheinlich hatte er ein Stück Styropor gefunden.

Frankreich, westlich der Bretagne, am Ostatlantik
Freitag, 5. Januar, 20:00 Uhr

„Mon dieu!"

„Qu'est-ce qu'il y a, papa!?"

Jacques stürmte in die Kabine des Fischkutters. Sein Vater starrte mit weit aufgerissenen Augen auf das Barometer über dem Steuerrad. Er wandte sich nicht um, auch dann nicht, als ihm sein Sohn die Hand auf die Schulter legte.

„Was ist los?", wiederholte Jacques – und sog scharf die Luft ein. Das Barometer fiel. Es fiel so rasch, dass man fürwahr zusehen konnte, wie sich der Zeiger träge in Richtung des tieferen Luftdrucks bewegte. Jacques stand der Mund offen. In den vergangenen Jahren hatte er eine Menge auf See erlebt, war gemeinsam mit seinem Vater in manchen Sturm geraten. Er hatte turmhohe Wellen umschifft, war mehrmals fast über Bord gegangen, konnte sich an die eisigen Krallen waagrechter Gischt erinnern; aber noch nie hatte er das Barometer so rasch fallen sehen. Eines der ersten Dinge, die er von seinem Vater gelernt hatte, war, dass die Stärke des zu erwartenden Sturms direkt proportional zu der Geschwindigkeit des Luftdruckabfalls stand.

Sein Vater packte ihn am Arm und zerrte Jacques nach draußen. Die Nacht war windstill und beinahe wolkenlos. Nur in Richtung Westen zeigte sich eine schmutziggraue Wand, ein Gebilde, das im schwachen Schimmer des Sternenlichts wie eine lang gezogene Wurst aus Wattebällchen wirkte.

„Wirf alles über Bord", sagte sein Vater. „Fische, Netze, Kisten, alles."

„Aber …"

„Tu es!“, donnerte der Seemann und startete die Ankerwinde. Jacques hastete übers Deck, warf ihre gesamte Ausrüstung, all ihr Hab und Gut in die allmählich unruhig werdende See. Es schien, als würde eine Armee aus winzigen, aber unzähligen Kalmaren die Oberfläche des Ozeans mit zuckenden Tentakeln zum Kochen bringen.

Mit einem Mal wusste Jacques, dass er diese Nacht nicht überleben würde.

Bayerischer Wald, Jagdhaus bei Arnbruck
Freitag, 5. Januar, 20:15 Uhr

Was stimmt bloß nicht mit dir?, fragte sich Bernhard zum wiederholten Mal und ging vor der Toten in die Hocke.

„Bernhard, kommst du?“ Anna warf einen Blick zur Tür herein. Die tiefen Ringe unter ihren Augen waren noch schwärzer geworden. „Der Gerichtsmediziner möchte die Leiche abführen.“

„Ja, sofort, einen Moment noch.“

Die Handinnenflächen der Toten waren blutiggekratzt, augenscheinlich von den eigenen Fingernägeln. Ein verzweifelter Versuch sich zu befreien, aussichtslos gegen die groben Stricke, die blauschwarze Abdrücke auf den Gelenken hinterlassen hatten. Blut klebte unter den gesplitterten Nägeln, auf den Fingerkuppen, dem Holztisch, war die Hand herabgeflossen und hatte sich mit … Bernhard fiel es wie Schuppen von den Augen. Das wirre Muster roter Linien ergab Sinn. Man musste die übrigen Flecken ausblenden, die dunkle Maserung des Tisches ignorieren und sich auf Kopfhöhe des Opfers begeben.

Es waren Buchstaben.

Kitzbühel, Hotel Tiefenbrunner

Freitag, 5. Januar, 20:15 Uhr

Die *Morgenstimmung* aus Edvard Griegs Peer-Gynt-Suite durchflutete den Raum wie eine sanfte Meereswoge. Benjamin hob das Mobiltelefon an sein Ohr. „Guten Abend, Prinzessin“, sagte er.

„Ich grüße Euch, edler Prinz“, entgegnete Natascha.

Benjamin grinste breit. „Was verschafft mir die Ehre deines Anrufs?“

„Mir ist langweilig, was glaubst du denn?“

„Ich dachte, vielleicht ist es Interesse an meiner Person.“

„Ach wo. Was sollte an einem humorvollen, attraktiven und intelligenten Gentleman schon interessant sein?“

„Du hast das ‚selbstlos‘, ‚leidenschaftlich‘ und ‚steinreich‘ vergessen.“

„Wohl eher das ‚vorlaut‘.“ Natascha kicherte, und Benjamin konnte nicht anders, als es zu erwidern. Sie benahmen sich wie Teenager. Verliebte Teenager. Aber warum auch nicht?

„Willst du mir nicht irgendetwas erzählen?“, fragte Natascha.

„Was denn?“

„Wie wäre es mit einer romantischen Gutenachtgeschichte?“

Benjamin lächelte. „Ich bin nicht sicher, ob ich gut Geschichten erzählen kann.“

„Egal. Versuchen wir es. Ich werde dich nicht auslachen. Wahrscheinlich zumindest.“

„Hey!“ Benjamins Mundwinkel wanderten nach oben. „Willst du jetzt eine Geschichte hören oder nicht?“

„Ja, bitte, tut mir leid.“

„Okay. Also: Es war einmal vor langer, langer Zeit, da lebte in …"

„Cool, ein Märchen!"

„Bist du wohl still!" Benjamin grinste wie ein Lebkuchenpferd, sodass seine Worte nicht ganz die Strenge transportierten, die er ihnen zugedacht hatte.

„'tschuldigung", murmelte Natascha in gespielter Demut. „Wird nicht wieder vorkommen."

„Das will ich auch hoffen. Es war einmal vor langer, langer Zeit, da lebte in einem fernen Land eine Prinzessin, die sich nichts sehnlicher wünschte, als von einem heldenhaften Prinzen …"

„Oh, wie romantisch", stöhnte Natascha. „Erzähl mir mehr von ihm!"

Bayerischer Wald, Jagdhaus bei Arnbruck
Freitag, 5. Januar, 20:20 Uhr

„Tatsächlich." Anna legte die Stirn in Falten. „Es sind Buchstaben – und Zahlen. Das hier", sie deutete auf das erste Zeichen links oberhalb des Handgelenks, „sieht wie ein ‚M' aus."

„Und das daneben könnte ein ‚B' sein", ergänzte Bernhard. „Dahinter dann ein ‚S' und bei der anderen Hand die Zahlen: eine Acht, eine Zwei, Null und … offenbar eine Sechs. Wie zwei Schriftzüge, die in einem Bogen um die Hände laufen."

Sie schwiegen einen Moment. Schlussendlich sprach Anna aus, was sie beide dachten. „Jasmin muss eine unglaublich starke Frau gewesen sein."

Es war seltsam, den Namen der Toten in den Mund zu nehmen, wenn man direkt neben ihr stand. Etwa so, als würde man in einer tief verschneiten Winterlandschaft die Schönheit blühender Rosen preisen.

Bernhard gab Anna im Stillen recht. Die Qualen, die die junge Frau durchlebt hatte, mussten das Menschenerträgliche um ein Vielfaches gesprengt haben. Dennoch hatte sie ihnen eine Botschaft hinterlassen. Dennoch war sie dazu imstande gewesen, ihren Peiniger zu überlisten.

Bernhard zog seinen Notizblock heraus und notierte: *MBS8206*. „Wonach sieht das für dich aus?", fragte er seine Kollegin.

„Ein Autokennzeichen", erwiderte sie.

„Würde ich auch sagen. Sofern wir die Buchstaben und Ziffern korrekt angeordnet haben. Es könnte sich um ‚M' für ‚München' oder ‚MB' für ‚Miesbach' handeln. Müsste sich aber über ZEVIS herausfinden lassen."

„Das übernehme ich", sagte Anna und ein feuriges Glimmen trat in ihre Augen. „Ich finde den Wagen, und wenn ich die Nacht durchmachen muss."

„Gut", erwiderte Bernhard und rieb sich die Stirn. Ein dumpfer Schmerz pulsierte hinter seinen Augen. Es ließ sich nicht leugnen, dass seine Leistungsfähigkeit in den vergangenen Jahren nachgelassen hatte. Er musste ausreichend Schlaf finden, wenn er den morgigen Tag überstehen wollte.

„Ich werde die Spurensicherung bitten, Detailaufnahmen der Schriftzüge anzufertigen", sagte er. „Holst du die restlichen Unterlagen von Andreas? Ich fahre direkt nach Hause, Mathias kann dich ins Präsidium mitnehmen. Wir treffen uns morgen um acht im Büro."

„Geht klar", erwiderte Anna. „Aber komm pünktlich. Ich will den Scheißkerl hinter Gittern sehen."

Frankreich, Nantes, Felder bei Montrevault
Freitag, 5. Januar, 23:00 Uhr

„Ey, Mann, guck mal dort drüben."

Das Kaninchen reagierte sofort, zog den Kopf ein und war mit zwei Sprüngen in seinem Bau verschwunden.

Clement ließ das Gewehr sinken. „Merde! Monty, du Trottel, fast hätte ich es gehabt."

„Sorry, Alter, aber das musst du dir ansehen."

„Was denn?", schnauzte Clement und ließ die Sicherung einschnappen.

„Ich glaube, dort hinten steht ein Gewitter."

„Wo?"

„Da, siehst du?"

Eine pechschwarze Wand hatte den westlichen Horizont eingenommen. Der soeben aufgehende Halbmond tauchte das Gebilde in ein nebelhaftes Licht, verwandelte die Wolkenbank in ein lebendiges Bollwerk aus verschlungenen, wabernden Schatten.

„Okay, ein paar Wolken, aber …" Ein kurzes, weißliches Flackern innerhalb der Schwärze ließ Clement verstummen.

„Wahrscheinlich verspätete Silvesterraketen", fuhr er nicht besonders überzeugt fort.

Das Flackern wiederholte sich an einer anderen Stelle, leuchtete diesmal gelblich.

„Vielleicht sollten wir nach Hause fahren", schlug Monty fort. „Du weißt, sie haben Sturm vorhergesagt."

„Ja, aber erst nach Mitternacht. Außerdem ist es fast windstill."

„Komm schon, bitte! Wir können auch morgen auf die Jagd gehen."

„Na gut, wie du willst." Clement schulterte das Gewehr, und sie traten den Rückweg an, stapften durch den aufgeweichten Ackerboden in Richtung Straße.

Ein dumpfes Grollen ertönte, kaum mehr als das ausklingende Vibrieren einer Glocke. Aber es war nicht zu überhören.

Sie beschleunigten ihre Schritte, eilten an einer Gruppe dornenbesetzter Sträucher vorbei und sprangen über einen schmalen Bachlauf. Eine plötzliche Windböe fegte über sie hinweg, verebbte aber so rasch, wie sie gekommen war.

Clement warf einen Blick zurück. Die schwarze Wand kam näher. Schnell. Wahnsinnig schnell.

Sie fingen an zu laufen.

Kitzbühel, Pension Schmidinger

Freitag, 5. Januar, 23:05 Uhr

Raphael löste sich von Sonja und drückte ihr einen sanften Kuss auf den Rücken. Sie murmelte Unverständliches im Schlaf und drehte sich ein wenig zur Seite. Die Bettdecke glitt herab, enthüllte die sanften Rundungen ihres Körpers.

Raphael seufzte leise. Er war seiner Freundin hoffnungslos verfallen. Bevor er Sonja kennengelernt hatte, hätte er sich niemals vorstellen können, länger als ein paar Monate mit derselben Frau zusammenzusein. Doch nun war alles anders. Er liebte und verehrte seine Freundin gleichermaßen, konnte sich ein Leben ohne sie kaum noch vorstellen.

Deshalb hatte er auch die Überraschung für sie vorbereitet. Morgen, am Gipfel des Berges, würde er ihr sein

Geschenk überreichen. Etwas, das von Herzen kam. Etwas, das ihr beider Leben für immer verändern konnte.

Raphael robbte an die Kante des Bettes, erhob sich und trat ans Fenster. Er konnte nicht schlafen. Zu sehr beschäftigte ihn das, was er morgen zu tun gedachte. Noch immer hatte er Bedenken, grübelte Tag und Nacht über sein Vorhaben. Er war nicht sicher, ob es das richtige Geschenk für die perfekte Frau war. Vor allem aber konnte er unmöglich abschätzen, wie ihre Reaktion ausfallen würde. Vielleicht würde sie sein Geschenk nicht annehmen. Dies war es, wovor er die größte Angst hatte. Er wusste nicht, ob er eine Abfuhr verkraften könnte, welche Erwiderung sein Mannesstolz in diesem Fall parat hatte. *Wahrscheinlich,* dachte Raphael und blickte in den sternenklaren Nachthimmel empor, *werfe ich mich aus einer fahrenden Seilbahn.*

Nantes, Felder bei Montrevault
Freitag, 5. Januar, 23:15 Uhr

Der Blitz traf den Baum.

Clement verriss das Lenkrad des Mopeds, konnte mit knapper Not einen Sturz verhindern und trat auf die Bremse. Der Lichtkegel hinter ihm flackerte, ein Quietschen ertönte, dann kam Monty dicht neben ihm zum Stehen. Fassungslos starrten sie auf den wenige Dutzend Schritte entfernten Baum, von dessen Wipfel helle Flammen züngelten.

Dahinter erhob sich eine Wand aus Finsternis, eine Wolkenfront, himmelhoch und undurchdringlich. Ein schrilles Brausen war zu vernehmen, das immer mehr anschwoll, wie das misstönende Pfeifen eines gigantischen Wasserkochers. Das Unwetter musste sie jeden Moment erreichen.

„Ich glaube, wir sollten nicht weiterfahren", sagte Monty.

„Ach ja?", fauchte Clement. „Und was willst du tun? In ein Erdloch krabbeln wie ein Kaninchen?" Er ignorierte Montys undeutliche Erwiderung, die ungefähr „Warum nicht?", lautete und gab Gas.

Im selben Augenblick fauchte eine orkanartige Böe heran, brandete gegen die Fahrzeuge und schleuderte sie zur Seite. Clement gelang es abzuspringen, ehe sein Motorroller am Asphalt aufschlug. Er warf sich zur Seite, presste sich gegen den heulenden Sturm auf den Boden und sog keuchend die Luft ein. Ein Schrei erklang, und wenige Schritte vor ihm schlitterte Montys Maschine funkensprühend über den Asphalt. Monty selbst war wie vom Erdboden verschluckt.

Eine weitere Böe fegte über Clement hinweg, entwurzelte eine mannsdicke Fichte und schleuderte sie über die Straße. Mit einem Mal war die Luft erfüllt von Dreck, Laub und nadelspitzen Steinen. Das Pfeifen steigerte sich zu einem ohrenbetäubenden Brüllen, durchsetzt vom Krachen und Bersten fallender Bäume. Fortwährend zuckten grelle Blitze durch die Nacht. Sie erhellten einen zerrissenen Himmel, erfüllt von umherwirbelnden Trümmern, Staub und ersten, schweren Regentropfen.

Etwas traf Clements Oberarm mit der Wucht eines Vorschlaghammers. Ein hartes Knacken, eher gefühlt als gehört, und eine Woge feurigen Schmerzes brandete durch seinen Körper. Clement verlor den Halt, der Sturm drückte ihn zur Seite und schob ihn wie eine hilflose Schaufensterpuppe auf die scharfkantigen Überreste seines Motorrollers zu. Er wollte sich festklammern, legte alle Kraft in die Finger seines gesunden Armes, aber der Asphalt war glatt und fugenlos.

Eine Berührung an der Seite, und Clement fühlte sich gepackt und in Richtung Straßenrand gezerrt. Monty rollte sich kopfüber in den Straßengraben und zog seinen Freund hinter sich her – gerade noch rechtzeitig, denn im selben Moment wirbelte ein monströser, schwarzer Schatten über sie hinweg. Clement brüllte aus Leibeskräften, heulte seinen Schmerz in die Nacht hinaus. Aber der dämonisch tosende Orkan verschluckte jeden Laut.

Sie klammerten sich aneinander, duckten sich in den Straßengraben und starrten furchtsam in die Finsternis; gefangene Kaninchen, Aug' in Aug' mit einem gnadenlosen Jäger.

Innsbruck, Pradl

Samstag, 6. Januar, 05:43 Uhr

„Spinnst du?!", brüllte Andreas in sein Mobiltelefon und richtete sich ächzend im Bett auf. „Weißt du, wie spät es ist? Ich habe heute dienstfrei, verdammt noch mal!"

„Eine präfrontale Gewitterlinie steht an der deutsch-französischen Grenze", erwiderte Peter so sachlich und nüchtern, dass Andreas innerer Alarmzeiger ausschlug wie ein Geigerzähler.

„Häh?" Andreas verstand nur Bahnhof. *Präfrontal ... also vor der Kaltfront ... Gewitterlinie an der deutschen Grenze ... aber der Luftmassenwechsel ist doch erst ...*

„Man könnte glauben, es ist Sommer", fuhr Peter unbeeindruckt fort. „Eine Konvergenz mit erhöhten Feuchtigkeitswerten und gekoppelter Höhenkaltluft, die der eigentlichen Bodenfront vorausläuft. Linienhaft organisierte, von der Grundschicht abgehobene Konvektion. Meldungen von schweren Orkanböen aus weiten Teilen Frankreichs, unglaubliche Zuggeschwindigkeit des Systems. Hatte gestern Abend kein Modell drinnen."

Allmählich erwachten Andreas' Gehirnzellen aus ihrer nächtlichen Lethargie. „Moment mal", sagte er und zupfte an seinen Barthaaren. „Hast du vorhin nicht gemeint, die Gewitter wären schon in Deutschland?"

„Beinahe. Erreichen soeben Strasbourg."

„Das bedeutet, es sind nur noch …"

„… zweihundert Kilometer bis zur österreichischen Grenze, genau. Auch das Sturmtief ist viel rascher unterwegs. Sein Kern liegt momentan über Luxembourg. Unsere und, so nebenbei, auch die Warnungen der anderen meteorologischen Institutionen bezogen sich auf den Zeitraum AB Mittag, nicht davor."

„Das heißt wir …" Andreas brach ab. Ein unangenehmes Stechen fuhr durch seine linke Wade. „Wie lange?", fragte er.

„Weniger als drei Stunden."

Innsbruck, ZAMG, Wetterdienststelle
Samstag, 6. Januar, 06:23 Uhr

„Verflucht." Andreas biss sich auf die Lippen. „Das sieht nicht gut aus."

Peter nickte wissend. „Es sieht katastrophal aus. Kurz vor sechs gab es in Strasbourg eine Böe mit einhundertfünfundvierzig Stundenkilometern. Davor waren es in Orléans knapp einhundertsechzig. Und auf den Bergen sind es verbreitet um die zweihundert."

„Du hast recht“, sagte Andreas. „Erinnert an eine sommerliche Squalline. Die Konvektion ist außergewöhnlich hochreichend und die Blitzaktivität für Januar ... unglaublich.“

„Man sieht sehr gut, wie die Gewitterlinie der Kaltfront vorausläuft.“ Peter deutete auf die Animation des Niederschlagsradars. „Momentan beträgt der Abstand einhundert bis zweihundert Kilometer. Dazwischen stabilisiert sich die Luftmasse, auch die Windspitzen gehen zurück. In Strasbourg jetzt zum Beispiel nur mehr achtziger Böen. An der Kaltfront und dahinter aber wieder schwerer Sturm – einhundertzehn Stundenkilometer aktuell in Orléans.“

„Hast du das schmale Niederschlagsband gesehen, das kurz vor Innsbruck steht?“

„Ja. Der kümmerliche Rest der Warmfront.“

„Trotzdem. Die Temperaturen im Inntal liegen verbreitet knapp unter dem Gefrierpunkt. Auf zweitausend Meter Höhe dafür an die plus fünf Grad. Falls es regnet, dürfte es da und dort glatt werden.“

„Immerhin eine Warnung, die korrekt war.“

„Wir müssen die Aussendung an die Landeswarnzentrale korrigieren“, sagte Andreas. „Und die Radiosender informieren, dass der Sturm früher eintrifft. Habe vorhin in den Nachrichten gehört, dass sie noch von der Mittagszeit sprechen.“

„Was ist mit den Schigebieten?“

„Wird noch niemand telefonisch erreichbar sein. Also jetzt ein Mail, später ein Anruf zur Bestätigung.“

„Soviel ich weiß, wollten zumindest Sölden und Kitzbühel den Schibetrieb bis Mittag aufrechterhalten.“

„Dann hoffen wir, dass sie es nicht tun.“

Jochberg, Pension Putz
Samstag, 6. Januar, 07:17 Uhr

„Guten Morgen“, sagte Doris leise und richtete sich im Bett auf.

Ferdinand unternahm keine Anstalten sich ihr zuzuwenden und zog sich den zweiten Socken über. „Morgen“, sagte er und wackelte prüfend mit den Zehen.

Ich sollte ihm sagen, dass wir reden müssen, dachte Doris. „Warum bist du schon so früh auf?“, erkundigte sie sich stattdessen.

„Sie haben für Mittag Sturm vorhergesagt. Will rechtzeitig auf die Piste, damit sich die gestrige Höllenfahrt wenigstens gelohnt hat.“

Doris schwieg und überlegte, ob sie nicht einfach die Bettdecke über den Kopf ziehen und weiterschlafen sollte; alternativ könnte sie auch nach Kitzbühel fahren und sich etwas Spaß gönnen.

„Ich wecke die Kinder“, sagte Ferdinand und erhob sich. „Ich möchte pünktlich um halb neun beim Lift sein.“

„Wie machen wir das mit Samantha?“, fragte Doris.

„Was meinst du?“

„Sie fährt nicht so schnell wie die Burschen.“

„Ist doch klar“, erwiderte Ferdinand und warf ihr einen flüchtigen Blick zu. „Ich fahre mit Moritz und Samuel. Du bleibst bei deiner Tochter.“

Kitzbühel, Hotel Tiefenbrunner
Samstag, 6. Januar, 07:55 Uhr

Benjamin gähnte genüsslich, streckte sich ausgiebig – und erstarrte. Nein, das konnte nicht sein. Das war unmöglich! Er hatte noch nie verschlafen, zumindest die letzten Jahre nicht. Doch der Wecker auf seinem Nachtkasten behauptete weiterhin steif und fest, dass es in fünf Minuten acht war, in fünf Minuten sein Dienst begann.

Fünf vor acht! Benjamin schoss aus dem Bett wie die Katze aus dem Hundezwinger. Er würgte eine Banane hinunter, obwohl er überhaupt keinen Appetit hatte, und streifte sich Shirt, Hose und Pullover über. Fieberhaft überlegte er, wie er sein Zuspätkommen rechtfertigen sollte. Aber es wollte ihm keine plausible Ausrede einfallen. So rief er nur kurz im Büro an und meldete der Sekretärin, dass er sich einige Minuten verspäten würde. Auf seinem Handydisplay erschien die Meldung, dass ihn Natascha angerufen hatte. Sogar dreimal. Nun, sie würde warten müssen.

Benjamin griff nach seinem Rucksack – die Unterlagen der Sicherheitsüberprüfung lagen noch am Tisch! Einen Fluch auf den Lippen, eilte er zurück, stopfte die Zettel in seine Tasche. Hatte er noch etwas vergessen? Handy, Schlüssel, Notebook ... seine Ausrüstung war komplett. Er rannte zur Tür, warf sich Schal und Mantel über.

Als er in fliegender Hast das Zimmer verließ, wanderten seine Gedanken an den gestrigen Abend zurück. Sie hatten weit über eine Stunde miteinander telefoniert und schlussendlich für morgen Abend – also heute – das erste richtige Date fixiert. Danach war Benjamin so aufgedreht, dass er nicht einschlafen konnte. Er sah ausnahmsweise fern, in der vergeblichen Hoffnung, dass ihn dies ermüden würde. Anschließend ging er in den Fitnessraum des Hotels und peinigte seinen Körper mehr als eine halbe Stunde lang mit Sit-ups, Liegestütz und Klimmzügen. Nicht, dass er auf diesem Weg seinen Waschbärbauch in einen Waschbrettbauch verwandeln konnte, aber so hatte er wenigstens das Gefühl, etwas für sein Aussehen getan zu haben. Schlussendlich – bereits nach Mitternacht – war er in einen unruhigen Schlummer gefallen. An einen, den letzten Traum konnte er sich noch sehr genau erinnern: heißer, tabuloser Sex mit Natascha in einem gewaltigen Himmelbett, erfüllt von nicht enden wollender Lust und Leidenschaft. Vermutlich lag es an diesem Traum, weshalb er verschlafen hatte.

Straubing, Polizeipräsidium Niederbayern
Samstag, 6. Januar, 08:05 Uhr

„Da bist du ja endlich!"

Bernhard hätte am liebsten die Augen geschlossen. Anna wirkte wie neu geboren; energisch, tatendurstig und topfit. Dabei musste sie deutlich weniger Schlaf bekommen haben als er selbst. Bernhard hingegen fühlte sich wie gerädert. Er hatte eine unruhige Nacht durchlebt, immer wieder war er schweißgebadet erwacht. Sein Gesicht erinnerte momentan wohl eher an einen Totenkopf als an das Antlitz eines lebendigen Menschen.

„Guten Morgen", begann Bernhard. „Hast du ...?"

„Das Autokennzeichen stammt von dem Wagen einer Verleihfirma in München", sprudelte Anna los. „War nicht einfach daraufzukommen. Unsere erste Annahme war nicht ganz richtig. Als ich mit der Kombination ‚M-B-S-8-2-0-6' keinen Treffer bekommen habe, bin ich die Detailaufnahmen der Spurensicherung durchgegangen. Das ‚B' hätte demnach auch ein ‚R' und der Sechser am Schluss eine Fünf sein können. Mit dieser Ziffernfolge hatte ich Glück. Die Firma nennt sich Autovermietung Sunny Cars."

„Sunny Cars?" Bernhard zog die Augenbrauen hoch. „Unser Mann hat eindeutig einen Hang zum schwarzen Humor. Wo befindet sich der Laden?"

„Im Stadtteil Obermenzing. Habe dort angerufen, das fragliche Fahrzeug hatte von Mittwoch auf Donnerstag einen Mieter"

„Ausgezeichnete Arbeit." Bernhard konnte nicht umhin, Annas Tatkraft und Ermittlungstalent zu bewundern. „Am besten wir packen unsere Sachen und …"

„Schon geschehen", unterbrach ihn Anna. „Wir können sofort aufbrechen."

Kitzbühel, Pension Schmidinger
Samstag, 6. Januar, 08:13 Uhr

„Los, beeil dich, es ist gleich Viertel nach acht!"

Sonja legte den Kopf schief, während sie ihre Jacke zuknöpfte. „Sag mal, ist irgendwas? Du wirkst heute so … überdreht."

Raphael blinzelte nervös. „Ach wo", erwiderte er leichthin. „Ich möchte nur rasch auf die Piste."

„Soso. Und weshalb fahren wir nach Jochberg und steigen nicht gleich hier in den Lift?"

„Ich will die Dreiseilumlaufbahn sehen."

Sonja zog die Augenbrauen hoch. „Seit wann interessierst du dich für Seilbahnen?"

„Normalerweise nicht", gab Raphael zu. „Aber die 3S-Bahn soll sehr beeindruckend sein."

Sonja warf einen Blick auf Raphaels prall gefüllten Rucksack. „Sag bloß, du hast wieder das Seil und die Taschenlampe eingepackt."

„Selbstverständlich", entgegnete Raphael. „Man weiß nie, ob man die Sachen nicht brauchen kann."

Sonja lächelte nachsichtig, zog ihre Stiefel an und trat auf den Gang.

Raphael kratzte sich nervös am Hinterkopf, als er ihr folgte. *Ob sie etwas ahnt?*, dachte er. Sie marschierten in das Kellergeschoss, holten ihre Schiausrüstung und traten ins Freie.

„Achtung", sagte Sonja vor ihm. „Am Gehsteig ist es glatt."

Raphael warf einen Blick gen Himmel. Ein paar letzte Regentropfen fielen aus einer rissig-grauen Wolkendecke, doch manche der fernen Berggipfel waren bereits in das goldene Licht der aufgehenden Sonne getaucht. Dazu war es windstill und – für Anfang Januar – überraschend mild. Es schien ein prachtvoller Wintertag zu werden.

Perfektes Wetter für einen Heiratsantrag, dachte Raphael.

Seilbahn GmbH Kitzbühel
Samstag, 6. Januar, 08:22 Uhr

„Ein Herr Stamberger vom Wetterdienst hat angerufen", rief ihm die Sekretärin zu, als Benjamin an ihr vorbei in Richtung seines Büros stürmte. „Er meinte, es sei wegen dem Sturm und dringend."

„Ich rufe zurück", erwiderte Benjamin über die Schulter und kramte nach seinem Schlüssel. Als er sich bückte, um das Notebook abzustellen, hätte er beinahe laut aufgeschrien. Sein Steißbein schmerzte höllisch. Er war aus der Eingangstür des Hotels gesprintet, am eisigen Gehweg ausgerutscht und mit aller Macht auf sein Hinterteil geknallt.

Sein Handy vibrierte. Benjamin hob ab, ohne auf das Display zu blicken. „Ja!?“, brüllte er.

Eine Sekunde überrumpeltes Schweigen schlug ihm entgegen. „Sebastian hier“, meldete sich eine wohlbekannte Stimme. „Sag mal, wo steckst du? Niemand ist per Funk erreichbar, Franz irgendwo im Ort unterwegs und Georg …“

„Komme gerade ins Büro“, unterbrach ihn Benjamin und stieß die Tür mit dem Fuß auf. „Habe verschlafen.“

„Du und verschlafen?“ Sebastians Verwunderung war unüberhörbar. „Das kann nur an einer Frau liegen. Meine Schwester würde sagen …“

„Was gibt's?“, fragte Benjamin ungehalten. Er durfte sich nicht ablenken lassen. Schon gar nicht von Gedanken an Natascha.

„Piste zwanzig macht wieder Probleme“, erwiderte Sebastian. „Laut dem zuständigen Pistendienst trotz der gestrigen Präparierung zahlreiche Steine und apere Stellen. Bin gerade auf der Fünfundsechziger beim Bärenbadkogel. Muss nachher aber zum Pengelstein wegen der Koordination der Pistenräumung heute Mittag, falls wir den Betrieb tatsächlich einstellen.“

Diese letzten Worte fanden sachten Widerhall in Benjamins Erinnerung. *Da war doch irgendetwas …*

„Könntest du Franz oder Georg benachrichtigen?“, fuhr Sebastian fort. „Die Mobilfunkverbindung ist hier grottenschlecht.“

„Du willst die Zwanziger sperren lassen?“

„Schau auf die Uhr. Wenn es wirklich so schlimm ist, können wir nichts mehr machen.“

„In Ordnung“, sagte Benjamin. „Ich leite es weiter. Aber du weißt: Franz kann bei diesen Dingen ziemlich stur sein.“

„Ein wenig Einsicht würde ihm guttun", erwiderte Sebastian und beendete das Gespräch.

Benjamins Blick fiel auf einen handgeschriebenen Zettel auf seinem Schreibtisch. *Serverausfall heute Nacht. Behoben um 7:30 Uhr.* Die Nachricht stammte von Maria, der leitenden Technikerin. *Behoben* klang nicht schlecht. Ein Problem weniger, um das er sich kümmern musste. Daneben eine zweite Notiz: *Herr Stingel von der Versicherung kommt am Samstag, neun Uhr, ins Büro. Franz.*

Benjamin fluchte leise und schaltete sein Notebook ein. Er hatte nur noch eine halbe Stunde, bis er die Unterlagen der Sicherheitsüberprüfung abgeben musste. Gestern war er nicht mehr zum Durchsehen gekommen – beziehungsweise hatte er die anstehende Arbeit ignoriert. Ob sich diese Inkonsequenz auszahlen würde? Trotz seiner misslichen Lage lächelte er.

„Definitiv", sagte Benjamin leise.

Jochberg, Wagstätt-Sesselbahn, Talstation
Samstag, 6. Januar, 08:25 Uhr

„Toll, dass du doch mitgekommen bist", sagte Rüdiger und drückte Emma einen dicken Schmatz auf die Wange. „Wer weiß, wie lange die Lifte heute in Betrieb sind, und morgen soll es ja schneien." Rüdiger trug einen blau-schwarzen Schianzug, der seine gertenschlanke Gestalt und die breiten Schultern betonte. Die hellbraun gefärbten, stirnlangen Haare verliehen ihm etwas Verwegenes. Einmal mehr sah er zum Anbeißen aus.

„Ich habe mich nur überreden lassen, weil Matteo gemeint hat, die 3S-Bahn ist eine technische Meisterleistung", erwiderte Emma.

„Was auch stimmt“, bestätigte Rüdiger. „Vierhundert Meter über dem Boden ist ziemlich beeindruckend.“

„Was ist der schnellste Weg zur Seilbahn?“, erkundigte sich Matteo und reinigte seine beschlagene Brille mit einem Putztuch.

Rüdiger deutete auf den Pistenplan vor ihnen. „Wir nehmen den Zweier-Sessellift und den Schlepplift auf die Wurzhöhe. Dann diese kurze Abfahrt hier und den Vierer-Sessellift bis zur 3S-Bahn. Wenn wir schnell sind, sollten wir kurz nach neun dort sein.“

„Aber nicht zu schnell“, wandte Emma ein. „Ihr wisst, mein Knie …“

„Keine Sorge.“ Auf Rüdigers Gesicht erschien ein strahlendes Lächeln. „Ich passe schon auf dich auf.“

Schiregion Kitzbühel, Piste 67

Samstag, 6. Januar, 08:49 Uhr

Eiskristalle unter geschliffenem Stahl. Das gefiel ihm. Es erinnerte ihn an etwas. Etwas Schönes. Ein Schmunzeln kräuselte seine Lippen.

Er mochte Schi fahren. In ruhigen, weiten Schwüngen die noch fast leere Piste hinabzugleiten, hatte etwas Meditatives an sich. Der eisige Fahrtwind im Gesicht, das Brausen in den Ohren, der Geschmack des Winters auf der Zunge; er fühlte sich frei wie ein Vogel. Sämtliche Möglichkeiten standen ihm offen. Die Zeit verrann nicht länger, sie wurde eins mit seinen eleganten Schwüngen, tropfte gemächlich durch das Gefüge des Augenblicks. Selbst Gott schien von seinem Wolkenthron herabzublicken und ihn eines wissenden Lächelns zu würdigen.

Er hatte eine Ahnung, und seine Ahnungen trogen ihn selten. Es würde sich eine Gelegenheit ergeben. Bald. Sehr bald.

Seilbahn GmbH Kitzbühel, Büro des Sicherheitschefs
Samstag, 6. Januar, 08:51 Uhr

Das Diensttelefon klingelte. Im selben Moment kam Benjamin der Gedanke, dass er irgendjemanden zurückrufen sollte? Nur wen?

Er hob den Hörer ab. „Seilbahn GmbH Kitzbühel, Benjamin Lehnwieser am Apparat."

„Andreas Stamberger, Wetterdienststelle Innsbruck. Spreche ich mit dem Geschäftsführer?"

„Nein, mit dem Sicherheitschef."

„Auch gut. Ich wollte mich nur vergewissern, dass Sie unsere E-Mail erhalten haben."

„Welche E-Mail? Wir hatten heute Nacht einen Serverausfall."

Schweigen. Als sich die Stimme des Mannes erneut zu Wort meldete, haftete ihr eine gewisse Beunruhigung an.

„Sagen Sie nicht, der Liftbetrieb ist noch aufrecht."

„Doch. Wieso?"

„Das Sturmfeld trifft früher ein als erwartet."

„Wann?"

„Die Gewitterlinie erreicht soeben den Raum Innsbruck, also ..." Es folgten einige Sekunden Stille. „Innerhalb der nächsten Stunde."

„Verdammt!" Benjamin mahlte mit den Zähnen. „Haben Sie schon mal angerufen?"

„Ja, mehrmals. Entweder wurde der Anruf nicht entgegengenommen, oder es hob eine Dame ab, die meinte, sie wäre nicht zuständig."

Himmel, Arsch und Zwirn! Heute ging aber auch alles schief. Benjamin überschlug in Gedanken die Alternativen, wog ab, verwarf und plante schließlich die weitere Vorgehensweise. Theoretisch war eine Stunde ausreichend, um sämtliche Schilifte abzuschalten und zu sichern. Theoretisch, denn es durfte nichts mehr misslingen.

„Vielen Dank für Ihren Anruf", sagte Benjamin. „Wir werden die Anlagen umgehend schließen lassen."

Innsbruck, ZAMG, Wetterdienststelle

Samstag, 6. Januar, 08:53 Uhr

Andreas legte den Hörer auf.

Gerade noch rechtzeitig, dachte er bei sich, griff nach der Kaffeetasse und gähnte herzhaft. Eigentlich konnte er sich nun auf den Heimweg machen und seinen unterbrochenen Schlummer fortsetzen. Peter hatte die Bergbahnen in Sölden um acht telefonisch informiert, dort wurden die Lifte erst gar nicht in Betrieb genommen. Die Wetterwarnungen in den Medien waren um sieben Uhr korrigiert worden, selbst die Landeswarnzentralen hatten rasch reagiert. Jetzt blieb nur zu hoffen, dass die Heftigkeit des Orkantiefs halbwegs den Erwartungen entsprach. Zwar wünschte er sich nichts weniger als Sturm, schwere Schäden oder gar Verletzte, aber in der Bevölkerung herrschte die Unsitte, Vorwarnungen nicht mehr ernst zu nehmen, wenn die angekündigten Katastrophen mehrmals hintereinander nicht eintrafen.

„Andreas!"

In Peters Stimme lag eine Dringlichkeit, die die Gedanken seines Kollegen durchtrennte wie eine Schere einen gespannten Bindfaden. Andreas wandte sich dem Fenster zu, das den Blick in das Inntal Richtung Westen frei gab.

Er starrte nach draußen. Fünf Sekunden; zehn Sekunden; zu keiner Regung imstande. Das war unmöglich. Das konnte nicht sein. Die Kaffeetasse entglitt seinen klammen Fingern, zerbrach klirrend am Fußboden. Heiße Flüssigkeit durchtränkte seine Socken. Doch selbst das Gefühl brennender Hitze vermochte seine Lähmung nicht zu lösen.

Vor dem Fenster stand eine monströse, tiefschwarze Wolkenwand – die erwartete Gewitterfront. Aber es war nicht irgendein Gewitter. Es war sein Gewitter. Der Höllensturm aus seinem Traum.

Kitzbühel, Golf- und Landclub Rasmushof
Samstag, 6. Januar, 08:55 Uhr

„Wir müssen sofort den Betrieb einstellen."

„Bitte?!" Franz Reiter verharrte mitten im Schritt.

„Die Warnung vom Wetterdienst wurde aktualisiert", sagte Benjamin und bemühte sich, seine Stimme ruhig und besonnen klingen zu lassen. „Der Sturm soll innerhalb der nächsten Stunde bei uns eintreffen."

„Ja, sind die denn wahnsinnig? Wieso erfahren wir das erst jetzt?"

„Der leitende Meteorologe hat gemeint, es war gestern noch nicht abzusehen."

„Verdammt! Dann müssen sie uns um Punkt acht anrufen!"

„Haben sie versucht."

„Und?"

„War niemand erreichbar, oder die Meldung wurde nicht weitergeleitet."

„Warum?"

„Kann ich nicht sagen", log Benjamin.

„Das wird ein Nachspiel haben!", zeterte Franz und trat mit seinem Fuß gegen eine leere Bierdose. „Solche Informationen müssen auf der Stelle übermittelt werden!" Benjamin schwieg und wartete einige Sekunden, bis die ärgste Wut des Betriebsleiters abgeklungen war. „In Ordnung", sagte dieser schnaufend. „Ich nehme an, du hast die entsprechenden Maßnahmen schon getroffen?"

„Ja", entgegnete Benjamin. „Habe alle verfügbaren Mitarbeiter zusammengetrommelt. Die Liftwarte werden in diesem Moment über Funk und Handy verständigt."

Innsbruck, ZAMG, Wetterdienststelle
Samstag, 6. Januar, 08:57 Uhr

Die erste Böe fauchte heran und schlug gleich dem Fausthieb eines Riesen gegen die Fenster des Büros. Die Scheiben vibrierten wie unter elektrischer Spannung. Ein Blitz zuckte auf und schlug nur wenige hundert Meter entfernt in ein Gebäude. Der anschließende Donner hallte als mächtiger Glockenschlag durch den Raum.

Andreas konnte es noch immer nicht fassen. Die Ähnlichkeit der schwarzen Wolkenwand vor ihm mit der Erscheinung aus seinem Traum war unfassbar. Die gleichen fingerartigen Auswüchse der Böenfront, die gleiche unheilvolle Farbe, die gleiche Frequenz und Verteilung an Blitzschlägen. Andreas rieb sich die Augen, aber es blieb dabei. Die Übereinstimmungen entbehrten jedweder Logik.

Ein grauer Luftwirbel nahm seine Aufmerksamkeit in Anspruch. Direkt vor dem Gebäude begann die Luftmasse zu rotieren, wurde nach oben gesaugt wie bei einem Tornado. Andreas' rationaler Verstand wandte ein, dass ein Tornado sehr unwahrscheinlich war und es sich eher um einen Gustnado, einen Böenfrontwirbel handeln musste. Aber im Prinzip war das egal. Die Wirkung zählte. Eines der Fenster zerbarst klirrend. Ein braunes, lang gestrecktes Trümmerstück schoss in den Raum und bohrte sich knirschend in eine Gipskartonwand. Der Sturm fuhr heulend ins Gebäude, brauste durch das Büro wie ein Derwisch. Augenblicklich war die Luft erfüllt von Schmutz, Papier und umherschwirrenden Glasscherben.

„Wir müssen hier raus!", brüllte Andreas durch den tobenden Orkan und eilte in Richtung Treppe. Ein weiteres Fenster zersprang, ein neuer Schwall Glasscherben ergoss sich in den Raum. Peter stieß einen Schmerzensschrei aus. Andreas wandte sich um, sah seinen Kollegen auf allen vieren auf sich zurobben, unter den Arm ein Notebook geklemmt.

„Lass den Computer hier!", rief Andreas, aber Peter schüttelte stumm den Kopf, das Gesicht zur Grimasse verzerrt. Andreas erkannte eine stark blutende Wunde an der Wange seines Kollegen, dann war Peter bei ihm, und sie stürzten in den Gang.

Auf der – glücklicherweise fensterlosen – Treppe hatten sich mehrere Personen versammelt. Offenbar waren alle vor dem Sturm aus ihren Büros geflohen. Bei einigen entdeckte Andreas weitere Wunden, ein junger Mann schien sogar bewusstlos zu sein.

„Wie der Weltuntergang", keuchte jemand.

Andreas schloss die Augen. Vielleicht *war* es der Weltuntergang. Die ausgegebene Wetterwarnung entsprach nicht den Tatsachen. Das Orkantief war viel schlimmer. Es war ein Monster, ein Ungeheuer, ein Albtraum.

Das erste Mal seit Jahren fing er an zu beten.

Jochberg, Talsen-Sesselbahn, Talstation
Samstag, 6. Januar, 09:00 Uhr

Doris reihte sich mit ihrer Tochter in die kurze Schlange wartender Schifahrer ein. Vorhin war Samantha gestürzt und hatte herzzerreißend geweint; doch Ferdinand war, ohne innezuhalten, Moritz und Samuel gefolgt und hatte ihr bloß zugerufen, dass sie sich oben bei der 3S-Bahn treffen würden. Innerlich kochte Doris vor Wut. Allmählich grenzte Ferdinands Verhalten an Unverschämtheit.

„Wir müssen leider den Betrieb einstellen!", rief der Liftwart den wartenden Schigästen zu. „In zehn Minuten wird die Anlage geschlossen. Bitte fahren Sie ins Tal."

Erregtes Murmeln wurde laut. Niemand war von dieser Information besonders angetan.

„Warum denn?", rief jemand.

„Der Sturm trifft früher ein als erwartet. Deshalb werden sämtliche Anlagen abgeschaltet. Eine reine Sicherheitsmaßnahme."

„Es ist wolkenlos", murrte einer der Gäste. „Wo soll da ein Sturm herkommen?"

„Tut mir leid", sagte der Liftwart und hob in einer hilflosen Geste die Hände. „Vorschrift ist Vorschrift."

Oh nein, dachte Doris, drängte sich nach vorn und zog Samantha an einem Schistecken hinter sich her. *Nicht mit mir!* „Bitte, dürfen wir noch fahren? Mein Mann und meine Söhne sind gerade eingestiegen. Dort vorn, sehen Sie?"

„Okay." Der Liftwart nickte. „Aber Sie sind die Letzten."

Bayern, bei Freising, A92

Samstag, 6. Januar, 09:04 Uhr

„Pass auf!", rief Anna und presste sich in den Beifahrersitz.

Bernhard fluchte, riss das Lenkrad herum und trat auf die Bremse. Der Mülleimer schlitterte nur einen knappen Meter am Wagen vorbei und krachte in die Leitplanke. Die Bäume am Straßenrand bogen sich zur Seite, berührten mit ihren Wipfeln beinahe den Boden. Zentimeterdicke Äste wirbelten über die Fahrbahn. Sie erblickten einen Wagen am Straßenrand, dessen Heckscheibe zu Bruch gegangen war. Ein weiteres Fahrzeug, direkt vor ihnen, war von einem schweren Gegenstand an der Motorhaube getroffen worden und blockierte mit hektischer Warnblinkanlage die dritte Spur. Innerhalb von Sekunden kam der Verkehr zum Erliegen.

Von der Ferne hat es gar nicht so schlimm ausgesehen, dachte Bernhard betroffen. Eine einförmige, schwarze Wolkenwand. Also war die Wetterwarnung ausnahmsweise nicht übertrieben gewesen.

Bernhard überlegte auszusteigen und nachzusehen, ob den Reisenden des demolierten Wagens etwas geschehen war. Doch blies der Sturm nach wie vor in Orkanstärke, sodass ein Aufenthalt im Freien Lebensgefahr bedeutete. Zudem war der heftige Regen in kleinkörnigen, aber dichten Hagelschlag übergegangen. Bernhard hätte nicht gewundert, wenn die Energie der vom Wind getriebenen Eiskörner ausreichte, die Haut vom Körper zu schmirgeln.

Glücklicherweise währte der Sturm nur Minuten. Bald klarte es auf, Wind und Niederschlag ließen nach, auch der Verkehr kam wieder ins Rollen. Die Insassen des schwer beschädigten Wagens kletterten, augenscheinlich unverletzt, ins Freie. Bernhard entschied weiterzufahren. Die Kollegen von der Verkehrspolizei würden sich um das Unfallfahrzeug kümmern.

Obwohl sie glimpflich davongekommen waren, hegte Bernhard die Befürchtung, dass die Sturmfront schwere Schäden angerichtet hatte – oder noch anrichten würde.

Hoffentlich steht mein Garten das durch, dachte er.

Innsbruck, ZAMG, Treppenaufgang

Samstag, 6. Januar, 09:08 Uhr

„Was tust du da?“

Andreas lugte über Peters Schulter, um einen Blick auf das geöffnete Notebook zu erhaschen. Peter blieb stumm und tippte behände auf der Tastatur. Andreas' Blick fiel auf die lang gezogene Fleischwunde an Peters Wange.

„Du solltest die Verletzung behandeln“, meinte er. „Eine Blutvergiftung kann sehr gefährlich sein.“

„Gleich, gleich“, murmelte Peter abwesend, drückte gegen seine Brille und sog scharf die Luft ein.

„Was ist?“, fragte Andreas.

„Zweihundertdreizehn Stundenkilometer.“

„Bitte?“

„Die Windspitzen am Patscherkofel vor wenigen Minuten.“

„Wahnsinn … Und die Werte für Innsbruck?“

„Bei der Universität hundertneunundzwanzig. Flughafen hundertsiebenundvierzig. Grenzt an ein Wunder, dass das WLAN-Netz noch in Betrieb ist.“

„Der Sturm hat nachgelassen“, sagte einer der Umstehenden. „Ich gehe mal nachsehen, was von meinem Computer noch übrig ist.“

Die Menschenmenge löste sich auf. Auch Andreas erhob sich und trat vor die Eingangstür des Büros. Eine Sekunde schwebte seine Hand über der Klinke, dann drückte er sie entschlossen hinunter und zog die Tür auf.

Das Büro war kein Büro mehr. Es war ein Schlachtfeld.

Seilbahn GmbH Kitzbühel, Büro des Sicherheitschefs
Samstag, 6. Januar, 09:09 Uhr

„Wir erreichen Ibrahim nicht.“

„Wen?“ Benjamin nahm das Mobiltelefon von seinem Ohr.

„Ibrahim, den Liftwart der 3S-Talstation“, sagte Thomas, einer der Mitarbeiter.

„Habt ihr es schon über sein Handy versucht?“

„Ja, natürlich. Er geht weder ans Funkgerät noch an sein Mobiltelefon.“

„Mist.“ Benjamin ballte die Hand zur Faust. „Moment. Wenn wir die Anlage von oben abschalten …“

„… steigen bis dahin weiter Fahrgäste ein.“

„Richtig, also …“ Benjamin kam ein Gedanke. „Wer sitzt in der Talsen-Bergstation?“

„Maximilian Föhrer, ein Neuer.“

„Gut. Er soll rüberlaufen und Ibrahim Bescheid geben. Falls er ihn nicht sofort findet, muss er selbstständig den

Zugang sperren und eine Durchsage machen, dass niemand mehr in die Kabinen steigen darf."

„Ich bin mir nicht sicher, ob Maximilian genügend Kenntnisse über die Anlage hat."

Benjamin funkelte sein Gegenüber an. „Hast du einen besseren Vorschlag?"

Thomas senkte den Blick. „Nein."

„Dann ruf ihn an."

Schiregion Kitzbühel, 3S-Bahn, Talstation
Samstag, 6. Januar, 09:14 Uhr

„Nein, da steige ich nicht ein!" Emma schüttelte heftig den Kopf und trat einen Schritt zurück.

„Jetzt komm schon." Matteo schob sich durch das Drehkreuz, schnallte seine Schi ab und näherte sich den geöffneten Türen der Gondel.

„Nein, sieh dir die Nummer an."

„Welche Nummer?"

„Die der Kabine."

„Ach du meine Güte!" Matteo warf einen hilfesuchenden Blick in Richtung Himmel. „Du willst allen Ernstes behaupten, dass du nicht einsteigst, weil es die dreizehnte Kabine ist?"

„Genau." Emma nickte heftig. „Ich nehme die nächste."

Matteo schien eine nicht besonders nette Erwiderung auf der Zunge zu liegen, doch er beherrschte sich. „Rüdiger!", rief er dem Leiter der Runde zu, der die Gondel gemeinsam mit den anderen bereits betreten hatte. „Wir fahren mit der nächsten Kabine!"

„Ach so?" Rüdiger schob seinen Kopf nach draußen. Er überlegte einen Moment, wandte sich François und Julie zu und wechselte ein paar Worte mit ihnen. Im letzten Moment sprang er zwischen den zuschnappenden Gondeltüren ins Freie und kam grinsend auf sie zu. „Ich fahre mit euch", sagte er. „Damit ihr nicht so einsam seid."

Matteo blickte seiner Frau direkt in die Augen. „Irgendwann", sagte er so leise, dass ihn Rüdiger nicht verstehen konnte, „wirst du begreifen, dass es weder Glück noch Pech gibt. Dein Aberglaube ist so was von lächerlich."

„Pah", sagte Emma bloß, hob ihr Kinn und wandte sich Kabine vierzehn zu.

*

Als Doris das Seilbahngebäude betrat, sah sie gerade noch, wie Ferdinand mit Moritz und Samuel in eine Kabine stieg. Am liebsten wäre sie ihrem Mann an die Gurgel gesprungen. Es war ekelhaft und ungerecht, wie Ferdinand sie heute behandelte – oder eher ignorierte.

„Ich muss Pipi", sagte Samantha.

„Jetzt nicht, mein Engel", entgegnete Doris. „Wir müssen schauen, dass wir Papa einholen." Sie wandte sich dem Liftwart zu, einem stämmigen Schwarzen mit einem heiteren Grinsen im Gesicht, der lässig an einem Pfosten lehnte. „Entschuldigen Sie, aber mein Mann ist gerade in die Kabine gestiegen. Können wir noch zusteigen?"

„Tut mir leid, Madame, die Türen schließen jeden Moment. Nehmen Sie einfach die nächste."

„Stellen Sie den Betrieb noch nicht ein?"

Der Liftwart wirkte verwundert. „Nein, erst zu Mittag."

Doris winkte ab. Wenn die Lifte länger fuhren, umso besser. Sie würde Ferdinand in jedem Fall zur Rede stellen. Und dann konnte er was erleben!

*

„Sind Sie endlich fertig, Herr Meisterfotograf?", sagte Sonja mit hoher, näselnder Stimme.

Raphael schürzte die Lippen. „Ja, bin ich", sagte er und senkte den Fotoapparat. „Aber du musst zugeben, dass die Seilbahn beeindruckend ist."

Sonja nickte. Sie verlagerte ihr Gewicht und rutschte mit ihren Schiern langsam den Hang hinab. „Stimmt. Sieht aus, als würden die Gondeln an drei haarfeinen Schnüren über einem bodenlosen Abgrund schweben. Aber ich habe genug gestaunt und möchte endlich damit fahren!"

„Okay, okay." Raphael verstaute die Kamera in seinem Rucksack und schwang sich zu seiner Freundin ab. Er hatte recht behalten. Die Sonne strahlte von einem nahezu wolkenlosen Himmel, und die Temperatur war sogar noch höher als unten im Tal. Einzig der Wind war aufgefrischt und blies kräftig aus südwestlicher Richtung.

Sie erreichten den Eingang der Station.

„Die Gondel erwischen wir noch", sagte Sonja, schnallte sich die Schi ab und hob sie auf ihre Schultern. „Also ich zumindest", ergänzte sie, kicherte frech und lief vor-aus.

„Na warte", grummelte Raphael, drückte hektisch an seinen Bindungen herum und eilte seiner Freundin hinterher. In letzter Sekunde huschten sie in die abfahrende Gondel. Raphael stellte seine Schi ab, atmete tief durch und warf einen Blick zurück. Ein junger Mann in Betriebsuniform eilte auf den Liftwart zu und begann hektisch auf ihn einzureden. Dieser erstarrte und wurde mit jedem Wort kleiner und kleiner. Leider war die Auseinandersetzung nicht zu verstehen.

Raphael wandte sich Sonja zu und küsste sie in inniger Leidenschaft. „War ziemlich fies von dir", murmelte er.

„Kannst mich ja bestrafen", erwiderte sie.

„Verlass dich drauf."

Sie ließen sich auf einem freien Platz nieder und schmiegten sich aneinander. „Pass auf", flüsterte Raphael seiner Freundin ins Ohr. „Das wird eine aufregende Fahrt."

Die Türen von Kabine vierzehn schlossen sich.

Seilbahn GmbH Kitzbühel, Büro des Sicherheitschefs
Samstag, 6. Januar, 09:17 Uhr

„Es hat geklappt." Thomas stand in der Tür und winkte mit dem Mobiltelefon. „Ibrahim war in der Abfahrtshalle und hatte sein Handy nicht dabei. Der Gondelzugang wurde gesperrt, die ersten Kabinen werden schon hereingeholt. In neun Minuten sollten die letzten Passagiere in der Bergstation eintreffen."

Benjamin seufzte erleichtert. „Gut", sagte er und kramte in seinen Unterlagen. „Herr Stingel wartet noch im Empfangsraum?"

„Ja. Aber er hat gemeint, er versteht die Lage, und du könntest ihm das Sicherheitsprotokoll auch am Montag auf die Gemeinde bringen."

„Nicht nötig." Benjamin zog einen Stapel Zettel hervor und heftete sie mit einer Klammermaschine zusammen. „Könntest du ihm das geben? Ich lasse mich entschuldigen, aber momentan kann ich keine Minute entbehren."

„In Ordnung. Da fällt mir ein, die Hahnenkammbahn wurde soeben geschlossen."

„Ausgezeichnet. Also nur noch die 3S, und wir sind aus dem Schneider."

Benjamins Mobiltelefon läutete die ersten Takte der *Morgenstimmung* ein, sodass Benjamin hastig danach griff und Thomas einen Wink gab, das Zimmer zu verlassen. „Ja?“, sagte er, unschlüssig, wie er das Gespräch beginnen sollte.

„Hallo, lieber Benjamin.“ Nataschas Stimme klang ein wenig gereizt. „Kann es sein, dass du heute verschlafen hast?“

„Kann sein. Wo bist du gerade?“

„Oben beim Pengelstein. Sebastian hat gemeint, er kommt mit der 3S-Bahn. Wir wollten die Pistenräumung durchgehen. Habe erst vor ein paar Minuten von der neuen Wetterwarnung erfahren. Richtung Westen ist der Himmel schon ganz schwarz. Viel Zeit haben wir wohl nicht mehr.“

Benjamin warf einen Blick auf seine Armbanduhr. „Müsste sich ausgehen. Bis auf die 3S sind alle Bahnen und Lifte außer Betrieb.“

„Gut. Unser Date heute Abend steht doch noch?“

Ein Schwall wohltuender Wärme brandete durch Benjamins Körper. „Natürlich“, erwiderte er. „Ich komme, selbst wenn die Welt untergeht.“

In diesem Moment fiel das Licht aus.

Tirol, Breitenbach am Inn, Schönau
Samstag, 6. Januar, 09:17 Uhr

„Bei Fuß!“ Sepp Almdorfer zog an der Leine und brachte seinen Hund zur Raison. Igor verzichtete darauf, dem Kaninchen kläffend hinterherzujagen, und blickte reumütig zu seinem Herrchen auf. Das unförmige Doggengesicht wirkte so unschuldig, dass es Sepp bei einem mürrischen Blick beließ. Er hatte sich damit abgefunden, dass er seinem Hund den Jagdtrieb nicht abgewöhnen konnte. Igor war eben nur ein dummes Tier und kein vernunftbegabter Mensch.

Ein seltsames Brausen drang an Sepps Ohr.

Von der Sattelalm nordwestlich von Schönau wälzte sich eine dunkle Wolkenfront auf ihn zu. Unsichtbare Luftwirbel rissen an den Baumwipfeln des Abhangs, sogen Laub und Äste empor. Filigrane Wolkenfinger tasteten in Richtung Talboden wie ein Heer tanzender Nebelgeister. Sepp stand da und staunte; so lange, bis er einen kompletten Baum durch die Luft fliegen sah.

Er musste nach Hause. Sofort.

Zu wenig Zeit, belehrte ihn eine Stimme in seinem Kopf.

Die Brücke! Er hatte soeben den Moosbach überquert, unter der Brücke würde er Schutz finden. Er riss an Igors Leine, sprintete die wenigen Meter bis zur Überführung zurück und kletterte ins Bachbett hinab. Gerade noch rechtzeitig. Eine heftige Windböe fegte heran und trieb ihm eine Ladung scharfkantigen Sand ins Gesicht.

Sepp duckte sich unter die massiven Holzbalken und zog Igor an sich. Ein schwerer Gegenstand prallte auf die Überführung, der Boden erbebte. Das Heulen des Sturms schwoll zu einem irren Gelächter an. Igor zitterte wie unter klirrender Kälte und stieß ein hohes Winseln aus. Furchtsam drückte er sich an seinen Herrn. Sepp strich dem Hund beruhigend über den Kopf, obgleich er alles andere als ruhig war. Einen solchen Sturm hatte er noch nie erlebt.

Sepp warf einen Blick Richtung Süden, dorthin, wo die zweihundertzwanzig Kilovolt-Stromleitung verlief. Die fliegenden Trümmer wirbelten umher, trafen die zentimeterdicken Kabelstränge. Funken sprühten, ein hässlicher, spitzer Knall ertönte. Die Überlandleitungen schwangen auf und nieder wie Springschnüre, konnten der Belastung nichts entgegensetzen und rissen. Zwei, drei und schließlich vier Kabel senkten sich zu Boden, schlangen sich um die verbliebenen Leitungen. Weitere Funken, ein sirrender Laut und ein wahres Feuerwerk aus hellen Lichtblitzen folgten.

Schmarrn, dachte Sepp und kauerte sich tiefer auf den Boden, als der Sturm weiter an Stärke zulegte. *Ich hätte meine Kamera mitnehmen sollen.*

Schiregion Kitzbühel, 3S-Bahn, Kabine 14
Samstag, 6. Januar, 09:17 Uhr

„Die Dreiseilumlaufbahn von Kitzbühel könnte man als eines der technischen Wunderwerke Österreichs bezeichnen", dozierte Matteo. Er hatte seine Schi gegen das Fenster gelehnt, um seinen Vortrag mit gewichtigen Gesten unterstreichen zu können. „Nach der Luftseilbahn in Whistler, Kanada, hat sie mit rund vierhundert Meter Bodenabstand die zweitgrößte Höhe über Grund und ein Spannfeld von über zweieinhalb Kilometer."

„Was bitte ist ein Spannfeld?", warf Rüdiger ein.

„Der Abstand zwischen den Seilbahnstützen, auch Spannweite genannt. Wie wir gleich sehen werden, kommt die 3S-Bahn mit nur einer einzigen separaten Stütze aus. Auch das ist bemerkenswert."

Gegen ihren Willen war Emma fasziniert und lauschte den Worten ihres Mannes. Manchmal war es ganz praktisch, einen allwissenden Gemahl zu haben.

„Um zu verhindern, dass es zu Seilüberschlägen kommt", fuhr Matteo fort, „werden in den Spannfeldern Seilreiter verwendet, die einen gleichmäßigen Abstand der drei Seilstränge gewährleisten. Das sind diese Dreiecke, seht ihr?" Er deutete aus dem Fenster.

„Die Fahrtgeschwindigkeit beträgt übrigens fast fünfundzwanzig Kilometer pro Stunde. Das heißt, wir benötigen für die dreitausendsechshundert Meter Streckenlänge nur neun Minuten."

„Beeindruckend", sagte Rüdiger und lugte in Richtung Talboden. „Mir scheint, jetzt passieren wir gerade die vierhundert Meter Bodenabstand."

Emma wurde etwas mulmig zumute, als sie Rüdigers Blick folgte. So hoch über der Erdoberfläche wirkten die Bäume wie Spargelspitzen und der Bachlauf wie ein Faden aus Silber. Emma zog den Kopf zurück. Besser, sie blickte nicht mehr nach unten, bis sie wieder festen Boden unter den Füßen spürte.

Nur ein paar Minuten, dachte sie und schloss für einen Moment die Augen. *Dann hast du es überstanden.*

Die Gondel wurde langsamer, das gleichmäßige Summen gefederter Rollen leiser. Augenblicke später, und Kabine vierzehn hing regungslos vierhundert Meter über dem Erdboden.

Seilbahn GmbH Kitzbühel, Büro des Sicherheitschefs
Samstag, 6. Januar, 09:19 Uhr

„Was ist denn los?" Nataschas Stimme klang mehr neugierig als überrascht. „Warum fluchst du?"

„Stromausfall", erwiderte Benjamin, sprang auf und riss die Tür seines Büros auf. Aufgeregte Stimmen schlugen ihm entgegen. „Ich fürchte, da bin ich nicht allein. Würde mich nicht wundern, wenn ganz Kitzbühel betroffen ist."

„Die 3S-Bahn bewegt sich nicht mehr."

„Was?"

„Ja. Sie steht still. Definitiv."

Benjamin ballte die freie Hand zur Faust. „Das gibt's doch nicht. Wieso springt der Notantrieb nicht an?"

„Ist er überhaupt schon repariert?"

Darauf wusste Benjamin keine Antwort. „Selbst wenn nicht", warf er ein, „müsste der Reserveantrieb in der Talstation funktionieren."

„Müsste, genau."

„Könntest du …"

„Natürlich. Ich fahre sofort rüber und sehe mir das an. Übrigens wird der Wind immer stärker."

„Scheiße, so geht das nicht weiter!" Benjamin hetzte durch den Gang und erblickte Franz, der mit lauter Stimme und wüsten Gesten Befehle erteilte. Benjamin entschied, den Betriebschef vorerst nicht auf den Zwischenfall anzusprechen, und winkte stattdessen Thomas heran.

„Ruf in der 3S-Bergstation an", sagte er mit gedämpfter Stimme. „Sie sollen den Notantrieb aktivieren. Wenn er nicht anspringt, muss die Talstation aushelfen. Hauptsache die Gondeln fahren wieder. Und kein Wort zu Franz."

Ohne eine Erwiderung abzuwarten stürmte er in sein Zimmer zurück. „Ich kann nicht im Büro bleiben", sagte er an Natascha gewandt. „Ich muss mir das selbst ansehen."

„Bis du hier bist, ist es zu spät", entgegnete sie. „Keine Sorge, ich schaffe das schon."

„Natascha …"

„Ja?"

„Sei vorsichtig."

Natascha lachte leise. „Ach, komm. Was soll mir schon passieren?"

Schiregion Kitzbühel, 3S-Bahn, Kabine 14
Samstag, 6. Januar, 09:19 Uhr

„Nanu.“ Sonja ließ Raphaels Hand los. „Wir sind stehen geblieben, oder?“

Raphael warf einen Blick aus dem Fenster und lugte zu den Stahlseilen über ihren Köpfen empor. „Sieht ganz danach aus.“

„Schade, dass wir nicht allein in der Kabine sind“, flüsterte Sonja. Ein lasziver Ausdruck umspielte ihre Lippen.

„Ach so?“ Raphael beäugte ein kleines Mädchen, das ihrer Mutter lautstark verkündete, dringend auf die Toilette zu müssen. Wollte er sich das wirklich antun? Gut, eine Ehe bedeutete noch lange nicht, dass man auch Kinder bekommen musste. Allerdings hatte Sonja mehrmals einen entsprechenden Wunsch geäußert. Andererseits: Wusste er, ob sie mit ihm Nachkommen haben wollte? Womöglich lehnte sie das ab, weil sie befürchtete, Raphaels starke Kurzsichtigkeit würde sich vererben, oder seine Rückenprobleme könnten genetisch bedingt sein. Vielleicht dachte sie auch, dass er ... Sein Blick fiel auf Sonja. In ihren Augen las er einen Anflug von Spott, aber auch eine gewisse Unsicherheit und Sorge.

„Ähm“, sagte er.

„Du hast mir nicht zugehört“, stellte sie fest.

Beschämt senkte Raphael den Blick. „Tut mir leid, ich war ... abgelenkt.“

„Habe ich gemerkt. Seit gestern Abend bist du irgendwie anders als sonst.“

Raphael wurde abwechselnd heiß und kalt. Natürlich, sie waren seit mehr als drei Jahren zusammen. Es war naheliegend, dass seiner Freundin auffiel, wenn ihn etwas beschäftigte.

„Es ist nichts Schlimmes“, meinte er und blickte ihr fest in die Augen. „Aber ich kann es dir nicht sagen. Noch nicht.“

Sonja nickte und bettete ihren Kopf auf seine Schulter. „Okay. Ich vertraue dir.“

Seilbahn GmbH Kitzbühel, Büro des Sicherheitschefs
Samstag, 6. Januar, 09:22 Uhr

„Was zum Teufel ist mit der 3S los??“

Franz stand in der Tür und hatte beide Arme in die Hüften gestemmt. Hinter ihm war Thomas zu erkennen, der nervös von einem Fuß auf den anderen trat und Benjamin ein entschuldigendes Grinsen zuwarf.

Benjamin straffte die Schultern. „Der Notantrieb in der Bergstation ist beim Stromausfall nicht ordnungsgemäß angesprungen.“

„Was soll das heißen?“

„Die Seilbahn steht momentan still.“

„Sie steht still?“ Franz’ Augäpfel quollen aus ihren Höhlen, als wollten sie Benjamin ins Gesicht springen.

„Mir ist bewusst, dass dies eine heikle Situation ist“, fügte Benjamin eilig hinzu. „Ich habe Thomas gebeten, dass er in der Bergstation anruft.“

„War niemand erreichbar“, schaltete sich dieser ein. „Es ist wie verhext. Eigentlich sollte Jürgen Dienst haben, aber auch sein Mobiltelefon …“

„Wenn ich es richtig verstehe“, unterbrach ihn Franz, „sitzen Dutzende Passagiere in Gondeln fest, während in wenigen Minuten die ersten Ausläufer eines Orkantiefs bei uns eintreffen?“ Weder Benjamin noch Thomas wagten eine Erwiderung.

„Verstehe ich des Weiteren richtig, dass dieses ganze Schlamassel vermeidbar gewesen wäre, wenn nicht eine aberwitzige Serie menschlichen Versagens stattgefunden hätte?" Seine Stimme wurde drohend, schwebte über ihnen wie ein Damoklesschwert. „Zum Kuckuck!", donnerte Franz. „Bin ich hier in einem Affenzirkus!?"

Die ersten Töne der *Morgenstimmung* drangen aus Benjamins Mobiltelefon. Franz verstummte. Seine Mimik zeigte eine rasche Abfolge von Wut, Unverständnis und Überraschung, die unter anderen Umständen komisch gewirkt hätte. Benjamin wartete nicht ab, bis Franz seine Beherrschung – oder eher Empörung – zurückerlangte, und griff nach seinem Telefon.

„Natascha?"

Aus der Leitung schlug ihm ein penetrantes Rauschen entgegen. „Haben ... Problem ... ist ...letzt", sagte sie.

„Die Verbindung ist grottenschlecht. Kannst du das wiederholen?"

Das Rauschen wurde schwächer, verschwand aber nicht vollends. Nataschas Stimme war nun deutlicher zu vernehmen. „Es gab einen Unfall", sagte sie. „Jürgen ist verletzt."

Schiregion Kitzbühel, 3S-Bahn, Kabine 14
Samstag, 6. Januar, 09:23 Uhr

Allmählich wurde Emma unruhig. Zwar war sie nicht von Furcht erfüllt, wenigstens noch nicht, aber eine gewisse Unbehaglichkeit konnte sie nicht leugnen. Für ihren Geschmack währte der unfreiwillige Zwischenstopp bereits viel zu lange. Ihr Gefühl behauptete, dass sie seit Stunden über dem Abgrund hingen, und nicht erst wenige Minuten. Unauffällig beäugte sie die übrigen Fahrgäste. Niemand schien besonders beunruhigt zu sein. Zwei jugendliche Mädchen mit Snowboards tuschelten miteinander und schienen von ihrer Umgebung kaum etwas mitzubekommen – genauso wenig wie das verliebte Pärchen, das auf der anderen Seite der Kabine saß.

Ihr schräg gegenüber hockte ein Mann mittleren Alters mit auffällig roten, wild gelockten Haaren. Er hatte seine Augen geschlossen, die Hände über dem Bierbauch verschränkt. Seine abgewetzte Jacke war dunkelblau, er trug Winterstiefel und hatte weder Schiausrüstung noch Handschuhe oder Haube bei sich. Seinem entspannten Gesichtsausdruck nach zu urteilen, war ihm die Situation nicht minder gleichgültig. Oder aber er war schlicht eingeschlafen.

Die Frau und ihre vorlaute Tochter waren Emma schon beim Betreten der Gondel aufgefallen. Es war offensichtlich, dass die zaundürre Mutter ihren Nachwuchs nicht unter Kontrolle hatte. Emma spürte einen scharfen Stich in der Brust, als sie das kleine Mädchen betrachtete. Natürlich hätte sie einen anderen Erziehungsstil gewählt. Freilich wäre sie eine bessere Mutter gewesen. Selbstverständlich könnte sie die erforderlichen Grenzen von Selbstlosigkeit, Liebe, Erziehung und notwendiger Bestrafung korrekt einschätzen. Hätte, wäre, könnte. Aber sie hatte keine Kinder.

An der Tür stand ein Mann, vielleicht vierzig Jahre alt. Seine Gesichtszüge waren unscheinbar. Er hatte etwas von einer grauen Maus und wirkte eher genervt als nervös. Das Auffälligste an ihm waren seine voluminösen Lippen und der schwarzrote Schioverall, der ihn als Mitarbeiter der Kitzbüheler Seilbahnen auswies. Der Unbekannte hatte ein Mobiltelefon an sein Ohr gepresst, schien allerdings keine Verbindung zu erhalten. Emma lugte neben sich. Rüdiger plauderte mit einem eher klein gewachsenen, aber gut aussehenden Mann um die fünfzig. Dessen Augen erstrahlten in einem solch unnatürlichen Blau, dass sie zwei funkelnden Saphiren glichen. Emma war der Unbekannte auf Anhieb unsympathisch. Gerade lachte der Fremde aus vollem Hals. Rüdiger spielte sein humoristisches Talent aus.

Und Matteo ... Matteo grinste unverschämt in ihre Richtung. Emma blinzelte halb überrascht, halb verärgert, streckte die Nase hoch und zog ihre Mundwinkel demonstrativ nach unten. Sie würde sich vor ihrem Mann keine Blöße geben!

„Na Gott sei Dank", hob Matteo an, und seine Stimme war in flüssigen Sarkasmus getaucht, „sind wir nicht in Kabine dreizehn eingestiegen."

Seilbahn GmbH Kitzbühel, Büro des Sicherheitschefs
Samstag, 6. Januar, 09:26 Uhr

„Er sagt, er ist die Stufen hinuntergefallen, als er nach dem Notantrieb sehen wollte." Nataschas Stimme klang blechern aus dem Mobiltelefon. Benjamin hatte die Lautsprecher eingeschaltet, damit auch Franz und Thomas ihr Gespräch mit anhören konnten.

„Wie geht es ihm?", fragte Benjamin.

„Er hat eine großflächige Platzwunde am Kopf. Dürfte ohnmächtig gewesen sein. Mittlerweile ist er aber ansprechbar."

Franz beugte sich vor und brüllte ins Mikrofon: „Was ist mit dem Notantrieb?"

Kurzes Schweigen.

„Springt nicht an“, konstatierte Natascha. „Kann momentan nicht sagen, woran es liegt. Jedenfalls nicht am Strom. Das Aggregat läuft einwandfrei, alle elektronischen Geräte funktionieren.“

„Was ist mit dem Reserveantrieb in der Talstation?“, warf Benjamin ein.

Ein Knacken in der Leitung; Nataschas Stimme war in einiger Entfernung zu vernehmen. „Werde ... Funk ...“

„Was hast du gesagt?“

Stille. Gerade als Benjamin begann sich Sorgen zu machen, war Nataschas Stimme wieder da; rauschfrei und in beachtlicher Lautstärke. „Habe die Talstation angefunkt“, sagte sie. „Ibrahim kann die Startautomatik des Notantriebs in der Bergstation nicht übergehen. Laut System soll der Antrieb hier oben laufen.“

„Manuell deaktivieren und umschalten“, sagte Benjamin. „Weißt du, wie das geht?“

„Moment ... Gut, der Notantrieb ist aus. Zum Umschalten muss ich in den Technikraum, oder?“

„Genau. Wenn du hineinkommst, ist linker Hand ein Schaltkasten.“

„War das nicht der gelbe Knopf über dem FI-Schalter?“, erkundigte sich Natascha.

„Korrekt“, bestätigte Benjamin. „Den musst du drücken, dann sollte der Notantrieb in der Talstation anspringen.“

Ein Brummen erklang, tief und gleichmäßig.

„Es läuft“, sagte Natascha mit Erleichterung in der Stimme. „Die 3S-Bahn fährt wieder.“

Schiregion Kitzbühel, 3S-Bahn, Kabine 14
Samstag, 6. Januar, 09:29 Uhr

Endlich!

Doris atmete erleichtert auf. Sie wusste nicht, wie lange sie Samantha noch hätte stillhalten können.

„Wir fahren schon wieder, mein Engel, siehst du?"

Samantha wirkte wenig beeindruckt, stellte aber ihr Gejammer ein und ließ sich mit verschränkten Armen auf ihren Sitz fallen. „Wie lange dauert's noch?", murrte sie, nahm ihren Helm ab und warf ihn achtlos neben sich.

„Nur noch ein paar Minuten. Schau mal, die Gondel vor uns. Dort sind Papa und deine Brüder."

„Hm."

„Willst du zu Mittag einen Kaiserschmarrn? Oben am Berg ist ein tolles Restaurant."

„Ich will jetzt Zuckerschlangen", sagte Samantha. „Und ich muss aufs Klo."

„Gleich, mein Häschen, gleich." Doris ging vor ihrer Tochter in die Hocke und warf ihr einen flehentlichen Blick zu. „Du weißt, dass dich Mama lieb hat, oder? Aber ich kann nicht zaubern, verstehst du? Wir müssen warten, bis wir oben am Berg sind, dann werde ich dir Süßigkeiten kaufen und ..."

„ICH MUSS PI-PI!", brüllte Samantha.

Seilbahn GmbH Kitzbühel, Büro des Sicherheitschefs
Samstag, 6. Januar, 09:29 Uhr

„Die schwarze Wolkenwand ist fast da", sagte Natascha. „Ich schätze, uns bleiben weniger als zehn Minuten."

„Könntest du abklären, wie viele Gondeln mit Passagieren noch auf der Strecke sind?“

„Ja, Sekunde.“ Nataschas Stimme verklang. Das eintönige Rauschen der Lautsprecher verschluckte ihr Funkgespräch mit der Talstation.

„Der Reserveantrieb schafft nur das halbe Tempo“, sagte Franz. „Aus neun Minuten werden achtzehn.“

„Im Moment des Stromausfalls muss die letzte besetzte Gondel auf Höhe der Stütze gewesen sein.“ Benjamin gab sich betont zuversichtlich. „In spätestens fünf Minuten sind die letzten Passagiere oben.“

„Die Fahrgäste sind das eine Problem“, meinte Franz. „Die Gondeln das andere. Wenn wir es nicht schaffen, alle Kabinen vor dem Sturm hereinzuholen, könnten sie beschädigt werden. Ich brauche dir wohl nicht zu erklären, dass dies einem finanziellen Desaster gleichkäme.“

Benjamin senkte den Blick. Nein, das brauchte der Betriebsleiter fürwahr nicht zu tun. Er erwähnte äußerst selten, dass die Firma – in seinen Augen – immerzu am Rande des Bankrotts stand. Höchstens dreimal pro Tag.

Ein Surren in der Mobilfunkleitung, dann war Nataschas Stimme zu vernehmen. „Es sind noch neun Kabinen“, sagte sie. „Alle bergwärts unterwegs.“

Benjamins Gesichtszüge erschlafften. Das bedeutete rund fünfzehn Minuten, bis die letzte Gondel in der Bergstation eintraf.

„In Nummer vierzehn sind die letzten Passagiere“, fuhr Natascha fort. „Es dürfte knapp werden.“

„Was wäre, wenn es sich nicht ausgeht?“ Die Stimme des Betriebschefs war ruhig, gleichzeitig lag ein unterschwelliges Grollen darin. „Womit müssen wir rechnen?“

Benjamin rieb sich die Schläfen. „Das hängt von verschiedenen Faktoren ab. Unter anderem der Windgeschwindigkeit. Ich weiß, dass die Gondeln der 3S-Bahn bis einhundertzwanzig Stundenkilometer getestet wurden. Leider bin ich kein Experte auf dem Gebiet."

„Dann solltest du es werden", sagte Franz. „Und zwar innerhalb der nächsten fünf Minuten."

Schiregion Kitzbühel, 3S-Bahn, Kabine 14
Samstag, 6. Januar, 09:30 Uhr

„Darf ich euch jemanden vorstellen?"

Rüdiger rutschte auf Emma und Matteo zu und deutete auf den stämmigen, attraktiven Mann, mit dem er sich zuvor unterhalten hatte. Emmas erste Einschätzung veränderte sich auch durch ihre zweite Musterung nicht. Die Nähe des Unbekannten war ihr definitiv unangenehm.

„Das ist Martin, ein evangelischer Pastor aus – wie heißt der Ort noch gleich?"

„Rüti", sagte der Mann, und seine indigoblauen Augen blitzten in Emmas Richtung wie zwei hungrige Suchscheinwerfer. „Eine Kleinstadt nicht weit von Zürich."

„Pastor?", echote Emma.

„Ja", bestätigte Rüdiger. „Das Unglaubliche ist: Er war einer meiner Studenten an der Universität in Innsbruck."

„Du hast doch gar nicht Theologie unterrichtet", warf Matteo ein und linste über den Rand seiner Brille zu dem Geistlichen hinüber.

„Stimmt. Aber Chemie."

„Was hat Chemie mit Theologie zu tun?"

„Wenig“, schaltete sich Martin ein und lächelte, wobei er eine Reihe perfekter, strahlend weißer Zähne offenbarte. „Aber zu Beginn wollte ich Pharmazeut werden.“

Seine Stimme war ruhig und samtig weich. Sie erinnerte an das zufriedene Schnurren eines Tigers, bloß ohne dem Schnurren. Der Klang wirkte beruhigend und einlullend – zweifellos gute Voraussetzungen für eine Tätigkeit als Geistlicher. Dennoch blieb Emma skeptisch. Dieser Pastor hatte etwas an sich, das sie abschreckte. Was es allerdings war, konnte sie nicht sagen. Vielleicht lag es auch nur an seinen unnatürlich blauen Augen.

„Wie gelangt man von der Pharmazie in den Bereich der Geisteswissenschaften?“, wollte Matteo wissen.

„Ist eine lange Geschichte“, gab Martin zurück. „Oder auch nicht. Ich hatte, sagen wir mal, eine Reihe von prägenden Erlebnissen.“

„Sie meinen, Sie sind in den Genuss göttlicher Erleuchtung gelangt?“

Matteo und der Geistliche musterten einander abschätzend. Offenbar konnte Matteo den Pastor auch nicht leiden. Gewöhnlich hielt er sich Fremden gegenüber zurück, zumindest was sarkastische Äußerungen anbelangte.

„Wohl eher göttlicher Erfahrung“, sagte Martin.

Innsbruck, ZAMG, Wetterdienststelle

Samstag, 6. Januar, 09:31 Uhr

Andreas hob gerade seinen zerstörten Monitor vom Fußboden, als das Telefon klingelte. Hastig schaufelte er Papier und Dreck beiseite, um an das verschüttete Gerät zu gelangen. Wenigstens das Telefon war unbeschädigt geblieben. „Mit welcher Windgeschwindigkeit ist zu rechnen?“, fragte der Anrufer ohne einleitende Floskel.

„Bitte?“ Andreas war noch nicht ganz bei der Sache und betrachtete kopfschüttelnd seinen Zimmerfarn, dessen gesplitterter Blumentopf sich mitsamt der Pflanzenerde auf und im Drucker verteilt hatte.

„In Kitzbühel. Am Berg. Etwa tausendfünfhundert Meter Seehöhe.“

„Wie? Sie …“ Andreas hielt inne. „Mit wem spreche ich?“

„Benjamin Lehnwieser, Sicherheitschef der Seilbahn GmbH Kitzbühel.“

„Wollen Sie mir sagen, dass der Liftbetrieb noch nicht eingestellt wurde?“

„Doch. Theoretisch. Wir hatten ein Problem mit der 3S-Bahn. Einige Kabinen sind noch draußen.“

Andreas ließ den Hörer sinken. Sein Blick wanderte über die Zerstörungen im Büro. Peter hatte ihm vorhin mitgeteilt, dass im Raum Innsbruck unzählige Bäume entwurzelt und Dächer abgedeckt worden waren. Dabei hatte es die stärksten Böen nicht einmal in der Stadt, sondern auf den Bergen gegeben.

„Hallo?“ Die Stimme klang nervös, drang gedämpft aus dem Hörer.

„Zweihundert Stundenkilometer an der Gewitterfront. Danach immer noch Böen über hundertfünfzig.“

Schiregion Kitzbühel, 3S-Bahn, Kabine 14

Samstag, 6. Januar, 09:32 Uhr

„Ach ja“, sagte Sonja und strich sich eine Locke aus dem Gesicht. „Das habe ich dir noch gar nicht erzählt.

Markus hat Laura einen Heiratsantrag gemacht." Raphael erstarrte. „Ähm", erwiderte er zögernd. „Die kennen sich doch erst seit ein paar Monaten."

„Genau", bestätigte Sonja. „Aber er hat gemeint, sie wäre seine Traumfrau, er wolle ewig mit ihr zusammen sein und das ganze Blabla."

Raphael spürte, wie ihm der Schweiß ausbrach. *Ruhig Blut,* dachte er. *Sie hat es nicht so gemeint.*

„Wie hat sie reagiert?", warf er ein.

„Na, rate mal. Sie hat den Antrag natürlich angenommen. Und mich nachher unter Freudentränen angerufen."

„Und, hm, was hast du ihr gesagt?"

„Das einzig Richtige: Ob sie sich das gut überlegt hat, und dass sie nichts überstürzen soll."

„Wieso denn? Junge Liebe ist doch was Schönes."

„Ja, aber sie kennen sich kaum ein halbes Jahr. Ich meine, was weiß man zu diesem Zeitpunkt von seinem Gegenüber? Okay, was er für Hobbys und Interessen hat. Aber wie es mit seinem Innenleben aussieht, welche Marotten er vielleicht verbirgt, ob er auch in Krisenzeiten zu einem steht? Ich glaube nicht."

„Das stimmt schon", wandte Raphael ein, „aber …"

„Ich denke", fuhr Sonja unbeeindruckt fort, „man sollte sich Zeit lassen, um seinen Partner richtig gut kennenzulernen. Es heißt ja nicht umsonst: ‚Drum prüfe, wer sich ewig bindet'. Ich würde jedenfalls noch nicht heiraten wollen."

Tja, dachte Raphael und presste die Fingernägel in seine Handflächen. *Das war's dann wohl mit meinem Antrag.*

Schiregion Kitzbühel, Bergrestaurant Pengelstein
Samstag, 6. Januar, 09:33 Uhr

„Siehst du die schwarze Wolkenwand dort drüben? Könnte Sturm geben." Joseph stellte den Brotkorb auf einen Tisch und näherte sich dem Fenster.

„Haben sie erst für Mittag vorhergesagt." Hans warf nur einen flüchtigen Blick nach draußen und widmete sich wieder der Kaffemaschine.

„Nein, wieso? Heute Morgen hieß es, die Front würde im Lauf des Vormittags eintreffen."

„Also laut den Liftbetrieben soll es …"

„Moment mal." Joseph starrte nach Westen. „Schau mal dort, auf Höhe der Kälberwaldalm."

Widerwillig stellte Hans die Kaffeetasse ab und trat neben seinen Kollegen. Eine dunkle Linie hoch aufragender Quellwolken näherte sich in atemberaubender Geschwindigkeit. Die Unterseite der sonnenbeschienenen Wolkenformation schrammte über das Hochplateau der Gebirgskette. Faserige Auswüchse der Böenfront tasteten voraus und hoben einen feinen, durchsichtigen Schleier vom Boden.

„Was ist denn das? Sieht aus wie Nebel, der den Berg hinaufkriecht."

„Nein, das ist kein Nebel, das …" Hans Augen wurden groß. „Verdammt. Das ist Staub."

„Scheiße!", entfuhr es seinem Kollegen. „Hast du das gesehen? Die ganze Baumreihe wurde umgerissen."

Sie warfen einander einen entsetzten Blick zu. Hans begriff als Erster die Tragweite ihrer Beobachtung. „Wir müssen sofort die Terrasse räumen."

Sie stürzten nach draußen. „Tische, Bänke, Sonnenschirme, alles hinein!", brüllte Hans dem dritten Mitarbeiter zu und schnappte sich die erste Sitzbank. Keuchend hetzte er Richtung Eingangstür.

Erst da fiel es ihm auf. Er verharrte mitten in der Bewegung und blinzelte in den Himmel. Ein frostiger Schauer lief seine Wirbelsäule hinab. Es war absolut windstill.

Schiregion Kitzbühel, 3S-Bahn, Kabine 14
Samstag, 6. Januar, 09:33 Uhr

Er sondierte das Innere der Gondel. Ein Pärchen Mitte zwanzig turtelte miteinander, als gäbe es kein Morgen. Wenigstens hatte es das vorhin getan. Jetzt schien etwas vorgefallen zu sein, denn der Bursche war abgerückt und hielt den Blick gesenkt.

Zwei Sitze neben ihm bemühte sich eine hagere Mutter vergeblich, ihr störrisches Kind zu beruhigen. Er verzog geringschätzig die Lippen. Einer der vielen Momente, in denen er froh war, keine Nachkommen in die Welt gesetzt zu haben.

Die beiden jungen Frauen waren die interessantesten Fahrgäste. Besonders die linke wirkte anregend. Sie besaß lange, dunkle Haare, hatte die Strähnen zu einem festen Pferdeschwanz zusammengebunden. Ihr Gesicht war fein geschnitten, die großen, dunklen Augen starrten voll kindlicher Begeisterung in die Welt. Er glaubte nicht, dass sie bereits sechzehn war. Eigentlich zu jung für seinen Geschmack. Er mochte Frauen, die bereits mit mehreren Männern geschlafen hatten. Seiner Erfahrung nach empfanden sie intensiver, schrien länger und starben nicht so schnell.

In der Not frisst der Teufel Fliegen. Seine Mundwinkel zuckten.

Seilbahn GmbH Kitzbühel, Besprechungsraum
Samstag, 6. Januar, 09:33 Uhr

„Es könnte also heikel werden", stellte Franz fest.

„Heikel?" Benjamin lachte humorlos. „Zugelassen ist die Anlage für achtzig Stundenkilometer. Getestet wurde sie bis einhundertzwanzig. Davon abgesehen, dass ich niemanden telefonisch erreicht habe, weiß vermutlich nicht einmal der Hersteller, was bei zweihundert Kilometer pro Stunde passiert."

Ein Krachen in der Leitung und das Funkgerät erwachte zum Leben. „Bei der Kälberalm fliegen Bäume durch die Luft!" Nataschas Stimme klang gehetzt.

„Ernsthaft?"

„Glaubst du, ich mache Witze?"

Benjamin atmete tief ein und aus. „Wir werden eine Durchsage machen, dass sich die Leute in Sicherheit bringen sollen", sagte er. „Wie viele Gondeln fehlen noch?"

„Sechs oder sieben. Gerade ist eine weitere in die Station eingefahren. Es wird sich nicht ausgehen."

Franz und Benjamin starrten auf das Funkgerät, als könnten sie die Kabinen Kraft ihrer Gedanken zu mehr Eile antreiben.

„Wir müssen vom Worst Case ausgehen", sagte Benjamin. „Das bedeutet die Abschaltung der Anlage, falls die weitere Beförderung zu gefährlich wird."

„Zu gefährlich?", fuhr Franz auf. „Das Gefährlichste ist wohl, wenn wir die Gondeln während des Sturms über dem Abgrund hängen lassen!"

„Nicht unbedingt", widersprach Benjamin. „Es gab Fälle, bei denen Trag- oder Zugseile durch Orkanböen von den Seiltragrollen gesprungen sind. Es wäre sicherer, wenn die Gondeln still stehen."

„Also Bergung mithilfe der Winden?"

„Im Notfall, ja."

„Ich bereite den Einsatz des Bergewagens vor", meldete sich Natascha. „Einverstanden?"

„Ja", sagte Benjamin, der einen spontanen Entschluss gefasst hatte. „Ich nehme mir einen Motorschlitten und fahre zur Talstation. Eventuell müssen wir auch dort die Winde einsetzen. Sollte die Windstärke einhundertzwanzig Stundenkilometer übersteigen, deaktiviert die Anlage."

Schiregion Kitzbühel, 3S-Bahn, Kabine 14
Samstag, 6. Januar, 09:34 Uhr

Doris war der Verzweiflung nahe. Samantha hatte zwar aufgehört zu schreien, stand nun aber mit ihren nassen, schweren Schischuhen auf dem Sitz und hielt die darüber befindliche Haltestange umklammert. Sie hopste auf und nieder, sang lautstark immer dasselbe Lied aus einer Zeichentrickserie und ignorierte ihre Mutter völlig.

Doris entgingen die unangenehm berührten, teilweise sogar feindseligen Blicke der übrigen Fahrgäste nicht. Himmel, sie war doch keine schlechte Mutter! Sie liebte ihre Tochter über alles, war das ein Verbrechen? In ihren Augenwinkeln sammelten sich heiße Tränen. Doris wandte sich Richtung Fenster. Mit einem Mal hatte sie Hunger. Gewaltigen Appetit auf Wiener Schnitzel mit Pommes, eine saftige Sachertorte mit Schlagobers oder auch einen würzigen Schweinsbraten mit Semmelknödel. Am besten alles zusammen. Das Wasser lief ihr im Mund zusammen.

Doris registrierte die unerwartete Stille und wandte sich ihrer Tochter zu. Samantha stand regungslos auf ihrem Sitz und hatte den Kopf schief gelegt. Sie betrachtete den fernen Berggipfel, auf den sich die Gondel zubewegte.

„Alles in Ordnung, mein Engel?“, erkundigte sich Doris.

„Schau mal, Mama“, sagte Samantha und deutete in den Himmel empor. „Ein Wolkendrache!“

Schiregion Kitzbühel, 3S-Bahn, Bergstation
Samstag, 6. Januar, 09:34 Uhr

„Natascha?“

Die Blondine zuckte zusammen. Franz' Stimme dröhnte aus dem Funkgerät wie das Gebrüll eines Löwen.

„Ja?“, erwiderte sie.

„Hör mal“, sagte er im Plauderton. „Ich teile Benjamins Einschätzung nicht. Wenn wir die Gondeln dem Sturm aussetzen, gehe ich von gravierenden Schäden aus. Dies könnte uns finanziell in die Bredouille bringen. Wir müssen den Notantrieb so lange weiterlaufen lassen, bis sämtliche Kabinen in der Garage sind. Habe ich mich klar ausgedrückt?“

Natascha schluckte. „Ja. Klar und deutlich.“

„Gut.“ Franz' Grinsen schien sich auf der Oberfläche des Funkgeräts zu manifestieren. „Du bist eine gute Mitarbeiterin. Ich verlasse mich auf dich.“

Natascha ließ sich auf einen Stuhl sinken. Zum Teufel, was sollte sie tun? Auf Benjamins Meinung und ihr Gefühl vertrauen und die Notabschaltung betätigen, sobald der Sturm Orkanstärke erreichte? Oder sollte sie

Franz' Befehl Folge leisten und den Betrieb in jedem Fall aufrechterhalten?

Sie warf einen Blick aus dem Fenster. Die heranbrausende Wolkenwand erhob sich wie ein finsterer Rammbock aus Schwärze. Sie hätte genauso gut der weit geöffnete Rachen einer apokalyptischen Bestie sein können. Natascha erschauderte. So oder so, sie war fest davon überzeugt, dass sie die falsche Entscheidung treffen würde.

Schiregion Kitzbühel, Bergrestaurant Pengelstein
Samstag, 6. Januar, 09:35 Uhr

Die Böenfront näherte sich mit sagenhafter Geschwindigkeit. Gerade war über die Lautsprecher eine Sturmwarnung ausgegeben worden. Leider zu spät. Sie würden es nicht schaffen. Hans schwitzte wie im Hochsommer. Ein paar Schirme, zwei Tische und eine Bank waren noch übrig, dann hatten sie es geschafft.

Eine orkanartige Sturmböe erfasste ihn, schmetterte ihn gegen die Hauswand und presste ihm die Luft aus den Lungen. Joseph hatte nicht so viel Glück. Der Sturm packte ihn mitten im Schritt, schleuderte ihn auf das Geländer zu – mit einem Aufschrei verschwand er in der Tiefe.

Hans tastete sich Richtung Tür. Scharfkantiger Sand, vermischt mit schmerzhaft brennenden Eiskörnern, prasselte auf seine Haut. Er ergriff die Schnalle, riss das Tor auf und taumelte nach drinnen. Niemals zuvor hatte er einen solchen Sturm erlebt. Nach Atem ringend, stützte er sich auf seine Oberschenkel und wandte sich um. Von Joseph war keine Spur zu entdecken.

Der Orkan legte weiter an Stärke zu. Die Fenster des Restaurants klapperten, als müssten sie jeden Moment zerbersten. Instinktiv duckte sich Hans hinter einen der massiven Holztische. Das monumentale Dröhnen, das von draußen durch die Tür drang, schwoll an wie ein Düsentriebwerk und übertönte jeden weiteren Laut. Falls Gott jemals einen Weltuntergang vorgesehen hatte, dann musste er so beginnen.

Hans warf einen Blick nach Osten. Dorthin, wo der letzte Rest an Sonnenlicht von der eintreffenden Sturmfront verschluckt wurde.

Er kniff die Augen zusammen. Etwas irritierte ihn. Erst nach einigen Sekunden realisierte er, was er vor sich sah: Eine Anzahl grüner Tupfen am Himmel, die vom Orkan getragen in den Saukasergraben hinabsegelten. Es waren die restlichen Sonnenschirme von der Terrasse.

Schiregion Kitzbühel, 3S-Bahn, Bergstation
Samstag, 6. Januar, 09:36 Uhr

Einhundertsiebenundzwanzig Stundenkilometer. Nun war es so weit. Natascha betrachtete wie hypnotisiert die Anzeige des Windmessgeräts. Sie musste sich entscheiden. Jetzt! Sofort! Augenblicklich! Ihr Finger schwebte über dem Notausknopf der Anlage. Einhundertdreiundvierzig Stundenkilometer. Natascha schluckte. Durfte sie überhaupt noch zögern? War es nicht sonnenklar, was getan werden musste? Wollte sie riskieren, dass Menschen in den Kabinen zu Schaden kamen? Nur weil sie sich weigerte, den Antrieb abzustellen?

Einhundertneunundsiebzig.

Ein Klirren ließ sie herumfahren. In der Stationshalle war eine Scheibe zersprungen, Schreie hallten zu ihr empor. Natascha ließ den Arm sinken. Vor dem Fenster toste eine graubraune Woge aus Nebelfetzen und Trümmerstücken. Natascha meinte Gesichter zu erkennen. Monströse Gestalten huschten vorbei, schnitten unartige Grimassen und drohten ihr mit Fingern und Fangarmen. Ein übermächtiges Brausen drang auf sie ein, ungezähmt und gnadenlos. Das gesamte Gebäude erzitterte unter dem Ansturm der Elemente, krallte sich furchtsam an den Fels, wie eine einsame Auster in der Brandung. Natascha wandte sich den Monitoren zu.

Die Anzeige des Windmessgerätes war tot.

Schiregion Kitzbühel, 3S-Bahn, Kabine 14
Samstag, 6. Januar, 09:36 Uhr

Mittlerweile waren die Blicke einiger Fahrgäste Samanthas Wink gefolgt. Die Wolkenformation sah tatsächlich wie ein Drache aus. Kühn und majestätisch erhob er sich über dem Berggipfel. Eine feurige Flamme umspielte seine Nüstern. Er grinste ihnen verschmitzt zu, breitete seine imposanten Flügel aus – und löste sich so rasch auf, als hätte es ihn nie gegeben.

Wunderschön, dachte Doris und vergaß für einen Moment all ihre Sorgen und Probleme.

Hinter den schwindenden Nebelfetzen kam eine dunkle Wolkenwand zum Vorschein. Sie bewegte sich rasch, steuerte in ihre Richtung. Rotierende Rauchschwaden wälzten sich den Hang hinab. Die Bäume, welche sie berührten, wurden durchgeschüttelt wie bei der Apfelernte.

Nicht so schön, stellte Doris fest. Eigentlich sah es sogar bedrohlich aus.

Eine heftige Sturmböe erfasste die Gondel und ließ sie erzittern. Große, schwere Tropfen klatschten auf die Oberseite der Kabine. Sekunden später folgte Hagelschlag, klein, aber dicht, der auf den Scheiben ein Geräusch wie Popcorn erzeugte.

Doris war nicht die Einzige, die wachsende Unruhe erfasste. Selbst Samantha stieg von ihrem Sitz und presste sich an ihre Mutter.

„Hab keine Angst", sagte Doris und drückte ihrer Tochter einen Kuss auf die Stirn. „Wir sind gleich oben."

Dann schlug der Blitz ein.

München, Autovermietung Sunny Cars
Samstag, 6. Januar, 09:37 Uhr

„Ja, selbstverständlich kann ich mich noch erinnern", sagte der Verkäufer und begann eifrig in sein Notebook zu tippen. „Moment … Also, der Wagen wurde telefonisch reserviert und abgeholt am Mittwoch, dritter Januar, elf Uhr fünfunddreißig. Zurückgegeben am Donnerstag, vierter Januar, zehn Uhr fünfzehn. Der Mieter war ein Herr … Lukas Waldenstein, wohnhaft in zwanzigvierzehnnullacht, Hamburg."

Polizeikommissar Bernhard Lichtenberger nickte seiner Assistentin Anna zu, die ihr Mobiltelefon zückte und nach draußen ging.

„Können Sie mir sein Alter und Aussehen beschreiben?", fragte Bernhard.

„Ich würde sagen, etwa fünfzig Jahre alt, knapp eins achtzig groß, sportliche Figur, kurze, dunkle Haare …

Schnurrbart ... Brille mit dicken Gläsern – und der Mann dürfte Priester gewesen sein."

Bernhard blickte von seinem Notizblock auf. „Priester?"

„Genau." Der Verkäufer überlegte einen Moment. „Er hatte so einen schwarzen Anzug mit weißem Kragen. Eine ... wie heißt das doch gleich?"

„Soutane."

„Genau." Der Verkäufer strahlte über das ganze Gesicht. „Er war jedenfalls sehr zuvorkommend und ungewöhnlich spendabel. Zehn Euro Trinkgeld sind in meinem Beruf wirklich die Ausnahme."

„Gab es sonst irgendwelche Auffälligkeiten?"

„Der Mann hatte einen ausgefallenen Dialekt. Klang wie ein Schweizer."

„Gut." Bernhard ließ seinen Blick durch den Raum schweifen. „Dürfen wir uns besagten Wagen aus der Nähe ansehen?"

„Freilich", erwiderte der Verkäufer geflissentlich. Er trat hinter dem Tresen hervor, wobei er einen beeindruckenden Bauchumfang erkennen ließ. „Ich hoffe nur, dass ihn kein fallender Baumstamm zerquetscht hat."

Schiregion Kitzbühel, 3S-Bahn, Kabine 13
Samstag, 6. Januar, 09:37 Uhr

Ferdinand besaß ein ausgezeichnetes Gehör. Er nahm das Geräusch wahr, Sekundenbruchteile bevor der Blitz einschlug. Der Laut erinnerte an Aluminiumfolie, die man zusammenknüllt. Das Knistern war scharf und metallen. Es rief ein ähnlich unangenehmes Körpergefühl hervor, wie Fingernägel auf einer Kreidetafel.

Die Entladung selbst war nur ein kurzes Zucken, wie ein aufflammendes und sofort wieder erlöschendes Blitzlicht. Hingegen sprengte der zeitgleiche Knall jede Vorstellungskraft. Die Kabine vibrierte, als wäre sie einem hochenergetischen Stromstoß ausgesetzt. Sie bremste so abrupt, dass zwei oder drei Fahrgäste zu Boden stürzten. Ein abgestelltes Paar Schi bohrte sich in die Sitzverkleidung, nur Zentimeter neben dem Gesicht eines anderen Passagiers. Funken sprühten, der Geruch nach verschmortem Kunststoff erfüllte die Luft.

Die Insassen der Gondel erbleichten. Für einen Augenblick wagte niemand einen Laut. Irgendjemand stieß einen unterdrückten Schrei aus. Ein kleines Mädchen fing an zu weinen.

Ein zweiter Knall, bei Weitem nicht mit dem ersten vergleichbar, aber ob der allgemeinen Anspannung umso lähmender. Ein langes, grünes Ding fegte am Fenster vorbei – Ferdinand hatte den grotesken Eindruck, dass es sich um den Sonnenschirm aus einem Gastgarten handelte.

Moritz und Samuel drückten sich an ihren Vater. Sie zitterten vor Angst. Ferdinands Züge hatten sich in ein wirres Mosaik aus grauen und rosafarbenen Flecken verwandelt. Schweißperlen standen auf seiner Stirn.

„Mama?“, hauchte Moritz und blickte zu seinem Vater auf.

„Es geht ihr gut“, erwiderte Ferdinand mechanisch. Er umklammerte die Haltestange mit solcher Kraft, dass seine Knöchel weiß hervortraten.

„Alles wird gut.“

Schiregion Kitzbühel, 3S-Bahn, Kabine 14
Samstag, 6. Januar, 09:37 Uhr

Der gleißende Lichtblitz war heller als die Sonne. Emma schloss geblendet die Augen, öffnete den Mund für einen erschrockenen Ausruf – als ein gewaltiger Donnerschlag jeden Laut erstickte. Funken sprühten aus der Decke der Gondel. Ein durchdringendes Quietschen erscholl, die Kabine verhielt ruckartig. Emma wäre von ihrem Sitz geschleudert worden, wenn Rüdiger nicht geistesgegenwärtig zugegriffen und sie zurückgehalten hätte. Matteos Schi knallten gegen ihren Helm; ein Glück, dass sie den Kopfschutz nicht abgenommen hatte.

Mit dem Blitzeinschlag legte auch der Wind zu. Heftige Böen rüttelten an der Gondel, die gleich einem störrischen Pferd bockte und von links nach rechts schwankte wie ein Betrunkener.

Emmas Blick fiel auf den Rothaarigen, der bislang sämtlichen Vorkommnissen mit stoischer Ruhe und geschlossenen Augen begegnet war. Nun saß er aufrecht, kerzengerade und gespannt wie eine Feder. Seine kleinen, trüb glänzenden Augen zuckten umher, verunsichert, aber auch lauernd. Als sein Blick dem Emmas begegnete, sah sie hastig zu Boden. Auch dieser Fahrgast war ihr nicht geheuer. Im Gegensatz zu dem Gefühl undefinierbaren Unwohlseins in der Nähe des Pastors, empfand sie gegenüber dem Rothaarigen jedoch anders. Sie hatte Angst vor ihm.

*

„Alles in Ordnung?“, erkundigte sich Raphael besorgt und half seiner Freundin auf den Sitz zurück.

„Ja", entgegnete Sonja, nahm ihre Mütze ab und rieb sich die Stirn. „Könnte eine Beule geben, aber ich denke, ich werde es überleben." Sie lächelte schwach. Sonja war durch den plötzlichen Ruck auf die Seite gekippt und mit dem Schädel gegen die Haltestange geprallt. Augenscheinlich war die Verletzung aber nicht weiter tragisch.

Der Zwischenfall riss Raphael aus seinen trübsinnigen Gedanken. Sonjas Aussage, wonach sie nicht heiraten wollte, hatte alles über den Haufen geworfen. Raphaels romantische Vorstellung von seinem Antrag war verpufft. Sonjas geschluchztes „Ja!" würde niemals stattfinden, das geplante Candle-Light-Dinner für heute Abend musste er absagen. Schlimmer konnte es nicht kommen.

Hatte er zumindest gedacht; nun waren sie in Lebensgefahr oder wenigstens in einer prekären Situation. Ein Blick aus dem Fenster gab Raphael die Gewissheit, dass sich die Gondel nicht von der Stelle rührte. Er glaubte, dass der Blitz in die Seilbahnstütze eingeschlagen war. Momentan befanden sie sich rund dreihundert Meter von der metallenen Konstruktion entfernt. Der Abstand ihrer Kabine zum Erdboden betrug sicherlich keine vierhundert Meter mehr, aber er war immer noch zu groß.

Können Blitzschläge zentimeterdicke Stahlkabel durchtrennen? Nein, das hielt er für ausgeschlossen. Außerdem wären sie in diesem Fall längst am felsigen Untergrund zerschellt. Aber weshalb dann der unerfreuliche Halt? Der Ruck war viel heftiger gewesen als beim ersten Mal. Beinahe so, als würde jemand oder etwas die Seile blockieren.

Raphael spürte, wie seine Handflächen feucht wurden.

*

„Ich habe Angst", sagte Samantha und drückte ihr Gesicht gegen den Hals ihrer Mutter.

Doris strich ihrer Tochter über das Haar. „Alles wird gut", flüsterte sie. „Du wirst schon sehen. Es ist nichts passiert. Wir müssen nur ein bisschen warten. Die Leute von der Seilbahn kümmern sich darum. Die haben das in Nullkommanichts repariert."

Doris war erstaunlich ruhig. Zu ruhig. Ob dies ein Zeichen bevorstehender Panik war? Andererseits hatte sie in der Vergangenheit öfters erlebt, dass sie unter Stress und im Angesicht drohender Gefahr gelassen blieb.

Ihr Magen rumorte. Wie üblich hatte sie am Morgen nichts gegessen. Genauso wenig wie gestern Abend. Für heute hatte sie bloß einen Apfel eingepackt. Sie sollte sich wahrhaftig einen Schweinsbraten oder ein Wiener Schnitzel gönnen, wenn diese Höllenfahrt zu Ende war. Oder wenigstens einen Kaiserschmarrn.

Das Wichtigste ist, dass es Samantha gutgeht. Vorsorglich hatte Doris ein paar Süßigkeiten in ihren Rucksack gepackt, ihrer Tochter aber nichts davon erzählt. Wie es schien, würde sich diese Weitsicht nun bezahlt machen.

Du bist eben doch eine gute Mutter, dachte Doris und lächelte.

Seilbahn GmbH Kitzbühel, Besprechungsraum
Samstag, 6. Januar, 09:39 Uhr

„Die Seilbahn hat angehalten!", schrie Natascha über Funk – schrie, weil im Hintergrund ein fulminantes Donnern und Kreischen zu vernehmen war.

„Ich habe dir gesagt, du sollst die Anlage laufen lassen", erboste sich Franz. „Jetzt können wir nur hoffen …"

„Ich war das nicht", fauchte Natascha. „Der Notantrieb in der Talstation ist ausgefallen. Habe Ibrahim angefunkt. Er meinte, der Antrieb hat sich selbstständig ausgeschaltet, wahrscheinlich wegen einer Blockierung des Zugseils."

Franz schwieg. Wenn Nataschas Aussage der Wahrheit entsprach, standen sie vor einem ernsten Problem.

„Wie viele Kabinen fehlen?"

„Es dürften sechs sein. Nur die letzte ist nicht besetzt. Kabine neun ist wenige Augenblicke vor dem Stillstand in die Station eingefahren."

„Welche Windgeschwindigkeiten habt ihr oben am Berg?"

„Bei einhundertachtzig ist das Anemometer ausgefallen."

Franz stöhnte und barg sein Gesicht in den Händen. Er spürte, wie seine Finger zitterten. Trotz der Medikamente heute Morgen. Einmal mehr war es der Stress, der die Symptome verstärkte.

„Dann bleibt uns nichts anderes übrig", sagte Franz, und seine Stimme verriet ungewohnte Erschöpfung. „Wir müssen Bergrettung und Alpinpolizei verständigen."

Bundesstraße zwischen Kitzbühel und Jochberg

Samstag, 6. Januar, 09:39 Uhr

Benjamin biss die Zähne zusammen. Die ersten Sturmböen schüttelten seinen Wagen wie räudige Hunde eine Stoffpuppe. Er schaltete die Scheinwerfer ein, als sich das Tageslicht halbierte. Ein Donner erklang, gefolgt von einem zweiten; in Benjamins Ohren klang es mehr nach dem Gelächter eines Dämons. Gleichzeitig setzte ein Gemisch aus Regen und Hagel ein, das die Straße mit einem glitschigen Film überzog. Etwa zweihundert Meter entfernt sah Benjamin rote Flecken von einem Hausdach aufsteigen. Er hatte die ungemütliche Ahnung, dass es sich hierbei um Dachziegel handelte.

Im Schritttempo passierte er das Ortsschild von Jochberg. Er wich einer Mülltonne aus, einer Plastikplane zweifelhafter Herkunft, mehreren abgerissenen Ästen sowie einem Kinderwagen – der glücklicherweise leer war. Nach schier endlosen Minuten erreichte er die Wagstätt-Sesselbahn. Er sprang aus dem Wagen und wurde von einer heftigen Böe beinahe zu Boden gerissen. Immerhin war kein Hagel mehr im Regen.

Im Laufschritt näherte er sich der Liftstation. Auf halbem Weg kam ihm eine vermummte Gestalt entgegen.

„Herr Lehnwieser?", brüllte der Fremde gegen den Sturm.

„Ja", schrie Benjamin und streckte die Hand aus. „Die Schlüssel!" Er hatte keine Zeit für Erklärungen.

Der Bedienstete drückte ihm schweigend das Gewünschte in die Hand und deutete auf einen Motorschlitten, der einige Schritte entfernt neben dem Stationsgebäude stand. Benjamin ging darauf zu und kramte nach seinem Mobiltelefon.

„Wie sieht's aus?", brüllte er in das Gerät. Die Störgeräusche in der Leitung machten eine Verständigung unmöglich. Franz' Stimme war nur abgehackt zu vernehmen. „... Gondeln ... still ... nicht abgeschaltet ... weiß nicht ... Kabinen ... draußen."

Benjamin knurrte verdrossen, unterbrach die Verbindung und stieß das Handy in die Jackentasche zurück. Offenbar hatte sich die Angelegenheit nicht in Wohlgefallen aufgelöst. Benjamin setzte die Schibrille auf, ließ den Motor des Schneemobils aufheulen und brauste die Piste empor Richtung Gipfel.

München, Autovermietung Sunny Cars
Samstag, 6. Januar, 09:40 Uhr

Es war ein unscheinbar grauer Kombi, der zwischen zwei Lieferwägen des nächsten Mieters harrte. Das einzig Auffällige waren die getönten Scheiben. Wollte man Menschen oder Güter diskret und unerkannt transportieren, war dieser Wagen sicherlich eine gute Wahl.

„Was hat das Fahrzeug für Spezifikationen?", wollte Bernhard wissen.

„Hundertdreißig PS, Allrad und Automatik, Klima, ESP und intelligente Abstandskontrolle."

Bernhard überlegte. Allrad war verständlich, wenn man vorhatte, schlammige Waldwege zu befahren. Aber das *schlammig* passte nicht so ganz auf den Wagen. Er glänzte wie frisch poliert.

„Haben Sie das Fahrzeug nach der Rücknahme säubern lassen?", fragte er.

„Nein." Der Händler schüttelte den Kopf. „War nicht notwendig. Der Mieter hat den Wagen in einem 1a-Zustand zurückgebracht. Ich würde sogar sagen, sauberer als zuvor."

Bernhard konnte eine gewisse Enttäuschung nicht verhehlen. Andererseits, was hatte er erwartet? Ein Serienmörder, der seit Jahren Katz und Maus mit den Kriminalisten spielte, ohne dass diese auch nur den Ansatz einer Spur hatten, musste raffiniert sein.

„Es gibt zwei Lukas Waldenstein in Hamburg", sagte Anna. „Allerdings dürften beide nicht als Täter in Frage kommen."

„Wieso?"

„Einer ist gerade mal acht, der zweite seit mehr als einer Woche auf See. Er ist Bootsmann auf dem Schiff einer Reederei."

Bernhard nickte knapp. Alles andere wäre eine Überraschung gewesen.

„Könntest du das Reifenprofil mit dem aus Arnbruck vergleichen?", fragte er.

Anna zog ihren Tablet-PC hervor und rief die Aufnahmen der Spurensicherung ab. Es währte nur Sekunden, bis sie die Bestätigung hatten, dass es sich um dasselbe Profil – oder wenigstens ein sehr ähnliches – handeln musste.

„Keine Erde zwischen den Rillen", stellte Anna fest. „Nicht der winzigste Krümel."

„Scheint, als wäre unser Freund ein Mann der Gründlichkeit", brummte Bernhard. Er wandte sich dem Händler zu. „Wir würden uns gern das Fahrzeuginnere ansehen."

„Selbstverständlich", erwiderte der Verkäufer. „Aber ich fürchte, Sie werden kein Glück haben. Außen sieht der Wagen schon makellos aus, innen ist er steril."

So war es auch. Sie fanden keinerlei Hinweise auf den letzten Besitzer. Auch der Kofferraum glich dem Stauraum eines neurotischen Sauberkeitsfanatikers. Kein Fussel, kein Haar, nichts.

„So kommen wir nicht weiter", sagte Bernhard entnervt. „Wir müssen die Spurensicherung rufen. Vielleicht werden die mit ihren Instrumenten fündig." Er wollte den Kofferraumdeckel zuschlagen, als ihm eine kaum sichtbare Unregelmäßigkeit ins Auge stach. Ein einzelner, weißer Punkt in einer Ritze am Rand der Filzverkleidung. Er beugte sich nach vorn und kniff die Augen zusammen. „Pinzette", sagte er, an seine Assistentin gewandt. Anna reichte ihm das Gewünschte, und Bernhard griff nach dem Objekt.

Zweifellos. Es war eine winzige Styroporkugel.

Schiregion Kitzbühel, 3S-Bahn, Kabine 14
Samstag, 6. Januar, 09:45 Uhr

Allmählich ließ der Sturm nach. Noch immer heulte und pfiff er um die Kabine wie ein launischer Windgeist, aber nicht mehr mit jener Stärke wie zu Beginn. Die Gondel schaukelte sacht hin und her, der Niederschlag war abgeklungen. Selbst die dunkle Wolkendecke über ihnen zeigte erste Anzeichen, sich zu lichten.

Emma registrierte eine Bewegung neben sich und wandte den Kopf. Der unscheinbare Mann mit den wurstigen Lippen beugte sich zu Rüdiger hinab.

„Entschuldigen Sie", sagte er. „Dürfte ich mir für einen kurzen Anruf Ihr Mobiltelefon leihen? Mein Akku ist leer."

Emma betrachtete den Unbekannten genauer. Er war um die vierzig, hatte kurze brünette Haare und besagte dicke Lippen, die irgendwie … anstößig wirkten. Im Grunde machte er aber einen sympathischen Eindruck.

Rüdiger kramte in seiner Tasche. „Ja, natürlich. Hier, bitte." Er reichte dem Fremden sein Smartphone und musterte ihn dabei aufmerksam. „Gehören Sie zum Liftpersonal?", erkundigte er sich.

„Nicht direkt. Ich bin Koordinator des Pistendienstes."

„Also können Sie uns auch nicht sagen, weshalb wir nicht weiterfahren?"

„Nein. Ich hoffe, dass ich jemanden in der Leitstelle erreiche, dann wissen wir mehr."

„Gut." Rüdiger nickte zufrieden. „Mein Name ist übrigens Rüdiger, und das sind Emma und Matteo. Wir kommen aus Südtirol und wollten uns ein gemütliches Schiwochenende machen."

„Sehr erfreut. Ich heiße Sebastian." Der Fremde lächelte schief. „Das gemütliche Wochenende würde ich noch nicht abschreiben. Wir haben die höchsten Standards in Technik und Sicherheit. Es kann sich nur um Minuten handeln, bis es weitergeht."

Dein Wort in Gottes Ohr, dachte Emma und klopfte heimlich auf ihren Sitz. Der war zwar aus Kunststoff und nicht aus Holz, aber es würde reichen, um schlecht gesinnte Geister abzuwehren. *Bist du dir sicher?*, fragte eine hämische Stimme in ihrem Kopf.

„Ganz sicher", murmelte Emma.

Seilbahn GmbH Kitzbühel, Besprechungsraum
Samstag, 6. Januar, 09:48 Uhr

„Wie ist die Lage am Berg?", erkundigte sich Franz. Er hatte die Hände wie im Gebet gefaltet und stützte sich mit den Ellbogen schwer auf die Tischplatte.

„Der Sturm ist deutlich schwächer geworden", entgegnete Natascha. „Ich würde sagen, unter Orkanstärke."

„Gab es Schäden an der Station?

„Ein Fenster ist zu Bruch gegangen", erwiderte Natascha. „Es gibt zwei oder drei Leichtverletzte. Glücklicherweise ist aber keine Panik ausgebrochen."

„Gut. Ein erster Trupp der Bergrettung ist schon unterwegs. Wilhelm, der Leiter der Einheit, kommt mit den Alpinpolizisten hierher ins Büro. Was ist mit den Gondeln?"

„Keine Veränderung. Die Bahn bewegt sich nicht, der Notantrieb in der Talstation weigert sich anzuspringen."

„Mist." Franz rutschte unruhig auf seinem Stuhl hin und her. „Du musst eine Durchsage in den Gondeln machen, dass die Leute Ruhe bewahren sollen und dass an der Behebung der Schäden gearbeitet wird."

„Welche Schäden?"

„Die, die wir noch finden müssen", entgegnete Franz lapidar. „Also bleib bei der Durchsage allgemein, keine Details zur vermutlichen Dauer oder so. Sobald Wilhelm und die Sicherheitskräfte eintreffen, werden wir die Lage besprechen. Ich hoffe, Benjamin ist bis dahin in der Talstation."

„In Ordnung", entgegnete Natascha. „Übrigens ist der Bergewagen einsatzbereit."

„Ausgezeichnet. Vielleicht gelingt es uns, die Kabinen zu sichern, bevor die Presse Wind von der Sache bekommt. Kannst du feststellen, ob eingeschulte Mitarbeiter in der Nähe sind?"

„Nicht notwendig. Jürgen und ich übernehmen das."

„Jürgen? Ich dachte …"

„Es geht ihm schon besser", unterbrach ihn Natascha. „Er sagt, er schafft das."

„Meinetwegen", entgegnete Franz und zuckte die Achseln. „Holt die Kabinen rein. Aber seid vorsichtig."

Schiregion Kitzbühel, 3S-Bahn, Kabine 14
Samstag, 6. Januar, 09:49 Uhr

„Mama, wann fahren wir weiter?“

Samantha hatte ihre Furcht abgelegt und turnte bereits wieder auf den Sitzen umher.

„Gleich, mein Engel“, erwiderte Doris. „Der Sturm ist schon viel schwächer. Jetzt kann es wirklich nicht mehr lange dauern.“

„Ist Papa oben am Berg?“

„Nein. Er und deine Brüder sitzen in der Gondel vor uns.“

„Die da?“, fragte Samantha und deutete nach draußen. Einige hundert Meter entfernt, unmittelbar hinter der mächtigen Metallstütze der Seilbahn, war die nächste Kabine zu erkennen.

„Ja“, entgegnete Doris. „Das muss sie sein.“

„Hallo Papa!“, krähte Samantha, zog wilde Grimassen und fuchtelte mit ihren Armen umher.

„Papa kann dich nicht hören“, sagte Doris rasch und griff nach ihrer Tochter, die durch eine unvermittelte Bewegung der Kabine beinahe das Gleichgewicht verloren hätte. „Und sehen auch nicht. Willst du dich nicht hinsetzen?“

„PAPA!“, brüllte Samantha und schlug mit der flachen Hand gegen die Fensterscheibe.

„Samantha, bitte …“

„ICH MUSS PI-PI!“

„Magst du Zuckerschlangen?“, fragte Doris ruhig und zog eine Packung länglicher Fruchtgummis aus dem Rucksack.

Statt einer Antwort ließ sich Samantha auf den Sitz fallen, riss ihrer Mutter die Süßigkeiten aus der Hand und fing an, sich eine Leckerei nach der anderen zwischen die Zähne zu schieben.

„Sei nicht so gierig", tadelte Doris. „Sonst hast du bald keine Zuckerschlangen mehr."

„Du kaufst mir neue", stieß Samantha zwischen Kauen und Schlucken hervor und fuhr fort, sich einen Fruchtgummi nach dem anderen in den Mund zu stopfen; etwa so, als wäre sie ein halb verhungertes Backenhörnchen.

Schiregion Kitzbühel, Piste 66, nahe 3S-Talstation
Samstag, 6. Januar, 09:50 Uhr

Die tief hängenden Wolken lichteten sich schlagartig. Benjamin erblickte die Talstation der Dreiseilumlaufbahn wenige Dutzend Meter vor sich. Er drosselte die Geschwindigkeit des Schneemobils und schob die Schibrille auf seine Stirn. Es sah nicht danach aus, als würden sich die Kabinen der Seilbahn bewegen.

Benjamin parkte den Motorschlitten an der windabgewandten Seite der Station und eilte nach drinnen. Ibrahim saß im Kontrollraum und führte ein Gespräch über Funk. Als Benjamin eintrat, blickte er auf und schenkte ihm ein strahlendes Lächeln.

„Ah, da bist du ja!", sagte Ibrahim und grinste breit.

So sehr Benjamin die stets gute Laune des Afrikaners schätzte, im Moment empfand er sie für entschieden unangebracht.

„Wie sieht es aus?", fragte er knapp.

„Der Notantrieb ist ausgefallen."

„Weshalb?"

„Laut Anzeige ist das Zugseil blockiert. Von hier unten lässt sich aber nichts erkennen. Auch Natascha meint, ihr ist nichts aufgefallen. Sie fährt gerade mit Jürgen im Bergewagen."

Benjamin spürte einen Stich in der Brust. „Wer hat die Erlaubnis dazu gegeben?", fragte er scharf.

„Äh ... Franz war's, glaube ich."

Benjamin fluchte leise. Es gefiel ihm ganz und gar nicht, dass Natascha bei diesem Sturm im ungeschützten Bergewagen hockte. Noch dazu in Begleitung eines Mitarbeiters, den Benjamin für nicht allzu fähig hielt.

„Habt ihr die Fahrgäste in den Kabinen informiert?", erkundigte er sich.

„Ja. Natascha hat vorhin eine Durchsage gemacht."

Benjamins Mobiltelefon vibrierte.

„Hallo?"

„Endlich", erklang Sebastians Stimme. „Ich dachte schon, das Mobilfunknetz ist zusammengebrochen."

Noch nicht, dachte Benjamin grimmig, dem das Knistern und Knacken in der Leitung nicht entgingen. „Wo zum Teufel steckst du?", fragte er.

„In einer Kabine der 3S-Bahn. Ich wollte wissen, ob ..."

„Was? Ich dachte du bist längst oben. Natascha hat dich gesucht."

„Hat länger gedauert als geplant. Kannst du mir sagen, was los ist? Vorhin hat ein Blitz eingeschlagen, und die Kabine ist mit einem Ruck stehen geblieben."

„Ein Blitz?" Benjamin horchte auf.

„Ja. Also, ich vermute es, weil ..." Sebastian verstummte. Im Hintergrund waren Stimmen zu vernehmen. „Einer der Passagiere meint, der Blitz hat in die Seilbahnstütze eingeschlagen", fuhr Sebastian fort. „Mit Sicherheit kann er es aber nicht sagen."

„Klingt nicht gut", murmelte Benjamin und kniff die Augen zusammen. „Jedenfalls funktioniert weder der reguläre noch der Notantrieb. Aber der Bergewagen ist bereits unterwegs. Das heißt, die Kabinen werden mittels Seilbahnwinde in die Station geschleppt. Klappt bisher problemlos und sollte in ein bis zwei Stunden abgeschlossen sein."

„Wäre vielleicht gut, wenn ihr eine Durchsage macht, damit auch die Passagiere in den anderen Gondeln Bescheid wissen."

„Natürlich, das ... Moment. Natascha hat vorhin eine Meldung durchgegeben."

„Also hier nicht. Wenigstens war nichts zu hören."

Benjamin warf Ibrahim einen fragenden Blick zu. Dieser zog Augenbrauen und Schultern hoch und nickte bestätigend.

„Wie auch immer", sagte Benjamin. „Dann wiederholen wir die Durchsage. Wie ist die Stimmung unter den Fahrgästen?"

„Ruhig und besonnen. Keine Gefahr von Mord und Totschlag."

Benjamin lächelte schwach. „Dann sorg dafür, dass es auch die nächsten zwei Stunden so bleibt."

Schiregion Kitzbühel, 3S-Bahn, Bergstation
Samstag, 6. Januar, 09:51 Uhr

Der Sturm erfasste den Bergewagen, kaum dass er den Schutz der Station verließ. Er heulte und pfiff um das flache Gefährt, sodass die Seilrollen unangenehm knirschten und das Fahrzeug spürbar zu schwanken begann. Die beiden Sitzflächen waren nur durch ein seitliches Metallgitter geschützt. Natascha und Jürgen hatten sich Handschuhe und Sturmhauben übergezogen, dennoch trieb ihnen der heftige Wind die Tränen in die Augen. Immerhin lugte hie und da die Sonne zwischen den Wolken hervor.

Natascha konnte sich nicht erinnern, jemals in einen vergleichbaren Sturm geraten zu sein. Dabei waren die jetzigen Windböen nicht mit dem schweren Orkan vor einigen Minuten zu vergleichen. Bei einer solchen Windstärke wäre ihr Fahrzeug zweifellos von den Seilen gefegt worden.

Langsam rollte der Wagen talwärts. Die erste Gondel war rund zweihundert Meter von der Bergstation entfernt. Sie erreichten sie innerhalb von zwei Minuten. Bereits vor Fahrtbeginn hatten sie ausgelost, wer das eigentliche Andockmanöver durchführen sollte. Natascha war froh, dass das Schicksal sie auserwählt hatte. Einerseits wollte sie nicht untätig sein und sich während des Wartens den Kopf über falsche Entscheidungen zerbrechen, andererseits sah Jürgen nach wie vor nicht besonders gesund aus.

Als sie nur noch wenige Meter von der Gondel trennten, erhob sich Natascha, klammerte sich an die Metallstreben und stieg auf das Fahrrad um. Dieses *Fahrrad* war eine leider nicht motorisierte Vorrichtung, womit der Bergewagen an das Laufwerk der Kabine andocken und sie abschleppen konnte. Während sich Natascha schwer atmend in die Pedale legte, warf sie einen Blick zu den Fenstern der Kabine hinab. Aufgeregte Gesichter waren zu erkennen. Menschen deuteten mit den Fingern auf sie.

Sie hassen dich, fuhr es in Nataschas Geist. *Sie hassen dich, weil du schon wieder die falsche Entscheidung getroffen hast.*

Das ist nicht wahr, konterte Natascha. *Es sind glückliche Menschen. Sie sind erfreut, mich zu sehen.*

Eilig wandte sie den Blick und konzentrierte sich auf ihre Arbeit. Zentimeterweise näherte sie sich der Klemmvorrichtung der Gondel. Mit einem kurzen Ruck dockte das Fahrrad an der Kabine an. Natascha kontrollierte, ob Seil und Sicherung des Bergewagens eingerastet waren, dann fuhr sie zurück, stieg in ihren Sitz und gab Jürgen ein Zeichen. Die Seilklemmen der Kabine lösten sich und der Bergewagen setzte sich schwerfällig in Bewegung. Wie ein Kutter bei hohem Seegang schleppten sie die Gondel in Richtung Bergstation.

München, Autovermietung Sunny Cars
Samstag, 6. Januar, 09:52 Uhr

„Mir ist noch etwas eingefallen", sagte der Verkäufer. „Weiß nicht, ob es relevant ist, aber der Mann kam per Taxi."

Bernhard warf Anna einen bedeutungsschweren Blick zu. „Ja, ich denke, das könnte uns weiterhelfen", sagte er. „Hatte der Mann Gepäck bei sich?"

„Einen Rucksack und einen Koffer, soweit ich mich erinnern kann", sagte der Verkäufer. „Der Rucksack hat zusammen mit der *Soutane*", er betonte das Wort genüsslich, „ein wenig seltsam gewirkt."

„Vielen Dank." Bernhard nickte. „Falls Ihnen noch etwas einfällt", er zog seine Karte aus der Manteltasche, „hier haben Sie meine Nummer."

Anna benötigte nur wenige Minuten, um den Fahrer des Taxis zu ermitteln. „Er hat momentan Dienst am Flughafen", sagte sie. „Die Leitzentrale hat ihn angewiesen, bis zu unserem Eintreffen keinen weiteren Fahrgast aufzunehmen. Das heißt, wir fahren am besten gleich zum Flughafen."

„Einverstanden." Bernhard wandte sich dem Verkäufer zu. „In Kürze werden unsere Leute von der Spurensicherung eintreffen. Wären Sie so freundlich und würden Sie ihnen den Wagen zeigen?"

„Kein Problem", sagte der Händler. „Was tut man nicht alles im Dienste der öffentlichen Sicherheit."

Schiregion Kitzbühel, 3S-Bahn, Kabine 14
Samstag, 6. Januar, 09:54 Uhr

„Es sieht folgendermaßen aus", sagte Sebastian und richtete das Wort an sämtliche Fahrgäste. „Durch ein technisches Gebrechen ist der Antrieb der Seilbahn ausgefallen. Die Kabinen werden nun einzeln mit einem Bergewagen in die Station gezogen. Das heißt, wir müssen uns gedulden, bis wir an der Reihe sind."

Der letzte Satz gefiel Raphael ganz und gar nicht. Er brauchte Zeit und Raum für sich allein, und das bald. Sonst könnte es doch noch geschehen, dass er sich kopfüber aus der Seilbahn warf. Zwar hatte ihm Sonja genaugenommen keine Abfuhr erteilt, aber ihre Aussage war eindeutig gewesen.

„Wie lange wird das dauern?", fragte er.

„Höchstens zwei Stunden", entgegnete Sebastian.

Zwei Stunden sind zwei Stunden zu viel, dachte Raphael und verschränkte missmutig die Arme.

*

„Soviel ich weiß", warf Matteo ein, „besitzt die 3S-Bahn vier Bergewagen. Also auf jeder Spur zwei Stück, einen in der Tal- und einen in der Bergstation."

„Kann sein." Sebastian zuckte die Achseln.

„Ginge es nicht rascher, wenn man beide Wagen einsetzen würde?"

Sebastian verzog die Lippen, was Emmas Meinung nach aussah, als würde man ein heißes Würstchen mit eifrigen Fingern in die falsche Richtung biegen. Unwillkürlich musste sie grinsen.

„Keine Ahnung", entgegnete Sebastian. „Aber ich denke, die Verantwortlichen werden schon wissen, was sie tun."

„Wer's glaubt", brummte Matteo so leise, dass ihn nur Emma verstand.

„Wem die zwei Stunden zu lang sind", sagte Rüdiger laut, „der kann inzwischen Martin seine Sünden beichten." Er deutete auf den Geistlichen. „Der junge Mann hier ist nämlich Pastor."

„Stimmt", entgegnete Martin. „Aber erst seitdem ich deinen Unterricht ertragen musste."

Rüdiger und Martin lachten schallend.

Seilbahn GmbH Kitzbühel, Besprechungsraum
Samstag, 6. Januar, 10:02 Uhr

„Schön, dass Sie gekommen sind", sagte Franz und schüttelte Wilhelm, dem Leiter der Bergrettung, und den beiden Beamten der Alpinpolizei die Hände. „Benjamin, unser Sicherheitschef, befindet sich in der Talstation der Dreiseilumlaufbahn und wird uns per Funk auf dem Laufenden halten. Zuerst eine kurze Zusammenfassung der Ereignisse: Während des regulären Betriebs der 3S-Bahn sind die Antriebe …"

In diesem Augenblick wurde die Tür aufgerissen. Georg, der stellvertretende Betriebsleiter, trat ein. Seine Wangen und der kahle Schädel waren gerötet. Er atmete schwer. Offenbar war er gerannt. „'tschuldigung", keuchte er und nahm den Rucksack von seinen massigen Schultern. „Ich bin gekommen, so schnell ich konnte."

Franz nickte ihm zu und fuhr fort: „Sowohl der normale Antrieb als auch der Notantrieb sind ausgefallen. Zunächst durch den bezirksweiten Stromausfall, danach aufgrund einer Blockierung des Zugseils."

Philipp, einer der beiden Alpinpolizisten, ergriff das Wort. „Blockierung des Zugseils?"

„Vermutlich." Franz vollzog eine vage Handbewegung. „Möglicherweise in Zusammenhang mit einem Blitzschlag, aber wir wissen noch nichts Genaueres. In der Bergstation ist ein Bergewagen im Einsatz, der die Kabinen in die Station bringt. Derzeit befinden sich vier besetzte und mehrere unbesetzte Gondeln im freien Spannfeld. Eine Kabine mit Fahrgästen wurde bereits geborgen."

Wilhelms Mobiltelefon klingelte. Er nahm den Anruf entgegen, lauschte aufmerksam, murmelte zweimal „Ja.", einmal „Danke." und legte wieder auf. „In der ersten abgeschleppten Gondel gibt es zwei Leichtverletzte, Platz- und Schürfwunden."

Franz kniff die Lippen zusammen. Das hieß noch mehr potenzielle Schadenersatzforderungen gegenüber der Gesellschaft. Der Aufsichtsrat würde wenig begeistert sein. Irgendein Kopf musste rollen.

Aber nicht sein eigener.

Schiregion Kitzbühel, 3S-Bahn, Kabine 14
Samstag, 6. Januar, 10:05 Uhr

Er spürte, dass er angespannt war. Dies lag nicht an ihrer Situation, nicht an dem tobenden Sturm oder dem Schwanken der Kabine. Nein. Es lag an den Menschen um ihn herum. Es waren zu viele, zu viele auf zu engem Raum. Gewöhnlich hatte er nichts gegen Menschenmassen. Im Gegenteil. In ihrer Mitte fühlte er sich geborgen. Sie gaben ihm Schutz, ließen ihn zu einem von Tausenden werden. Aus dem Wolf wurde ein Schaf, eines von Unzähligen, alle gleich, unscheinbar und unschuldig.

Aber hier in der Gondel war es anders. Ein Dutzend Personen, eingeschlossen auf wenigen Quadratmetern. Eine bemerkenswerte, eine extreme Situation. In extremen Situationen wurden die Menschen extremer. Nicht nur in ihren Worten und Handlungen, auch in ihren Gedanken. Sie erwogen die unterschiedlichsten Alternativen, besannen sich der verrücktesten Ideen und Vorstellungen. Während solcher Lagen waren Masken ungeheuer zerbrechlich.

Er durfte sich keinen Fehler erlauben, musste die Kontrolle behalten. Noch mehr als sonst. Dabei hätte er gern das junge Mädchen näher kennengelernt. Wenigstens ihren Namen erfahren, ihre Stimme vernommen. Vielleicht wäre es ihm sogar gelungen, ihre Unterkunft zu erfahren. Auf diese Weise, und mit der nötigen Umsicht seinerseits, wäre es ein Leichtes, die Kleine zu betäuben und …

Schluss! Er brachte seine abschweifenden Gedanken zur Räson. Solche geistigen Spinnereien führten zu nichts. Momentan waren ihm die Hände gebunden. Zu viele Personen. Zu wenig Raum. Zu viele neugierige wie ängstliche Blicke. Nichts würde unbemerkt bleiben. Er musste sich gedulden. *Irgendwann*, dachte er, *werden meine Regeln gelten.*

Seilbahn GmbH Kitzbühel, Besprechungsraum
Samstag, 6. Januar, 10:10 Uhr

„Ich habe Ibrahim und Maximilian angewiesen, den Bergewagen für die Talseite vorzubereiten", meldete Benjamin über Funk. „Die Gondeln sind zwar nicht besetzt, sicherheitshalber sollten wir sie aber trotzdem bergen."

Nicht nur sicherheitshalber, dachte Franz erbost. *Es geht um unsere finanzielle Existenz!* Laut sagte er: „Ausgezeichnet. Gibt es etwas Neues wegen der Blockierung des Zugseils?"

„Nein. Ich habe den Seilverlauf mittels Feldstecher kontrolliert. Wenn, dann müsste das Problem im Bereich des Stütze liegen."

„Könnte es ein Fehler des Reserveantriebs sein?"

„Möglich. Ich habe Maria informiert, die wird in einigen Minuten hier sein."

„Maria ist unsere leitende Technikerin", sagte Franz, an die beiden Alpinpolizisten gewandt. „Wenn es an der Elektronik liegt, dann findet sie eine Lösung." Er zögerte einen Moment. „Mir wäre sehr recht, wenn die Meldung des Zwischenfalls erst in ein, zwei Stunden an die Presse geht."

Philipp nickte einsichtig. „Ich verstehe." Er warf seinem Kollegen einen raschen Blick zu. „Ich denke, das lässt sich einrichten."

„Sehr gut." Franz lächelte einnehmend.

Die Sekretärin trat ein und balancierte ein riesiges Tablett mit Kannen, Tassen, Brot und Gebäck. Mit einem übertrieben lauten Knall stellte sie ihre Last auf dem ovalen Besprechungstisch ab und stolzierte aus dem Raum, ohne einen der Anwesenden eines Blicks zu würdigen.

Ich denke, ich weiß, wessen Kopf auf alle Fälle rollen wird, dachte Franz grimmig.

„Darf ich Ihnen Tee oder Kaffee anbieten?“, erkundigte sich Franz und schob seine Mundwinkel einen weiteren Zentimeter nach oben. „Momentan können wir ohnehin nur warten.“

Innsbruck, ZAMG, Wetterdienststelle
Samstag, 6. Januar, 10:15 Uhr

Mit der eintreffenden Kaltfront legte der Wind zu. Die Front war bei Weitem nicht so spektakulär wie die Gewitterlinie vor einer Stunde; ein graues, tief hängendes Wolkenband, das sich rasch von West nach Ost über den Himmel schob. Laut Messungen überschritten die derzeitigen Böen in Innsbruck einhundert Stundenkilometer. Am Patscherkofel waren es hundertvierzig; kein Vergleich zu dem extremen Orkan vorhin, doch würde der Sturm diesmal nicht nach wenigen Minuten nachlassen. Die Wettermodelle zeigten an, dass man zumindest bis morgen früh mit schweren Böen bis in die Täler rechnen musste. Auf den Bergen tobte naturgemäß Orkansturm. Tatsächlich konnte der jetzige Sturm schadenträchtiger sein als die heftigeren, aber deutlich kürzer währenden Böen der Gewitterfront.

Dazu kam der Neuschnee. In den Nordstaulagen würde es die nächsten sechsunddreißig Stunden durchgehend schneien, und das teilweise kräftig. Ein Meter Neuschnee war mehr als realistisch. Berücksichtigte man den heftigen Wind, musste mit extremen Verwehungen und einem sprunghaften Anstieg der Lawinengefahr gerechnet werden. Nein, dieses Orkantief war noch lange nicht überstanden.

Andreas schlug den Mantelkragen hoch und kniff die Augen zusammen, als eine weitere Sturmböe in den Raum fauchte. Sie wirbelte Papierfetzen, Staub und die ersten Schneeflocken durch die Luft. Die heil gebliebenen Fenster des Büros vibrierten gefährlich.

„Bitte verlassen Sie den Raum", sagte der Feuerwehrmann. „Wir müssen das Zimmer evakuieren. Durch die weit reichenden Schäden in der Stadt haben wir nicht genug Leute, um hier Sicherungsmaßnahmen durchzuführen."

„Ja, ist verständlich", erwiderte Andreas und blickte auf sein Diensttelefon. Vor einigen Minuten hatte er eine Weiterleitung auf sein Handy eingerichtet. Sollte er sich in Kitzbühel nach dem Stand der Dinge erkundigen?

Nein. Er hatte getan, was er konnte. Falls die Verantwortlichen wettertechnische Informationen benötigten, würden sie sich schon melden.

Andreas hob seinen Rucksack und den Laptop vom Tisch, dann folgte er dem Feuerwehrmann auf den Gang. So erschöpft er sich auch fühlte, aber noch konnte er nicht heimfahren. Das Telefon läutete ununterbrochen. Einsatzkräfte, Vorgesetzte und verschreckte Bürger aus ganz Tirol verlangten nach Auskünften zur aktuellen Wetterlage. Selbst zu zweit wurden Peter und er kaum Herren der Lage.

Andreas rieb sich die pochenden Schläfen, als er gemeinsam mit Peter das improvisierte Ersatzbüro ansteuerte. *Wenigstens werden die Überstunden gut bezahlt,* dachte er.

Schiregion Kitzbühel, 3S-Bahn, Kabine 14
Samstag, 6. Januar, 10:25 Uhr

„Mama", sagte Samantha kleinlaut. „Ich muss wirklich aufs Klo."

Doris fuhr hoch. Wenn ihre Tochter die Worte in einem solchen Tonfall aussprach, dann war es tatsächlich dringend.

„Du siehst doch, dass es momentan nicht geht", flüsterte sie. „Kannst du es nicht zurückhalten?"

„Nein", erwiderte Samantha gequält. „Und ich will mir nicht in die Hose machen."

Samanthas Gesichtsausdruck war so mitleiderregend, dass in Doris Brust quälende Schmerzen aufflammten. *Was bin ich nur für eine schlechte Mutter!*

War sie eine schlechte Mutter? Sie musste sich einfach zu helfen wissen! Leise erhob sie sich und trat auf den Mitarbeiter der Kitzbüheler Seilbahnen zu.

„Entschuldigen Sie", sagte sie so leise, dass sie die übrigen Fahrgäste nicht verstehen konnten. „Meine Tochter muss ganz dringend auf die Toilette. Gibt es hier irgendeine Möglichkeit, nach draußen zu urinieren?"

Sebastian kniff die Augenbrauen zusammen. „Nun ja", erwiderte er und kratzte sich am Hinterkopf. „Es sollte eine kleine Bodenklappe geben. Wenn wir die öffnen können …"

„Prima! Und wo ist sie?"

„Keine Ahnung. Müssen wir suchen. Mein Name ist übrigens Sebastian."

„Ich bin Doris." Sie streckte ihm die Hand entgegen. „Danke für deine Hilfe."

Gemeinsam unterzogen sie den gewellten Aluminiumboden einer genauen Musterung. Bereits nach wenigen Augenblicken wurden sie fündig. Es handelte sich um eine vier Quadratdezimeter große Klappe, eine gute Armlänge vor den Schiebetüren der Kabine, die mit mehreren Schrauben gesichert war.

„Hat jemand ein Taschenmesser mit Schlitzschraubenzieher?", fragte Sebastian.

„Selbstverständlich", erwiderte Martin und griff in seinen Sportrucksack. „Als Schweizer ist das doch Ehrensache."

„Hey, ich hab' auch ein Taschenmesser!", warf Rüdiger ein und grinste.

Es gelang ihnen problemlos, die Schrauben zu lösen. Die Luke ließ sich nach oben öffnen und gestattete einen Blick in die Tiefe. Vielleicht hundert oder hundertfünfzig Meter unter ihnen lag ein offenes Waldstück, dessen Baumkronen von den heftigen Windböen hin und her geworfen wurden.

Samantha warf einen misstrauischen Blick auf die Klappe und einen noch misstrauischeren in den Abgrund.

„Da soll ich Lulu machen?"

„Ja, mein Engel", erwiderte Doris. „Du hockst dich einfach darüber, wie wenn du im Freien aufs Klo gehst."

Samantha grummelte Unverständliches und begann sich die Schihose herunterzuziehen.

„Ihr müsst weggucken!", sagte sie empört.

Eilig wandten sich die übrigen Fahrgäste den Fenstern zu. Niemand sagte ein Wort, als hinter ihnen fröhliches Geplätscher erklang.

Egal was passiert, dachte Doris und beäugte ihre Tochter von der Seite. *Ich werde auf keinen Fall durch dieses Loch pinkeln!*

Flughafen München, Terminal 2, Taxistand
Samstag, 6. Januar, 10:35 Uhr

„Sind Sie Jonathan Steiner?"

Der Taxifahrer, ein älterer Herr mit grau melierten Haaren und tiefen Tränensäcken nickte. „Sie kommen von der Polizei?"

„Ja." Bernhard hielt dem Fahrer seine Dienstmarke unter die Nase. „Wir hätten ein paar Fragen zu einem Fahrgast, den Sie Mittwochvormittag zu einem Autoverleih in München gebracht haben."

„Ah, Sie meinen sicher den Priester." Jonathan lächelte schief. „An den kann ich mich noch gut erinnern. Ist mir gleich seltsam vorgekommen."

„Weshalb?"

Der Fahrer kratzte sich die Wange. „Weiß auch nicht genau. Hat ausgesehen, als würde er sich nicht wohl in seiner Haut fühlen. Der Typ ist mir schon aufgefallen, bevor er in meinen Wagen stieg. Er kam vom Parkplatz dort drüben und nicht aus dem Flughafengebäude."

Bernhard blickte in die angegebene Richtung. „Können Sie uns sagen, wann das ungefähr war?"

„Ja." Der Fahrer nickte. „Ich sehe mal in mein Fahrtenbuch." Er begann auf seinem Monitor zu tippen.

„Vielleicht gibt es auf dem Parkplatz Überwachungskameras", sagte Bernhard, an Anna gewandt. „Könnte sein, dass er mit einem anderen Fahrzeug gekommen ist und sich dann das Taxi genommen hat."

„Aber weshalb dieser Umweg?", warf Anna ein. „Wieso nicht gleich den Wagen in einer Seitengasse parken und zu Fuß zum Autoverleih?"

„Keine Ahnung", erwiderte Bernhard und zuckte die Achseln. „Vielleicht hielt er das für unauffälliger."

„Oder er hatte etwas am Flughafen zu erledigen", mutmaßte Anna.

„Elf Uhr drei habe ich die Route eingegeben", sagte der Taxifahrer. „Der Mann war nicht besonders gesprächig, aber sehr großzügig. Zehn Euro Trinkgeld geben normalerweise nur die Russen."

Unser Mann ist definitiv kein armer Schlucker, dachte Bernhard.

„Übrigens", fuhr der Taxilenker fort. „Dieser Bursche scheint sehr begehrt zu sein."

Bernhard zog die Augenbrauen hoch. „Wie meinen Sie das?"

Der Fahrer grinste. „Sie sind nicht der Erste, der nach dem Priester fragt."

Schiregion Kitzbühel, 3S-Bahn, Kabine 14
Samstag, 6. Januar, 10:38 Uhr

Raphael hatte seine Finger verschränkt und drehte Däumchen. Er fühlte sich nicht wohl in seiner Haut. Nein, ganz und gar nicht. Genaugenommen empfand er ein beträchtliches und äußerst unangenehmes Drücken in seinem Unterleib. Ganz konkret: Er musste aufs Klo! Wenn Sonja in der Früh nicht so getrödelt hätte, hätte er sich keine dritte und vierte Tasse Tee genommen. Er hatte sie nur getrunken, weil er seine Hände beschäftigen wollte. Damit sie nicht aus Unachtsamkeit in seine Tasche gleiten und die beiden Ringe …

Aus. Vorbei. Die Ringe konnte er in die Tonne werfen. Oder aus der Seilbahn.

„Alles in Ordnung, mein Schatz?", erkundigte sich Sonja und berührte seine Wange.

Raphael zuckte zusammen und blickte auf die Seite. Es fehlte nicht viel, und er wäre von seiner Freundin abgerückt. „Raphael?“ Ihre Stimme wurde eindringlich. „Was ist los mit dir?“

„Nichts.“

„Lüg mich nicht an! Ich sehe doch, dass es dir nicht gutgeht.“

„Ist nicht weiter schlimm.“

„Raphael!“ Sie ergriff seinen Kopf und drehte ihn mit sanfter Gewalt in ihre Richtung. „Du sagst mir sofort, was los ist.“

Raphael wich ihrem Blick aus. „Ich ...“ Er brach ab, seufzte schwer, und fuhr im Flüsterton fort: „Ich muss auf die Toilette.“

Sonja zog die Augenbrauen hoch. „Das war jetzt so schwer?“

Raphael druckste herum. „Na ja. Eigentlich nicht. Aber ... irgendwie schon peinlich, sich vor all den Leuten in dieses Loch zu erleichtern.“

„Ist es weniger peinlich, sich in die Hose zu machen?“ Sonja lächelte.

„Okay, okay.“ Raphael verdrehte die Augen. „Du hast ja recht.“

Er erhob sich schwerfällig und trat auf Sebastian zu. Die Geschichte mit dem Harndrang war ja nur die halbe Wahrheit. Es wurmte ihn, dass er Sonja nicht einfach von seinen Plänen erzählt hatte. Oder, noch besser, hier und jetzt um ihre Hand anhielt. Aber das erforderte eindeutig mehr Mut, als er im Moment zustande brachte.

„Entschuldige“, wisperte er, an Sebastian gewandt, „aber ich fürchte, ich muss auch die Luke benutzen.“

Sebastian lächelte schief. „Kein Problem. Wenn das noch lange dauert, wirst du nicht der Letzte sein.“

Flughafen München, Halle Terminal 2
Samstag, 6. Januar, 10:40 Uhr

„Ja?" Die Stimme des Polizeivizepräsidenten klang wenig erfreut. Bernhard argwöhnte, dass er ihn aus dem Schlummer gerissen hatte.

„Servus, Mathias, Bernhard hier."

„Guten Morgen." Die Betonung lag eindeutig auf *Morgen*. „Was gibt's denn?"

„Wir sind am Flughafen München und verfolgen die Spur des mutmaßlichen Täters. Wie es aussieht, stehen wir vor einem Problem."

„Ja?"

„Laut einem Taxifahrer sind wir nicht die Ersten, die nach dem Mann fragen."

„Scheiße!" Es folgten einige weitere, wenig manierliche Bemerkungen, die Bernhard geflissentlich ignorierte.

„Könnte es sein", fuhr Bernhard fort, „dass sich das Bundeskriminalamt des Falls angenommen hat?"

„Nein, auf keinen Fall", betonte Mathias. „Man hätte mich informiert."

„Bist du sicher? Vielleicht ..."

„Du glaubst, sie haben verdeckte Ermittler losgeschickt?"

„Womöglich. Der Taxifahrer meinte, dass es sich um einen einzelnen Mann gehandelt hat. Dunkler Anzug, starre Mimik, schwarze Sonnenbrille. Sehr klischeehaft, wenn du mich fragst."

„Okay, gut." Mathias seufzte vernehmlich. „Ich kläre das. Ihr macht weiter wie bisher."

Schiregion Kitzbühel, 3S-Bahn, Talstation
Samstag, 6. Januar, 10:41 Uhr

„Mit dem Notantrieb ist alles in Ordnung“, sagte Maria und erhob sich. „Ich kann keinen Fehler feststellen. Laut Anzeige ist das Zugseil weiterhin blockiert. Wir müssen also davon ausgehen, dass es tatsächlich so ist.“

„Schlecht“, sagte Benjamin und wiegte den Kopf. „Ich schätze, das Problem liegt im Bereich der Seilbahnstütze. Ist der einzige Bereich, den man von den Stationen nicht einsehen kann. Wir sollten ein paar Techniker hinaufschicken, die sich die Tragrollen und den Seilverlauf ansehen. Vielleicht ist ja nur eine Rolle verbogen.“

„Schneller ginge es, wenn sich Natascha und Jürgen die Sache ansehen.“

Benjamin zögerte. „Stimmt“, erwiderte er dann. Diese Idee war ihm selbst schon gekommen. Aber er hatte gehofft, dass sie niemand aufgreifen würde. Allein der Gedanke, dass Natascha auf der fast hundert Meter hohen Stütze herumturnen musste, ließ ihn schwindeln.

„Wir können Natascha und Jürgen mal fragen, ob sie sich das ansehen wollen“, meinte er ausweichend. „Wobei ich es für effizienter halten würde, wenn wir gleich die Techniker arbeiten lassen. Die hätten auch die notwendige Ausrüstung dabei.“

„Natürlich. Aber die letzten zwei Kabinen befinden sich hinter der Seilbahnstütze. Das heißt, Natascha und Jürgen kommen sowieso an ihr vorbei. Ein kurzer Blick kann nicht schaden und hilft uns vielleicht weiter.“

Mist, dachte Benjamin. *Eins zu null für die Logik.*

Seilbahn GmbH Kitzbühel, Besprechungsraum
Samstag, 6. Januar, 10:49 Uhr

„Kabine dreizehn wurde gerade geborgen", meldete Benjamin über Funk. „Es ist nur noch eine besetzte Gondel draußen."

„Wie viele Gondeln fehlen insgesamt?" Franz hielt es für unangemessen, dass beständig von den Kabinen *mit* Passagieren gesprochen wurde. Natürlich wäre es schadenträchtiger, wenn eine besetzte Gondel verloren ging. Allein die darauf folgenden Prozesskosten würden die Firma in den Ruin treiben. Aber der Verlust von mehreren leeren Kabinen konnte den gleichen Effekt haben.

„Am Bergseil sind es noch zwei", sprach Benjamin weiter. „Kabine vierzehn und fünfzehn. Hier unten fehlen noch vier. Ibrahim und Maximilian schleppen gerade die zweite Gondel ab."

„Wie lange, würdest du sagen, dauert es noch, bis die Bergeaktion abgeschlossen ist?"

„Wenig mehr als eine halbe Stunde."

„Vortrefflich." Franz wandte sich seinen Gästen zu.

Philipp, der Alpinpolizist, nickte anerkennend. „Ich kann mich erinnern, dass bei einer Übung die Bergung von sechs Kabinen mehr als vier Stunden gedauert hat."

„Stimmt." Franz spitzte die Lippen. „Wir haben aber auch viel Kraft und Energie in die Verbesserung des Krisenmanagements gelegt." Er wandte sich dem Funkgerät zu. „Gibt es neue Erkenntnisse zum Notantrieb?"

„Ja", entgegnete Benjamin. „Maria hat die Maschine überprüft. Dürfte kein technischer Defekt sein. Das heißt, mit hoher Wahrscheinlichkeit liegt es wirklich am Zugseil. Ich vermute weiterhin, dass das Problem im Bereich der Stütze zu finden ist."

„Zu welcher Vorgehensweise würdest du raten?"
Für einige Sekunden war nur statisches Rauschen zu vernehmen. „Ich würde eine Gruppe Techniker auf den Mast schicken", sagte Benjamin.
„Das dauert viel zu lange", wandte Franz ein. „Gerade jetzt am Wochenende. Gibt es keine Alternativen?"
Abermaliges Schweigen. „Doch. Natascha und Jürgen könnten einen ersten Blick darauf werfen."
„Ausgezeichnet." Franz lehnte sich in seinem Stuhl zurück. „Dann sollen sie das tun."

Schiregion Kitzbühel, 3S-Bahn, Kabine 14
Samstag, 6. Januar, 10:51 Uhr

„Der Bergewagen fährt gerade aus der Station", sagte Sebastian, nachdem er einen konzentrierten Blick aus dem Fenster geworfen hatte. „Das bedeutet, wir sind die Nächsten."
Einige Fahrgäste atmeten erleichtert auf.
Emma verzog die Lippen. *Ein bisschen voreilig,* fand sie. *Noch sind wir nicht gerettet*. Unauffällig ließ sie ihre Hand auf die Sitzbank gleiten und klopfte dreimal gegen den Kunststoff. Besser einmal zu viel als einmal zu wenig.
Die Stimmung in der Kabine war gelöst, geradezu heiter. Rüdiger scherzte mal wieder mit Martin, selbst Matteo beteiligte sich an der Unterhaltung. Sebastian sprach mit der Mutter des aufsässigen Mädchens. Die Frau war jünger, als Emma zunächst gedacht hatte. Wohl um die dreißig. Ihre Tochter presste die Nase an die Glastüren der Kabine und schnitt unartige Grimassen. Das junge Pärchen war neben die beiden Snowboarderinnen gerückt; auch hier hatte sich eine lebhafte Konversation entwickelt.

Die einzige Person, die nach wie vor kein Wort gesprochen hatte, war der Mann mit den trüb glänzenden Augen und kurzen, rot gelockten Haaren.

Emma schluckte. Je länger sie den Unbekannten betrachtete, desto mehr fürchtete sie sich vor ihm. Vielleicht war es die Art, wie er auf seinem Sitz kauerte – ein geducktes Raubtier, bereit, jeden Augenblick aufzuspringen und seinem ahnungslosen Opfer die Klauen in die Kehle zu schlagen. Vielleicht waren es auch die garstigen Zotteln auf seinem Kopf – blutige Dornenranken, die sich wie Medusas Schlangen gierig auf alles Lebendige stürzten, Wärme und Glück heraussogen und verschlangen.

Emma schloss die Augen, atmete tief und gleichmäßig. Sie rief ihren Schutzengel an, bat ihn um Hilfe und Unterstützung. Dann versetzte sie ihren Geist auf eine blühende Sommerwiese, spürte das feuchte Erdreich unter ihren nackten Füßen, genoss den würzigen Duft nach Kräutern und Tannennadeln. Emmas Geheimrezept gegen aufkeimende Panik wirkte auch diesmal. Allmählich verebbte die Furcht, ihr Herzschlag verlangsamte sich, ihre Anspannung ließ nach. Dennoch, so ging es nicht weiter. Sie war vielleicht abergläubisch, aber mit Sicherheit nicht feige. „Hallo", sagte Emma und zauberte ein Lächeln auf ihr Gesicht. „Mein Name ist Emma. Wie heißen Sie?"

„Henrik." Seine Stimme war kühl und knarzend wie ein schlecht geöltes Metallscharnier.

„Und was machen Sie hier in Kitzbühel?" Emma wollte sich ihre Unsicherheit auf keinen Fall anmerken lassen.

„Urlaub."

„Ah, interessant, aber Schifahrer sind Sie wohl nicht?" Ihr war erneut aufgefallen, dass der Fremde Stiefel trug und keine Schiausrüstung dabei hatte. „Oder haben Sie Ihre Bretter oben am Berg vergessen?"

Emma lachte, aber selbst in ihren eigenen Ohren klang es hohl und schrill.

„Nein."

„Sind Sie in Kitzbühel, um Après-Schi-Partys zu feiern?"

„Hm", grunzte Henrik und wandte den Kopf ab. Ein deutliches Zeichen, dass er ihr Gespräch für beendet hielt.

Dann eben nicht, du sturer Hund, dachte Emma verärgert. Immerhin fühlte sie sich durch diesen Henrik nicht mehr bedroht. Nur weil sich jemand introvertiert gab, hieß das noch lange nicht, dass er gefährlich sein musste. Oder ein Mörder.

Emma schmunzelte.

*

„Hey", sagte Sonja und lächelte. „Ich heiße Sonja, und das ist mein Freund Raphael. Wer seid ihr?"

„Sandra", sagte eines der beiden Mädchen. Die junge Frau besaß brünettes, kinnlanges Haar, grüne Augen und war für ihr Alter eher klein gewachsen. Ihre Ohren wirkten spitz zulaufend, wodurch Raphael die spontane Assoziation einer *Elfe* hatte.

„Ich bin die Michelle", sagte die andere. Ihre dunklen Haare waren zu einem Pferdeschwanz zusammengebunden. Ein fein geschnittenes Gesicht umrahmte große, annähernd schwarze Augen. Dazu kamen volle, blutrote Lippen, die jeden Mann in den Wahnsinn treiben konnten. Wäre Raphael etwas jünger gewesen, hätte ihn die Kleine durchaus interessiert. Besser gesagt, um einiges jünger, denn Michelle konnte höchstens sechzehn sein. Dazu kam freilich, dass Raphael vergeben war. Wenn auch nicht verheiratet.

Er biss sich auf die Lippen.
„Seid ihr allein unterwegs?“, erkundigte sich Sonja.
„Nein.“ Sandra schüttelte den Kopf. „Mit ein paar Freunden. Aber die sitzen in den Kabinen vor uns.“
„Oder sind schon oben in der Station“, meinte Sonja. „Wenn's wahr ist, dauert es auch bei uns nicht mehr lange.“
„Hoffentlich“, sagte Sandra leise. „Eigentlich habe ich ja Höhenangst.“
„Höhenangst?“ Sonja runzelte die Stirn. „Und da steigst du in eine Seilbahn ein?“
„Na ja ...“ Sandra linste zu ihrer Freundin hinüber. „Ich wollte nicht als feige da stehen.“
„Hey“, protestierte Michelle. „Schau mich nicht so an. Ich habe dich nicht gezwungen, im Gegenteil.“
„Jaja, du hast ja recht“, sagte Sandra und zog eine Schnute. „Bin selber schuld.“
„Also, ich bin nicht freiwillig hier“, behauptete Sonja und nickte bekräftigend, als ihr die beiden Mädchen einen zweifelnden Blick zuwarfen. „Raphael hat mich dazu überredet, weil er unbedingt die Dreiseilumlaufbahn sehen wollte. Und was habe ich davon? Gefangen in einer winzigen Kabine, mitten in einem tobenden Sturm und vierhundert Meter über dem Boden. Daher mein Rat: Hört niemals auf einen Mann!“
Grinsen, kichern, Augenzwinkern.
Na toll, dachte Raphael und presste die Lippen aufeinander. *Das war jetzt notwendig*.

Schiregion Kitzbühel, 3S-Bahn, Bergewagen

Samstag, 6. Januar, 10:53 Uhr

„Sollten wir nicht umkehren?“, fragte Jürgen und deutete auf die sich rasch nähernde Wolkenwand im Westen. „Sieht doch aus wie vorhin, als der Sturm losgegangen ist.“

„Nein.“ Natascha schüttelte den Kopf. „Da war der Himmel tiefschwarz. Ich glaube nicht, dass es noch mal so schlimm wird. Dürfte der Schneefall sein, den sie angekündigt haben. Außerdem sollen wir ja nachsehen, was mit dem Zugseil los ist.“

„Na gut.“ Jürgen zuckte die Achseln. „Wie du meinst.“

Sie näherten sich der Seilbahnstütze. Die gigantische Metallkonstruktion war achtzig Meter hoch, das betonierte Fundament fast zehn Meter breit. Es war ein Koloss aus Stahl, monströs und unansehnlich, aber dennoch eine technische Meisterleistung. Natascha wusste, dass es besonderer Anstrengungen bedurft hatte, um den Betonsockel im Permafrostboden des Hanges zu verankern. Er war auf mehreren Einzelfundamenten errichtet, die beweglich waren und gegebenenfalls nachgestellt werden konnten. Eine starre Konstruktion hätte die Schwankungen des Untergrunds nicht ausgleichen können und wäre über kurz oder lang zusammengebrochen.

„Nicht so schnell“, sagte Natascha, als sich der Bergewagen bis auf wenige Meter der Seilbahnstütze genähert hatte. „Ich glaube, ich sehe, wo das Problem liegt. Bei den Seiltragrollen auf der linken Seite.“

Aufmerksam musterten sie die besagte Stelle. Durch das Schlingern des Bergewagens und den soeben einsetzenden Schneefall, war es schwierig Einzelheiten zu erkennen. Darüber hinaus legte der Wind zu. Natascha hoffte inständig, dass die Böen nicht weiter an Stärke gewannen. Sie befanden sich hundert Meter über dem Boden, ungeschützt auf freier Seilstrecke. Falls der Sturm abermals Orkanstärke erreichte, dann …

Sie musste eine Entscheidung treffen. Jetzt. Sofort.

„Ich steige auf das Fahrrad", sagte Natascha und erhob sich. „So komme ich näher heran."

„Und wenn ich einfach weiterfahre?"

„Nein. Wir wissen nicht, was genau mit dem Seil passiert ist. Vielleicht sind Tragrollen beschädigt, und die Belastung durch den Bergewagen wäre zu groß."

„Gut. Aber sei vorsichtig."

Beim Klang dieser Worte verspürte Natascha den sachten Widerhall einer Erinnerung. Irgendjemand hatte ihr vor nicht allzu langer Zeit geraten, vorsichtig zu sein. Jemand, der ihr sehr viel bedeutete. Jemand, den sie liebte.

Entschlossen erhob sich Natascha von ihrem Sitz und kämpfte sich gegen den zunehmenden Sturm auf den Sattel des Fahrrads. Mit aller Macht trat sie in die Pedale, fuhr bis an die ersten Streben der Seilbahnstütze heran. Heftige Windböen fauchten um ihre Ohren, das Brausen verschluckte jeden weiteren Laut. Schneekristalle prasselten auf ihre Wangen und verklebten ihre Lider.

Natascha kniff die Augen zusammen und beugte sich nach vorn. Mehrere Zugseilrollen waren verbogen, wenigstens eine gesplittert. Das Zugseil selbst war von den Rollen gerutscht. Es erweckte den Eindruck, als wäre das Stahltau gesprungen und mit dem darunter befindlichen Metallträger verschmolzen.

Ein heftiger Ruck ließ das Fahrrad erzittern. Hastig griff Natascha nach der Lenkstange, als ihr ein weiterer, noch heftigerer Schlag die Strebe aus der Hand prellte. Sie verlor das Gleichgewicht, kippte seitlich vom Gefährt und stürzte kopfüber in die Tiefe. Nicht der geringste Laut kam über ihre Lippen.

Schiregion Kitzbühel, 3S-Bahn, Kabine 14
Samstag, 6. Januar, 10:57 Uhr

„Fährt der Bergewagen zurück?“

Emmas Frage ließ die Gespräche verstummen. Ein Dutzend Augenpaare wandten sich der fernen Seilbahnstütze zu. Eindeutig. Der Bergewagen hatte den Retourgang eingelegt und rollte schaukelnd und schlingernd in Richtung Gipfel.

„Vielleicht ist der Wind zu stark“, mutmaßte Sebastian. „Soviel ich weiß, sind die Bergewagen nur bis einhundertzehn Stundenkilometer zugelassen.“

„Der war schon fast bei uns“, murrte Doris und nahm Samantha in den Arm, die sich verunsichert an ihre Seite drückte.

„Ich nehme an, sie werden es wieder versuchen, wenn der Wind nachlässt.“

„Und wenn er nicht nachlässt?“, fragte Matteo. „Die kommende Wetterlage ist eine typische Sturm- und Schneelage für die Nordalpen. Kann durchaus sein, dass es tagelang so weitergeht.“

„Tagelang?“ Emma war schockiert.

„Na ja“, Matteo bewegte vage den Kopf. „Ein, zwei Tage wären schon möglich.“

„So lange?“, quietschte Sandra und riss ihre behandschuhten Hände vor den Mund. „Das stehe ich nie und nimmer durch!“

„Ich denke, wir sollten mit den Verantwortlichen sprechen“, sagte Rüdiger und wandte sich Sebastian zu.

„Dann wissen wir zumindest, auf was wir uns einstellen müssen."

„Gute Idee." Sebastian nickte. „Dürfte ich wieder dein Telefon ...?"

Während Rüdiger dem Mitarbeiter der Kitzbüheler Seilbahnen sein Mobiltelefon aushändigte, warf Emma einen Blick in Richtung Gipfel. Schneefall und Sturm wurden immer stärker. Die Bergstation und der sich entfernende Bergewagen waren nur noch undeutliche Schemen in einem Meer aus Weiß. Es gab keinerlei Anzeichen, als würde sich das Unwetter demnächst abschwächen.

Sebastian knurrte und blickte verärgert auf das Display des Smartphones. „Kein Netz", sagte er. „Wer hat noch ein Handy dabei?"

Sofort kramten mehrere Fahrgäste nach ihren Mobiltelefonen.

„Irgendeines wird ja hoffentlich eine Verbindung zustande bringen."

Emma faltete die Hände in ihrem Schoß. Sie war außer Samantha die Einzige, die kein eigenes Mobiltelefon dabei hatte. Aus gutem Grund. Die Erfahrung hatte sie gelehrt, dass diese technischen Geräte vor allem zwei Dinge taten: unglaublich auf die Nerven gehen, und nicht funktionieren, wenn man sie wirklich brauchte.

Schiregion Kitzbühel, 3S-Bahn, Talstation
Samstag, 6. Januar, 10:57 Uhr

Fluchend nahm Benjamin den Feldstecher von den Augen. Der einsetzende Schneefall verbarg den Blick auf die Seilbahnstütze. Er hatte gerade noch erkennen können, wie Natascha auf das Fahrrad gestiegen war.

Ihm gefiel nicht, dass der Sturm wieder zugelegt hatte. Oben am Berg musste er noch heftiger toben. Es waren bestimmt wieder Orkanböen dabei. Unruhig marschierte Benjamin auf und ab. Kurz entschlossen griff er nach seinem Mobiltelefon und wählte Nataschas Nummer. Keine Verbindung. Er versuchte es bei Jürgen, mit dem gleichen Ergebnis. Abermals fluchend wählte er die Zentrale an. Wieder nichts.

Das sah nicht gut aus. Er deaktivierte sein Mobiltelefon, schaltete es wieder ein und wählte den Notruf. Auf diese Weise wurde automatisch das stärkste Netz verwendet. Wenigstens theoretisch. Es vergingen zehn geschlagene Sekunden, ohne dass eine Verbindung zustande kam, dann erschien die Meldung *Kein Netz verfügbar* am Display.

Benjamin stieß pfeifend die Luft aus. Nach dem Stromnetz war nun auch der Mobilfunk zusammengebrochen. Sein Blick streifte die Anzeige des Windmessgeräts. Einhundertacht Stundenkilometer.

Benjamin setzte sich an das Funkgerät. Glücklicherweise verfügten die Bergewagen über einen eigenen Anschluss. Auch waren die eingesetzten Geräte stärker und robuster als der Mobilfunk.

Ein Klicken in der Leitung; die Bestätigung, dass der Anruf durchgekommen war. Niemand meldete sich. Er versuchte es ein zweites Mal. Erneut bloß statisches Rauschen.

Das gibt's doch nicht! Benjamin funkte den zweiten Bergewagen an, der sich einige hundert Meter von der Talstation entfernt der nächsten Kabine näherte. Ibrahim meldete sich sofort.

„Ja?“, erklang seine Stimme, verzerrt durch starkes Knistern und Knacken in der Leitung.

„Benjamin hier. Wie sieht es mit dem Wind aus?“

„Ziemlich stark, wir werden ordentlich durchgeschüttelt. Kommen nur langsam voran. Fühlt sich so an, als wären wir auf einem Schiff, das …“

Ein gedämpftes Würgen erklang, gefolgt von einer derben Verwünschung.

„Maximilian hat sich erbrochen“, sagte Ibrahim, und das erste Mal schien seine Laune gesunken zu sein. „Ich weiß nicht, ob …“

„Ihr kehrt sofort um“, sagte Benjamin nachdrücklich. „Das ist ein Befehl!“

Flughafen München, Sicherheitszentrale
Samstag, 6. Januar, 11:00 Uhr

„Sie müssen das Chaos entschuldigen“, sagte der junge Techniker und zog eine Grimasse. „Aber der Orkan verlangt uns einiges ab. Trümmer auf den Rollwegen, zerstörte Plakatwände, ein Kleinflugzeug wurde umgeworfen; dazu Hunderte entnervte Fluggäste, die auf ihre verspäteten Maschinen warten.“

„Kein Problem“, meinte Bernhard. „Mein Büro sieht schlimmer aus.“

Der Bedienstete lachte und führte sie an einen leeren Computerarbeitsplatz. „Ich lade nur schnell die Daten der Überwachungskameras herunter. Wann, sagten Sie, soll das gewesen sein?“

„Mittwoch, kurz vor elf Uhr Vormittag.“

Die Finger des Technikers flogen über die Tastatur. „So, das müsste es sein“, sagte er. „Auf dem Parkgelände haben wir zwei Kameras. Ich beginne mit der ersten um zehn Uhr fünfundvierzig.“

Auf dem Bildschirm zeigten sich die wenig spektakulären Aufnahmen der ersten Überwachungskamera. Zu erkennen war ein Großteil der Parkfläche samt Einfahrt. Mehrere Fahrzeuge manövrierten auf den Abstellplatz, hielten an, Personen stiegen aus und verließen das Gelände.

„Halt", sagte Bernhard. „Gehen Sie ein paar Sekunden zurück."

Der Techniker tat, wie ihm geheißen. Die vorherige Szene wiederholte sich.

„Aufnahme stoppen." Bernhard deutete auf den Monitor. „Dort, unterhalb der Laterne."

Anna kniff die Augen zusammen. „Du meinst, das ist unser Mann?"

Bernhard wandte sich dem Techniker zu. „Können Sie diesen Bildausschnitt vergrößern?"

„Ja, einen Moment."

Augenblicke später füllte das gewünschte Detail den gesamten Monitor aus. Bernhard war von der Qualität der Aufnahme beeindruckt. Man konnte die einzelne, augenscheinlich männliche Person klar erkennen, auch wenn die Gesichtszüge unter dem Cluster digitaler Pixel verschwammen. Der Mann trug einen schwarzen Anzug mit weißem Kragen – eine Soutane.

Seilbahn GmbH Kitzbühel, Besprechungsraum
Samstag, 6. Januar, 11:08 Uhr

„Hallo?", meldete sich eine unbekannte Stimme über Funk. Wilhelm kniff die Augen zusammen, trat neben Franz und beugte sich über das Funkgerät. „Moritz, bist du das?"

„Ja. Das Mobilfunknetz ist kollabiert. Ich bin im Kontrollrau…“ Eine Abfolge von Knacklauten unterbrach die Verbindung. „…ergewagen ist zurückgekommen, aber ohne Kabine. Der Fahrer war ohnmächtig. Haben ihn herausgezo…“ Abermaliges Krachen. „… keinen Puls. Reanimation zeigt bislang keine Wirkung. Derzeit starker Schneefall und Orkanböen, Sichtweite unter hundert Meter. Passagiere und Schifah…“ Ein Surren, wie von einem Handmixgerät. „… Panik nicht auszuschließen. Wir sind nicht genug Leute. Was sollen wir tun?“

Im Besprechungsraum war es bis auf das beständige Knistern in der Funkleitung totenstill.

„Wo ist Natascha?“ Franz’ Stimme war rau und kratzig. „Die Frau im Bergewagen.“

„Keine Spur von ihr. Sie ist nicht in die Station zurückgekehrt.“

Wilhelm ergriff das Wort. „Fordert umgehend Unterstützung durch Gruppe zwei und drei an. Die Person mit Kreislaufstillstand muss auf dem schnellsten Weg ins Tal gebracht werden. Eine Helikopterbergung ist bei dem Wetter nicht möglich. Martina und Richard sollen einen ersten Trupp von zwanzig Schifahrern ins Tal begleiten. Nehmt die vierunddreißiger Piste, die sollte windgeschützt sein. Dann müssen wir …“

Franz hörte kaum hin, als Wilhelm weitere Anweisungen gab. Einer seiner Mitarbeiter war vermutlich tot. Eine andere verschollen. Mehrere Kabinen hingen schutzlos im Orkansturm. In einer davon harrte eine unbekannte Anzahl Passagiere ihrer Rettung; Rettung, die nicht so rasch eintreffen würde. „Ich bin sofort wieder da“, sagte Franz und eilte aus dem Besprechungsraum. Seine Hände zitterten so stark, dass er es nicht mehr verbergen konnte. Er hastete auf die Toilette und schloss sich auf einer Latrine ein. Mit bebenden Fingern kramte er die kleine Ampulle aus seiner Hemdtasche und entnahm ihr drei weiße Kapseln. Er wusste, dass diese Dosis zu hoch war. Aber er durfte die nächsten Stunden keine Anzeichen von Schwäche erkennen lassen. Franz ahnte, dass seine Karriere am seidenen Faden hing. Oder nicht nur seine Karriere. Sein ganzes Leben.

Schiregion Kitzbühel, 3S-Bahn, Talstation
Samstag, 6. Januar, 11:18 Uhr

„Hallo Benjamin“, sagte Franz über Funk. „Ich muss dir …“

„Wir haben die Bergung abgebrochen“, kam ihm Benjamin zuvor. „Derzeit gibt es hier Windspitzen um einhundertzwanzig Kilometer pro Stunde, für die Bergewagen zu riskant. Habt ihr Kontakt zu Natascha und Jürgen? Konnte sie per Funk nicht erreichen.“

„Nun, es gab …“

„Auf alle Fälle dürfen sie nicht wieder hinausfahren. Der Pengelstein ist exponierter, da sind die Böen noch stärker. Im Moment können wir keine weiteren Bergungen durchführen, wenigstens nicht mit den Bergwagen. Wir sollten …“ Erst jetzt fielen ihm die ungewohnte Stimmlage des Betriebsleiters und die erregten Gespräche im Hintergrund auf.

„Es gab einen Unfall“, sagte Franz.

Benjamins Muskeln verkrampften. Er hatte das Gefühl, keine Luft zu bekommen.

„Jürgen hat einen Herz-Kreislaufstillstand erlitten. Er konnte noch nicht reanimiert werden. Natascha ist verschwunden.“

„Verschwunden?", murmelte Benjamin. „Was soll das heißen?"

„Sie ist nicht mit dem Bergewagen in die Station zurückgekehrt."

Benjamins Gedanken liefen wie durch zähen Sirup. Er fühlte jeden Herzschlag überdeutlich, als wären sie die harten, dröhnenden Klänge einer japanischen Taiko-Trommel. Ein feuriger Schmerz durchzuckte sein Herz, brannte sich durch seine Adern und erfasste seinen gesamten Körper.

„Bitte, Benjamin. Ich weiß, dass dir Natascha viel bedeutet, aber ..."

„Ich muss sie suchen", murmelte Benjamin mehr zu sich selbst als in Franz Richtung.

„Das wirst du nicht!", empörte sich der Betriebschef. „Wir brauchen dich zur Koordination der Rettungs- und Sicherungsmaßnahmen."

Benjamin drängte den Schmerz, die nagenden Ängste, aufkeimenden Schuldgefühle, seine Unsicherheit und die Empfindung bleierner Leere zurück. Er konnte unmöglich hier bleiben. Natascha brauchte ihn. „Ihr haltet die Stellung", sagte er, an Ibrahim und Maximilian gewandt. „Der Bergewagen wird erst wieder eingesetzt, wenn die Sturmspitzen unter einhundertzehn Stundenkilometer sinken."

Benjamin ergriff seinen Rucksack, riss den Notfallkoffer und ein tragbares Funkgerät von der Wand und hastete aus dem Kontrollraum.

„Du bleibst, verdammt noch mal, auf deinem Posten", erklang Franz' schneidende Stimme. „Die Bergrettung hat gerade mit der Suche begonnen."

Aber das hörte Benjamin schon nicht mehr.

Schiregion Kitzbühel, 3S-Bahn, Seilbahnstütze
Samstag, 6. Januar, 11:19 Uhr

Kälte.

Schmerz.

Brüllende Dämonen.

Chaotische Empfindungen brandeten durch ihren Körper. Sie wusste nicht, wer sie war. Sie wusste nicht, wo sie war. Ihre Gefühle waren ihr fremd. Ihr Körper zur Hälfte taub, die andere Hälfte von grauenvoller Pein erfüllt. Sie vernahm unstetes Heulen, schmeckte warme, zähe Flüssigkeit, roch Schnee und Eis.

Natascha, dachte sie, und ihre Erinnerungen kehrten zurück.

Ich bin in Kitzbühel … Die 3S-Bahn ist ausgefallen … Mehrere Kabinen hängen im freien Spannfeld … Jürgen und ich fahren mit dem Bergewagen … Ich steige auf das Fahrrad, bewege mich auf die Seilbahnstütze zu … Ein heftiger Ruck … Ich stürze, falle …

Natascha öffnete die Augen.

Weiß.

Alles war weiß.

Verzweiflung loderte in ihr empor. *Bin ich blind? Habe ich mein Augenlicht verloren?* Das Weiß besaß Flecken, hellere und dunklere. Sie wirbelten umher, fegten an ihr vorbei wie tanzende Schneegeister.

Schnee, dachte sie erleichtert. *Es schneit.*

Natascha wandte den Kopf. Sofort schoss ein qualvolles Stechen durch ihren Schädel. Dennoch drehte sie sich weiter, bemühte sich, Arme und Beine zu bewegen. Ihr Körper war gestaltgewordene Pein. Pein und Kälte. Natascha hustete, spie einen Batzen Blut aus, der geräuschlos in der Tiefe verschwand. Es war eine erschreckende Tiefe. Sie hing in den Streben der Seilbahnstütze. Zwei Meter über ihr verliefen die Taue des Bergseils, mehr als siebzig Meter unter ihr war der Erdboden zu erkennen. Weit und breit keine Menschenseele. Und kein Bergewagen.

Seilbahn GmbH Kitzbühel, Besprechungsraum
Samstag, 6. Januar, 11:21 Uhr

„Die Durchsagen in den Kabinen könnt ihr euch sparen", erklang Moritz blecherne Stimme. „Die Fahrgäste sagen einhellig, dass sie nichts gehört haben."

„Die Fahrgäste welcher Gondel?", erkundigte sich Franz.

„Aller Gondeln. Dürfte wohl ein Problem mit den Lautsprechern geben."

Franz vergrub das Gesicht in den Händen. Wenn die Situation nicht derart besorgniserregend gewesen wäre, hätte man über das Schlamassel beinahe lachen können. Eine solche Aneinanderreihung von unglücklichen Zufällen, technischen Gebrechen und menschlichem Versagen spottete jeder Logik.

Es kann keinen Gott geben, dachte Franz. *Und wenn, ist er entweder Sadist oder der Teufel.*

„Wir haben die Presse informiert", sagte Philipp. „Ließ sich nicht länger vermeiden."

Franz nickte unbeeindruckt. Die Medien waren seine geringste Sorge.

„Wir erhalten demnächst Unterstützung von einer zweiten Polizeistreife", fuhr Philipp fort. „Auch die Feuerwehren sind alarmiert, dürften aber noch eine Weile brauchen; die sind wegen dem Orkan im Dauereinsatz."

„Ich glaube nicht, dass uns die Feuerwehr von Nutzen sein wird", gab Franz zurück.

„Vermutlich nicht", bestätigte Georg, der den kiloschweren Ordner mit den ausgedruckten Sicherheitsbestimmungen in Händen hielt. „Aber laut Alarmplan ..."

„Ja, ja, schon gut", unterbrach ihn Franz und verdrehte die Augen. „Wenn nicht ein Wunder geschieht, werden wir uns alle zusammensetzen und die weitere Vorgehensweise besprechen müssen. Die Lage, in der wir uns befinden, ist außerordentlich. Bei dem Wetter können wir die verbliebenen Gondeln nicht mit dem Bergewagen hereinholen."

„Apropos Wetter", sagte Wilhelm. „Wir brauchen eine umfassende und möglichst exakte Prognose für die kommenden Stunden."

„Das ist richtig", bestätigte Franz. „Wir haben eine Kooperation mit der Zentralanstalt für Meteorologie in Innsbruck, die müssen uns weiterhelfen. Georg." Er wandte sich seinem Kollegen zu. „Das übernimmst du."

Innerlich konnte sich Franz ein hämisches Grinsen nicht verkneifen. Eine äußerst praktikable Lösung, um Georg ruhigzustellen. Der stellvertretende Betriebschef hasste kaum etwas mehr als Telefongespräche.

Innsbruck, ZAMG, Ausweichquartier

Samstag, 6. Januar, 11:24 Uhr

Beinahe hätte Andreas das Läuten des Mobiltelefons überhört. Nach dem letzten Anruf eines redefreudigen Pensionisten war das Gerät von der Tischkante gerutscht und in einen Haufen Altpapier gefallen.

„Ja?"

„Guten Tag. Hier spricht Georg Semmelweis, stellvertretender Betriebsleiter der Seilbahn GmbH Kitzbühel."

Andreas wusste augenblicklich, dass sich die Lage zugespitzt hatte. „Haben Sie die Seilbahngondeln in Sicherheit bringen können?", fragte er.

„Ähm … nein. Leider konnten wir nicht alle Kabinen sichern. Einige befinden sich noch im Freien. Durch Sturm und Schneefall können wir derzeit keine Bergung durchführen. Das heißt, wir brauchen eine Abschätzung der weiteren Wetterentwicklung sowie der kommenden Lawinengefahr für unsere Einsatz- und Rettungsplanung."

Andreas zögerte. Da die Frequenz der Telefonanrufe auf ein erträgliches Maß zurückgegangen war, wollte er eigentlich in zehn Minuten den Heimweg antreten. Aber für die Anfrage aus Kitzbühel konnte er nicht auf die pauschale Prognose für Tirol zurückgreifen. Sie war viel zu ungenau. Man musste die örtlichen Begebenheiten berücksichtigen, keine Frage; idealerweise sollte man lokale Windprofile erstellen, Temperaturmessungen durchführen, die Topografie erkunden und eventuelle Schneeverfrachtungen beurteilen.

Damit nicht genug. Hinzu kam, dass Andreas Schuldgefühle plagten. Vermutlich würde jeder andere verständnislos den Kopf schütteln. Schließlich hatte Andreas vorschriftsmäßig gehandelt, eine Warnung per E-Mail verschickt und mehrmals versucht, einen Verantwortlichen in Kitzbühel telefonisch zu erreichen. Dennoch. Er wurde die unangenehme Empfindung nicht los, dass er Mitschuld an dem Seilbahnunglück trug. Schon deshalb, weil es nicht irgendeine Gewitterfront gewesen war. Es war der Sturm aus seinem Traum. Andreas' Gedanken und Überlegungen wogten hin und her. Er kam zu dem Schluss, dass es angesichts der dramatischen Entwicklung bloß eine sinnvolle Lösung gab. „Ich werde nach Kitzbühel kommen", sagte er. „Eine exakte Abschätzung der Lage ist nur vor Ort möglich."

Und außerdem, dachte er, *kann man nie genug Überstunden haben.*

Schiregion Kitzbühel, 3S-Bahn, Kabine 14
Samstag, 6. Januar, 11:25 Uhr

Die Stimmung in Kabine vierzehn war in den letzten Minuten rapide gesunken. Nicht nur die vergeblichen Versuche, telefonischen Kontakt mit der Außenwelt aufzunehmen, rüttelten an der allgemeinen Gemütslage. Auch war der Sturm weiter angeschwollen und brachte die Gondel in ähnlich heftige Schwingungen wie die Böen des Gewitters vor zwei Stunden. Dazu kam der Schneefall, der sich mittlerweile zu einem tobenden Blizzard entwickelt hatte. Selbst die nur dreihundert Meter entfernte Seilbahnstütze war nicht mehr als ein vager Umriss.

Doris erschauderte und wandte den Blick ihrer Tochter zu. Doch Samantha war ruhig. Sie saß ausnahmsweise stumm und ohne zu zappeln neben ihrer Mutter, hatte die Arme verschränkt und mahlte einen virtuellen Kaugummi zwischen ihren Zähnen. Glücklicherweise zeigte sie keinerlei Anzeichen von Verunsicherung oder gar Panik. Das war gut. Doris wusste nicht, wie sie ihr tobendes Kind hätte beruhigen sollen; erst recht nicht, seitdem Samantha die Süßigkeiten vertilgt hatte.

Doris hatte ein ungutes Gefühl. Es wollte ihr nicht in den Kopf, dass die erhoffte Rettung durch den Bergewagen im letzten Moment abgebrochen worden war. Was machten die fünf Minuten mehr oder weniger für einen Unterschied? Doris hatte den stillen Verdacht, dass es ein ernsthaftes Problem gab und ihre Rettung nicht so rasch stattfinden würde.

Vielleicht auch nie, sagte eine Stimme in ihrem Kopf.

*

Je mehr sich die Anspannung auf den Gesichtern der übrigen Fahrgäste festsetzte, desto gelassener wurde er. Das Schaukeln der Kabine, der heulende Sturm, die allmählich spürbar werdende Kälte bekümmerten ihn wenig. Es war eine Situation, die verborgene Triebe und verdrängte Ängste wachrief. Eine Situation, die ihm beileibe nicht unbekannt war. Er hatte eine Menge Übung darin, sich solche Momente nutzbar zu machen. Die Enge der Kabine, fremde, unberechenbare Personen, das unwirtliche Wetter und ihr ungewisses Schicksal waren zweifellos keine einfachen Bedingungen. Es waren Herausforderungen. Vor solchen hatte er sich noch nie gedrückt.

Schiregion Kitzbühel, 3S-Bahn, Seilbahnstütze
Samstag, 6. Januar, 11:25 Uhr

Nataschas Verstand arbeitete auf Hochtouren. Sie hatte die verbliebene Lethargie abgeschüttelt und den Ernst ihrer Lage erfasst: Allein in einem Schneesturm, mehr als fünfzig Meter über dem Boden, ohne eine Möglichkeit Hilfe zu rufen; ihr Mobiltelefon musste sie beim Sturz verloren haben. Zudem war sie verletzt. Ihr linker Oberschenkel schmerzte höllisch, ihre Wade und der Fuß fühlten sich taub an und ließen sich kaum bewegen.

Möglicherweise war das Bein gebrochen. Auf jeden Fall gebrochen waren zwei Finger der rechten Hand. Sie standen in einem unnatürlichen Winkel ab, verzerrten die Glieder des Handschuhs, als würde sie dem Schneesturm ein groteskes Peace-Zeichen entgegenstrecken. Sie wagte es nicht, den Fäustling zu entfernen, aus Angst, dass sie den Handschuh nicht mehr über die Finger bekommen und sich Erfrierungen zuziehen würde. Ihr Brustkorb war eine weitere Quelle von Schmerz. Jeder Atemzug brannte höllisch. Sie hoffte inständig, dass nicht auch ein paar ihrer Rippen gebrochen waren. Eine unbestimmte Anzahl an Prellungen und kleineren Wunden vervollständigten die Sammlung. Aber es hätte schlimmer kommen können. Sie könnte tot sein.

Was noch nicht ist, kann ja noch werden.

Sie wollte nicht sterben. Sie war viel zu jung, hatte für ihr Leben noch so viele Perspektiven und Hoffnungen. Insbesondere jetzt, nachdem sie einen Mann kennengelernt hatte, mit dem sie eine tiefe Seelenverwandtschaft verband.

Nein. Ich werde nicht sterben. Auf gar keinen Fall!

Sie musste von dieser Stütze herunter. So rasch als möglich. Hier oben war sie den widrigen Wetterbedingungen schutzlos ausgeliefert. Darüber hinaus würde sie niemand bemerken, selbst wenn der unwahrscheinliche Fall eintreten sollte, dass Rettungskräfte vorbeikamen.

Ächzend griff Natascha nach der Strebe über sich und begann den Abstieg.

Schiregion Kitzbühel, Piste 34
Samstag, 6. Januar, 11:30 Uhr

Benjamin stieß eine Tirade an Verwünschungen aus, trat nach dem Schneemobil und brüllte wie ein Wahnsinniger. *Das darf doch nicht wahr sein!* Wenige Dutzend Schritte bis zur Seilbahnstütze, und der Schrotthaufen von Motorschlitten gab den Geist auf. Welches perfide Schicksal konnte sich eine solch grausame Strafe ausdenken? Benjamin war vorhin an einer Gruppe Schifahrer vorbeigekommen, die von zwei Bergrettern ins Tal gebracht wurde. Einer der beiden rief ihm etwas zu, aber Benjamin war ohne innezuhalten an der Truppe vorbeigebraust. Womöglich wollte ihm der Mann mitteilen, dass Natascha bereits gerettet war.

Benjamin warf einen Blick auf sein Funkgerät. Nein, er würde das Hauptbüro nicht anfunken. Franz war mit Sicherheit nicht gut auf ihn zu sprechen. Außerdem spürte er, dass Natascha in Gefahr war. Er fühlte es so deutlich, als würde sie neben ihm stehen.

Benjamin gab dem defekten Schneemobil einen letzten Tritt, dann schulterte er seinen Rucksack, griff nach dem Erste-Hilfe-Koffer und dem Funkgerät. Zuletzt hatte er Natascha bei der Seilbahnstütze gesehen. Dort würde er zu suchen beginnen.

Benjamin marschierte los.

Schiregion Kitzbühel, 3S-Bahn, Seilbahnstütze
Samstag, 6. Januar, 11:32 Uhr

Fünf Meter über dem Boden verließen Natascha die Kräfte. Der Sturm heulte und pfiff, Schneeflocken stachen wie Nadeln in ihr Gesicht. Die Metallleiter, die am Rand des Masts in die Tiefe führte, war feucht und glitschig. Mehrmals glitt Natascha mit Händen oder Füßen ab und konnte sich nur dank ihrer guten Reaktionsfähigkeit an die Streben klammern. Nun aber waren ihre Kraftreserven erschöpft. Sämtliche Muskeln in Nataschas geschundenem Körper schmerzten, waren derart verkrampft, dass sie nicht einmal die Finger von den Streben der Leiter zu lösen vermochte. Tränen der Verzweiflung rannen über ihre Wangen. Jetzt war sie so weit gekommen und sollte nun hilflos in diesem Metallgerüst hängend ihr Leben aushauchen wie eine Fliege an einem Fliegenfänger?

Wut und eiserner Überlebenswille loderten in Natascha empor. Mit all ihrer Willenskraft befahl sie den Fingern, sich zu lösen. Wie ein sprödes, verrostetes Scharnier folgten die Glieder nur widerwillig, aber taten zuletzt, wie ihnen geheißen. Mühsam hob Natascha einen Fuß an und setzte ihn eine Sprosse weiter nach unten. Eine heftige Windböe brachte sie aus dem Gleichgewicht. Sie kippte zur Seite und schlitterte gleichzeitig abwärts, knallte mit ihrer Schulter gegen eine vorstehende Kante.

Ein feuriger Schmerz flammte auf, irgendetwas riss ihr die Sturmhaube vom Kopf. Panisch griff sie nach einer Querstrebe der Leiter, doch ihre kraftlosen Finger fanden keinen Halt. Sie glitt tiefer, umschlang mit ihren Oberarmen einen seitlichen Metallsteher. Doch dieser war ebenso schlüpfrig wie der Rest der Seilbahnstütze. Sie rutschte erdwärts, immer schneller, verlor einen Handschuh – und erhielt einen gewaltigen Schlag auf den Kopf, der ihr augenblicklich die Besinnung raubte.

Seilbahn GmbH Kitzbühel, Besprechungsraum
Samstag, 6. Januar, 11:35 Uhr

„Der Fahrer des Bergewagens ist tot", sagte eine Stimme, beinahe nicht zu verstehen durch all das Knistern und Rauschen. „Der Notarzt hat sein Ableben bestätigt."

Franz biss sich auf die Lippen. Nach einer halben Stunde vergeblicher Reanimation war dies abzusehen gewesen. Aber das machte es nicht besser.

„Konnte die Ursache festgestellt werden?", fragte er.

„Nein. Allerdings hat er eine großflächige Platzwunde am Hinterkopf."

„Die hatte er bereits, bevor mit der Bergung der Kabinen begonnen wurde. Er ist gestürzt und war kurzzeitig bewusstlos."

Es währte einige Sekunden, dann meldete sich die Stimme erneut. „Der Notarzt meint, dass eine Hirnblutung in Folge eines Schädel-Hirn-Traumas aufgetreten sein könnte. Sicher wird man es nach der Obduktion wissen."

„Gut, danke." Franz wechselte die Frequenz und nahm Kontakt mit der Bergstation auf. „Wie sieht es bei euch aus?"

„Die meisten Wintersportgäste befinden sich bereits im Tal oder auf dem Weg dorthin", erwiderte Moritz.

„Ist Gruppe drei bei euch eingetroffen?", warf Wilhelm ein.

„Ja. Derzeit haben wir keinen Personalmangel. Die Räumung der Bergstation läuft planmäßig."

„Und der Pistendienst?"

„Kontrolliert den gesamten Streckenverlauf auf versprengte Schifahrer."

„Wie steht es um die Suche nach Natascha?"

„Keine Spur von ihr. Der Suchtrupp hat sich noch nicht gemeldet."

Franz seufzte schwer und lehnte sich in seinem Stuhl zurück. Was ihn momentan am meisten beschäftigte, war Benjamins Verhalten. Er hatte seinen Sicherheitschef bislang für einen umsichtigen und gewissenhaften Mitarbeiter gehalten, aber die Zuneigung zu Natascha war Benjamins rationalem Verstand in keiner Weise zuträglich. Es war ein Fehler gewesen, die junge Blondine einzustellen. Falls sie noch lebte, würde er sie feuern.

Fristlos.

Flughafen München, Halle Terminal 2
Samstag, 6. Januar, 11:40 Uhr

„Das ist jetzt aber ein Witz!?" Bernhard wusste nicht, ob er lachen oder weinen sollte.

„Leider nein", sagte Anna. Ihr Gesichtsausdruck schwankte zwischen Enttäuschung und Verärgerung. „Es ist wieder ein Leihwagen, und der Namen des Mieters ebenso erfunden."

„Unglaublich", murmelte Bernhard und rieb sich das Nasenbein. „Der Typ ist ein Phantom."

Die zweite Überwachungskamera des Parkplatzes war auf die Ausfahrt gerichtet. Dadurch hatten sie nicht nur festzustellen vermocht, wann der mutmaßliche Täter die Abstellfläche verlassen hatte – Donnerstag, kurz vor halb zwölf am Vormittag – sondern auch die Nummerntafel ausmachen können. „Hat er denselben Namen gewählt?", erkundigte sich Bernhard.

„Nein. Jetzt heißt er Hermann Ragendorf aus Berlin. Tatsächlich ist das ein querschnittgelähmter Rentner.

Der Typ muss einen ganzen Koffer mit falschen Dokumenten besitzen."

„Ich nehme an, er hat den Wagen von einem anderen Autoverleih bezogen?"

„Ja. Und hier wird es interessant. Das Fahrzeug, ein BMW der oberen Preiskategorie, wurde für eine ganze Woche bei einer Firma am Flughafen bestellt und Dienstagabend abgeholt. Das legt die Vermutung nahe, dass unser Mann mit dem Flugzeug gekommen ist."

„Und es bedeutet, dass er möglicherweise noch immer mit dem Wagen unterwegs ist", ergänzte Bernhard. „Besser als nichts. Wir schreiben das Fahrzeug zur Fahndung aus. Vielleicht haben wir Glück."

„Ich werde das gleich veranlassen. Wie gehen wir weiter vor?"

„Zuerst sollten wir die Passagierlisten am Flughafen durchsehen. Danach die Hotelbuchungen in der Stadt. Kann ja sein, dass wir mit einem der beiden Namen einen Treffer landen. Da fällt mir ein: Das Bundeskriminalamt dürfte sich nicht eingemischt haben. Mathias hat mich vorhin zurückgerufen. Keiner seiner Kontakte weiß etwas von verdeckten Ermittlern. Mathias meinte, damit könne man ausschließen, dass Leute im Einsatz sind."

„Aber wer hat sich dann nach dem Priester erkundigt?"

„Diese Frage habe ich mir auch gestellt", meinte Bernhard. „Was würdest du sagen?"

Die junge Beamtin verschränkte die Arme. „Es gibt drei Alternativen. Entweder, es handelt sich um einen privaten Ermittler, den irgendjemand, der Angehörige einer Ermordeten etwa, engagiert hat. Dann könnte sein, dass unser Mann in andere krumme Dinge verwickelt ist und sich den Zorn eines einflussreichen Kriminellen zugezogen hat. Oder es ist purer Zufall."

Bernhard lächelte anerkennend. *Aus dir wird einmal eine richtig gute Kriminalistin,* dachte er. Laut sagte er: „Ja, das waren auch meine Überlegungen. Wobei ich ‚Zufall' erfahrungsgemäß ausschließen würde. Es gibt keine Zufälle, erst recht nicht bei Ermittlungen zu einem Mordfall."

Schiregion Kitzbühel, 3S-Bahn, Seilbahnstütze
Samstag, 6. Januar, 11:41 Uhr

Sie lag da wie ein vom Himmel gefallener Engel. Auf dem Rücken, die Arme weit ausgestreckt, das lange, blonde Haar als zarter Strahlenkranz um ihr Gesicht. Die blaugrünen Augen starrten leblos in den von Schneeflocken erfüllten Himmel. Ihre Lippen waren weiß vor Kälte. Der Anblick brach Benjamin das Herz. Er stolperte und fiel auf die Knie. Der Notfallkoffer entglitt seinen Fingern, das Funkgerät fiel scheppernd zu Boden. Die wunderbarste Frau der Welt gab es nicht mehr. Natascha war tot.

Benjamin schluchzte, ein Schüttelkrampf ließ seinen Körper erbeben. Er barg das Gesicht in Händen, schrie auf wie ein verwundetes Tier.

Nicht sie, dachte er. *Nicht hier. Nicht jetzt.* Flehentlich streckte er seine Arme zum Himmel, beschwor einen Gott der Liebe, an den er noch nie geglaubt hatte.

Ein Hauch drang an sein Ohr. Ein Hauch, der ein menschliches Flüstern sein mochte. Benjamin sah auf, den Blick von Tränen verschleiert. Hastig wischte er sie beiseite. Blaugrüne, magische Augen. Erfüllt mit dem Wunder des Lebens, so tief wie ein kristallklarer Bergsee. Nataschas Lippen bebten.

Benjamin rappelte sich auf und eilte an ihre Seite.

„Natascha …", flüsterte er, streckte die Hand aus und berührte ihre Wange. Sie war eiskalt.

Natascha rollte sich auf die Seite; wenigstens versuchte sie es. Beherzt griff Benjamin zu, hob Natascha auf und an seine Brust. Sie stöhnte vor Schmerz. Erschrocken wollte sie Benjamin zurück in den Schnee legen, doch Natascha schlang ihre Arme um seinen Hals und wisperte: „Halt mich fest."

Benjamins Herz zuckte vor Qualen, seine Seele erzitterte. In diesem Moment wusste er, dass er für Natascha, ohne zu zögern, sein Leben gegeben hätte. Nichts zählte, außer sie.

Benjamin drückte Natascha an sich, ging in die Hocke und langte nach dem fallen gelassenen Funkgerät.

Ein Rauschen in der Leitung, dann erklang eine unbekannte Stimme: „Ja?"

„Ich habe Natascha. Bei der 3S-Stütze. Brauche Hilfe!"

Krachen, pfeifen, knistern. Benjamin fürchtete, dass ihn niemand gehört hatte. Da meldete sich die Stimme erneut. „Durchhalten. Der Suchtrupp ist jeden Moment bei euch."

Schiregion Kitzbühel, 3S-Bahn, Kabine 14

Samstag, 6. Januar, 11:43 Uhr

„Hat einer von euch Kontaktlinsenflüssigkeit dabei?"

Sebastians Stimme drang in Raphaels düstere Gedanken. Er hob den Kopf und blinzelte erschöpft. „Ja", entgegnete er.

„Dürfte ich ein paar Tropfen nehmen? Habe meine in der Pistenraupe liegen lassen."

„Ja, klar." Raphael kramte in seinem Rucksack und reichte Sebastian eine kleine Flasche. Ihm fiel auf, dass es in der Kabine empfindlich kälter geworden war. Noch waren sie alle durch ihre Winterkleidung geschützt, aber über kurz oder lang würde der Frost selbst durch die dickste Thermounterwäsche kriechen.

„Ich hätte auch was da", sagte Sandra und zog eine Anzahl winziger Einwegtuben aus ihrem Snowboard-Anorak. „Beim Schifahren werden die Augen so schnell trocken."

„Stimmt." Sebastian lächelte schief. „Geschieht mir recht. Weshalb bin ich auch so eitel und trage Kontaktlinsen?"

Weshalb bin ich so dämlich und habe angenommen, dass mich Sonja heiraten will?, schoss es Raphael durch den Kopf. Aber egal. Was geschehen war, war geschehen. Es wurde Zeit, dass er seine Gedanken vorwärts richtete. Wenn Sonja kein Interesse an einer Heirat hatte, dann eben nicht. Genaugenommen war das nicht weiter tragisch. Nächstes Jahr war geradeso gut wie heuer. Und die Ringe würden ebenfalls nicht schlechter werden. Raphael straffte demonstrativ die Schultern.

„Hat jemand Lust zu pokern?", fragte Sebastian. Er zog ein Kartenspiel aus seiner Jackentasche und wand es geschickt zwischen den Fingern.

„Ja", erwiderte Raphael zu seiner eigenen Überraschung. Eigentlich mochte er Kartenspiele nicht. Andererseits war jede Ablenkung willkommen.

„Bin auch dabei", sagte Martin.

„Ich ebenso", erwiderte Rüdiger. „Wie wäre es mit einem Wetteinsatz? Der Gewinner erhält das Benutzungsvorrecht für die Bodenluke."

Mehrere Fahrgäste lachten, selbst Raphael musste grinsen.

„Geht es dir besser?“, fragte Sonja und schmiegte sich an ihn.

Ein Gefühl wohliger Wärme erfüllte Raphaels Körper und vertrieb die lauernde Kälte. Er umarmte seine Freundin und drückte ihr einen Kuss auf die Stirn. Sie liebte ihn. Das war doch alles, was er sich nur wünschen konnte.

„Ja“, sagte er. „Viel besser.“

Seilbahn GmbH Kitzbühel, Besprechungsraum

Samstag, 6. Januar, 11:47 Uhr

„Wir haben Natascha gefunden. Sie lebt, und Benjamin ist bei ihr.“

Erleichtertes Aufatmen wanderte durch den Raum.

Franz blieb nach außen hin völlig unbeeindruckt. „Wo ist sie?“, erkundigte er sich. „Wie geht es ihr?“

„Sie befindet sich am Fuß der 3S-Stütze. Wir sind gerade bei ihr eingetroffen. Einen Moment, ich melde mich gleich wieder.“ Franz spürte, wie sich sein Herzschlag beschleunigte und ihm der Schweiß ausbrach. Zwei Nebenwirkungen des Medikaments. Aber damit musste er leben. „Vermutlich hat sie sich Brüche des Oberschenkels und einiger Finger zugezogen. Auch ist sie stark unterkühlt. Möglicherweise hat sie noch andere Verletzungen. Aber sie ist bei Bewusstsein.“

„Gut. Wir schicken den Notarzt zum unteren Ende von Piste vierunddreißig.“

Wilhelm schaltete sich ein. „Habt ihr eine Tragbahre dabei?“

„Ja. Natascha wird soeben zum Abtransport vorbereitet."

Franz überlegte, ob er nach Benjamin fragen und mit ihm sprechen sollte, entschied jedoch, dass für eine Zurechtweisung später genug Zeit sein würde. Zunächst galt es, die Evakuierung der verbliebenen Personen in der Bergstation abzuschließen. Und die letzten Gondeln zu bergen; allen voran Kabine vierzehn.

Schiregion Kitzbühel, 3S-Bahn, Kabine 14
Samstag, 6. Januar, 11:58 Uhr

Henrik war der Einzige, der sich weder an dem Pokerspiel beteiligte noch neugierige Blicke zu den Spielern warf. Weiterhin wirkte er unbeteiligt, kauerte auf seinem Sitz, starrte abwechselnd auf seine Hände und an die Gondeldecke. Er ließ keine Anstalten erkennen, sich in irgendeiner Form einbringen zu wollen.

Emma rümpfte die Nase. Grundsätzlich hatte sie nichts gegen introvertierte Menschen, aber angesichts ihrer Lage wirkte Henriks Verhalten … falsch. Als versuche er, sich mit aller Macht auf einen Gedanken zu konzentrieren oder von etwas abzulenken. Vielleicht litt er an Klaustrophobie. Vielleicht konnte er nur unter höchster Willensanstrengung verhindern, in Panik auszubrechen. Vielleicht sollte sie ihm beistehen.

„Alles in Ordnung, Henrik?", fragte sie leise.

Henrik riss den Kopf herum und stierte sie mit seinen trüb glänzenden Augen an. Die Bewegung kam so abrupt, dass Emma zurückzuckte. Nein, dieser Mann war ihr nach wie vor nicht geheuer.

„Henrik?", wiederholte sie noch leiser.

Der Rothaarige schüttelte den Kopf, als müsste er einen lästigen Gedanken loswerden und wandte sich ab. „Mir geht's gut", knurrte er und verschränkte die Arme vor der Brust. Emma fiel auf, dass seine Hände zitterten.

Sie seufzte ergeben. An diesen Typen war einfach nicht ranzukommen. Sollte er doch in seinem eigenen Elend schwelgen, wenn er wollte. Sie hatte genug andere Sorgen. Ihre missliche Lage zum Beispiel.

Emma unterbrach Rüdigers Redeschwall, der soeben die lachmuskelstrapazierende Pointe eines Witzes zum Besten geben wollte, und sagte mit lauter Stimme: „Ich möchte ja kein Spielverderber sein, aber sollten wir nicht versuchen, mit der Außenwelt Kontakt aufzunehmen, damit wir irgendwann mal gerettet werden?"

Das saß. Die allgemeine Heiterkeit verebbte, die Gesichter wurden lang und länger, und nicht wenige Blicke wanderten furchtsam zu den Fenstern.

„Toll gemacht", flüsterte Matteos Stimme an ihrem Ohr. „Emma, die Königin des Frohsinns."

Schiregion Kitzbühel, Piste 34

Samstag, 6. Januar, 11:59 Uhr

Benjamin hätte Natascha am liebsten eigenhändig ins Tal getragen, aber die Bergretter ließen das nicht zu. So musste sich Benjamin damit begnügen, neben der Tragbahre herzulaufen und von Zeit zu Zeit nach Nataschas Hand zu greifen. Sie war in einen ohnmachtsähnlichen Dämmerzustand gefallen und schien kaum etwas von ihrer Umgebung mitzubekommen. Der Bergretter hatte zwar behauptet, Natascha sei nicht lebensgefährlich verletzt, so ganz wollte es ihm Benjamin aber nicht glauben.

Falls Natascha aus dem Bergewagen gefallen war, müsste sie tot sein. Es war ein Wunder, dass sie überhaupt noch atmete.

Benjamin warf einen Blick auf die Seilbahnstütze zurück. Die Metallkonstruktion war durch Sturm und Schneefall sicherlich rutschig, vielleicht sogar vereist. Wenn Natascha die gesamte Höhe abwärts geklettert war, musste es ein Albtraum gewesen sein. Benjamins Blick wanderte die Seile entlang und verhielt an der Kabine, die talabwärts hoch über dem Erdboden schwebte. Durch den Blizzard war die Gondel kaum mehr als ein verwaschener Schmutzfleck. Dies musste die Kabine sein, in der sich die letzten Passagiere befanden. Ob sie gesehen hatten, welches Drama sich in ihrer Nähe abspielte? Vielleicht lugten sie gerade aus den Fenstern, riefen um Hilfe; doch in diesem tobenden Sturm musste jeder Laut verschluckt werden. So wie Natascha nichts mehr mitbekam, waren auch die Fahrgäste von der Außenwelt abgeschnitten. Sie waren Gefangene einer winzigen Blechbüchse – und das mehr als einhundert Meter über dem Boden. Benjamin biss die Zähne zusammen und tastete nach Nataschas Hand, die kalt und kraftlos unter der Thermodecke ruhte. *Was für ein Scheißtag,* dachte er und wischte sich die breiige Masse halb geschmolzenen Schnees aus dem Gesicht.

Tirol, A12 bei Jenbach
Samstag, 6. Januar, 12:10 Uhr

Andreas lächelte.

Eigentlich war das absurd. Es gab nichts, aber auch gar nichts, was derzeit Erheiterung hervorrufen sollte.

Die Autobahn war eine einzige Rutschpartie, die Sicht durch den starken Schneefall miserabel, und der Sturm tat sein Übriges. Wenn man das Wagnis beging, die vergangenen Stunden Revue passieren zu lassen, fanden sich noch viel weniger Gründe für seine unverhohlene Fröhlichkeit.

Dennoch vermochte Andreas das Grinsen nicht aus seinem Gesicht zu verbannen. Womöglich lag es an dem bisherigen Tagesablauf und war ein ungewohnter Ausdruck seiner inneren Unruhe. Aber daran glaubte er nicht. Tatsächlich empfand er keinerlei Nervosität, im Gegenteil: Er hatte sich schon lange nicht mehr so ausgeglichen gefühlt. Wäre ihm einer seiner Kollegen oder Bekannten begegnet, er müsste ihn zweifellos für nicht ganz dicht halten. Glücklicherweise war er allein im Wagen.

Andreas war überrascht, dass der Verkehr trotz der verheerenden Schäden durch den Sturm und der mittlerweile zentimeterhohen Schneelage auf den Straßen nicht zum Stillstand gekommen war. Es ging sogar erstaunlich gut voran; aber wohl nur deshalb, weil kaum Fahrzeuge unterwegs waren.

Andreas' Grinsen wurde breiter.

Verrückt, schoss es ihm durch den Kopf. Er erinnerte sich der morgendlichen Gewitterfront. Eine Gewitterfront, die ihm nicht fremd gewesen war. Er hatte sie so oft gesehen, ihre Urgewalt gespürt und den tobenden Elementen getrotzt. Gewissermaßen war sie ein Vertrauter, ein Freund, ein Seelengefährte.

Andreas rieb sich das Nasenbein.

Reiß dich zusammen!, dachte er und wechselte auf die Überholspur.

Schiregion Kitzbühel, 3S-Bahn, Kabine 14

Samstag, 6. Januar, 12:20 Uhr

Sie beschlossen, ein weiteres Mal sämtliche Mobiltelefone auf ihre Funktionstüchtigkeit zu überprüfen; doch blieb das Ergebnis dasselbe. Kein Handy bekam eine Verbindung, stets erschien eine Fehlermeldung.

Daraufhin wurden die verrücktesten Ideen geboren, wie man sich bemerkbar machen und Kontakt mit den Rettungskräften aufnehmen könnte. Raphael schlug vor, mit der Taschenlampe Morsezeichen zu senden. Matteo wandte ein, dass man das Licht untertags nicht wahrnehmen würde. Sandra bestand darauf, durch die Luke im Boden um Hilfe zu brüllen. Doris klingelten noch Minuten später die Ohren; Sandra besaß eine beeindruckende Stimmkraft, die es selbst mit der von Samantha aufnehmen konnte. Nichtsdestotrotz gab es weder eine Rückmeldung noch zeigte sich eine Menschenseele; sofern man in dem Schneesturm einen Menschen ausmachen konnte. Matteo argwöhnte, dass selbst die stärkste Stimme das Tosen des Orkans nicht durchdringen konnte. Als Nächstes empfahl Emma, einige Kleidungsstücke zu einem Paket zu schnüren und mit einer daran befestigten Botschaft durch die Luke Richtung Erdboden fallen zu lassen.

„Warten ist immer noch besser als erfrieren", kommentierte Matteo, woraufhin Emmas Vorschlag stillschweigend übergangen wurde. Zuletzt hatte Sebastian einen Einfall: „Wir werfen die Schi aus der Luke", sagte er.

„Was soll das bringen?", fragte Matteo. „Willst du umherirrende Schneehasen erschlagen?"

„Nein", gab Sebastian zurück. „Aber erstens nehmen die Bretter unnötig Platz weg, und zweitens können wir eine Nachricht in die Bindung stecken. Die Schi sind schwer, die kann der Wind nicht davontragen. Wenn Rettungskräfte in der Nähe sind, haben wir vielleicht Glück."

„Nicht mit mir", grollte Matteo. „Meine Ausrüstung war sündteuer."

„Du kannst meine nehmen", sagte Doris und verzog ihre dünnen Lippen zu einem Lächeln. „Die sind schon über drei Jahre alt."

„Ich will die Schi runterwerfen!", kreischte Samantha und hopste von ihrem Sitzplatz.

„Natürlich", sagte Sebastian und grinste. „Aber zuerst schreiben wir eine Nachricht." Er wandte sich an Doris. „Du bist doch Lehrerin und hast sicher eine schöne, gut lesbare Schrift, oder?"

„Na ja", erwiderte Doris und senkte verlegen den Blick. „Für die Tafel reicht es."

„Nur keine falsche Bescheidenheit. Gegen meine Sauklaue ist deine Handschrift garantiert eine Offenbarung."

Doris lächelte erneut. Wenn sie sich nicht völlig täuschte, wollte Sebastian etwas von ihr. Eine leise Stimme in ihrem Kopf sagte ihr, dass sein Geschäker mehr war als harmloser Smalltalk. Doris beäugte unauffällig ihre Oberschenkel. Ihr Arzt hatte letztens behauptet, dass sie mehr essen sollte. Ansonsten würde die angebliche Unterernährung ihrem Körper schaden. Lächerlich.

Zu dick, konstatierte Doris und spitzte die Lippen. *Ich muss weniger essen.*

A92 zwischen München-Stadt und Flughafen
Samstag, 6. Januar, 12:35 Uhr

„Fassen wir also noch einmal zusammen", sagte Bernhard und schaltete den Verkehrsfunk aus. „Wir haben einen Hermann Ragendorf, der ein Einfachticket von Berlin nach München bucht. In Berlin finden sich keine Anzeichen, dass er unter diesem oder dem zweiten uns bekannten Namen in einem Hotel eingecheckt hätte. In München angekommen, nimmt er sich für eine Woche einen Leihwagen. Am nächsten Tag steigt er als Lukas Waldenstein in ein anderes Mietauto, fährt zu einer verlassenen Jagdhütte im Bayerischen Wald und ermordet dort eine Münchner Studentin. Wir wissen nicht, ob er sie entführt hat oder sie vielleicht sogar freiwillig in seinen Wagen gestiegen ist. Wir wissen auch nicht, ob er Mittäter hatte. Vermutlich aber nicht. Tatsache ist jedenfalls, dass er weder als Lukas Waldenstein noch als Hermann Ragendorf in einer Unterkunft in München übernachtet hat."

„Grundsätzlich ist es aber nicht schwierig, unter einem falschen oder anderen Namen einzuchecken", warf Anna ein. „Selbst große Hotels verlangen selten einen Ausweis."

„Stimmt", gab Bernhard zu. „So oder so kommen wir hier nicht weiter. Was wissen wir noch? Der mutmaßliche Täter ist männlich, um die fünfzig Jahre alt und etwa eins achtzig groß. So wie eine Million andere Deutsche. Der restlichen Personenbeschreibung dürfen wir nicht trauen. Könnte alles Maskerade sein, inklusive dem Schweizer Dialekt, der Brille und Soutane."

„Vielleicht aber auch nicht. Oder nur zum Teil."

„Vielleicht. Doch wie ich den Typen einschätze, geht er auf Nummer sicher. Würde ihm zutrauen, dass er verschieden hohe Absätze trägt, um seine Größe zu verändern."

„Dann wissen wir also nur, dass er männlich und etwa fünfzig ist."

„Wissen wir das wirklich? Beim Alter täuscht man sich leicht. Und selbst das eigene Geschlecht kann man verschleiern."

Anna warf ihm einen entsetzten Blick zu, der Bernhard hastig einwenden ließ: „Ich will damit nicht sagen, dass ich annehme, dass es sich um eine Frau handelt. Auf keinen Fall, die Samenflüssigkeit ist Beweis genug. Ich wollte nur verdeutlichen, dass wir im Grunde kaum etwas wissen."

Anna funkelte ihn an, als hätte sie Bernhard persönlich beleidigt. In solchen Momenten war das lodernde Feuer ihrer italienischen Abstammung nicht zu verkennen.

„Uns bleibt noch die Ermordete", sagte sie, ohne auf seine vorherige Hypothese einzugehen. „Sie stammt ja aus München. Wir sollten mit ihren Eltern und Freunden sprechen."

„Natürlich." Bernhard seufzte ergeben. „Aber zuerst gehen wir etwas essen."

ZDF-Landesstudio Bayern, Unterföhring

Samstag, 6. Januar, 12:35 Uhr

„Frau Wertens, kommen Sie mal her." Die Stimme des Redaktionschefs war kühl und sachlich wie immer.

„Zwei Minuten? Ich würde gern den letzten Absatz ..."

„Sofort."

Scheißkerl, dachte Stefanie Wertens und erhob sich.

„Wollen Sie einen Job?"

Stefanie blinzelte. „Wie? Ich verstehe nicht."

„Seilbahnunglück in Tirol. Zwölf Personen sitzen in einer Gondel fest. Näheres ist noch nicht bekannt. Roman und Hannes sind an den Sturmschäden in Baden-

Württemberg dran, Sabine fährt zu der Tornadoschneise in Augsburg, und Julia hat mit Michael die Massenkarambolage bei Rosenheim übernommen."

So war das also. Sie wurde mal wieder als Notnagel eingesetzt, weil niemand sonst verfügbar war. Vermutlich handelte es sich bei diesem sogenannten Seilbahnunglück bloß um eine kurze Panne, die längst behoben war, wenn Stefanie eintraf.

„Sie können Ernst Holger mitnehmen, der ist in Bereitschaft. Sendewagen sieben steht in der Garage."

Auch das noch! Ernst, das notgeile Schwein mit seinem Hang zu Fanatismus und Alkohol. Von allen Kameramännern der mit Abstand unausstehlichste Zeitgenosse. Stefanie biss die Zähne zusammen. Sie würde sich ihre Abscheu nicht anmerken lassen. Es gelang ihr sogar, ein schmales Lächeln auf ihre Lippen zu zaubern.

„Geht klar. Wohin müssen wir?"

„Nun." Der Redaktionschef zögerte. Ungewöhnlich – und alarmierend. Stefanie verspürte einen scharfen Stich in der Magengegend. *Nein, das kann nicht sein, unmöglich!*

„Das ist auch der Grund, weshalb ich möchte, dass Sie fahren. Betroffen ist die Dreiseilumlaufbahn in … na ja, Sie wissen schon."

Stefanie wurde abwechselnd heiß und kalt. *Das meint er nicht ernst. Nicht dorthin …*

„Ihre Connections könnten uns wirklich hilfreich sein", ergänzte der Redaktionschef. Seine Stimme klang eindringlich, beschwörend. „Mit Ihrer Hilfe sind wir diesmal schneller als N24."

„Ich weiß nicht, ob ich das …"

„Ja oder nein?"

Stefanie schluckte. Ob ihr Chef wusste, was er von ihr verlangte? Wohl kaum. Ein gutturales Lachen stieg ihre Kehle empor.

Nun denn, dachte sie und wunderte sich über ihren eigenen Galgenhumor. *Auf in die Höhle des Löwen!*

Schiregion Kitzbühel, 3S-Bahn, Kabine 14
Samstag, 6. Januar, 12:40 Uhr

Unter wildem Gejohle Samanthas wurden zwei Paar Schi neben die Bodenluke gestellt, um sie in die luftige Freiheit zu entlassen. Neben Doris hatte auch Martin einer Zweckentfremdung seiner Schiausrüstung zugestimmt.

Indessen war die geplante Vorgehensweise nicht unumstritten. „Wenn jemand unterhalb der Kabine steht, könnte er getötet werden", gab Sonja zu bedenken.

„Genau", bestätigte Emma. „Und ich kann mir kaum vorstellen, dass die Rettungskräfte die Bindungen untersuchen und unsere Nachrichten finden."

„Die Wahrscheinlichkeit, dass jemanden die Bretter auf den Schädel knallen, geht gegen null", meinte Matteo und warf seiner Frau einen gereizten Blick zu. „Wir haben keine vernünftige Alternative, uns bemerkbar zu machen. Ich darf dich an deine reizvollen Worte erinnern, wonach wir mit der Außenwelt Kontakt aufnehmen sollen, um *irgendwann mal* gerettet zu werden."

„Was schreiben wir auf die Zettel?", fragte Raphael. Disharmonie und insbesondere offene Feindseligkeit konnte er nicht ausstehen. Lautstark durchsuchte er seinen Rucksack nach Notizblock und Kugelschreiber und reichte beides an Doris weiter.

„Wie wäre es mit: *Zu Hilfe, rettet uns!*“, schlug Rüdiger vor.

Niemand lachte.

SeilbahnGmbH Kitzbühel, Besprechungsraum
Samstag, 6. Januar, 12:45 Uhr

„Erspar mir deine Moralpredigt.“

Benjamin sah Franz direkt in die Augen. Ohne zu blinzeln. Ohne eine Spur von Fügsamkeit. Vor wenigen Minuten hatte er die ohnmächtige Natascha in die Hände des Notarztes übergeben. Der Mediziner hatte sie umgehend in den Krankenwagen verfrachtet und war mit heulenden Sirenen im Schneegestöber verschwunden. Das Gefühl von Leere in Benjamins Brust war seitdem nicht geringer geworden.

Im Gesicht des Betriebschefs arbeitete es. Offensichtlich *wollte* er sich die Moralpredigt nicht ersparen. Aber er blieb stumm und warf Benjamin bloß einen Unheil verkündenden Blick zu.

Benjamin nickte Wilhelm, Georg und Philipp zu. Es hatte ihn große Überwindung gekostet, nicht zu Natascha in den Krankenwagen zu steigen. Aber im Moment konnte er nichts für sie tun. Hingegen war es ihm als Sicherheitschef möglich, Maßnahmen zu setzen und Entscheidungen zu treffen, die Leben retten konnten.

Oder Menschen töten, dachte er.

„Wie sieht es aus?“, fragte Benjamin und ließ sich von Georg auf den neuesten Stand bringen.

„Wir sind mit unserem Latein am Ende“, fügte Wilhelm am Ende des Berichts hinzu. „Zumindest ich sehe derzeit keine Möglichkeit, die verbliebenen Kabinen zu bergen.“

Wie auf ein unhörbares Kommando wandten sich sämtliche Blicke Franz zu. Die Lippen des Betriebsleiters waren zwei weiße, blutleere Linien. Benjamin war sich nicht sicher, ob den anderen die winzigen Schweißperlen auf Franz' Stirn auffielen.

„Die Seilbahntechniker sind verständigt und sollten in Kürze eintreffen", sagte Franz mit emotionsloser Stimme. „Sobald wir Klarheit über den Zustand der Seilanlage haben, können wir die weiteren Schritte planen. Inzwischen habe ich Thomas und Maximilian, zwei unserer Mitarbeiter, angewiesen, die besetzte Kabine vom Boden aus zu überwachen. Sollte es Veränderungen geben, melden sie sich. Für fünfzehn Uhr wurde eine Pressekonferenz anberaumt. Ich schlage vor, dass wir eine kurze Pause einlegen und jeder Einzelne in sich geht und die verschiedenen Möglichkeiten und Szenarien überdenkt. Irgendwelche Einwände oder Fragen?"

„Gut", sagte Franz, als keiner der Anwesenden das Wort ergriff, und erhob sich von seinem Stuhl. „Georg, bitte informier die Bürgermeisterin und die neu eingetroffenen Einsatzkräfte. Wir setzen die nächste Lagebesprechung auf vierzehn Uhr an. Ich ersuche um pünktliches Erscheinen."

Schiregion Kitzbühel, Piste 34, nahe 3S-Bahn

Samstag, 6. Januar, 12:50 Uhr

„Hey, schau mal", sagte Thomas und deutete in Richtung der Gondel, die als kaum sichtbarer, farbloser Fleck schräg über ihnen schwebte.

Maximilian hob den Feldstecher vor sein Gesicht und blickte konzentriert zu der Kabine empor. „Was soll sein?“, fragte er und legte die Stirn in Falten. „Ich sehe nichts.“

Ein länglicher Schemen blitzte auf und verschwand geräuschlos in der Tiefe.

„Was zum Teufel war das?“

„Keine Ahnung“, sagte Thomas. „Aber sieht aus, als wäre etwas aus der Gondel gefallen.“

Maximilian und Thomas warfen sich einen vielsagenden Blick zu.

„Meinst du, wir sollten die Zentrale anfunken?“, erkundigte sich Maximilian.

Thomas zögerte. „Und wenn nur jemand seine Schistöcke aus dem Fenster geworfen hat? Franz könnte etwas … gereizt reagieren, wenn wir ihn wegen einer Lappalie stören.“

„Dann schauen wir am besten nach, was es war.“

„Okay.“ Thomas nickte. Die beiden jungen Männer wechselten einen weiteren Blick.

„Für den Fall“, begann Thomas, „dass es sich um …“

„Nein“, unterbrach ihn Maximilian. „Daran will ich gar nicht denken.“

Seilbahn GmbH Kitzbühel, Büro des Betriebsleiters
Samstag, 6. Januar, 13:05 Uhr

Franz kauerte auf seinem Drehstuhl, die Beine zusammengepresst, den Kopf gesenkt und die Arme in einer hilflosen Geste um seinen Oberkörper geschlungen. Er zitterte wie Espenlaub.

Diesmal hatte er es übertrieben. Definitiv. Die Dosis war zu hoch gewesen. Er musste etwas unternehmen. Etwas essen. Mit bebenden Fingern kramte er in seiner Lade für

Notfälle und zog eine Tüte mit schokolierten Nüssen und Rosinen hervor. Bedächtig kauend, aß er zwei Handvoll und verzehrte danach eine Banane und ein halb aufgegessenes Schinkenbrötchen von heute Morgen. Nach einigen Minuten ließ das Zittern nach, verschwand jedoch nicht vollständig. Franz erhob sich, marschierte mit steifen Schritten auf und ab und ließ die Arme kreisen. Dazu begann er leise Kinderlieder zu summen. Für einen Außenstehenden mochte das lächerlich wirken, aber es gab kaum etwas, das ihn mehr entspannte.

Unerfreuliche Erinnerungen drängten in seine Gedanken. Der letzte Schub war durch Stress ausgelöst worden. Stress in seiner damaligen Beziehung. Fünf ganze Tage hatte er sich krankmelden müssen. Dies war seine erste und bislang einzige Dienstunfähigkeit gewesen, seitdem er vor sechs Jahren den Posten des Betriebschefs übernommen hatte.

Niemand wusste von seiner Krankheit. Weder seine Mitarbeiter noch der Aufsichtsrat, keiner seiner Freunde, nicht einmal seine ehemalige Lebensgefährtin. Und niemand durfte es erfahren. Irgendwann würde er es nicht mehr verheimlichen können, das wusste er. Aber dieser Tag war noch nicht heute. Und auch nicht morgen.

Schiregion Kitzbühel, 3S-Bahn, unterhalb Kabine 14
Samstag, 6. Januar, 13:05 Uhr

„Ach du Scheiße!", rief Maximilian, starrte auf eine Stelle im Schnee und hielt sich die Hand vor den Mund.

„Was ist?" Im Nu war Thomas an seiner Seite.

Vor ihnen im Schnee, unweit einer kleinen Fichte, lag etwas. Thomas' Magen zog sich zusammen, seine geröteten Wangen verloren jäh an Farbe. „Scheiße", flüsterte er, trat einen Schritt näher heran – und verharrte. Es war ein Schi. Ein einzelner, ohne Schuh, ohne dem dazugehörigen Fuß oder einem sonstigen Körperteil.

„Was ...?" Thomas wandte sich um und erblickte das schelmische Grinsen seines Kollegen.

„Reingefallen", lachte Maximilian und streckte ihm die Zunge heraus.

„Arschloch", fauchte Thomas und schleuderte seinem Begleiter eine Ladung Schnee ins Gesicht. „Das war nicht witzig!"

„Also ich finde schon." Maximilians Grinsen wurde breiter. „Dort drüben liegt übrigens noch eine ... *Leiche*."

Einige Schritte entfernt steckte ein zweiter Schi in den Überresten eines morschen Baumstamms.

„Wieso werfen die ihre Bretter aus der Gondel?", grübelte Maximilian und blinzelte ins Schneegestöber.

„Schau mal – da, in der Bindung." Thomas zog einen Handschuh aus und griff nach dem zusammengeknüllten Zettel, der zwischen Sicherheitsverschluss und Schi klemmte.

„Was ist das?", erkundigte sich Maximilian und lugte über Thomas Schulter. „Hat jemand sein Testament geschrieben?"

„Oha", sagte Thomas, als er das Stück Papier auseinandergefaltet hatte. „Gar nicht so dumm."

Seilbahn GmbH Kitzbühel

Samstag, 6. Januar, 13:10 Uhr

„Guten Tag, mein Name ist Andreas Stamberger. Ich bin der Meteorologe aus Innsbruck."

Die junge Sekretärin nahm den Telefonhörer vom Ohr, schluckte den Bissen Wurstsemmel hinunter und warf Andreas ein wenig freundliches Lächeln zu. „Dridde Tüa linksch“, nuschelte sie und wandte sich wieder ihrem Gesprächspartner zu.

Andreas betrat einen lang gezogenen Raum, der von einem ovalen Tisch mit Platz für rund zwanzig Personen und einer mannshohen Fensterfront auf der linken Seite beherrscht wurde. Direkt beim Eingang befand sich eine Art Schaltzentrale mit Anzeigetafeln, Monitoren und mehreren Funkgeräten. Im Moment hielten sich nur zwei Personen im Raum auf. Eine davon war ein sicherlich zwei Meter messender Hüne mit Glatze, der gelangweilt nach draußen blickte. Der andere, ein deutlich kleinerer Mann mit breiten Schultern und markantem Kinn, hielt ein Smartphone in Händen, blickte stirnrunzelnd auf das Display und murmelte: „Noch immer kein Netz.“

Erst jetzt bemerkte er Andreas und legte den Kopf schief. „Sie sind …?“

„Andreas Stamberger, Meteorologe aus Innsbruck.“

„Ach ja.“ Ein schwaches Lächeln erschien auf den Zügen des Mannes. „Benjamin Lehnwieser, Sicherheitschef. Ich glaube, wir hatten telefonisch bereits das Vergnügen.“

Die beiden Männer schüttelten einander die Hand.

„Georg Semmelweis, stellvertretender Betriebsleiter“, sagte Benjamin und deutete auf den glatzköpfigen Riesen.

„Nur Georg, wenn's recht ist“, erwiderte der Angesprochene und trat neben sie.

„Sie kommen gerade rechtzeitig“, fuhr Benjamin fort. „Um vierzehn Uhr haben wir die nächste Besprechung und eine Stunde später Pressekonferenz.“

Andreas nickte bedächtig. „Wenn Sie mir eine Internetverbindung zur Verfügung stellen und die genaue Lage der Seilbahn mitteilen, kann ich Ihnen eine erste Lageabschätzung geben. Irgendwann sollte ich auch ins Gelände, vor allem wegen der Lawinengefahr."

„Gut, das ist kein Problem", meinte Benjamin. „Sie können gern ..."

In diesem Moment erwachte eines der Funkgeräte zum Leben.

„Entschuldigen Sie", sagte Benjamin und trat an die Schaltzentrale. „Ja?"

„Thomas hier", erklang eine vertraute Stimme. „Wir haben Neuigkeiten. Die Fahrgäste in der Gondel haben ihre Schi aus der Kabine geworfen und in die Bindungen Nachrichten gesteckt. Wir haben die Namen, Handynummern, Adressen und Kontaktpersonen von elf der zwölf Passagiere."

„Und was ist mit der letzten Person?"

„Keine Ahnung. Hier steht nur ein Vorname."

„Und zwar?"

„Henrik."

Schiregion Kitzbühel, 3S-Bahn, Kabine 14
Samstag, 6. Januar, 13:10 Uhr

Emma bedachte Henrik mit wütenden Blicken. Am liebsten hätte sie den Rothaarigen gepackt und so lange geschüttelt, bis er redete wie ein Wasserfall. Alle anderen waren damit einverstanden gewesen, ihre Daten auf den Notizzetteln zu vermerken. Nur dieser Henrik ... Zuerst hatte er Emmas Frage einfach ignoriert, dann einen trotzigen Gesichtsausdruck aufgesetzt, sich provokant von ihr weggedreht und schlussendlich mit scharfer Stimme verkündet, dass es sie einen Scheißdreck angehe, wie er heiße und wo er wohne.

Emma war ob der heftigen Reaktion zu perplex gewesen, um in ihrer gewohnt nachdrücklichen Weise ein zweites Mal nachzuhaken. Im Nachhinein tat ihr das leid. Zu gern hätte sie gewusst, wie lange sich Henrik beherrschen konnte und ob er vielleicht sogar handgreiflich geworden wäre.

Sie wusste selbst nicht, weshalb sie einen derartigen Zorn auf Henrik hegte. Theoretisch sollte es ihr gleichgültig sein, ob er seine persönlichen Daten preisgab oder nicht. Theoretisch. Praktisch wurmte es sie derart, dass sie ihr eigenes Urteilsvermögen in Frage stellte. Es war zum Verrücktwerden!

Emma zwang sich zur Ruhe und überlegte. Es musste einen Grund für ihre heftige Reaktion geben. Nichts geschah zufällig. Womöglich waren ihre Empfindungen Ausdruck einer Botschaft ihres Schutzengels. Wollte er sie warnen? Ihr verdeutlichen, dass der Mann eine Bedrohung darstellte?

Emma lugte zu Henrik hinüber. Sie erinnerte sich an ihr Gefühl, als sie den Rothaarigen das erste Mal genauer betrachtet hatte. Es war pure Angst gewesen. Besser, sie hielt die Augen offen. Sicher war sicher.

*

„Kannst du dich an unseren Urlaub in der Dominikanischen Republik erinnern?“

Sonjas Stimme war ganz dicht an seinem Ohr. Sie sprach im Flüsterton, als wollte sie nicht, dass die anderen Fahrgäste ihr Gespräch belauschten.

„Natürlich", erwiderte Raphael ebenso leise. „Letztes Jahr im August. Ich weiß noch, wie du an deinem Geburtstag eine riesige Torte vom Personal bekommen hast und dich auf die Bühne stellen musstest. Dabei habe ich noch gesagt, dass sie kein Aufsehen machen sollen."

„Genau." Sonja lächelte. „Und auf deiner Glückwunschkarte ist gestanden: ‚Alles Gute, du bist jetzt ein Vierteljahrhundert alt!'"

Raphael grinste. „Du hast es mit Humor genommen."

„Natürlich. Hätte ich dich schlagen sollen?"

„Nein. Eine gebrochene Nase wäre im Urlaub nicht vorteilhaft gewesen."

„Ach komm, nur weil ich ein bisschen Karate kann?"

„Ein bisschen? Der vierte Dan ist in meinen Augen lebensbedrohlich."

„Aber nur für böse Buben." Sonja beugte sich näher heran und berührte mit ihren Zähnen sein Ohrläppchen. „Du willst doch nicht behaupten, dass du ein böser Junge bist?"

Ein wohliges Kribbeln breitete sich von Raphaels Ohr über seinen Nacken auf seinen gesamten Körper aus.

„Nein", flüsterte er. „Aber was nicht ist, kann ja noch werden."

„Oha. Muss ich dich vorbestrafen?"

„Du musst. Aber vielleicht nicht hier vor allen Leuten."

Sie lachten beide und berührten sich mit den Nasenspitzen. Raphael strich seiner Freundin eine Locke aus dem Gesicht und verlor sich für einen Moment in ihren großen, dunkelgrünen Augen.

Wie ein stiller Waldsee, dachte er. *Tief, unberechenbar, aber das Spiegelbild einer kristallklaren Seele.*

München, Innenstadt, Fußgängerzone
Samstag, 6. Januar, 13:20 Uhr

Der Wind heulte und tobte durch die engen Gassen. Anna hatte sich bei Bernhard eingehängt, nachdem sie zweimal beinahe von den Füßen gefegt worden war. Wie ein betrunkenes Ehepaar torkelten sie durch die Innenstadt.

„Wir setzen uns in das nächste Restaurant, das wir sehen!“, brüllte Bernhard.

„Einverstanden!“, erwiderte Anna und drückte sich enger an ihren Vorgesetzten. Bernhard lächelte. Sie erinnerte ihn an seine Tochter. Bei den wenigen Gelegenheiten, bei denen Bernhard mit ihr durch München geschlendert war, hatte sie sich auf die gleiche Weise an ihn gedrückt. Manchmal umklammerte sie seinen Arm und versuchte, ihn mit ihrem süßen Schmollmund zu überreden, in die Schokothek mit den riesigen Nougatpralinen …

Bernhard brach ab. Es gab Erinnerungen, die sollten dort bleiben, wo sie waren. Instinktiv rückte er ein wenig von seiner Partnerin ab. Er glaubte nicht, dass es Anna auffiel.

Bernhards Mobiltelefon vibrierte. Der Kriminalbeamte visierte einen windgeschützten Torbogen an, zog seine Kollegin hinter sich her und drückte das Gerät ans Ohr.

„Ja?“

„Michael hier.“

„Michael?“ Bernhard benötigte einige Sekunden, bis er der Stimme ein Gesicht zuordnen konnte. Es handelte sich um den jungen Gerichtsmediziner aus Arnbruck, der die Leiche obduziert hatte. „Ach ja, Entschuldigung.“

„Kein Problem. Du wolltest so rasch wie möglich informiert werden, wenn die ersten Ergebnisse vorliegen.“

„Stimmt, danke."

„Es handelt sich um denselben Täter. Wir haben die genommenen Proben mit den Daten der anderen Morde verglichen. Das Ejakulat enthält dieselbe DNA. Keinerlei Anzeichen einer zweiten Person."

„In Ordnung. Gab es sonst Auffälligkeiten?"

„Nein. Im Übrigen konnten auch kaum Spuren sichergestellt werden. Ein, zwei Härchen, ein paar Hautschuppen. Nicht ein einziger Fingerabdruck. Der Mörder war vorsichtig. Ich vermute, dass er Handschuhe getragen hat. Ach ja, dein weißes Kügelchen ist tatsächlich Styropor."

„Vielen Dank. Melde dich bitte, wenn es Neuigkeiten gibt."

Er unterbrach die Verbindung und berichtete Anna von dem Gespräch. Sie blickte ihn lange an, auf eine Art und Weise, die ihn ein wenig mulmig werden ließ.

„Er braucht ihre Schmerzen, ihre Schreie", sagte sie dann. „Dieses Schwein braucht das, um abzuspritzen."

Schiregion Kitzbühel, 3S-Bahn, Kabine 14

Samstag, 6. Januar, 13:30 Uhr

„Mir ist schlecht", flüsterte Samantha und drückte ihre Fäustlinge gegen den Bauch.

Doris lief ein unangenehmes Kribbeln den Rücken hinab. Wenn ihre Tochter *flüsterte,* war in jedem Fall Sorge angebracht. „Magst du etwas trinken?", erkundigte sie sich. „Ich habe Wasser im Rucksack."

„Mir ist schlecht", wiederholte Samantha bloß.

Doris zögerte. Die zunehmende Blässe im Gesicht ihrer Tochter war kein gutes Zeichen. Gewöhnlich hatte Samantha einen robusten Magen. Selbst der Verzehr von kiloweise Süßigkeiten konnte ihr nichts anhaben. Doch unter den gegebenen Umständen, der stetig zunehmenden Kälte und dem schwankenden Untergrund, war es nicht verwunderlich, wenn ihr Körper rebellierte.

„Wenn du willst, kannst du dich …", begann Doris, unterließ aber eine Beendigung des Satzes, als sie registrierte, wie ihre Tochter zu würgen begann.

„Wir müssen zur Luke!", rief Doris und schnellte von ihrem Sitzplatz.

Seilbahn GmbH Kitzbühel
Samstag, 6. Januar, 13:35 Uhr

„Jutta", sagte Benjamin, an die Sekretärin gewandt. „Könntest du mir bitte die Nummer vom Krankenhaus in Kufstein heraussuchen?"

Die Angesprochene verzog blasiert das Gesicht, warf einen kommentarlosen Blick auf die Anschlagtafel neben ihrem Monitor und nannte dem Sicherheitschef die gewünschte Rufnummer.

Benjamin verzichtete auf die übliche Dankesrede und eilte in sein Büro. Wenigstens das Festnetz war vom Orkansturm nicht beeinträchtigt.

„Verbinden Sie mich mit der Unfallchirurgie", sagte er, als sein Anruf entgegengenommen wurde.

Ein Knacken in der Leitung, dann ertönte eine gehetzt klingende Männerstimme. „Ja?"

„Guten Tag. Benjamin Lehnwieser von der Seilbahn GmbH Kitzbühel. Eine Mitarbeiterin von uns …"

„Ihr geht es den Umständen entsprechend", sagte der Unbekannte. „Gehirnerschütterung, Fraktur des linken

Oberschenkels, geprellte Rippen, zwei gebrochene Finger. Keine inneren Verletzungen und keine Lebensgefahr. Momentan befindet sie sich im künstlichen Tiefschlaf und wird in der nächsten Stunde operiert."

„Könnten Sie mir …"

„Nein, kann ich nicht. Wissen Sie, zum Kuckuck, was hier los ist!? Wir haben ein Dutzend Akutfälle, die Hälfte davon mit lebensbedrohlichen Verletzungen. Rufen Sie in ein paar Stunden wieder an."

Einen Augenblick später erklang das monotone Geräusch des Freizeichens.

Schiregion Kitzbühel, 3S-Bahn, Kabine 14
Samstag, 6. Januar, 13:40 Uhr

Der Geruch nach Erbrochenem war widerlich. Samantha hatte zwar den größten Teil, aber nicht ihren gesamten Mageninhalt durch die Bodenluke gespien. Einige helle Flecken im Umkreis belegten Samanthas mangelhafte Treffsicherheit. Teilweise waren die Überreste von Fruchtgummi zu erkennen. Kein besonders hübscher Anblick.

Emma lehnte gelassen auf ihrem Sitzplatz. Der Gestank war unangenehm, keine Frage, aber durch ihre Tätigkeit als Krankenschwester war sie Geruchsextreme in anderen Dimensionen gewohnt. Doch nicht alle der Insassen kamen so gut damit klar. Martins Gesicht zeigte einen Anflug von Blutarmut, Sonjas Augen lagen verdächtig tief in den Höhlen und selbst der unempfindliche Rüdiger hatte seine Lippen fest zusammengepresst. Zu dem Gestank kamen die unangenehm tiefen Temperaturen. Einige der Fahrgäste rieben sich fröstelnd die Glieder, Martin hatte vorhin sogar Kniebeugen absolviert. Emma hoffte inständig, dass keiner der Passagiere Erfrierungen davontrug und sich auch niemand mehr übergeben musste.

Völlig unbeeindruckt schien nur eine Person zu sein: Henrik. Er lungerte unbeteiligt auf seinem Sitz und würdigte die Anwesenden weiterhin keines Blickes. Aus seinem Verhalten folgerte Emma, dass der Rothaarige entweder ein kaum zu erschütterndes Gemüt besaß – was sie irgendwie nicht glauben konnte – oder ihn der üble Geruch nicht störte. Das mochte bedeuten, dass Henrik häufiger mit buttersäureartigen Ausdünstungen zu tun hatte. Allerdings konnte sich Emma nicht vorstellen, dass der Mann mit seiner unangenehm knarzenden Stimme und den zittrigen Händen in einem Gesundheitsberuf beschäftigt war. Nur welche Tätigkeit brachte sonst einen engen Kontakt zu unerfreulichen Körperausscheidungen?

Emma ahnte, dass ihr die Antwort nicht gefallen würde.

München, Innenstadt, Café Glockenspiel
Samstag, 6. Januar, 13:55 Uhr

„Wie bitte?" Bernhard verschüttete ein paar Spritzer seines Tees, als er Anna einen hektischen Wink gab. „Wiederholen Sie das."

„Das von Ihnen gesuchte Fahrzeug befindet sich in Tirol, genauer gesagt in Kitzbühel." Die Stimme des Anrufers klang blechern und abgehackt, wahrscheinlich ein Resultat des nach wie vor tobenden Sturms. „Der Fahrer des Wagens, ein gewisser Hermann Ragendorf, wurde Donnerstagmittag auf der A12 bei Kufstein aufgrund einer Geschwindigkeitsüberschreitung angehalten und kontrolliert. Eine Verkehrsstreife konnte denselben Wagen vor etwa einer Viertelstunde in der Kitzbüheler Innenstadt ausfindig machen. Noch können wir nichts über den Verbleib des Fahrers sagen."

„Gut. Bitte lassen Sie das Fahrzeug überwachen. Der Besitzer ist mutmaßlicher Gewaltverbrecher und möglicherweise bewaffnet, seien Sie also entsprechend vorsichtig. Können Sie mir eine Anfahrtsbeschreibung und den Kontakt zu den Beamten durchgeben?"

Anna setzte sich gegenüber von Bernhard an den Tisch und musterte interessiert die Aufzeichnungen, die ihr Partner auf seinen Notizblock kritzelte.

„Der Wagen ist aufgetaucht", sagte Bernhard, als er das Mobiltelefon in seine Hemdtasche gleiten ließ. „Ich hätte nicht gedacht, dass wir solches Glück haben."

„Ich würde sagen, es ist Schicksal", meinte Anna. „Seine Zeit ist abgelaufen."

Bernhard registrierte das Funkeln in Annas Augen; den Abscheu und Hass, die darin lauerten. So sehr er den Mörder selbst hinter Gitter stecken wollte, war er von Annas Reaktion ein wenig beunruhigt. Sie nahm die Angelegenheit zu persönlich, ließ die Tat näher an sich heran, als es gut war. Wenigstens für objektive Ermittlungen; aber vermutlich auch für die eigene Psyche.

Bernhard deutete auf den nicht angetasteten Teller Spaghetti am Tisch. „Während du auf der Toilette warst, ist dein Essen gekommen. Lass dir ruhig Zeit, ich werde inzwischen ..."

„Ich habe keinen Hunger mehr", unterbrach ihn Anna und erhob sich. „Auf nach Kitzbühel."

Seilbahn GmbH Kitzbühel, Besprechungsraum
Samstag, 6. Januar, 14:00 Uhr

Der Konferenzraum war voll, um nicht zu sagen, überfüllt. Sämtliche Sitzplätze waren belegt. Einige Personen mussten stehen, andere lehnten mit verschränkten Armen an der Wand. Franz hatte sich wie üblich an das Kopfende des Tisches gesetzt. Benjamin konnte nicht sagen, was sich verändert hatte, aber der Betriebsleiter wirkte gesünder und vitaler als noch vor einer Stunde.

Unter den Anwesenden fand sich alles, was Rang und Namen hatte. Wilhelm war mit zwei Bergrettern erschienen. Philipp, der leitende Alpinpolizist, hatte ebenfalls zwei Kollegen mitgebracht. Georg, Maria und der bärtige Meteorologe aus Innsbruck waren ebenso unter den Zuhörern zu finden wie eine Abordnung der örtlichen Feuerwehr samt Bezirksfeuerwehrkommandanten. Dazu kamen die Kitzbüheler Bürgermeisterin, zwei Gemeinderäte und ein Vertreter der Seilbahnfirma, welche die 3S-Bahn errichtet hatte. Selbst der stellvertretende Landeshauptmann hatte sich eingefunden.

„Danke, dass Sie alle gekommen sind", eröffnete Franz das Meeting und erhob sich von seinem Stuhl. „Ich werde mich nicht mit langen Vorreden oder Begrüßungen aufhalten, unsere Zeit ist knapp bemessen. Georg, bitte."

Der glatzköpfige Hüne drückte eine Fernbedienung und der Videoprojektor an der Decke des Raums erwachte surrend zum Leben. Franz tippte auf seinen Tablet-PC, und an der Wand hinter ihm erschien eine großformatige Karte des Schigebietes Kitzbühel samt Logo der Seilbahn GmbH.

In diesem Augenblick erwachte eines der Funkgeräte zum Leben. Maria erhob sich, nahm den Anruf entgegen und trat nach draußen auf den Gang, sodass ihr Gespräch nicht mitverfolgt werden konnte.

„Zunächst eine kurze Zusammenfassung der bisherigen Ereignisse“, sagte Franz. „Heute Morgen um neun Uhr fünfunddreißig, deutlich früher als gestern vorhergesagt, haben uns die ersten Ausläufer des Orkantiefs erreicht. Bereits davor gab es einen bezirksweiten Stromausfall, der erst vor wenigen Minuten vollständig behoben worden ist. Da wir die Wetterwarnung erst unmittelbar vor dem Stromausfall erhalten haben, waren die Lifte am Morgen noch in Betrieb und Schifahrer auf den Pisten unterwegs. Trotz sofortiger Warnung von unserer Seite, konnten nicht alle rechtzeitig ins Tal abfahren. Nach unseren bisherigen Erkenntnissen wurden hier in Kitzbühel vier Personen durch den Orkansturm verletzt. Zwei davon waren Gäste, die anderen ein Pistenarbeiter und eine Hilfskraft des Bergrestaurants. Erfreulicherweise waren die leiblichen Schäden in keinem der Fälle schwerwiegend. Für die Personen, die im Gelände oder bei einer Liftstation gestrandet waren, wurde ein geführter Abstieg durch unsere Bergretter unter Leitung von Wilhelm Forcher organisiert.“ Franz nickte Wilhelm zu und kräuselte seine Lippen zu der Andeutung einer wohlwollenden Ehrerbietung.

„Durch eine Verkettung unglücklicher Zufälle konnte der Betrieb der Dreiseilumlaufbahn zum Pengelstein“, Franz beschrieb mit seinem Laserpointer den Streckenverlauf, „nicht rechtzeitig vor Eintreffen des Sturmfelds eingestellt werden. Aus bislang unbekannter Ursache ist es zu einer Blockierung des Zugseils gekommen, der Antrieb der Seilbahn wurde automatisch abgestellt. Mithilfe unserer Bergewagen konnten die meisten Gondeln gesichert und in die Stationen geschleppt werden. Bei dem Versuch die letzte besetzte Kabine zu erreichen, gab es einen Unfall. Einer unserer Angestellten erlitt einen Herz-Kreislaufstillstand und verstarb wenig später, eine andere Mitarbeiterin wurde schwer verletzt und befindet sich derzeit im Krankenhaus in Kufstein."

Bei Franz' letzten Worten fing Benjamins Herz an schmerzvoll zu pochen. Unwillkürlich verzog er die Lippen. Sobald sein heutiger Dienst beendet war, würde er zu Natascha nach Kufstein fahren; selbst wenn sie beschließen sollten, dass die Rettung der verbliebenen Fahrgäste heute Nacht zu erfolgen hatte.

„Die Windgeschwindigkeiten am Pengelstein erreichen derzeit mehr als einhundertdreißig Stundenkilometer. Der Einsatz der Bergewagen ist aber nur bis einhundertzehn Kilometer pro Stunde zulässig. Dazu kommt, dass das eingesetzte Fahrzeug bei dem Unfall beschädigt worden ist. Die Reparatur wird voraussichtlich zwei bis drei Stunden dauern. Im Moment sehen wir keine Möglichkeit, die Bergung der verbliebenen Gondeln durchzuführen."

„Was ist mit einem Hubschrauber?", erkundigte sich Gerlinde Dorfer, die Bürgermeisterin.

Franz setzte ein schiefes Lächeln auf. „Erstens ist das bei dem Sturm sehr riskant, um nicht zu sagen, lebensgefährlich. Zweitens werden wir weder einen Piloten noch Seilretter finden, der das freiwillig macht; und drittens war bei dem Bau der Anlage die Bergung per Helikopter niemals vorgesehen. Das bedeutet etwa, dass die Sicherheitstüren der Kabine nicht so einfach geöffnet werden können, schon gar nicht bei schwerem Sturm und Dutzende Meter über dem Boden."

Während des nun folgenden Stimmengewirrs kehrte Maria zurück. Sie eilte auf Franz zu und flüsterte ihm etwas ins Ohr. Der Betriebschef nickte bedächtig. „Ich bitte um Ruhe", sagte er mit kräftiger Stimme, warf einen Blick in die Runde und einen besonders durchdringenden in Richtung des Mitarbeiters der Seilbahnfirma. „Wie es scheint, wissen wir jetzt, weshalb das Zugseil blockiert ist."

Schiregion Kitzbühel, 3S-Bahn, Kabine 14
Samstag, 6. Januar, 14:05 Uhr

Samantha saß seit einer halben Stunde regungslos auf ihrem Platz. Das war an sich schon ungewöhnlich. Noch auffälliger war die Tatsache, dass sie nach ihrem Missgeschick kein Wort mehr gesprochen hatte. Kommentarlos hatte sie Doris' wenig erfolgreiche Bemühungen geschehen lassen, ihren rosafarbenen Schioverall mit Taschentüchern zu säubern. Doris' Fragen nach ihrer Befindlichkeit hatte sie ignoriert. Dabei musste Samantha die Kälte inzwischen mehr spüren als sie selbst. Alles zusammengenommen, hinreichende Anzeichen dafür, dass es Samantha wirklich nicht gutging; bei kleineren Wehwehchen brach sie meist in Tränen aus oder heulte und schrie wie ein Windelkind.

Doris war beunruhigt. Gleichzeitig auf seltsame Weise gelassen, als hätte sie eine Überdosis Beruhigungspillen geschluckt. Jedenfalls konnte sie nichts unternehmen, solange Samantha schwieg und ihrer Mutter nicht verriet, was ihr genau fehlte.

Doris verschränkte die Finger. Vielleicht sollten ihr die Geschehnisse peinlich sein, aber tatsächlich war es ihr ziemlich egal, was die anderen Fahrgäste über sie und ihre Tochter dachten. Die missbilligenden, teilweise angeekelten Blicke waren an ihr abgeprallt wie Wattekügelchen an einer Stahlmauer.

Nur Sebastian hatte Verständnis und Mitleid erkennen lassen und ihr ein aufmunterndes Lächeln geschenkt. Der Seilbahnmitarbeiter wurde ihr immer sympathischer. Unter anderen Umständen wäre sie aktiv geworden, so wie letztens bei dem feschen Jüngling im Fitnesscenter. Der gestählte Adonis hatte es ihr besorgt, wie es ihr Mann schon seit Jahren nicht mehr zuwege brachte. Und dass es auch noch in der Umkleidekabine geschehen war, hatte die Sache noch anregender werden lassen. Doris spürte ein warmes Ziehen unterhalb ihres Bauchnabels und schlug instinktiv die Beine übereinander. Sie warf einen scheuen Blick in die Runde, aber niemand beachtete sie.

Dumme Kuh, schalt sie sich selbst und betrachtete die feinen Rillen des Metallbodens. *Niemand kann sehen, was du denkst.*

*

Die Mutter der Kleinen war heiß. Er konnte es sehen, fühlen, riechen, beinahe schmecken. Sie verströmte ein Odeur aus Lust, das die gesamte Kabine erfüllte. Wie dumm von ihm, dass er sich zunächst auf die Sechzehnjährige konzentriert hatte. Doris' attraktives Wesen war ihm nicht aufgefallen. Eigentlich mochte er keine Frauen, die bereits Kinder hatten. Sie kannten den Schmerz. Bei ihnen musste er sich besonders anstrengen, um zu einem ähnlichen Ergebnis zu gelangen. Auch waren ihre Vaginen und Brüste nicht mehr so empfindsam. Andererseits hatten Mütter eine größere Ausdauer. Fraglich war bloß, wie sich Doris' mangelndes Selbstbewusstsein und ihr gestörtes Verhältnis zu ihrem Körper auf ihr Schmerzempfinden und ihr Durchhaltevermögen auswirkten. Es käme wohl auf einen Versuch an.

Probieren geht über studieren. Seine Augen blitzten.

Krankenhaus Kufstein, Unfallchirurgie

Samstag, 6. Januar, 14:10 Uhr

Einer ihrer Sinne arbeitete, registrierte. Etwas war anders. Was war es? Woher kam es?

Geräusche.

Es waren harmonische Laute, die mal deutlich, mal undeutlich erklangen, unterschiedliche Höhen und Nuancen erreichten und aus wenigen Metern Entfernung an ihr Ohr drangen.

Stimmen.

Es waren Menschen; zwei Menschen, die miteinander sprachen. Aber Natascha verstand sie nicht. Unterhielten sie sich in einer fremden Sprache? Nein, dem war nicht so. Nur wirkte das Gespräch verworren, nichtssagend, wie durch einen hallenden Nebel gezogen und ins Groteske verzerrt.

Ich muss mich konzentrieren. Es könnte wichtig sein.

„... abder velleiht sollten wir trotztahmeem ... wehn wi... das Bein ..."

Konzentriere dich!

„Ich stimme Ihnen zu, Herr Kollege." Die Stimme war tief und ruhig, strahlte Kompetenz und Gelassenheit aus. „Dennoch sollten wir kein Risiko eingehen."

„Natürlich, natürlich." Die zweite Stimme war höher, direkt schrill. „Aber trotz der schweren Gefäßschäden sind die Durchblutungsstörungen laut Angiographie halb so schlimm."

„Trotzdem. Die Fraktur ist kompliziert, die Erfrierungen dramatisch. Die Nekrose umfasst den Großteil des Fußes und zieht sich bis zum Unterschenkel."

„Ich betone noch einmal: Der Eingriff ist verfrüht. Wenn die zweite Operation keine Besserung bringt, bleibt uns nichts anderes übrig. Aber – auch mit Rücksicht auf die Patientin – will ich alle Alternativen ausschöpfen, bevor wir das Bein amputieren."

„Gut, meinetwegen", erwiderte das Gegenüber. „Hoffen wir das Beste."

Ein eisiger Hauch wanderte Nataschas schmerzenden Körper hinab. *Nicht mein Bein,* dachte sie verzweifelt. *Ich habe die richtige Entscheidung getroffen, ganz bestimmt. Bitte, lasst mir mein Bein!*

Seilbahn GmbH Kitzbühel, Besprechungsraum
Samstag, 6. Januar, 14:10 Uhr

„Unmöglich", sagte Thorsten, der Mitarbeiter der Seilbahnfirma, und schüttelte energisch den Kopf. „Ich habe noch nie von einem solchen Fall gehört."

„Wir haben die Bestätigung durch die Techniker", meinte Franz gelassen. „Dazu kommen die Beobachtungen der Fahrgäste."

„Trotzdem. Das Blitzschutzsystem der Seilbahnstütze erfüllt die höchsten Sicherheitsstandards. Selbst wenn eine starke Entladung direkt in die Metallkonstruktion einschlägt, müsste sie gefahrlos zum Erdboden abgeleitet werden."

„Müsste", sagte Franz und ließ seinen Laserpointer zwischen den Fingern kreisen. „Offensichtlich hat der Schutz versagt."

„Ich begreife nicht, wie sich das Stahlseil so stark erhitzen konnte, dass es mit dem Metall der Stütze verschmilzt", spann Thorsten seinen Gedanken weiter. „Es gibt zwar Berichte über solche Phänomene, aber stets bezogen auf nicht geerdete Metallgegenstände. In unserem Fall ..."

„Wichtig ist momentan nicht das Warum", unterbrach ihn Franz, „sondern die Frage, ob wir etwas dagegen unternehmen können. Laut den Seilbahntechnikern ist das Zugseil nur mithilfe von Schneidbrennern zu lösen. Ein Einsatz auf der Mastspitze ist angesichts der momentanen Wetterlage nicht möglich. Darüber hinaus wäre das Zugseil selbst im Fall eines Erfolgs beschädigt und müsste umfangreiche Untersuchungen durchlaufen. Ein weiterer Betrieb ist daher nicht zulässig." Franz ließ einige Sekunden verstreichen, bevor er hinzufügte: „Nach Information der Techniker wurden die Lautsprecher in mehreren Kabinen beschädigt, vermutlich auch in Nummer vierzehn. Möglicherweise ein Resultat des Blitzschlags. Das bedeutet, wir können keine Durchsagen machen. Unsere Hoffnungen liegen also in einer raschen Reparatur des Bergewagens und einer Besserung der Wettersituation."

„Was ist mit den anderen Bergewagen?", erkundigte sich einer der Feuerwehrmänner. „Können wir die nicht verwenden?"

Franz schüttelte den Kopf. „Es gibt am Berg- und Talseil zwei Maschinen, das ist richtig. Aufgrund ihrer Konstruktionsweise können sich die Fahrzeuge aber nicht bergauf bewegen beziehungsweise bergab schleppen. Das bedeutet, die Wagen in der Talstation sind nur für den unteren Seilbereich verwendbar. Das zweite Fahrzeug in der Bergstation könnte zwar theoretisch auf das andere Seil gesetzt werden, dies wäre aber mit einem hohen logistischen und zeitlichen Aufwand verbunden. Die Reparatur des beschädigten Bergewagens geht mit Sicherheit schneller."

„Eine Möglichkeit zum Abseilen aus der Gondel gibt es nicht, oder?"

„Nein. Abgesehen davon, dass diese Rettungsmaßnahme aus so großer Höhe nicht erlaubt ist, fehlen in der Kabine die entsprechende Ausrüstung und das geschulte Personal. Und auch diese Alternative wäre durch den orkanartigen Sturm nicht durchführbar."

Franz wandte sich an Andreas. „Herr Stamberger, vielleicht wäre jetzt ein günstiger Zeitpunkt, uns über die aktuelle Wetterentwicklung zu informieren."

„Gern." Andreas erhob sich und startete die vorbereitete Präsentation. „Orkantief Christa, wie es offiziell benannt wurde, befindet sich inzwischen an der deutsch-polnischen Grenze. Obwohl wir die heftigsten Böen hinter uns haben, bleibt es ausgesprochen windig. Grund dafür ist eine von Christa eingeleitete, massive Nordströmung, die reichlich feuchte Luftmassen an die Alpen transportiert. Vermutlich wird es die kommenden sechsunddreißig Stunden durchgehend schneien – und das teilweise stark. Bis morgen Nachmittag rechne ich hier in Kitzbühel mit fünfzig Zentimeter Neuschnee, in Lagen über tausendfünfhundert Meter dürften es achtzig Zentimeter oder mehr werden."

Andreas zeigte zwei anschauliche Karten, auf denen die erwarteten Neuschneesummen zu erkennen waren. „Der Sturm wird auf den Bergen auch in den kommenden Stunden zeitweise Orkanstärke erreichen. In Mittelgebirgslagen sind nach wie vor Böen um einhundertvierzig Kilometer pro Stunde möglich. Was die Lawinengefahr angeht, rechne ich damit, dass der Lawinenwarndienst spätestens im Laufe des morgigen Tages die höchste Warnstufe ausgibt."

„Eine Frage zum Sturm", warf Benjamin ein. „Der Streckenverlauf der Dreiseilumlaufbahn verläuft über ein nach Nordosten gerichtetes Tal und dann einen Südosthang empor. Sollte der Wind dort nicht schwächer ausfallen?"

„Das wäre möglich", bestätigte Andreas. „Meine Erläuterungen sind auch nur eine grobe Einschätzung. Durchaus denkbar, dass der Hang durch die Anströmrichtung begünstigt ist. Das müsste man sich vor Ort ansehen oder die Messwerte analysieren, falls es aus dem Gebiet meteorologische Daten gibt."

„Wenn wir davon ausgehen, dass die höchsten Windgeschwindigkeiten auch im Bereich der 3S-Bahn möglich sind", ergriff Franz das Wort, „was wäre dann der früheste Zeitpunkt, an dem die Spitzenböen unter einhundertzehn Stundenkilometer sinken?"

Andreas betrachtete mehrere Wettermodellkarten, verglich die prognostizierten Werte und schätzte die tatsächlich auftretenden Böen. „Wie es derzeit aussieht, wird das nicht vor morgen früh sein."

Schiregion Kitzbühel, 3S-Bahn, Kabine 14
Samstag, 6. Januar, 14:30 Uhr

„Wie lange bist du schon Pastor?"

Die Gespräche kamen nur schleppend wieder in Gang. Der unangenehme Geruch hatte sich verzogen, eine fröhlichere Stimmung war dadurch nicht aufgekommen. Emma störte dies wenig. Tatsächlich tat ein angespanntes Ambiente ihrer Gelassenheit keinen Abbruch. Womöglich lag dies an ihrer Zeit im Schockraum. Wer dort in Akutsituationen keinen klaren Kopf behielt, blieb nicht lange dort.

Martin wandte sich Rüdiger zu. „Seit knapp zwanzig Jahren. Bevor ich nach Rüti gekommen bin, war ich in Bludenz, später Ulm, danach Augsburg und Reutlingen."

„Sehr umtriebig, will ich meinen", sagte Rüdiger und grinste. Er rieb seine Handschuhe aneinander und zog fröstelnd die Schultern hoch. „Weshalb diese häufigen Ortswechsel?"

„Ich habe es nie lange in einer Stadt ausgehalten. Vor allem kam nie das erhoffte Heimatgefühl auf. Erst jetzt in Rüti fühle ich mich wohl."

Wahrscheinlich haben sie dich wegen deiner Augen davongejagt, argwöhnte Emma. Die intensive hellblaue Färbung von Martins Iris war, gelinde gesagt, beeindruckend. Jedes Mal, wenn Emma seinem Blick begegnete, lief ihr ein kühler Schauer den Nacken hinab.

„Was macht deine Apotheke in Bozen?", erkundigte sich Martin.

„Meran", korrigierte Rüdiger. „Das Geschäft könnte kaum besser laufen. Du weißt doch, die Leiden werden immer heilbarer, die Leute kränker und die Medikamente teurer."

Die beiden Männer lachten leise.

„Bist du weiterhin an der Uni als Dozent tätig?", fragte Martin.

„In Bozen, ja. Aber nur noch sporadisch, man wird auch nicht jünger."

Rüdiger zwinkerte Emma zu. Ein wenig beschämt senkte sie den Blick. Ihr war erst jetzt aufgefallen, dass sie das Gespräch mehr als offensichtlich belauschte.

„Wie bist du eigentlich nach Kitzbühel gekommen?", fragte Rüdiger, an den Pastor gewandt. „Direkt aus der Schweiz?"

„Nein." Martin schüttelte den Kopf. „Ich war auf einem Priesterseminar in Salzburg. Bei der Rückfahrt habe ich mich spontan entschlossen, über Österreich zu fahren und in Kitzbühel einen Zwischenstopp einzulegen. Das Wochenende habe ich frei, und da wollte ich meiner geheimen Leidenschaft frönen." Ein verschmitztes Grinsen erschien auf seinen Zügen.

„Geheime Leidenschaften sind in der Kirche doch verboten", sagte Rüdiger in gespielter Empörung.

„Nicht in der evangelischen."

Seilbahn GmbH Kitzbühel, Besprechungsraum
Samstag, 6. Januar, 14:40 Uhr

Die Diskussionen begannen sich im Kreis zu drehen. Es gab weder neue Einsichten noch Vorschläge, die behandelt werden konnten. Zwar waren einige abenteuerliche Ideen zur Rettung der eingeschlossenen Fahrgäste aufgekommen, sie alle scheiterten letztlich an der Durchführbarkeit. Nach Überprüfung der gemessenen Windspitzen im Bereich der 3S-Bahn kam man zu dem Schluss, dass trotz der windgeschützten Lage weitere Orkanböen auftreten würden. Somit war an einen Einsatz des Bergewagens, selbst bei erfolgreicher Reparatur, nicht zu denken.

Die Bodenüberwachung der Gondel sollte indessen fortgeführt werden. Auch wollte man hinsichtlich des zusammengebrochenen Mobilfunknetzes bei den Betreibern intervenieren, um rasch wieder eine Handynutzung zu ermöglichen. Ferner wurde ein Kriseninterventionsteam zusammengestellt, das sich um die Angehörigen der Passagiere in Kabine vierzehn kümmern sollte. Zuletzt wurde die Vorgehensweise bei der Pressekonferenz besprochen.

Als sämtliche Punkte geklärt waren, senkte sich eine eigentümliche Befangenheit auf die Gruppe herab.

„Wenn ich unsere Erkenntnisse zusammenfassen darf“, hob die Bürgermeisterin an, „dann werden die Fahrgäste die kommende Nacht in der Gondel verbringen müssen, ohne Nahrung, ohne Heizung und ohne Kontakt zur Außenwelt.“

„Ja.“ Franz' Gesicht war eine ausdruckslose Maske. „Das werden sie.“

Schiregion Kitzbühel, 3S-Bahn, Kabine 14
Samstag, 6. Januar, 14:45 Uhr

„Sandra, alles in Ordnung mit dir?“

Michelle warf ihrer Freundin einen konzentrierten Blick zu. „Sandra?“

„Mir ist schwindelig“, erwiderte die Angesprochene. Sandras Pupillen waren geweitet, ein blasser Schatten zog sich von ihrer Nasenspitze zu den Wangen.

Oh nein, dachte Emma und stieß innerlich ein Seufzen aus. *Nicht noch jemand!* Kurz entschlossen erhob sie sich und setzte sich neben die beiden Teenager.

„Ich bin Krankenschwester. Vielleicht kann ich dir helfen.“ Sie warf Sandra einen aufmunternden Blick zu. „Was genau fehlt dir?“

„Ich weiß nicht“, murmelte Sandra. „Mir ist einfach schwindelig. Und frieren tue ich auch.“

„Ist das alles?“

„Nein“, entgegnete Sandra beschämt. „Mir ist ein bisschen schlecht.“

Ein Unglück kommt selten allein, dachte Emma. Leider trug sie entgegen ihrer gewöhnlichen Umsicht keine Bachblütentropfen bei sich. Nicht nur bei Schwindel und Übelkeit wirkten die Destillate Wunder.

„Glaubst du, es liegt an deiner Höhenangst?“, erkundigte sich Emma.

Sandra verneinte. „Ich glaube, es ... ist das Schaukeln.“

Emma nickte verständnisvoll. Das Mädchen litt offenbar an einer Form von Seekrankheit. Eigentlich verwunderlich, dass bei dem ständigen Schwanken der Kabine nicht mehr Fahrgäste betroffen waren.

„Hast du vielleicht einen Kaugummi?“, fragte Emma. „Das könnte helfen.“

„Ich habe einen“, meinte Sebastian und reichte Sandra eine grün eingewickelte Kaupastille. „Ist nur ein bisschen scharf.“

„Danke“, sagte Sandra und schenkte Sebastian ein zartes Lächeln.

„Könnte ich auch einen haben?“, warf Michelle ein. „Ich fühle ich mich selbst nicht ganz so wohl.“

„Tut mir leid.“ Sebastian hob entschuldigend die Schultern. „Das war mein letzter.“

„Es gibt noch andere Möglichkeiten, Übelkeit zu bekämpfen“, sagte Emma. „Ich versuche es immer mit Autosuggestion. Gibt es etwas, was ihr besonders gern macht?“

„Ich reite, seit ich sechs bin“, sagte Michelle nicht ohne Stolz. „Vor zwei Jahren habe ich mein eigenes Pferd bekommen und es selbst zugeritten.“

„Ich spiele Geige“, verriet Sandra. „Für mich ist das total entspannend.“

„Sehr gut." Emma lächelte. „Tiere und Musik sind wunderbare Dinge. Seid euch eurer Leidenschaft bewusst. Ich möchte, dass ihr die Augen schließt und euch Folgendes vorstellt: Ihr steht auf einer blühenden Sommerwiese, umgeben von Wald und hohen, schneebedeckten Bergen. In der Mitte der Wiese liegt ein Teich, grünlich schimmernd und glasklar. Es duftet nach Blumen, Harz und frischer Erde. Kleine Insekten summen umher, im Wald zwitschern Vögel, und irgendwo ertönt der Ruf eines Adlers. Ihr steht mit nackten Füßen im Gras, es kitzelt euch an den Fußsohlen. Ihr spürt die Schönheit der Natur, die Symphonie aus Leben. Ihr spürt sie mit all euren Sinnen. Ihr seid völlig ruhig, entspannt und absolut glücklich."

Emma registrierte, dass nicht nur Sandra und Michelle die Augen geschlossen hatten und den Worten lauschten. Bloß Henrik wirkte, welch Überraschung, völlig teilnahmslos. Zahlreiche Leute behaupteten, dass Emma ein Talent für das Erzählen von Geschichten besaß. Nicht selten wurde sie auf Festen oder Veranstaltungen gebeten, eine Anekdote, witzige Begebenheit oder einfach fantasievolle Schilderung vorzutragen. Man hatte ihr auch nahegelegt, ein Buch zu schreiben. Bislang hatte sich Emma aber nicht an diese Aufgabe herangewagt. Vielleicht wäre der glückliche Abschluss dieser Höllenfahrt ein geeigneter Zeitpunkt dafür.

„Danke", sagte Sandra und lächelte. Ihr Gesicht gewann allmählich an Farbe, ihre versteifte Halsmuskulatur entspannte sich. „Das hat wirklich geholfen."

„Gern geschehen", erwiderte Emma und beschloss, nicht auf ihren alten Sitzplatz zurückzukehren. Auf diese Weise blieb ihr nämlich ein unerfreulicher Anblick erspart: Henriks griesgrämiger Gesichtsausdruck.

Seilbahn GmbH Kitzbühel, Besprechungsraum
Samstag, 6. Januar, 15:00 Uhr

In Anbetracht der Pressekonferenz, die in der Eingangshalle des Betriebsgebäudes stattfand, hatte sich der Besprechungsraum merklich geleert. Andreas saß über seine Wetterkarten gebeugt und schlürfte Kaffee. Grübelnd erwog er, welches Wettermodell die derzeitige Lage am besten im Griff hatte und auf welches man sich am ehesten verlassen konnte. Die relative Windstille morgen Vormittag wurde nicht von allen Prognosemodellen gestützt. Einige sahen sogar eine Verstärkung des Sturms, dafür ein deutliches Abschwächen in den Nachmittagsstunden.

Andreas seufzte. Vielleicht sollte er auf den nächsten Modelllauf warten. Dieser würde in zwei bis drei Stunden zur Verfügung stehen. Genug Zeit, sich einem anderen Thema zu widmen: der Lawinengefahr.

Andreas überlegte erneut, sich den Hang bei der Seilbahn in natura anzusehen. Allerdings war die Sicht durch den Blizzard stark eingeschränkt; nach einem Blick aus dem Fenster schätzte er die aktuelle Sichtweite auf zweihundert Meter. Viel zu wenig, um sich im Gelände einen Überblick zu verschaffen.

Somit blieben ihm nur sein Kartenmaterial, die Geodaten und Luftbilder, die er von der Seilbahn GmbH erhalten hatte. Es sah danach aus, als wäre der südostseitig ausgerichtete Bergrücken des Pengelstein durch den Nordweststurm prädestiniert für massive Triebschneeablagerungen. Durch die zu erwartenden Neuschneemengen würde die Lawinengefahr bis morgen Vormittag das zweithöchste Level, Lawinenwarnstufe vier, erreichen. Ein Kriterium für diese Warnstufe war eine schwach verfestigte Schneedecke, die bereits bei geringer Zusatzbelastung die Entstehung von Lawinen wahrscheinlich werden ließ. Mehr noch: Ab Warnstufe vier konnten Lawinen spontan abgehen, also ohne jeden menschlichen Einfluss.

Andreas' Erinnerungen an die Gewitterfront kehrten zurück. Schlagartig, ohne Vorwarnung. Drohende, wabernde Finsternis. Verästelte, zuckende Blitze. Animalisches Dröhnen und Grollen.

Bei Lawinenwarnstufe fünf gingen die meisten Schneerutschungen spontan ab. Große, verheerende Lawinen konnten dann selbst an Hängen auftreten, die gewöhnlich nicht als gefährdet galten. Sie brausten mit ohrenbetäubendem Getöse talwärts, rissen alles mit sich, was sich ihnen in den Weg stellte. Möglicherweise bloß wegen einer einzigen Schneeflocke. Einem federleichten, gebrechlichen Eiskristall, der auf der fragilen Schneedecke landete und damit die Katastrophe auslöste.

Eine winzige, unbedeutende Schneeflocke, dachte Andreas beklommen. *Mehr nicht.*

Schiregion Kitzbühel, 3S-Bahn, Kabine 14

Samstag, 6. Januar, 15:05 Uhr

„Wie geht es ihr?"

Doris fuhr zusammen und wandte den Kopf. Ihr war entgangen, wie sich Sebastian neben sie gesetzt hatte. Trotz der Schischuhe, die er trug, musste er sich geräuschlos über den Wellblechboden bewegt haben.

„Samantha hat seit über einer Stunde kein Wort gesprochen", erwiderte Doris leise. Ihre Stimme zitterte leicht. Mittlerweile war ihr trotz dicker Thermo-Unterwäsche die Kälte in die Glieder gekrochen.

Als sie sich in Sebastians Richtung neigte, stieg ihr der Geruch seines Rasierwassers in die Nase. Es war ein herber, männlicher Duft, den sie spontan mit einer wilden, kräuterreichen Steppenlandschaft assoziierte. Ein unerhört anziehendes Aroma.

Sebastian beugte sich über sie hinweg. Dabei drückte er ihr eine weitere Welle seines Wohlgeruchs entgegen. Doris spürte Hitze in sich aufsteigen und presste unwillkürlich ihre Schenkel aneinander.

„Samantha", sagte Sebastian. „Deine Mama hat mir gesagt, dass du gern in den Zirkus gehst."

Unwillig wandte sich die Sechsjährige dem Liftbediensteten zu. Ihre Gesichtsfarbe wirkte ungesund, sie hatte die Arme vor dem Bauch verschränkt und saß nach vorn geneigt, als würde sie schmollen. „Ja", entgegnete Samantha. Ihre Mimik zeigte keine Anzeichen von Begeisterung.

„Was hast du denn am liebsten?"

Samantha warf Sebastian einen misstrauischen Blick zu. „Die Zauberer", sagte sie dann.

„Ach so?" Sebastian zog die Augenbrauen hoch. „Was für ein Zufall, ich bin nämlich Zauberer."

„Wirklich?" Samantha legte den Kopf schief.

„Ja." Sebastian zog sein Kartenspiel aus der Tasche, nahm eine Karte heraus und zerriss sie mit einer schnellen Handbewegung. Er wand die beiden Teile geschickt zwischen seinen Fingern, drehte die Handfläche – und die Karte war wieder ganz.

Samantha stand vor Überraschung der Mund offen. Vor Staunen vergaß sie sogar, auf ihren schmerzenden Bauch zu drücken. „Wie hast du das gemacht?"

Sebastian grinste. „Das ist reine Magie. Wenn du willst, zeige ich dir noch etwas." Er warf das gesamte Kartenspiel schwungvoll in die Luft, sodass es einen weiten Bogen beschrieb, und fing es mit der anderen Hand wieder auf – ohne, dass auch nur eine Karte verloren ging.

Samantha verfolgte ehrfurchtsvoll jede von Sebastians Bewegungen. Ihre Augen glühten vor Begeisterung.

Sebastian führte einen Zaubertrick nach dem anderen vor. Von den übrigen Passagieren erntete er ungläubiges Kopfschütteln und anerkennendes Nicken.

Sebastian war wirklich gut, keine Frage. Doris fragte sich, ob er auf anderen Gebieten auch so talentiert war. Zum Beispiel beim Küssen. Doris betrachtete verstohlen Sebastians breite, dominante Lippen. Sie meinte zu wissen, dass Wärme und Behutsamkeit ihrem Wesen entsprachen und dass dahinter eine kräftige, gelenkige Zunge saß. Eine durchaus anregende Vorstellung.

Seilbahn GmbH Kitzbühel, Eingangshalle

Samstag, 6. Januar, 15:05 Uhr

Sie kamen gerade noch rechtzeitig. Die Vertreter der Seilbahn GmbH nahmen soeben vor der Masse aus Pressevertretern und Schaulustigen Aufstellung.

Stefanie Wertens seufzte erleichtert. Es wäre ernüchternd gewesen, wenn sie sich nach dieser horrenden Anfahrt verspätet hätten. Überall tief winterliche Verhältnisse, selbst auf den Autobahnen. Dazu der Sturm, der den Sendewagen mehr als einmal zum Schwanken brachte. Der Fahrer und Kameramann, Ernst Holger, gab der Reise nicht den Anschein eines gemütlichen Ferientrips. Sein Fahrstil war riskant, direkt waghalsig, und er sparte nicht mit sexistischen Kommentaren und erotischen Anspielungen. Immerhin war er nüchtern, was definitiv eine

Ausnahme darstellte. Stefanie fragte sich zum wiederholten Mal, weshalb sie den Auftrag des Redaktionschefs angenommen hatte. Sie hätte nein sagen können; hätte nein sagen *müssen*. Dennoch war sie jetzt hier.

Vielleicht hatte es mit ihrer Furcht zu tun, keine Außenaufträge mehr zu erhalten, wenn sie sich fortwährend davor drückte. Vielleicht wollte sie sich selbst beweisen, dass sie dieser Aufgabe gewachsen war. Unter Umständen war ihr Handeln aber bloß von Neugier getrieben; insgeheim wollte sie wissen, wie es ihm nach der Trennung ergangen war. Dem Mann, den sie geliebt hatte wie keinen anderen zuvor. Dem Mann, dem sie ihr Leben anvertraut hätte. Dem Mann, der sie beinahe getötet hätte.

Stefanie straffte die Schultern. *Willkommen in der Höhle des Löwen!*

Schiregion Kitzbühel, 3S-Bahn, Kabine 14
Samstag, 6. Januar, 15:35 Uhr

„Alles okay?“, erkundigte sich Raphael und drückte Sonja an sich. Ihm war aufgefallen, dass seine Freundin immer schweigsamer geworden war.

„Ich habe Hunger“, sagte Sonja auf eine Art, die keinen Zweifel an der wahren Bedeutung ihrer Worte ließ.

Raphael riss die Augen auf. „Du hast doch …!“

„Ja, natürlich. Aber nur zwei Stück. Den ersten Müsliriegel habe ich gegessen, als ihr gepokert habt.“

„Was ist mit deinem Notfall-Kit?“

Sonja senkte verlegen den Blick. „Habe ich im Zimmer liegen lassen. Außer dem Müsliriegel habe ich nur ein Stück Traubenzucker dabei.“

Raphael stöhnte auf. Die ganze Zeit hatte er sich Gedanken über sich und seinen Heiratsantrag gemacht. Im Geiste war er sämtliche Alternativen durchgegangen, hatte sich selbst bemitleidet und wieder Hoffnung geschöpft. Dabei war ihm völlig entfallen, dass Sonja mehr von ihm brauchte als sein Liebesgeständnis, silberne Ringe und ein romantisches Candle-Light-Dinner.

Sonja war krank. Im Ernstfall musste er ihr Leben retten können. Doch das konnte er nur, wenn er die erforderlichen Mittel besaß. Und diese lagen wohlbehütet in einer kleinen Schachtel auf dem Zimmer ihrer Pension.

Sonja zog den letzten Müsliriegel aus ihrer Jackentasche und begann, ihn bedächtig kauend zu verzehren. Raphael überschlug in Gedanken die Zeit, die Sonja noch blieb, ehe sich erste körperliche Symptome einstellen würden.

Das Ergebnis gefiel ihm nicht. Ganz und gar nicht.

Seilbahn GmbH Kitzbühel, Eingangshalle
Samstag, 6. Januar, 15:40 Uhr

„Gibt es Fragen?", erkundigte sich Franz und warf einen Blick in die Runde. Er war nicht überrascht gewesen, als er die Masse an Pressevertretern erblickt hatte. Die bereitgestellten Stühle waren allesamt belegt, einige Personen mussten stehen. Katastrophenmeldungen verbreiteten sich ebenso rasch wie der neueste Tratsch aus dem Hause der englischen Königsfamilie.

Ungefähr zwei Dutzend Hände schnellten nach oben. Im Geiste verdrehte Franz die Augen. Er ahnte, was die meisten Fragen zum Inhalt haben würden. Boris, ihr Jurist und Finanzberater, hatte ihn vor der Pressekonferenz darauf hingewiesen, dass Franz nicht verpflichtet war, auf die Fragen zu antworten. Als ob er das nicht selbst wüsste. Offenbar war dem Betriebsrat nicht entgangen, dass die derzeitige Lage prekäre Ausmaße angenommen hatte; ein falscher Schritt mochte den unternehmerischen Abgrund bedeuten.

„Bitte." Franz deutete auf eine junge Reporterin in der ersten Reihe. Die Journalistin, eine Vertreterin des ORF Tirol, erhob sich. „Wie ist es möglich, dass die Seilbahn trotz Wetterwarnung noch in Betrieb war, als der Orkansturm begonnen hat?"

Bingo. Gleich die erste Frage landete den Haupttreffer. Es war nicht etwa so, dass ihn dieses Thema verunsicherte, aber jede mögliche Antwort barg das Potenzial für ein unliebsames Nachspiel; selbst wenn er keine Details nannte.

„Die genauen Umstände sind derzeit noch nicht bekannt", erwiderte er. „Vermutlich liegt die Ursache in einem Zusammenspiel von technischem Gebrechen und menschlichem Versagen. Alles Weitere wird die nachfolgende Untersuchung ergeben."

„Was ist mit den Angehörigen? Konnten sie ermittelt werden?"

„Ja. Die Verwandten wurden informiert und werden zurzeit von einem Kriseninterventionsteam versorgt."

„Wie steht es um die Eingeschlossenen? Sind alle wohlauf?", warf ein grauhaariger Reporter ein – ohne, dass ihm Franz das Wort erteilt hatte.

„Durch den Zusammenbruch des Mobilfunknetzes und die beschädigten Lautsprecher in der Kabine können wir derzeit keinen Kontakt zu den Fahrgästen aufnehmen. Allerdings wird die Gondel durchgehend vom Boden aus überwacht."

„Sie wissen also nicht, ob alle gesund sind? Ob vielleicht jemand Verletzungen davongetragen hat oder …"

„Nein, das wissen wir nicht", unterbrach ihn Franz. „Aber wir tun unser Möglichstes, rasch eine Kommunikationsverbindung herzustellen."

Eine sanfte Frauenstimme erklang. „Wenn die Bergung erst morgen Vormittag stattfindet, besteht dann nicht die Gefahr, dass sich die Eingeschlossenen Erfrierungen zuziehen?"

Franz stockte der Atem. Ein frostiges Kribbeln brandete durch seinen Körper, als wäre auf einmal er es, der in der Gondel gefangen saß. Er kannte die Frau, die soeben gesprochen hatte. Sehr gut sogar. Sie stand am hinteren Ende des Raums und warf ihm einen wachsamen Blick aus ihren dunklen Rehaugen zu.

Stefanie. Stefanie Wertens. Reporterin für ZDF Bayern – und seine ehemalige Freundin.

Schiregion Kitzbühel, 3S-Bahn, Kabine 14
Samstag, 6. Januar, 15:45 Uhr

„Bitte alle mal herhören", sagte Raphael und erhob seine Stimme. „Hat einer von euch etwas zu essen dabei?"

Mehrere Fahrgäste schüttelten den Kopf.

„Leider nein", meinte Rüdiger. „Weshalb?"

„Nun ja. Es ist so, dass …"

„Ich habe Typ1-Diabetes", fiel ihm Sonja ins Wort. Ihre Stimme klang hell und selbstbewusst. Es hatte ihr nie Probleme bereitet, ihre Krankheit offen anzusprechen. „Seit meiner Kindheit. Muss regelmäßig Insulin spritzen. Heute früh habe ich mein Langzeitinsulin genommen und damit gerechnet, dass ich zu Mittag etwas essen werde."

„Hypoglykämie“, murmelte Matteo. „Sehr unlustig.“

„Genau“, bestätigte Sonja. „Wenn ich nicht ausreichend Nahrung zu mir nehme, besteht die Gefahr, dass mein Blutzuckerspiegel stark absinkt. Das kann bis zur Bewusstlosigkeit führen.“

„Hast du keinen Traubenzucker oder ein Notfall-Set dabei?“, erkundigte sich Rüdiger.

„Tja.“ Sonja warf Raphael einen schiefen Blick zu. „Nur noch ein kleines Stück Traubenzucker. Das will ich aber für den Ernstfall aufheben.“

„Ich hab' was“, sagte Michelle und kramte in ihrem Snowboardoverall. „Sind nicht mehr die Jüngsten, aber besser als nichts.“ Schüchtern senkte sie den Blick. In ihrer ausgestreckten Hand befanden sich drei Lutschbonbons, die ihrem Aussehen nach wohl einige Wochen – oder Monate – in der Jackentasche verbracht hatten.

„Vielen Dank“, sagte Sonja und lächelte. Sie griff nach den Süßigkeiten und betrachtete sie mit einem überspitzt skeptischen Blick.

„Sehen gerade noch genießbar aus“, meinte sie. „Aber was soll's; was mich nicht umbringt, macht mich stärker.“

*

Doris' Nacken war verkrampft. Sie hätte der jungen Frau ihren Apfel geben sollen. Sonja benötigte ihn dringender als sie. Aber Michelle hatte ihr die Bonbons gegeben. Das musste doch reichen, oder? Außerdem war es ihr eigener Apfel, verdammt! Sie hatte seit mehr als vierundzwanzig Stunden nichts mehr gegessen. Inzwischen spürte sie den nagenden Hunger so stark wie schon lange nicht mehr.

Doris' Blick fiel auf ihre Handschuhe. Sie zog einen Fäustling aus und betrachtete ihre zartgliedrigen Finger. Da, direkt unter ihrem Handgelenk: Sah das nicht wie eine Ansammlung von Fett aus? *Ja, ganz bestimmt!*

Doris spitzte die Lippen. Sie würde mit dem Apfel auskommen. Notfalls bis morgen.

Seilbahn GmbH Kitzbühel, Eingangshalle
Samstag, 6. Januar, 15:45 Uhr

Drei volle Jahre, dachte Franz betroffen. So lange waren sie sich nicht begegnet, hatten kein Wort miteinander gesprochen. Er hatte alle Gedanken an sie verbannt, ausgeblendet, wie ein unerwünschtes Programmfenster am Computer.

Stefanies melancholisches Lächeln war unverändert, ebenso ihre dunklen, kinnlangen Haare. Weiterhin bestach sie durch ihr natürliches, jugendliches Aussehen. Sie wirkte wie kaum Ende zwanzig, obgleich sie inzwischen Mitte dreißig sein musste. Nach wie vor war sie eine Schönheit.

Franz spürte, wie ihm der Schweiß ausbrach. Seine Hände zuckten, als hielten sie jäh erwachende Alarmwecker zwischen den Fingern. Wenn er noch länger hier stand und Stefanies Blick ertragen musste, würde er zu Boden stürzen und sich in Krämpfen winden. Das wäre dann wohl das Ende seiner beruflichen Karriere.

Trotz seiner Verblüffung verzog er keine Miene und antwortete umgehend auf Stefanies Frage. „Unsere Experten haben sich die Bedingungen angesehen. Die Temperaturen liegen zwar im Minusbereich, werden aber nicht viel tiefer sinken. Auch bietet die Kabine guten

Schutz vor dem Sturm. Sofern die Passagiere angemessen gekleidet sind, ist die Gefahr von Erfrierungen gering."

Franz wandte sich zur Seite und winkte Georg herbei. Der glatzköpfige Hüne schien irritiert, als er sich erhob. Gewöhnlich entsprach es nicht Franz' Wesen, die leitende Funktion einem anderen zu überlassen; schon gar nicht seinem Stellvertreter. „Meine rechte Hand, Georg Semmelweis, wird Ihnen alle weiteren Fragen beantworten. Guten Abend."

Mit diesen Worten drehte er sich um und stapfte in Richtung seines Büros. Er brauchte etwas, um seine zitternden Hände zu beruhigen. Sofort.

Schiregion Kitzbühel, 3S-Bahn, Kabine 14

Samstag, 6. Januar, 15:55 Uhr

„Ich fürchte, ich habe schlechte Nachrichten", sagte Sebastian. Obwohl er seine Stimme nicht erhob und auch andere Gespräche im Gange waren, verstummten die übrigen Fahrgäste sofort. „Es deutet alles darauf hin, dass wir heute nicht mehr gerettet werden."

Stille.

Sandra stieß ein hohes, halb unterdrücktes Keuchen aus, Henrik brabbelte irgendetwas, das keiner verstand, und Samantha fing an zu wimmern.

„Die werden uns doch nicht die Nacht hier hängen lassen!", fuhr Emma auf.

Sebastian schüttelte sacht den Kopf. „Ich sehe keine Alternative. Weder Bergewagen noch Helikopter können bei Nacht und in diesem Blizzard eingesetzt werden. Auch sieht es nicht danach aus, als würde der Antrieb der Seilbahn in absehbarer Zeit wieder funktionieren."

„Warum haben die uns nicht früher geholt?“ Sandras Stimme war schrill. Zu schrill. Emma argwöhnte, dass die junge Frau am Rande einer Panik stand. Sie forschte in ihren eigenen Gedanken und Gefühlen. Im Gegensatz zum Beginn des Dramas vor einigen Stunden war sie überraschend ruhig.

Emma handelte instinktiv. Sie legte ihren Arm um Sandras Schultern und drückte das Mädchen an sich. Im ersten Moment wich die junge Frau zurück, sträubte sich gegen die Berührung. Doch dann erlahmte ihre Gegenwehr. Sie senkte den Kopf gegen Emmas Nacken, atmete tief aus und ein.

„Als der Blitz in die Gondel eingeschlagen hat“, sagte Emma leise. „Was kann da passiert sein?“

Matteo kam Sebastian zuvor. „Nichts“, entgegnete er scharf und funkelte Emma an. „Es gibt keinen einzigen Fall in der Geschichte der Luftseilbahn, bei dem ein Blitz ein Stahlseil beschädigt hätte. Sei nicht immer so ängstlich!“ Diesmal nahm Emma ihrem Mann den scharfen Tonfall nicht übel. Er war genauso angespannt wie alle anderen. Es war bloß sein Weg, den Überschuss an Adrenalin zu bewältigen.

„Das ist richtig“, bestätigte Sebastian. „Ich glaube nicht, dass hier Gefahr besteht. Probleme könnten uns höchstens der Sturm und die Kälte bereiten.“

Erneutes Schweigen. Die Passagiere lauschten auf den unvermindert heulenden Orkan, spürten das schlagartig heftiger wirkende Schwanken der Gondel, nahmen den grimmigen Frost wahr, der zwischen den Fugen und Ritzen in die Kabine gekrochen kam.

„Licht haben wir auch keines“, meldete sich Martin zu Wort. „In der Gondel sind keine Beleuchtungskörper. Und es dämmert bereits.“

Erst durch Martins letzte Worte wurde es allen bewusst: Die einbrechende Finsternis hatte den schleichenden Kampf gegen die Helligkeit aufgenommen; einen Kampf, den sie bald gewinnen würde.

Rüdigers Lächeln wirkte das erste Mal gezwungen. „Dann sollten wir das Beste daraus machen", sagte er.

*

Ausgezeichnet, dachte er.

Allmählich erreichte die Sache eine ungeahnte Dramatik, gewann an Spannung und Nervenkitzel. Er hatte mit vielem gerechnet, sogar mit einer haltlosen Panik und einem gnadenlosen Kampf ums Überleben. Dass es, zumindest vorerst, nicht dazu kam und deutlich ruhiger zuging, ließ die Situation keineswegs uninteressanter werden.

Der Clou war nun aber die Erkenntnis, dass sie viel länger in der Kabine würden ausharren müssen als zunächst angenommen. Dutzende, Hunderte verschiedene Möglichkeiten, was in der kommenden Nacht alles geschehen konnte, blitzten vor seinem inneren Auge auf. Nicht jede Alternative war erfreulich, aber sie alle waren aufregend, boten Chancen und Gleichungen mit mehreren Unbekannten. Einige der Optionen waren in höchstem Maße erregend.

Er seufzte unhörbar. Ein wenig musste er sich noch gedulden. Aber nicht mehr lange.

Nur eine Person in der Kabine konnte ihm Schwierigkeiten bereiten. Aber auch für dieses Problem würde er eine Lösung finden. So wie er immer eine Lösung fand.

Er warf einen Blick nach draußen. Die Dämmerung schritt rasch voran. Das war gut, sehr gut.

Er besann sich des Ausspruchs seines einstigen Mentors: *Nichts erzeugt mehr Furcht in den Herzen von Menschen als unsichtbare Gefahr in der Finsternis.*

Er lächelte in sich hinein.

Ausgezeichnet!

Seilbahn GmbH Kitzbühel, Kriseninterventionsteam
Samstag, 6. Januar, 16:00 Uhr

„Bitte um Ruhe!"

Der Mann mittleren Alters war eine stattliche Erscheinung, bloß seine kinnlangen Haare wirkten unpassend. „Nehmen Sie Platz."

Ferdinand gebot seinen Söhnen, sich auf den Stühlen niederzulassen. Er selbst blieb stehen und verschränkte die Arme. Im Moment war sitzen das Letzte, was er wollte.

„Mein Name ist Wilhelm Forcher", sagte der Mann. „Ich bin Leiter der örtlichen Bergrettung. Wir haben ein Team aus Spezialisten zusammengestellt, das Sie in den kommenden Stunden betreuen wird."

„Wie geht es ihnen?", rief eine füllige Frau und rutschte unruhig auf ihrer Sitzfläche.

„Wie ich anfangs schon erwähnt habe, wissen wir das nicht", gab Wilhelm zu. „Leider besteht derzeit keine Möglichkeit, Kontakt zu den Eingeschlossenen aufzunehmen."

„Das ist doch lächerlich", meinte ein älterer Herr und schüttelte nachdrücklich den Kopf. „Wenn es nicht per Handy geht, was ist mit einem Megaphon oder jetzt, wenn es dunkel wird, mit Lichtsignalen?"

„Bedenken Sie den Sturm und den starken Schneefall. Am Berg haben wir Whiteout-Bedingungen. Da hilft auch ein Megaphon nichts. Und selbst wenn sie uns vernehmen könnten, würden wir ihre Antworten nicht verstehen. Dasselbe gilt für Lichtzeichen. Hier bräuchten die Eingeschlossenen einen leistungsstarken Scheinwerfer."

„Es gibt also keine Möglichkeit, die Bergung noch heute durchzuführen?", vergewisserte sich Ferdinand.

Wilhelm warf ihm einen ernsten Blick zu. „Leider nein. Wir haben sämtliche Alternativen durchgespielt. Sie müssen bis morgen durchhalten."

Ferdinand blickte zu Boden. Es war nicht gut, wie sich Doris und er getrennt hatten. Im Streit. In einem Netz aus gegenseitigen Unwahrheiten. Wenn das hier überstanden war, mussten sie dringend miteinander sprechen. So konnte es nicht weitergehen. Ihre Ehe wurde bloß von den Kindern zusammengehalten. Gemeinsame Aktivitäten waren rar, und Sex hatten sie schon lange nicht mehr. Allerdings glaubte er nicht, dass Doris einen fixen Partner außerhalb ihrer Beziehung hatte. Genauso wenig wie er selbst. Die Frage war: Konnte ihre Ehe gerettet werden? Wollten sie das überhaupt? Ferdinand lauschte in sich hinein, horchte auf die leisen Stimmen in seinem Inneren.

Nein, fällte er sein Urteil. *Ich will es nicht.*

Kitzbühel, Altstadt

Samstag, 6. Januar, 16:00 Uhr

„Inspektor Lichtenberger?"

Ein junger, österreichischer Beamter trat auf sie zu. Seine Kleidung war von einer zentimeterdicken Schneeschicht bedeckt, die zerbröselte und als wirbelnde Staubfäden vom Sturm vertragen wurde. Er trug eine fellbesetzte Haube mit Ohrenklappen, die eher in die wilde Tundra Russlands gepasst hätte als in einen kleinen österreichischen Schiort. Andererseits vermittelte die aktuelle Wetterlage sehr wohl das Gefühl, sich in Sibirien zu befinden.

„Ja, das bin ich", erwiderte Bernhard und schüttelte dem Polizisten die Hand.

„Mein Name ist Arthur Loewen. Ich führe Sie zu meinem Kollegen. Er behält das Fahrzeug im Auge."

„Sind verdächtige Personen aufgetaucht?", fragte Anna.

Der Polizeibeamte musterte Bernhards Partnerin interessiert. Vermutlich gefiel ihm, was er sah. Anna hatte ihre langen dunklen Haare zu einem festen Pferdeschwanz zusammengebunden, wodurch ihre südländischen Gesichtszüge hervorragend zur Geltung kamen. Dazu trug sie eine eng geschnittene Winterjacke mit Kapuze. Obgleich sie ihrem äußeren Erscheinungsbild nach Bernhards Tochter kaum ähnelte, musste der Kommissar unversehens an sie denken. Auch seine Tochter hatte sich nie ein Blatt vor den Mund genommen, war dominant und selbstbewusst gewesen, trotz ihrer schweren Krankheit. Bernhard seufzte leise.

„Nein." Arthur schüttelte den Kopf. „Soviel ich weiß nicht."

Sie stapften durch den knöcheltiefen Schnee, der bis zu den Schenkeln gereicht hätte, wäre der Gehsteig nicht unlängst freigeschaufelt worden. Der Asphalt unter der Schneedecke war rutschig, teilweise vereist. Sowohl Bernhard als auch Anna strauchelten etliche

Male. Arthur hingegen bewegte sich auf der rutschigen Schneeauflage mit der Sicherheit eines Eiskunstläufers.

Nach wenigen Dutzend Schritten erreichten sie ihr Ziel. Ein unscheinbarer, kleiner Fünftürer parkte mit laufendem Motor am Straßenrand. Als sie sich näherten, öffnete sich die Fahrertür, und ein fülliger Mann mit Schnauzbart stieg aus. Wie auch Arthur war der Beamte in Zivil gekleidet.

„Griaß enk“, sagte der Unbekannte in ursprünglichster Tiroler Mundart und zog sich eine Mütze über die Stoppelglatze. „I hoaß Eduard Reimgeist.“

„Mein Name ist Bernhard Lichtenberger, und das ist meine Partnerin Anna Brentano. Sie überwachen das Fahrzeug?“

„Kunnt'n mia per Du sei?“, erkundigte sich Eduard und kratzte sich am Kinn. „Is oafocha.“

Bernhard benötigte einige Sekunden, bis er die Worte ins Hochdeutsche übersetzt hatte. „Natürlich, kein Problem“, entgegnete er und lächelte schwach. „Also, wo befindet sich das Fahrzeug?“

„Zwoa Stroßn weida. Arthur hot a Übawochungskamera montiert.“ Eduard deutete auf den Monitor des Tablet-PCs, der schräg oberhalb des Schaltknüppels in einer Haltevorrichtung steckte. Zu erkennen waren der Rand einer Straße, mehrere tief verschneite Fahrzeuge und eine Häuserfront.

„Setzen wir uns in den Wagen“, schlug Arthur vor. „Bei diesem Blizzard müssen wir uns nicht im Freien unterhalten.“

Bernhard klopfte den Schnee von seinem Mantel und rutschte auf den Beifahrersitz, während sich Anna und Arthur auf die Rückbank zwängten.

„Welcher Wagen ist es?“, erkundigte sich Anna.

„Der zweite von vorn“, sagte Arthur und deutete auf den Tablet-PC. „Dürfte zumindest seit den Vormittagsstunden hier stehen.“

Bernhard betrachtete die gut zwanzig Zentimeter dicke Schneehaube auf dem Dach des Fahrzeuges. Selbst bei genauer Betrachtung konnte man kaum Farbe und Marke ausmachen. „Wie habt ihr das Auto erkannt?“

Arthur grinste listig. „War purer Zufall“, sagte er. „Wir waren auf Streife, und uns ist der Wagen aufgefallen, weil er so weit in die Fahrbahn ragt. Bei der Kontrolle des Nummernschilds haben wir festgestellt, dass der Wagen zur Fahndung ausgeschrieben ist.“

„Gab es sonst irgendwelche Besonderheiten?“

„Nein. Das Fahrzeug ist abgeschlossen und offensichtlich leer, wobei die hinteren Fenster verspiegelt sind.“

„Keine Personen, die sich auffällig verhalten hätten?“

„Na“, meldete sich Eduard zu Wort. „Is' koana hinganga.“

„Gut.“ Bernhard nickte. „Könntet ihr den Wagen weiter im Auge behalten und euch melden, sobald jemand verdächtig erscheint? Anna und ich werden uns in den umliegenden Gebäuden erkundigen, ob sich jemand an den Fahrer erinnern kann.“

„Moch' ma“, antwortete Eduard, lehnte sich im Fahrerstuhl zurück und verschränkte die Arme.

„Hier“, sagte Arthur und reichte Bernhard und Anna je ein Handfunkgerät. „Das Handynetz ist ausgefallen.“

„Ernsthaft?“ Bernhard hatte sein Mobiltelefon seit ihrer Ankunft in Kitzbühel noch nicht in die Hand genommen. „Wird sicher bald wieder funktionieren.“

„Bei dem Wetter?“ Arthur schürzte die Lippen. „Da wäre ich mir nicht so sicher.“

Schiregion Kitzbühel, 3S-Bahn, Kabine 14
Samstag, 6. Januar, 16:05 Uhr

Das Licht schwand unglaublich rasch. Emma meinte zusehen zu können, wie die letzte Helligkeit davonstob wie ein aufgeschreckter Taubenschwarm. Die wirbelnden Schneeflocken büßten ihr strahlendes Weiß ein, verwandelten sich in graue, schemenhafte Kleckse und verschwammen zu einem wallenden Vorhang aus Schatten.

„Ich hoffe, niemand fürchtet sich im Dunkeln?"

Rüdigers Frage war wohl als Aufmunterung gemeint. Den Gesichtern der Anwesenden nach zu schließen, fand der Erheiterungsversuch keinen rechten Widerhall.

„Na ja", meinte Sandra und senkte den Blick. „Also ich schon."

„Hey, du Weichei", sagte Michelle. „Du bist ja nicht allein, da frisst dich schon kein Ungeheuer." Ihre Stimme klang mehr tröstend als verletzend.

„Dafür habe ich keine Angst vor Spinnen."

„Spinnen!?" Michelle erschauderte und zog angewidert die Schultern zusammen. „Igitt! Ich hasse Spinnen!"

„Raphael, hast du nicht gemeint, du hast eine Taschenlampe dabei?", erkundigte sich Sebastian.

„Ja, das ist richtig. Aber ich fürchte, viel länger als zwei, drei Stunden hält der Akku nicht durch." Raphael zog die Taschenlampe aus seinem Rucksack und schaltete sie ein. Wenngleich der grau mattierte Zylinder kaum länger als ein Finger war, spendete er ausreichend Licht, um die gesamte Kabine zu erhellen.

„Mit LED-Birne, oder?", fragte Matteo.

„Ja", bestätigte Raphael. „Laut Beschreibung schafft der Akku fünf Stunden bei voller Leuchtkraft. Allerdings habe ich die Batterien seit einem halben Jahr nicht mehr gewechselt."

„Wir haben noch unsere Handys", sagte Sonja und hielt ihr Mobiltelefon hoch. „Das Display ist hell genug. Mein Smartphone hat zusätzlich eine eingebaute Lampe."

„Stimmt", konstatierte Sebastian. „Daran habe ich gar nicht gedacht."

Kaum zu glauben, dachte Emma, *dass Handys mal zu was nütze sind.*

Seilbahn GmbH Kitzbühel, Büro des Betriebsleiters
Samstag, 6. Januar, 16:10 Uhr

Franz hörte, wie sich die Versammlung in der Eingangshalle aufzulösen begann. Die Sensationslust der Presse war gestillt. Wie die Geier waren sie herangeschwirrt, hatten sich um den verwundeten Löwen gesammelt, ihn mit gierigen Blicken bedacht. Aber noch war der Löwe nicht tot. Noch konnte er mit seinen Pranken Hiebe verteilen, mit seinen Zähnen Knochen brechen. Noch.

Franz legte die Qigongkugeln auf die Tischplatte zurück. Die gleichförmige Kreisbewegung und das Summen von *Hänschen klein* hatten seine Hände beruhigt. Sie zitterten nur noch ganz leicht.

Franz seufzte tief. Wenn das so weiterging, würde er seine Krankheit nicht mehr verbergen können. Der heutige Dauerstress, das Überschlagen der Ereignisse, der immense Druck, der auf ihm lastete – all das war beinahe mehr, als sein Körper verkraften konnte.

Und jetzt auch noch Stefanie.

Franz schloss für einen Moment die Augen, als eine Woge aus Melancholie und Unsicherheit gegen die Mauern seines Selbstvertrauens brandete. Weshalb war sie aufgetaucht? Ausgerechnet heute? Gut, sie war Reporterin, und der Mann an ihrer Seite hatte eine Kamera getragen. Vermutlich sollte sie über den Zwischenfall mit der Seilbahn berichten und war deshalb nach Kitzbühel gekommen. Aber war dies tatsächlich der einzige Grund? Könnte es nicht sein, dass mehr dahintersteckte? Dass sie den Auftrag als Vorwand genommen hatte, um … Ja, was eigentlich? Wollte sie ihm seinen begangenen Fehltritt vorwerfen? Jetzt, nach all der Zeit? Nur ein einziges Mal hatte er die Beherrschung verloren. Mit fatalen Folgen.

Eine innere Stimme sagte ihm, dass sie nicht fortgehen würde, ehe sie mit ihm gesprochen hatte. Genaugenommen konnte ihre Anwesenheit nur einem Zweck dienen: Sie wollte etwas von ihm. Was immer es war, was immer sie verlangte; er würde es ihr geben. Ohne zu zögern.

Schiregion Kitzbühel, 3S-Bahn, Kabine 14
Samstag, 6. Januar, 16:20 Uhr

„Hat jemand was zu trinken?“, krächzte eine Stimme.

Es war Henrik. Das erste Mal, dass der Rothaarige von sich aus das Wort ergriff. Das erste Mal, dass er mehr als drei zusammenhängende Worte sprach.

Die anderen Passagiere warfen der gebeugten Gestalt misstrauische Blicke zu. Emma wusste, dass Raphael und Doris Wasserflaschen in ihren Rucksäcken trugen. Doch schienen beide nicht besonders begeistert von der Vorstellung, dem unfreundlichen und zwielichtigen Henrik von ihrem Vorrat abzugeben.

„Wenn wir tatsächlich über Nacht hier bleiben müssen“, ergriff Sebastian das Wort, „sollten wir versuchen,

Schnee von draußen einzusammeln und zu schmelzen. Das wird zwar nicht einfach, aber wir alle brauchen Wasser. Momentan haben wir nicht genug, selbst wenn wir sparsam sind."

„Stimmt", bestätigte Martin. „Ich hätte auch schon eine Idee, wie wir das mit dem Schnee bewerkstelligen könnten. Wenn wir zum Beispiel einen Schihelm ..."

„Nein", knarzte Henriks Stimme. „Kein Wasser. Etwas zu *trinken*."

Emma fiel es wie Schuppen von den Augen. Schlagartig wusste sie Bescheid. Das Bild fügte sich zusammen, wie von einem Puzzle-Weltmeister in Rekordzeit erstellt. Jetzt ergab alles einen Sinn: Henriks Gleichgültigkeit gegenüber unangenehmen Gerüchen, seine kratzende Stimme, die trüb glänzenden Augen und das Zittern seiner Hände. Henrik war Alkoholiker.

Seilbahn GmbH Kitzbühel, Büro des Betriebsleiters
Samstag, 6. Januar, 16:25 Uhr

Stefanie betrat das Zimmer. Franz hätte gern festgestellt, dass sie ängstlich wirkte, wenigstens ein bisschen nervös. Aber dem war nicht so. Zumindest äußerlich wirkte sie derart ausgeglichen, als käme sie von einem erfolgreichen Selbstfindungstrip inklusive Furchtlosigkeitsseminar. So hatte er sie noch nie erlebt. Dummerweise irritierte ihn das – mehr noch: Nun war er es, den leichte Verunsicherung erfasste.

„Hallo, Franz", sagte sie leise und ließ sich am zweiten Bürostuhl nieder. „Hallo, Stefanie", erwiderte Franz betont gelassen und verschränkte die Finger über der Tischplatte. „Was willst du?"

Diese barsche Frage war sicher nicht die charmanteste Art, seine Ex zu begrüßen. Aber er hatte weder Interesse an einer höflichen Einstiegsfloskel noch an belanglosem Smalltalk. Tatsächlich hatte er das nie.

Stefanies Mundwinkel hoben sich zu einem schmalen Lächeln. „Wie ich sehe, hast du dich nicht verändert."

Du offensichtlich schon, dachte Franz grimmig. Laut sagte er: „Ich glaube kaum, dass du damit gerechnet hast. Also, weshalb bist du hier?"

Stefanie lehnte sich im Stuhl zurück und verschränkte die Arme. „Um meinen Job zu tun. Was denkst du denn?" Ehe Franz zu einer Erwiderung ansetzen konnte, fuhr sie fort: „Du bist mir noch etwas schuldig."

Franz schwieg. Oh ja, da hatte sie verdammt recht. Ihrer Auseinandersetzung vor drei Jahren war die sofortige Trennung gefolgt. Franz hatte Stefanie gebeten, niemanden in das tatsächliche Geschehen an jenem Abend einzuweihen. Sie hatte wortlos zugestimmt und keine einzige Gegenleistung verlangt, obgleich ihr Franz Geld, eine neue Wohnung und seinen Wagen anbot. Mit tränennassen Augen meinte sie nur, dass nichts hiervon zählte. Franz konnte sich noch genau an Stefanies Worte erinnern: *Das Einzige, das mir etwas bedeutet hat, warst du. Aber dich hast du mir genommen.*

„Was verlangst du?", fragte Franz und konnte nicht verhindern, dass seine Stimme belegt klang.

„Informationen", entgegnete Stefanie. „Den neuesten Stand zur Ursachenforschung des Unglücks, die heute noch geplanten Rettungsmaßnahmen, Namen und Kontaktdaten der Passagiere."

Franz zog die Augenbrauen hoch. Sollte das alles sein? Ein paar läppische Daten, Fakten und Mutmaßungen, die früher oder später ohnehin zu den Medien durchsickern würden? Wobei – eine Sache gab es, die keine lapidare Feststellung war. Zumindest nicht für Stefanie. Franz rief sich die Liste mit den Namen der Eingeschlossenen in Erinnerung. Nein, da gab es keinen Zweifel. Er war auch unter den Passagieren.

Schlagartig fühlte er Unruhe in sich aufsteigen.

„Das wäre theoretisch machbar", meinte er ausweichend. „Aber wir wissen kaum mehr, als ich bei der Pressekonferenz geschildert habe. Zum Beispiel vermag ich dir wegen der Ursache nicht weiterzuhelfen, weil wir selbst völlig im Dunklen tappen. Und die Bergung der Eingeschlossenen kann frühestens in den Morgenstunden erfolgen."

Stefanies Blick flackerte. Nur ganz kurz, kaum mehr als eine Sekunde. Franz entging es nicht. *Ist ihr neues Selbstbewusstsein nur eine Maske?*, dachte er. *Verheimlicht sie mir etwas?*

Stefanie erhob sich so abrupt von ihrem Stuhl, dass Franz zurückwich. „Ich will, dass du mir eine schriftliche Zusammenfassung per Mail zukommen lässt, samt Daten der Passagiere. Hier." Sie knallte eine Visitenkarte auf den Tisch und wandte sich zum Gehen. „Wir bleiben über Nacht in Kitzbühel. Ich will die Infos bis neunzehn Uhr."

Mit diesen Worten stürmte sie aus dem Büro.

Kitzbühel, Altstadt

Samstag, 6. Januar, 16:30 Uhr

„Also, Sie haben gesehen, wer aus dem Wagen gestiegen ist?", vergewisserte sich Bernhard und zog seinen Notizblock hervor.

„Ja, ja", bestätigte die ältere Dame, hob ihren Gehstock und deutete damit auf eine Sitzbank am Rand einer schneebedeckten Grünfläche, die von den glimmenden Straßenlaternen nur unzureichend erhellt wurde. „Nach dem Mittagessen sitze ich immer dort. Habe gesehen, wie der Wagen gehalten hat und ein Mann ausgestiegen ist."

„Können Sie sagen, wann das ungefähr war?"

„Ich glaube, es war der Donnerstag. Muss gegen eins am Nachmittag gewesen sein."

„Wie sah der Mann aus?"

„War ziemlich groß, fast ein Riese." Bernhard warf der Dame einen zweifelnden Blick zu. Die Rentnerin war klein gewesen, höchstens ein Meter fünfzig groß. Für sie musste wohl jeder Mann wie ein Riese wirken.

„Können Sie sich an irgendwelche auffälligen Merkmale des Mannes erinnern?", erkundigte sich Bernhard.

Die alte Dame überlegte einen Moment. „Nein. Aber er war sehr in Eile, hatte eine Tragetasche über der Schulter und ist in diese Richtung davongegangen." Sie deutete die Straße hinab.

Bernhard nickte und machte sich eine Notiz. „Falls Ihnen noch etwas einfällt", sagte er und reichte der Frau seine Karte, „rufen Sie mich bitte an."

Die alte Dame nickte, die Stirn in solch tiefe Falten gelegt, dass es aussah wie Wellpappe. Bernhard wandte sich um und wollte aus der Hauseinfahrt in den Schneesturm treten, als ihn die Frau zurückrief. „Einen Moment", sagte sie. „Ich erinnere mich wieder."

„Ja?"

„Seine Augen. Sie waren unnatürlich blau, richtig strahlend. Haben ausgesehen wie blitzende Sterne."

Schiregion Kitzbühel, 3S-Bahn, Kabine 14
Samstag, 6. Januar, 16:30 Uhr

Alle bemühten sich, Henrik noch mehr zu ignorieren als zuvor. Das war grundsätzlich nicht schwer. Nach seiner unerwarteten Frage und der Feststellung, dass keiner der Anwesenden Alkohol bei sich trug, war Henrik erneut in sein Wachkoma zurückgefallen. Emma vermutete, dass der Rothaarige bereits erhebliche Entzugssymptome verspürte. Äußerlich ließen das vermehrte Zittern seiner Hände und gelegentliche Zuckungen seiner Gesichtsmuskeln darauf schließen.

Emmas Mitleid hielt sich in Grenzen. Eine ihrer Freundinnen hatte einen Alkoholiker als Freund gehabt, der sie regelmäßig verprügelte. Auch ihre eigenen Erfahrungen – privat wie dienstlich – waren fast durchwegs negativer Natur. Säufer waren in gleichem Maße unberechenbar und gefährlich wie Drogensüchtige. Für ihre tägliche Dosis taten sie alles, schreckten nicht vor Lüge, Diebstahl und Gewalt zurück.

Freilich gab es Ausnahmen. Vor Jahren hatte sie auf der Onkologie von einem krebskranken Alkoholiker ein Diamantenkollier geschenkt bekommen, weil sie ihn, laut seiner Aussage, so liebevoll gepflegt hatte. Eine Woche später war der Mann gestorben, die Kette besaß sie immer noch.

Emma warf einen Blick aus dem Fenster. Ohne die Displaybeleuchtungen der Mobiltelefone, die links und rechts von ihr aufleuchteten, wäre es in der Kabine mittlerweile stockdunkel gewesen. Laut Matteo ging der abnehmende Halbmond erst kurz vor Mitternacht auf, was allerdings durch die Wolkendecke und den starken Schneefall zu kaum mehr Helligkeit führen würde.

Emma forschte in ihrem Inneren, aber im Moment empfand sie weder Furcht noch Verunsicherung hinsichtlich der kommenden Stunden. Wenn sie bis jetzt mit der Situation klargekommen war, würde sie das auch noch in zwölf Stunden. Gut, sie saßen hier in der schwankenden Gondel fest, aber immerhin waren sie vor dem Wind geschützt, hatten durch den Schnee Zugang zu Wasser und einen, wenn auch behelfsmäßigen, Abort für ihre Notdurft. Auch die Kälte war bislang erträglich. Also, was konnte schon groß passieren, außer einer schlaflosen Nacht in luftiger Höhe?

Seilbahn GmbH Kitzbühel, Eingangsbereich
Samstag, 6. Januar, 16:35 Uhr

Stefanie war den Tränen nahe. Ihr kam vor, als hätte sie bei ihrem Gespräch mit Franz alles falsch gemacht. Für einen Augenblick war sie davon überzeugt gewesen, sie könne ihn täuschen, ihm etwas vorspielen. Aber hierfür war er zu gerissen. Er verstand sich besser auf das Entlarven von Falschheit und Betrug als kaum jemand anderer. Vermutlich hatte er sie sogleich durchschaut, auf Anhieb erkannt, dass ihre Selbstsicherheit nur eine Maske war.

Stefanie knirschte mit den Zähnen. Franz' männliche Dominanz hatte sie mit dem ersten Treffen angezogen wie eine Motte das Licht. Er war so ganz anders als sie selbst, charismatisch, unnachgiebig und ohne jeden Mangel an Selbstbewusstsein. Zu spät hatte sie erkannt, dass sich sein überhöhtes Selbstvertrauen in einer gewinnorientierten Egozentrik offenbarte, die keinen gleichberechtigten Partner duldete.

Ernst Holger, der Kameramann, trat ihr entgegen.

„Wir bleiben über Nacht in Kitzbühel", sagte Stefanie. „Ich bekomme heute noch die Daten für die Story. Das heißt, wir suchen uns erst mal eine Unterkunft – mit getrennten Zimmern natürlich."

Ernst zog eine Schnute, verzichtete aber auf einen schlüpfrigen Kommentar. Gemeinsam traten sie aus der Schiebetür des Bürogebäudes in den Ozean wirbelnder Schneeflocken hinaus. Stefanie warf sich die Kapuze ihrer Jacke über und steuerte den Sendewagen an.

Es war definitiv ein Fehler gewesen hierherzukommen; und ein noch größerer, mit Franz zu sprechen. Die Erinnerungen stiegen in ihr auf wie giftige Nesselquallen in einem Badeparadies. An jenem Abend vor drei Jahren war etwas geschehen, wovon nicht einmal Franz eine Ahnung besaß. Etwas, das ihr Leben noch grundlegender verändert hatte als die Auseinandersetzung und ihre anschließende Trennung.

Sie drehte ihr Gesicht zur Seite, damit Ernst den feuchten Schimmer in ihren Augen nicht sehen konnte. Stefanie wusste, dass sie es nicht übertreiben durfte. Der Rückfall in eine Depression kam schneller, als jedes Antidepressivum Wirkung zeigte.

Sie sollte wirklich mit ihrem Bruder sprechen.

Schiregion Kitzbühel, 3S-Bahn, Kabine 14

Samstag, 6. Januar, 16:50 Uhr

„Vorsichtig, sonst fällt er runter!"

Martin schob seinen Arm ein paar Zentimeter weiter aus der Bodenluke. In der Hand hielt er einen Schistecken und daran befestigt, durch den Sturm heftig hin und her schlenkernd, einen Schihelm; genauer gesagt: Doris' Schihelm. Durch seine schlichte, kantenlose Form und die vier Haltebänder war er für die Aktion am tauglichsten gewesen. Doris hatte es wenig Überwindung gekostet, ihren Helm zu opfern. Sie hatte das sperrige, unbequeme Ding noch nie leiden können.

„Ich bin so weit", sagte Martin gepresst.

Sebastian schlug mit der flachen Hand gegen die geschlossene Kabinentür. Der Schnee, der durch den heftigen Wind an der Außenseite der Gondel kleben geblieben war, bröckelte ab und fiel, wenigstens zum Teil, in den darunter befindlichen Schihelm. Ächzend zog Martin seine Hand in die Kabine zurück, gefolgt von dem Schistecken und ihrem improvisierten Auffangbehälter.

„Viel ist es nicht", konstatierte Matteo.

„Immerhin", meinte Rüdiger. „Wenn das geschmolzen ist, können wir sicher einen Floh darin ertränken."

Michelle lachte leise, während Martin einen mürrischen Gesichtsausdruck aufsetzte. „Ist ganz schön anstrengend, den Stecken waagrecht zu halten", sagte er. „Du kannst es gern selbst versuchen."

„Okay", erwiderte Rüdiger und krempelte sich in einer theatralischen Geste die Ärmel hoch. „Mister Universe zeigt euch jetzt, wie das geht."

„Vorher füllen wir aber noch den Schnee um", sagte Sebastian. „Nicht, dass deine geballte Manneskraft im entscheidenden Moment zur Neige geht."

Rüdiger knurrte wie ein angriffslustiger Wolf und zeigte seinen mittelmäßig ausgeprägten Bizeps. „Nach mir bist du dran. Wir stoppen die Zeit. Mal sehen, wer länger durchhält."

Doris schmunzelte, als sie die Männer in ihrem Treiben beobachtete. Sie verhielten sich wie Pubertierende.

Womöglich war dies aber nur ihr Weg, mit Furcht und Unsicherheit umzugehen.

Doris warf ihrer Tochter einen Blick zu. Samantha verfolgte das Geschehen mit lebhaften Augen. Zwar presste sie weiterhin ihre Hände gegen den Bauch, es schien ihr aber schon besser zu gehen. Vorhin war sie aufgestanden und, was sehr viel verwunderlicher war, hatte angeboten, ihrer Mutter beim Reinigen der Bodenluke zu helfen. Schlussendlich hatte das Doris aber allein erledigt; einerseits, weil ihr Taschentuchvorrat zur Neige ging und sie ihrer Tochter eine schlechtere Putz-Effizienz unterstellte, und andererseits, weil Samantha schlagartig das Interesse verlor, als etwas anderes ihre Aufmerksamkeit in Anspruch nahm: ein weiterer Kartenzaubertrick von Sebas-tian. *Ich wünschte, ich könnte ihn näher kennenlernen,* sinnierte Doris und schielte zu Sebastian hinüber, der gemeinsam mit Martin einen hochroten Rüdiger anfeuerte. *Wäre interessant zu wissen, was er sonst noch für Tricks auf Lager hat.*

Schiregion Kitzbühel, Piste 34, nahe Kabine vierzehn
Samstag, 6. Januar, 16:55 Uhr

„Mich würde ja brennend interessieren, was die dort oben treiben“, murmelte Maximilian und nahm den Feldstecher von den Augen. „Zu erkennen ist überhaupt nichts.“

„Ja“, pflichtete Thomas seinem Kollegen bei. „Vorhin habe ich geglaubt, einen Lichtschein wahrzunehmen, aber das könnte auch eine Täuschung gewesen sein.“

„Ob sie schon an den Sitzbänken festgefroren sind? Kalt genug wär's ja.“

„Ach komm. Bevor wir von der Pause zurückgekommen sind, habe ich aufs Thermometer gesehen: gerade mal minus zwei Grad.“

„Ist doch frostig genug, oder? Kann mich erinnern, dass mir beim Fischen im Spätherbst selbst in dicker Baumwollunterwäsche kalt war.“

„Na ja. Es könnte noch viel zapfiger sein.“

Sie schwiegen eine Weile.

„Weißt du, was ich mir gedacht habe?“, hob Maximilian an. „Bei dem Namen ‚Henrik‘, der auf dem Zettel gestanden ist?“

„Nein, was denn?“

„Ich habe mir überlegt, ob es vielleicht *der* Henrik sein könnte.“

„Was? Wen meinst … Ach so. Nein. Das wäre ein saudummer Zufall.“

„Stimmt. Trotzdem. Schon verdächtig, dass es der einzige Name auf der Liste war, zu dem es keine Einzelheiten gegeben hat. Nicht einmal einen Nachnamen.“

„Ja, nur … ach, ist doch egal. Wir können es sowieso nicht herausfinden.“

„Mag sein. Aber *falls* er es ist, dann hätten die dort oben ein Problem.“

„Ja“, entgegnete Thomas. „Aber nicht nur ein Problem. Dann wären sie in Lebensgefahr.“

Seilbahn GmbH Kitzbühel, Büro des Sicherheitschefs
Freitag, 5. Januar, 17:10 Uhr

Benjamin hielt es nicht mehr aus. Seit zehn geschlagenen Minuten saß er vor dem Festnetzapparat in seinem Zimmer und hypnotisierte den Telefonhörer. Was hatte der Arzt gesagt? Er solle in ein paar Stunden wieder anrufen. Gingen drei Stunden als *ein paar* durch? Egal. Er musste wissen, ob es Natascha gut ging. Benjamin wählte die Nummer der Unfallchirurgie. Eine Frauenstimme meldete sich. „Ich möchte den diensthabenden Arzt sprechen", sagte Benjamin. „Es geht um Natascha Järvinen."

Ein kurzes Rauschen in der Leitung, dann erklang eine tiefe Männerstimme. Benjamin argwöhnte, dass es derselbe Arzt war wie bei seinem letzten Anruf.

„Benjamin Lehnwieser von der Seilbahn GmbH Kitzbühel. Ich würde gern wissen, wie es Natascha geht."

„Sie meinen Frau Järvinen?"

„Ja."

„Wir mussten ... eine unerwartete Operation durchführen."

„Was heißt das? Wie geht es ihr?"

„Den Umständen entsprechend."

„Den Umständen entsprechend?!", brauste Benjamin auf. „Als Verlobter werde ich doch wohl erfahren dürfen, wie es um sie steht!" Die *Verlobung* war eine spontane Eingebung. Insgeheim hatte er geahnt, dass er als schlichter Arbeitskollege keine Chance hatte, nähere Details über Nataschas Zustand zu erfahren. Er konnte zwar nicht sagen, ob ihm der Arzt seine Behauptung abnehmen würde, aber einen Versuch war es allemal wert.

„Nun, also ..." Der Mann zögerte. „Ich würde vorschlagen, Sie kommen selbst vorbei. Frau Järvinen ist schon länger aus der Narkose erwacht. Die Besuchszeit endet um sechs, aber in Ihrem Fall will ich eine Ausnahme machen."

Benjamin erhob sich von seinem Stuhl, noch ehe er den Hörer auf die Gabel zurücklegte. „Eine Stunde", sagte er. „Ich breche sofort auf."

Seilbahn GmbH Kitzbühel, Büro des Betriebsleiters
Samstag, 6. Januar, 17:15 Uhr

Franz besann sich eine Sekunde, dann setzte er ein groß und fett geschriebenes *ENDE* an den Schluss des Textdokuments. Klar, es war eine Provokation. Ein dezenter Hinweis, dass Stefanie nicht erwarten konnte, mehr Informationen von ihm zu erhalten. Allerdings würde sie das schwerlich davon abhalten nachzuhaken, falls es ihr notwendig erschien. Zum Beispiel, wenn ihr auffiel, dass Franz nur elf statt zwölf Namen genannt hatte.

Franz öffnete sein Mailprogramm und sandte Stefanie das Dokument an die auf der Visitenkarte angegebene E-Mail-Adresse. Insgeheim fragte er sich, wie sie wohl reagieren würde, wenn er persönlich in ihrem Hotel vorbeikam und sie sprechen wollte. Vermutlich wäre sie nicht besonders angetan.

Das Telefon läutete. Irritiert starrte Franz auf den weißen Apparat am Ende des Tisches. Er hatte die Sekretärin angewiesen, nur absolut dringende Gespräche zu ihm durchzustellen. Das konnte nichts Gutes bedeuten.

„Franz Reiter."

„Volker hier", erklang eine Stimme. Sogleich wusste Franz, dass die Angelegenheit ernst war. Todernst. Volker war Leiter des Aufsichtsrats und in gewissem Sinne sein Vorgesetzter. „Ich werde mich kurz fassen, Franz, weil ich weiß, dass du keine langen Vorreden magst."

Franz blieb stumm.

„Die Angelegenheit mit den eingeschlossenen Passagieren ist heikel. Es hätte nie zu einer Situation kommen dürfen, bei der Fahrgäste eine ganze Nacht in einer Seilbahngondel eingesperrt sind. Ich brauche wohl nicht zu erwähnen, dass auch wir immensem Druck ausgesetzt sind. Wir haben beschlossen, den Ausgang dieses Zwischenfalls an deine Position zu knüpfen. Das heißt, wenn alles gutgeht und die Passagiere morgen Vormittag wohlbehalten aus ihrem Gefängnis befreit werden können, bleibt alles wie gehabt. Falls aber nur eine Winzigkeit schiefgeht, sich die Bergung verzögert oder weitere Personen zu Schaden kommen, dann ist es aus. Dann musst du gehen. Auf der Stelle."

Schiregion Kitzbühel, 3S-Bahn, Kabine 14
Samstag, 6. Januar, 17:15 Uhr

Ihre Ausbeute an Schnee war unter den Erwartungen geblieben. Bis auf Henrik hatten alle Männer ihr Glück versucht, auch Raphael; aber nachdem Doris' Schihelm durch eine heftige Böe vom Stecken gerissen worden war, hatte man entschieden, dass es zwecklos war weiterzumachen. Stirnrunzelnd blickten sie auf die etwa kopfgroße Menge Schnee, die sie in Sebastians Helm gesammelt hatten.

„Wenn das geschmolzen ist", meinte Sebastian, „ergibt es maximal einen Liter."

„Bleibt die Frage, *wie* wir es schmelzen", sagte Matteo.

„Stimmt." Raphael nickte. „Das wird nicht klappen."

„Macht doch nichts", kam es von Rüdiger. „Wir stellen uns beim Lutschen einfach vor, es ist feinste Eiscreme."

„Da fehlt bloß der Geschmack", knurrte Matteo.

Raphael war durstig. Zweifelsohne war er damit nicht allein. Seine Halbliterflasche war noch zur Hälfte gefüllt. Aber diesen Vorrat wollte er erst anrühren, wenn das Verlangen nach Wasser unerträglich wurde. Auch hatte er vor, den Großteil des Inhalts Sonja zu überlassen

– selbst wenn sie, wie zu erwarten, heftig protestieren sollte.

„Wie teilen wir?“, fragte Sebastian.

„Gar nicht“, meinte Rüdiger. „Zumindest nicht unter uns. Mein Vorschlag: Wir gehen wie bei der Havarie eines Schiffes vor – Frauen und Kinder zuerst.“

„Einverstanden.“ Die anderen vier nickten.

„Also dann.“ Rüdiger wandte sich an die Damen in der Kabine. Raphael war sich nicht sicher, ob in seinem breiten Grinsen nicht eine winzige Spur von Schadenfreude lag. „Wer von euch möchte den ersten Happen?“

Kitzbühel, Altstadt
Samstag, 6. Januar, 17:20 Uhr

„Wia is g'laffn? Hobt's eppas dagnaist?“

Bernhards verständnisloser Blick ließ Arthur rasch hinzufügen: „Wie ist die Befragung verlaufen?“

„Mittelmäßig“, entgegnete Bernhard und kletterte mit Anna auf die Rückbank des Wagens. „Wir haben nur eine Person angetroffen, die etwas gesehen haben will.“

„Also keine hilfreichen Informationen?“

„Nicht wirklich. Aber über Details dürfen wir nicht …“

„Schon gut, schon gut.“ Arthur winkte ab. „Ich wollte nicht aufdringlich wirken. Der Bezirksinspektor hat uns angewiesen, euch vorbehaltlos Unterstützung zukommen zu lassen. Gewissermaßen sind wir jetzt euch unterstellt.“ Er grinste humorlos. „Also können wir irgendwie helfen?“

Bernhard warf Anna einen schiefen Blick zu, den diese mit einem Verdrehen der Augen kommentierte. Vermutlich hatte Mathias bei den österreichischen Behörden interveniert, um ihnen größtmögliche Unterstützung sicherzustellen. Bernhard war Gegner einer solchen Maßnahme. Dadurch bekamen mehr Personen Wind von der Sache als für verdeckte Ermittlungen zielführend war. Nichtsdestotrotz konnte der personelle Beistand eine Arbeitserleichterung bedeuten.

„Ja, ich glaube schon", erwiderte Bernhard. „Wäre es zum Beispiel möglich, eine Liste mit Unterkünften hier in der Umgebung zu erhalten?"

„Natürlich. Das ist kein Problem."

„Wir werden in den Herbergen Erkundigungen einziehen. Könntet ihr inzwischen die Überwachung des Fahrzeugs weiterführen?

„Natürlich. Nur eine kurze Verständnisfrage: Das Innere des Fahrzeugs ist für die Ermittlungen nicht relevant?"

„Nein." Bernhard schüttelte den Kopf. Freilich entsprach das nicht den Tatsachen, aber die lokalen Behörden mussten nicht erfahren, dass sie es mit einem raffinierten Serientäter zu tun hatten. Falls dieser vorbeikam, während sie den Wagen inspizierten, gab er sich garantiert nicht als Besitzer zu erkennen. Das Gleiche konnte geschehen, wenn der Mörder registrierte, dass die Autotüren geöffnet worden waren; unwahrscheinlich, aber nicht unmöglich, insbesondere wenn man seine bislang sehr umsichtige Vorgehensweise bedachte.

„Ich denke, dass wir drei, vier Stunden benötigen werden", fuhr Bernhard fort. „Danach lösen wir euch ab. Wäre das in Ordnung?"

„Freili'", sagte Eduard. „Na kann mi mei Gsellin amol nit in die Kirchn schleppn."

Man muss nicht alles verstehen, dachte Bernhard.

Seilbahn GmbH Kitzbühel, Besprechungsraum
Samstag, 6. Januar, 17:30 Uhr

„Hat jemand Benjamin gesehen?", erkundigte sich Franz.

Ein paar der Anwesenden schüttelten den Kopf. Andreas Stamberger, der Meteorologe mit dem gepflegten Vollbart und der markanten Hakennase, meldete sich zu Wort. „Ich glaube, er hat gemeint, er will irgendwo hinfahren."

„Ja", stimmte Georg zu, und auf seinem Gesicht zeigte sich der Anflug eines schlechten Gewissens. „Ins Krankenhaus nach Kufstein. Zu Natascha."

Franz erwartete, wie ein brodelnder Vulkan zu explodieren, doch das Gegenteil war der Fall. Die Nachricht ließ ihn völlig kalt. Möglicherweise war sein Unterbewusstsein längst von dieser Alternative ausgegangen. Jedenfalls bedeutete Benjamins Abwesenheit, dass er den Sicherheitschef nicht in die Pflicht nehmen und ihn um Unterstützung bitten konnte.

Dann musst du gehen. Auf der Stelle. Volkers Worte klangen noch allzu deutlich in Franz' Ohren. Aber auch diese unverhohlene Drohung bekümmerte ihn nicht. Es schien, als wäre er an einem Punkt angelangt, an dem ihn nichts mehr erschüttern konnte. Vielleicht bedeutete es aber auch, dass er sich kurz vor einem Zusammenbruch befand. Er brauchte dringend Ruhe, Erholung von den Strapazen der vergangenen Stunden. Franz entschied, dass es Zeit war, nach Hause zu gehen und sich ins Bett zu legen. Ein paar Stunden Schlaf konnten Wunder wirken.

„Wir machen Schluss für heute", sagte er. „Unsere Möglichkeiten haben wir ausgeschöpft. Die Überwachung der Kabine wird im Schichtdienst fortgeführt. Auch das Kriseninterventionsteam bleibt weiter im Einsatz. Sollte es wichtige Neuigkeiten geben, bin ich über Funk erreichbar. Ich würde alle Anwesenden ersuchen, sich morgen spätestens um sieben Uhr wieder hier einzufinden. Haben Sie einen angenehmen Abend."

Schiregion Kitzbühel, 3S-Bahn, Kabine 14
Samstag, 6. Januar, 17:30 Uhr

Nach anfänglichem Zögern war der Schnee rasch in den durstigen Rachen der Frauen verschwunden. Selbst Doris hatte sich eine Handvoll genommen, obgleich in ihrer Flasche noch einige Schluck Wasser verblieben waren. Sie wollte den Schnee kosten. Seit Jahren hatte sie keinen mehr probiert. Er war gar nicht so schlecht, schmeckte nur etwas metallen, wie sie fand.

Samantha hatte ordentlich zugelangt, obgleich ihr Doris davon abgeraten hatte. Es wäre auch verwunderlich gewesen, wenn ihre Tochter – trotz ihrer Magenschmerzen – auf sie gehört hätte.

Etwa ein Drittel des Schnees beließen sie in Sebastians Schihelm. Ein wenig Reserve war nicht schlecht, so die einhellige Meinung. Doris überlegte, ob sie ihren Apfel essen sollte, entschied sich aber dagegen. Besser sie tat dies später, wenn nicht mehr so viele Lichter brannten. Musste ja nicht jeder wissen, dass sich in ihrem Rucksack eine solche Köstlichkeit verbarg. Unwillkürlich lief ihr das Wasser im Mund zusammen.

„Was ist los?", fragte Martin und kniff die Augenbrauen zusammen. Sebastian hatte einen Punkt an dem Kragen von Martins grünem Schioverall fixiert.

„Du hast da so ein komisches Fussel“, meinte Sebastian. „Könnte eine Schneeflocke sein.“

Irritiert blickte Martin an sich herab und langte nach dem Fleck auf seiner Jacke. Ein helles Pünktchen blitzte zwischen seinen Fingern auf. „Keine Ahnung, was das ist.“

„Lass sehen“, sagte Matteo und beugte sich zu Martin hinüber. „Sieht nach einem Stückchen Styropor aus.“

Kitzbühel, Hotel Resch
Samstag, 6. Januar, 17:35 Uhr

Es war gar nicht so einfach gewesen, eine Unterkunft zu finden. Da das Mobilfunknetz ausgefallen war, mussten sie die Herbergen einzeln abklappern. Durch die Urlaubszeit waren die meisten Hotels ausgebucht, erst bei ihrer vierten Anfrage hatten sie Glück.

Stefanie nahm zwei Einzelzimmer, woraufhin ihr ein typischer Ernst-Holger-Kommentar nicht erspart blieb. „Hätt' nix dagegen, wennst mich in der Nacht besuchen kommst“, feixte er. „Hab auch immer 'nen Gummi dabei.“

Stefanie ignorierte ihn, verzog sich in ihr Zimmer und drehte sicherheitshalber zweimal den Schlüssel im Schloss. Bei Ernst konnte man nie wissen. Ihm würde sie zutrauen, dass er sich gewaltsam Zutritt verschaffte und über sie herfiel.

Stefanie richtete sich einen improvisierten Arbeitsplatz ein, bestehend aus Notebook, Multifunktionsdrucker und Tonaufnahmegerät. Glücklicherweise besaß das Hotel eine Internet-Standleitung. Die Telefonverbindungen waren nicht beeinträchtigt, was bei den verbreiteten

Sturmschäden befremdlich anmutete. Aber vermutlich waren die Leitungen in der Gegend unterirdisch verlegt.

Bereits auf der Fahrt zum Hotel hatte sie ihren Bruder angerufen. Zu spät war ihr eingefallen, dass sie sich per Mobiltelefon lange bemühen konnte. Über den Fernsprechapparat im Zimmer versuchte sie es in seiner Wohnung in St. Johann. Der Anruf wurde nicht entgegengenommen. Auch eine Verbindung auf sein Handy war nicht möglich. Stefanie prüfte die verschiedenen Optionen, aber erfolgversprechend war nur eine: So wenig es sie freute, doch sie musste ein weiteres Mal mit Franz reden. Er würde wissen, wo sie ihren Bruder finden konnte. Aber nicht nur deshalb sollte sie mit ihm sprechen; auch wegen der Sache vor drei Jahren. Seit ihrem Zusammentreffen mit Franz legten sich die Erinnerungen fortwährend über ihre Gedanken, blockierten sie wie ein dichtmaschiges Netz einen Schwarm Fische. Sie musste ihm ihr Geheimnis anvertrauen. Persönlich, unter vier Augen. Dummerweise kannte sie die Anschrift seiner Wohnung in Kitzbühel nicht. Entschlossen griff sie nach dem Hörer des Zimmertelefons und wählte eine Nummer, die sie inzwischen auswendig kannte. Eine verschlafen klingende Männerstimme meldete sich.

„Hallo, Marcel, Stefanie hier. Ich bräuchte ganz dringend eine kitzekleine Auskunft von dir."

Ein mitleiderregendes Stöhnen war die Antwort. „Weißt du, ich habe eigentlich verdammt viel zu tun. Könntest du nicht …"

„Bitte."

„Na gut." Marcel seufzte ergeben. „Was brauchst du?"

„Die Adresse einer Wohnung in Kitzbühel, Tirol."

„Name des Mieters?"

„Franz Reiter."

Seilbahn GmbH Kitzbühel, Besprechungsraum
Samstag, 6. Januar, 17:45 Uhr

Andreas war angenehm überrascht: Die neuen Läufe der Wettermodelle zeigten ein einheitliches Bild. Besonders im Bereich der Kurzfristprognose, also im Zeitraum der kommenden achtundvierzig Stunden, waren die Korrelationen zwischen den Modellen außergewöhnlich gut. Das heutige Orkantief und dessen Ausläufer waren nicht einheitlich erfasst worden, was sich in der gestrigen Fehlprognose offenbart hatte. Doch jetzt schien alles anders, eindeutiger. Die Modelle waren einer Meinung, dass es morgen Vormittag zu einer vorübergehenden Abschwächung des Sturms kommen würde. Selbst im Gipfelniveau sollten die Spitzenböen unter einhundert Stundenkilometer liegen und der Schneefall nachlassen. Gegen Mittag würden Niederschlag und Wind an Intensität zulegen. Spätestens in den Abendstunden könnte es erneut Orkanböen geben. Daneben gab es einen Unterschied zu den vorherigen Modellrechnungen: Der Niederschlag war, ebenfalls in sämtlichen Wettermodellen, hinaufgeschraubt worden, vor allem in der kommenden Nacht. In Lagen über eintausend Meter konnten die Neuschneemengen um ein Drittel höher ausfallen, als Andreas vor einigen Stunden prognostiziert hatte.

Er überlegte, ob er den Betriebsleiter über die Veränderungen informieren sollte, entschied sich aber dagegen. Seine Vorhersage der windschwächeren Phase morgen Vormittag dürfte eintreffen, damit gab es keine Änderungen in der Rettungsplanung. Ob zwanzig Zentimeter mehr oder weniger Schnee lagen, war nicht relevant. Höchstens für die Lawinengefahr. Aber die würde er sich morgen ansehen.

Kitzbühel, Wohnung Gerbergasse
Samstag, 6. Januar, 18:15 Uhr

Es klopfte an der Eingangstür. Ächzend erhob sich Franz vom Sofa und schlurfte in den Vorraum. Es konnte sich nur um Martina von nebenan handeln, eine geschwätzige ältere Dame, die schon gestern angedroht hatte, ihn am Wochenende heimsuchen zu wollen. Franz würde ihr mitteilen, dass es ihm nicht gutging. Krank genug sah er ja aus. Er bereitete sich nicht die Mühe, durch den Türspion zu blicken, verinnerlichte seinen missmutigen Gesichtsausdruck und riss die Tür auf.

Davor stand Stefanie.

Franz war viel zu perplex, um eine Begrüßung zu murmeln; oder, noch besser, ein: *verschwinde!* Er stand bloß da und starrte Stefanie an. Sogar seine Hände vergaßen zu beben.

„Darf ich hereinkommen?“, fragte sie. Ihr Gesichtsausdruck war nichtssagend, aber in ihren dunklen Rehaugen funkelte es verdächtig. Womöglich amüsierte sie sich köstlich über seine unverhüllte Fassungslosigkeit.

Nein!, dachte Franz. „Ja“, sagte er und zog die Tür auf.

Stefanie trat ein und entledigte sich ihrer Jacke und der schneeverkrusteten Stiefel. Franz marschierte ins Wohnzimmer zurück. Dabei bemühte er sich, feste und selbstsichere Schritte zu setzen. Ganz gelang es ihm nicht. Er ließ sich auf dem Sofa nieder und wartete, bis Stefanie vor ihm auf einem Stuhl Platz genommen hatte.

„Also?“, sagte er, als seine ehemalige Freundin nicht von sich aus das Wort ergriff. „War meine Zusammenstellung nicht ausreichend?“

„Doch, doch“, versicherte Stefanie. „Deshalb bin ich nicht gekommen. Ich wollte von dir wissen, wo ich meinen Bruder finden kann. Telefonisch habe ich ihn nicht erreicht, obwohl er schon daheim sein müsste."

Ojemine, dachte Franz. *Jetzt heißt es Augen zu und durch!* „Ich weiß zwar, wo sich dein Bruder befindet", gab Franz zu. „Aber die Antwort wird dir nicht gefallen."

Stefanie kniff die Augen zusammen. „Franz, wenn du irgendetwas ..."

„Nein, nein", wandte er rasch ein. „Das ist es nicht. Aber ... Nun, er sitzt in der Gondel fest."

Stefanie blinzelte. Für einen Augenblick hielt sie Franz' Aussage wohl für einen Scherz. Als sie erkannte, dass dem nicht so war, wich das Blut aus ihren Wangen. „Du meinst", flüsterte sie, „Sebastian ist einer von den Passagieren?"

„Ja."

„Warum hast du mir das nicht gleich gesagt? Sein Name stand nicht auf der Liste, die du mir geschickt hast."

„Ich wollte nicht, dass du dir unnötig Sorgen machst."

„Unnötig?" Stefanie stieß ein kehliges Lachen aus. „Das soll wohl ein Witz sein!"

Franz schwieg.

„Weißt du was?" Ihre Augen schimmerten hell. Eine glitzernde Träne rollte ihre rechte Wange hinab. „Ich habe gedacht, wir könnten uns aussprechen, ehrlich miteinander sein. Aber irgendwie funktioniert das nicht. Hat noch nie funktioniert. Ich wollte unsere gemeinsamen Erlebnisse und Empfindungen aufarbeiten. Aber jetzt habe ich keine Lust mehr dazu. Ich sage dir einfach, was passiert ist. Als du mich vor drei Jahren halbtot geschlagen hast", Franz lief ein eisiger Schauer den Rücken hinab, „hast du nicht nur mich verletzt."

„Wie meinst du das?"

„Ich war schwanger, Franz. Durch dich habe ich unser Kind verloren."

Schiregion Kitzbühel, 3S-Bahn, Kabine 14
Samstag, 6. Januar, 18:20 Uhr

Emma fand, dass die Kälte durchaus erträglich war. Klar, mit einer Wohlfühlsauna konnte man das Innere der Kabine nicht vergleichen, aber die aktuelle Temperatur musste doch über der Null-Grad-Marke liegen. Ein deutliches Indiz hierfür war der verbliebene Schnee in Sebastians Schihelm. Er war zum Teil geschmolzen. Durch die Luftlöcher an der Außenseite des Helms fielen immer wieder dicke Tropfen auf den Wellblechboden. Dazu kam, dass die Fenster der Gondel an einigen Stellen feucht, und nicht eisig beschlagen waren.

Matteo hatte vermutet, dass die Körperwärme der zwölf Insassen ausreichte, um die Temperatur in der Gondel auf einige Plusgrade zu heben. Emma war zuerst skeptisch gewesen, aber jetzt musste sie zugeben, dass die Erklärung plausibel klang.

„Wir sollten den Schnee umfüllen, bevor er zergangen ist", sagte Sebastian. „Mein Helm ist nicht ganz dicht."

„Hier ist einiges nicht dicht", murmelte Matteo; allerdings so leise, dass ihn nur Emma verstand.

„Ich habe eine Plastiktüte im Rucksack", sagte Raphael. „Die können wir verwenden."

Gesagt, getan. Als die Aufgabe erledigt war, breitete sich erschöpfte Ratlosigkeit aus. Für einige Minuten sprach niemand ein Wort. Die Blicke ruhten am Boden, glitten in Richtung Fenster oder verblichen im Nirgendwo. *Melancholie,* dachte Emma. Wie ein Waldbrand im trockenen Kiefernforst hatte Schwermütigkeit um sich gegriffen. Emma blieb nur davor bewahrt, weil sie sich ihres Schutzengels und der blühenden Sommerwiese besann. Der unablässig heulende Sturm, das Knistern der umherwirbelnden Schneeflocken und das beständige Schwanken der Kabine zerrten aber auch an ihrer Gelassenheit.

„Wie wäre es", hob Emma an, „wenn wir uns Geschichten und Anekdoten erzählten? So geht die Zeit schneller vorbei."

„Wie wäre es", brummte Matteo, „wenn du anfängst."

Kitzbühel, Wohnung Gerbergasse

Samstag, 6. Januar, 18:20 Uhr

„Nein", hauchte Franz. „Du lügst!"

„Ich habe eine Woche vor deinem Tobsuchtsanfall den Schwangerschaftstest gemacht, weil meine Regel zwei Monate ausgeblieben ist. Am Tag davor war ich bei der Frauenärztin. Sie hat die Schwangerschaft bestätigt."

Franz drehte sich der Kopf. Er spürte, wie eine neue Welle aus unkontrollierten Zuckungen in Richtung seiner Hände wanderte. Ein klebriger Schmerz pulsierte in seinem Nacken, schickte Fangarme aus Pein über seine Wirbelsäule bis zu den Lenden. „Ich hab' dich nich' in Bauch g'schlag'n", nuschelte er.

„Nein", entgegnete Stefanie. „Aber ich hatte unmittelbar danach eine schmerzvolle Blutung. Für mich steht außer Zweifel, dass deine Schläge schuld waren."

Jetzt war es so weit. Sein Körper geriet aus den Fugen, versagte ihm den Dienst. Der Anfang vom Ende.

*

Etwas stimmte nicht mit ihm. Franz' Hände zitterten, als wäre er in einem Stromkreis gefangen. War er krank? Furchtsam trat sie einen Schritt zurück. Ihr fiel auf, dass seine Gesichtsmimik ungewöhnlich war. Sie wirkte … unfertig. Nein, Franz war definitiv nicht gesund!

„Verschwinde", flüsterte Franz und schwankte auf Stefanie zu. „Geh, bevor ich …"

„Was? Mich wieder schlägst?"

„Raus!", brüllte Franz mit seiner Löwenstimme. Aber diese Stimme klang wie die eines müden Löwen, eines sehr müden, eines kranken Löwen. Sie war nicht länger beeindruckend. Vielleicht sollte sie tatsächlich gehen.

Unschlüssig wich Stefanie zur Eingangstür zurück, streifte sich Schuhe und Jacke über. Franz folgte ihr; langsam, schleppend. Seine Mundwinkel bebten.

Stefanie trat aus der Tür. Was immer mit ihm geschah, er würde es ihr nicht verraten, das erkannte sie in seinen Augen. Genauso gut hätte sie mit einem steinernen Löwen sprechen können. Sie warf Franz einen letzten Blick zu, wandte sich grußlos um und marschierte auf den Ausgang zu.

Es wurde Zeit, dass sie ihre Vergangenheit hinter sich ließ, die unveränderlichen Geschehnisse akzeptierte. Wenn Franz nicht mit ihr reden wollte und Geheimnisse vor ihr hatte, war es ihr egal. Im Grunde war Franz ihr egal. Jahre ihres Lebens hatte sie für ihn geopfert.

Morgen würde sie Sebastian alles erzählen. Er wusste immer, was zu tun war.

*

Franz warf die Tür ins Schloss. Sein Atem ging schwer, seine Muskeln gehorchten kaum seinen Befehlen. Stefanies Mitteilung hatte ihm den Rest gegeben. Er schlurfte zum Sofa, blieb an einer Teppichkante hängen und fiel der Länge nach zu Boden. Er besaß nicht einmal ausreichend Kontrolle über seinen Körper, um den Sturz abzufangen. Ein scharfer Schmerz schoss ihm durch Oberarm und Schulter, Blut pulsierte in seinen Ohren.

Wenn ich jetzt ohnmächtig werde, dachte er, *dann ist es vorbei. Man wird mich finden, ins Krankenhaus bringen, meine Erkrankung feststellen. Keine Chance auf ein Weitermachen.*

Franz knurrte. Mit geballter Willenskraft rollte er sich auf die andere Seite. Ächzend begann er sich an einem Stuhlbein hochzuziehen.

Nein, dachte er, wieder und wieder. *Noch nicht. Noch nicht heute.*

Krankenhaus Kufstein, Unfallchirurgie
Samstag, 6. Januar, 18:25 Uhr

In der Station herrschte rege Betriebsamkeit. Gestresst wirkende Ärzte und Krankenschwestern hetzten umher, ein unstetes Murmeln erfüllte die hell erleuchteten Räume. Offenbar nahm niemand das Ende der Besuchszeit so genau. Benjamin erblickte auf Anhieb fünf, sechs Personen, die offensichtlich weder verletzt waren noch zum Personal gehörten.

„Ich suche Natascha Järvinen", sprach Benjamin die erste Krankenschwester an, die an ihm vorbeieilte.

Die Pflegerin deutete wortlos nach links an das Ende des Ganges. Benjamin schritt in die angegebene Richtung, darauf bedacht, nicht durch übermäßige Nervosität aufzufallen. Er hatte überlegt, sich zunächst an den

Arzt zu wenden, mit dem er am Telefon gesprochen hatte. Aber da er Natascha sofort sehen wollte, hätte dies nur eine unnötige Verzögerung bedeutet.

Benjamin kam an einem dicht bevölkerten Zimmer vorbei, in dem ein Mann mit vergipsten Arm gerade sagte: „... gesehen, wie die Stromleitungen gerissen sind! Igor hat nur gezittert, dieser Angsthase.“ Der Unbekannte lachte und deutete mit seinem gesunden Arm auf die mächtige Dogge zu seinen Füßen. Benjamin war überrascht, dass im Krankenhaus ein Hund geduldet wurde.

Am Ende des Ganges waren weniger Menschen unterwegs. Instinktiv steuerte er das letzte Zimmer an. Er war der einzige Besucher. In dem Raum gab es drei Betten, alle waren belegt. Auf dem ersten Lager ruhte eine ältere Frau, deren Kopf mit dicken Bandagen umwickelt war. Auf dem zweiten schlief eine Frau mit kurzen Locken, die leise schnarchte. Im dritten Bett lag Natascha. Sie saß halb aufrecht, hatte die Augen geöffnet – und erkannte Benjamin sofort.

Für einen Augenblick gab es nichts außer diesem Augenblick; ein Blickkontakt, der die Zeit dehnte wie klebrig süßer Honig im Getriebe eines Uhrwerks. Alles herum verschwamm in Gleichgültigkeit. Das satte Blaugrün von Nataschas Augen erglühte in hellem Licht, einem inneren, warmen Feuer, der heilenden Kraft von Vertrauen und Zuneigung.

Wortlos trat Benjamin an ihr Bett, ging auf die Knie, nahm ihre ausgestreckte, geschiente und verbundene Hand in die seine und hauchte einen zärtlichen Kuss auf ihren Daumen; der einzige Finger, der nicht von weißen Bandagen umwickelt war.

„Ich liebe dich“, sagte er.

Benjamin wusste es, im selben Moment, in dem er diese Worte aussprach. Womöglich hatte er es schon davor geahnt, aber nicht wahrhaben wollen. Bis über beide Ohren war er in Natascha verschossen; so hilflos verloren wie ein Nachtschmetterling unter der glimmenden Laterne.

Nataschas Augen füllten sich mit Tränen. Sie hob an, um etwas zu sagen, brach jedoch ab und schüttelte matt den Kopf. „Ich weiß nicht, ob du mich noch lieben kannst“, flüsterte sie schließlich, „wenn du siehst, was sie mit mir gemacht haben.“ Sie zauderte einen Moment, dann schob sie die Bettdecke beiseite und entblößte ihr linkes Bein.

Benjamin schluckte. Nataschas Bein war mit Gipsbandagen umwickelt, vom Oberschenkel bis zu der Fußsohle. Dennoch konnte man zweifelsfrei erkennen, dass die Gliedmaße nicht mehr vollständig war; besser gesagt der Fuß: statt der üblichen fünf, besaß sie nur noch drei Zehen.

Schiregion Kitzbühel, 3S-Bahn, Kabine 14
Samstag, 6. Januar, 18:30 Uhr

„Was, ehrlich?“ Rüdiger lachte schallend. „Diese Geschichte hast du noch nie erzählt!“

„Ich dachte, jetzt ist der passende Zeitpunkt“, sagte Emma und grinste.

„Und er hat wirklich ‚Mama‘ gesagt, bevor er umgekippt ist?“, fragte Martin ungläubig.

„Ja.“ Emma nickte. „Ich bin bei der Blutabnahme vor ihm gesessen. Zuerst das ‚Mama‘, dann hat er die Augen verdreht und ist mir in die Arme gefallen.“

„Glücklicherweise war es keiner von meinen Ärzten“, knurrte Matteo. „Hätte ihn fristlos entlassen.“

„Na hör mal! Nur weil er sein eigenes Blut nicht sehen kann?“

„Was ist, wenn ihm das während einer Operation passiert? Eine kleine Unachtsamkeit, ein Schnitt in den Finger, schon sagt er ‚Mama‘ und fällt in Ohnmacht. Sehr motivierend für das restliche Team.“

„Also ich fand, es war eine lustige Geschichte“, meinte Sonja.

„Ich auch“, stimmte ihr Raphael zu. „Hat so richtig aus der Lethargie gerissen.“

„Meistens bietet das Krankenhaus nicht so viel Erheiterung“, gab Emma zu. „Hat jemand von euch schon mal länger auf einer Station verbringen müssen?“

„Ja“, sagte Raphael. „Bandscheibenvorfall. Ist vier Jahre her.“

„Bei mir war's eine Magengeschichte“, kam von Doris.

„Blinddarm.“ Sandra verzog die Lippen. „Ich habe das Krankenhaus gehasst. Allein das Essen – einfach grauslich!“

„Zum Thema Essen fällt mir ein nettes Erlebnis ein“, begann Sonja. „Raphael und ich waren einmal …“

„Moment, Moment. Zuerst bin ich dran“, meinte Martin und hob in einer tadelnden Geste den Zeigefinger. „Das Kirchenleben bietet auch so manche Überraschung.“

„Aber jugendfrei bleiben, gell?“, sagte Rüdiger und zwinkerte Martin zu. „Wir wollen doch keinen schlechten Eindruck auf die Mädels machen.“

Krankenhaus Kufstein, Unfallchirurgie
Samstag, 6. Januar, 18:30 Uhr

„Nein“, wiederholte Benjamin und jetzt musste er grinsen. „Es ändert nichts an meinen Gefühlen für dich. Überhaupt nichts.“

„Aber ich bin ein Krüppel“, murmelte sie, und die Finger ihrer gesunden Hand krampften sich um die Bettdecke.

Benjamin löste ihre starren Glieder von dem Baumwollstoff und bettete ihre Hand in die seine. „Das ist nicht wahr“, behauptete er. „Zwei fehlende Zehen haben keine Auswirkungen darauf, dass du perfekt bist.“

„Perfekt ...“

„Ja, perfekt. Für mich steht das außer Frage. Ich mag dich genau so, wie du bist. Ob du jetzt zwei Zehen weniger hast, ist mir egal. Ehrlich.“

Natascha schwieg einen Moment. „Weißt du“, sagte sie schließlich, und ihre Stimme war ein kaum hörbares Wispern. „Ich habe sogar geglaubt, dass sie mir das ganze Bein amputieren wollen.“

„Wieso?“

„Weil ich zwei Ärzte gehört habe, während ich im Halbschlaf gelegen bin. Aber ich denke, sie haben die Frau neben mir gemeint.“ Natascha blickte in Richtung der leise schnarchenden Dame. „Ich hoffe, sie kann damit leben. Ich könnte es nicht.“

Raphael drückte behutsam Nataschas nicht bandagierte Hand. Ihre Finger fühlten sich kühl an. Es war ein immenser Unterschied, ob man nur ein paar Zehen oder ein ganzes Bein verlor. Letzteres musste eine komplette Lebensumstellung bedeuten.

Natascha seufzte schwer. „Wie auch immer. Gehen werde ich schon irgendwie zusammenbringen, aber Schi fahren kann ich vergessen."

„Ach komm, das stimmt doch nicht! Wenn selbst beinamputierte Menschen auf der Piste stehen können, schaffst du das längst. Sind ja auch nur die zwei kleinen Zehen."

Natascha schloss für einen Atemzug die Augen. „Hast du das vorhin ernst gemeint?"

„Was denn?"

„Dass du mich liebst."

„Absolut." Benjamin zögerte. „Ich kann verstehen, dass das etwas plötzlich für dich kommt, aber vielleicht ..."

Sie erhob einen Finger und Benjamin verstummte. Ein zärtliches Lächeln erschien auf ihrem Gesicht. „Erspar dir deine Ausflüchte. Ich liebe dich doch auch."

„Oh." Benjamins Gesichtsausdruck war wohl nicht der klügste, denn Natascha lachte auf, hell und fröhlich. Nach wenigen Sekunden beruhigte sie sich wieder, seufzte erneut und drückte Benjamins Hand. „Bleibst du heute Nacht bei mir?", flüsterte sie. „Ich muss noch einige Tage im Krankenhaus bleiben."

„Ja, selbstverständlich. Wenn sie mich hinauswerfen wollen, behaupte ich einfach, wir sind verheiratet. Einverstanden?"

Nataschas Lächeln floss auf direktem Weg in sein Herz, entfachte eine Wärme und Zuversicht, die jede negative Empfindung im Keim erstickte.

„Ja", entgegnete sie. „Nichts lieber als das."

Kitzbühel, Hotel Resch
Samstag, 6. Januar, 18:40 Uhr

Schon beim Betreten der Anlage fielen ihr der Mann und die junge Frau am Empfang auf. Sie wirkten nicht wie spät angereiste Gäste. Dazu fehlte ihnen die Unbeschwertheit von Urlaubsreisenden. Vielmehr erweckten sie den professionellen Eindruck von Maklern oder Delegierten einer internationalen Firma. Intuitiv witterte Stefanie eine Story. Sie trat an die Stufen zum ersten Stock heran; doch anstand emporzusteigen, duckte sie sich hinter das Geländer und lauschte.

„Tut mir leid", sagte die Rezeptionistin gerade. „Wir haben beide Namen nicht auf unserer Liste."

„Dann können Sie uns vielleicht sagen, ob Donnerstagnachmittag ein Mann mit auffällig blauen Augen eingecheckt hat?" Der Mann, der die Worte gesprochen hatte, war groß gewachsen und besaß dichte, weiße Haare. Stefanie schätzte sein Alter auf etwa fünfzig.

Die Rezeptionistin überlegte einen Moment. „Ich fürchte, da muss ich Sie enttäuschen. Kann mich an niemanden mit einer außergewöhnlichen Augenfarbe erinnern. Und ich hatte ab zehn Uhr Dienst."

„Danke trotzdem", sagte der Weißhaarige. „Entschuldigen Sie die Umstände."

„Kein Problem. Einen schönen Abend noch."

Das Pärchen wandte sich zum Gehen. Doch wirkten die beiden eher wie Kollegen als wie ein Liebespaar. *Verlass dich nicht darauf,* dachte Stefanie. *Bei manchen Verheirateten könnte man auch annehmen, sie kennen sich kaum.*

Kurz entschlossen erhob sie sich und vertrat den beiden den Weg. „Guten Abend, mein Name ist Stefanie

Wensten", sagte sie. „Ich arbeite für ZDF Bayern. Wie laufen die Ermittlungen?"

Es war ein Schuss ins Blaue, aber er traf das Herz der Sache. Während die junge Frau verärgert das Gesicht verzog, wirkte der Mann ehrlich überrascht.

„Darüber können wir Ihnen keine Auskunft geben", erwiderte er und fixierte sie mit einem durchdringenden Blick. „Entschuldigen Sie uns bitte."

Stefanie hatte nicht vor, rasch klein beizugeben. Aber als die junge Frau drohend die Hand hob, trat sie doch zur Seite. Das Gesicht des Mannes kam ihr vage bekannt vor. Sie war sicher, ihm bereits begegnet zu sein.

Definitiv eine Story, dachte sie und blickte den beiden hinterher, bis sie durch die Schwingtüren in den Schneesturm getreten waren. Eine solch unverhoffte Gelegenheit musste sie nutzen; je mehr Arbeit anfiel, desto besser. Auf diesem Weg kam sie nicht auf dumme Gedanken – und, was noch entscheidender war: Ihre unangenehmen Erinnerungen ließen sich viel leichter ausblenden.

Schiregion Kitzbühel, 3S-Bahn, Kabine 14
Samstag, 6. Januar, 18:45 Uhr

„Die Messe war also in vollem Gang", erzählte Martin. „Wir stimmen gerade das ‚Ave Maria' an, als auf einmal die Tür der Sakristei aufgeht. Ich wende mich um und sehe, wie der Landesbischof eintritt – und zwar splitterfasernackt!"

Sandra und Michelle kicherten, während sich Rüdiger zu Martin beugte und mit einem breiten Grinsen meinte: „Wollten wir nicht jugendfrei bleiben?"

Martin fuhr ungerührt fort: „Im ersten Moment waren wir natürlich wie gelähmt. Der Landesbischof wackelt auf uns zu, bleibt stehen, sieht sich verwundert um und dann sagt er: ‚Oh, falsches Zimmer!'"

Ein befreiendes Lachen wanderte durch die Kabine.

„Grandios", meinte Emma und schüttelte ungläubig den Kopf. „Da fragt man sich natürlich, was er vorhatte."

„Das lasse ich lieber weg", entgegnete Martin und warf Rüdiger ein anzügliches Grinsen zu. „Nicht, dass die Jugendfreigabe meiner Geschichte gefährdet wird."

*

„Das Erlebnis, das ich erzählen will, ist ein halbes Jahr her", begann Sonja. „Raphael und ich haben unseren Urlaub in der Dominikanischen Republik verbracht. Eigentlich eine sehr nette Anlage, toller Badestrand, saubere Zimmer, freundliche Mitarbeiter. Auch das Essen – immer top. Eines Abends sitzen wir im Speisezimmer, als auf einmal ein Tumult losbricht. Ein riesiger, schwarzer Hund springt in den Speisesaal. Direkt dahinter folgt ein weiß gekleideter Mann mit Kochhaube, der ein gewaltiges Fleischerbeil schwingt. Der Hund flitzt zwischen den Tischen und Stühlen hindurch, der brüllende und messerschwingende Koch jagt hinterher. Als er an uns vorbeiläuft, sehen wir, dass seine Schürze blutbesudelt ist."

„Igitt", erklang Michelles Stimme. „Ist ja ekelhaft."

„Ihr könnt euch vorstellen, dass wir kein Fleisch mehr angerührt haben; zumindest so lange nicht, bis wir erfahren haben, dass der Hund in die Küche eingedrungen ist und den Wochenvorrat an Kaviar verschlungen hat."

Rüdiger fing an zu summen: „Ein Hund kam i-hin die Küche, und stahl dem Koch …"

„Hat der Mann den Hund erwischt?", fragte Sandra.

Raphael schüttelte den Kopf. „Ich glaube nicht. Das Tier ist von der Terrasse gesprungen und ward nicht mehr gesehen. Jedenfalls hat sich der Koch mehrmals für sein Verhalten entschuldigt und als Entschädigung einen riesigen Kuchen in Hundekopfform gebacken. War ziemlich lecker."

„Köstliche Geschichte", sagte Doris. Sie wandte sich Sebastian zu und schenkte ihm ein offenes Lächeln. „Was ist mit dir? Irgendeine lustige Anekdote vom Schibetrieb?"

„Schon", meinte Sebastian. „Aber laut unserem Vertrag sind das alles Betriebsgeheimnisse. Hat einen meiner Kollegen den Job gekostet."

„Komm schon", entgegnete Rüdiger und zog eine Grimasse. „Ein paar Personennamen ändern und die Himmelsrichtung verschieben, dann hast du nichts verraten."

„Also ich weiß nicht." Sebastian zögerte. „Vielleicht später. Willst du uns nicht eine nette Begebenheit erzählen?"

Das ließ sich Rüdiger nicht zweimal sagen.

*

„Eine noch", rief Rüdiger und bemühte sich, das Gelächter der anderen zu übertönen. „Nur noch eine Geschichte, dann lasse ich es gut sein."

„Gnade", japste Emma und strich sich die Tränen von den Wangen. „Ich kann nicht mehr."

„Diese Story ist auch überhaupt nicht lustig", behauptete Rüdiger. „Im Gegenteil. Also, darf ich?"

Als niemand Einspruch erhob, setzte Rüdiger fort: „Wie ihr wisst, besitze ich eine Apotheke in Meran. Früher habe ich noch öfter Dienste versehen. Das Erlebnis, von dem ich berichten will, ist einige Jahre her. Damals war ich allein im Nachtdienst. Ich glaube, es ging gegen zwei Uhr früh, als es an der Tür läutete. Apotheken mit Bereitschaftsdienst sind zu so später Stunde verschlossen und können nur von innen geöffnet werden. Wir hatten aber standardmäßige Videoüberwachung. Dadurch konnte ich feststellen, dass es sich um eine junge Frau handelte, vielleicht sechzehn Jahre alt. Sie wirkte verzweifelt und verstört, also habe ich sie hereingelassen. Ganz schüchtern ist sie zu mir getreten. Ihre Augen waren blutunterlaufen, ihr Blick von Tränen verschleiert. Und auf ihrer Stirn sind Schweißperlen gestanden. Ich habe sofort geahnt, dass Drogen im Spiel sind."

Emma war irritiert. Diese Geschichte klang so gar nicht wie eine typische, von witzigen Kommentaren gespickte Rüdiger-Erzählung. Es war, als würde er plötzlich eine andere Seite von sich zeigen. Eine dunkle, unheimliche. Emma erschauderte.

„Das Mädchen hat ganz leise gesprochen. Zuerst habe ich sie gar nicht verstanden. Dann konnte ich zumindest ‚Pille danach' heraushören. Ich habe ihr gesagt, dass das nicht so einfach ist. *Vikela* – also die Pille danach – ist in Italien rezeptpflichtig. Natürlich hatte sie kein Rezept dabei. Ich habe ihr gesagt, dass sie zu einem Arzt gehen soll und dass man die Pille auch noch am nächsten Tag nehmen kann. Sie fing an zu weinen, hat gemeint, dass sie keinen Sex haben wollte. Es war ein fremder Mann, der ihr Speed gegeben hat. Dann hat sie mir gesagt, dass sie erst dreizehn ist und es ihr erstes Mal war. Das hat mich, zugegeben, schockiert. Habe ihr noch mal dringend empfohlen, sich einem Arzt anzuvertrauen. Auch wegen der Gefahr einer sexuell übertragbaren Krankheit.

Sie hat weiter gebettelt und gefleht und mir sogar einen Hunderteuroschein angeboten. Doch ich alter Trottel bin hart geblieben, habe nur stur den Kopf geschüttelt und mich in irgendwelche Vorschriften und gesetzliche Regelungen geflüchtet. Letztendlich hat sie die Apotheke heulend verlassen."

Rüdiger schwieg einen Moment.

„Zwei Tage später hatte ich die nächtliche Begegnung bereits vergessen; so lange, bis ich die Zeitung aufschlug und darin ein Foto der Kleinen fand. Sie hat Selbstmord begangen. Ist von einer Brücke gesprungen. Wenige Minuten, nachdem sie meine Apotheke verlassen hat. Es war das letzte Mal, dass ich einen Nachtdienst gemacht habe."

Stille.

„Hm", meinte Martin schließlich und quälte sich zu einem Lächeln. „Wirklich nicht besonders lustig."

Kitzbühel, Wohnung Gerbergasse
Samstag, 6. Januar, 20:00 Uhr

Franz blinzelte. Er war schon wieder eingenickt. Stöhnend hob er den Kopf und betrachtete sein durchnässtes Shirt. Offensichtlich hatte er es nicht einmal mehr geschafft, das Glas Wasser auf den Tisch zurückzustellen.

Er musste ins Bett. Umgehend.

Keuchend erhob er sich in eine sitzende Position und hockte für einen Moment am Rand des Sofas. Seine Schulter schmerzte noch immer. Hoffentlich war sie nicht gebrochen. Das Zimmer drehte sich vor seinen Augen. Zunächst im Uhrzeigersinn, dann dagegen. Kein gutes Zeichen.

Franz überlegte, ob er ein Medikament gegen Schwindel nehmen sollte. In Anbetracht seines heutigen Tablettenkonsums wäre das vermutlich keine gute Idee. Das beste Mittel gegen seinen momentanen Zustand war wohl ein ausreichend langer und erholsamer Schlummer.

Franz nahm das Funkgerät vom Tisch und schlurfte ins Schlafzimmer. Er hoffte, dass er nicht so erschöpft war, dass er das Läuten des Walkie-Talkies oder des Weckers neben seinem Bett überhören würde. Mit einem tiefen Seufzer ließ er sich auf der Bettkante nieder.

Zähneputzen, durchfuhr es seine Gedanken. *Egal*, kam als Antwort.

In den vergangenen zehn Jahren war er niemals ohne Zähneputzen ins Bett gegangen. Auch das war kein gutes Zeichen.

Franz sank auf sein Bett und zog die Decke bis zur Nasenspitze. Vielleicht sah die Welt morgen ganz anders aus.

Hoffentlich.

Schiregion Kitzbühel, 3S-Bahn, Kabine 14

Samstag, 6. Januar, 20:05 Uhr

Nach Rüdigers letzter Geschichte war es eine geraume Zeit so ruhig in der Kabine, dass sich das Heulen des Sturms in ein durchdringendes, verstörendes Gelächter verwandelte. Doris wurde von einer seltsamen Erregung erfasst, die sie kaum ruhig sitzen ließ. Rüdigers Erzählung war unter die Haut gegangen. Noch dazu hatte sie an längst vergangenen Geschehnissen gerüttelt, an Erlebnissen aus ihrer eigenen Jugend. Auch sie besaß keine weiße Weste. Aber wer hatte die schon?

Samantha war friedlich. Den bisherigen Erzählungen war sie mit mäßigem Interesse gefolgt. Nach wie vor presste sie ihre Hände gegen den Bauch. Doris konnte sich nicht vorstellen, dass ihre Tochter noch Schmerzen verspürte. Dafür war ihr Gesichtsausdruck zu unbeschwert. Eigentlich müsste Samantha allmählich müde werden. Acht Uhr war gewöhnlich der Zeitpunkt, an dem sie ins Bett ging – oder ins Bett gehen sollte. Tatsächlich wurde es meist später, teilweise erheblich später. Nicht selten konnte Doris ihre Tochter erst gegen zehn in den Schlaf singen.

Doris strich Samantha durch die kurzen, blonden Locken, was diese mit einem unwilligen Schnauben kommentierte. Weder ihre Ruhelosigkeit noch ihr vorlautes Mundwerk waren bislang zurückgekommen. Doris konnte sich nicht erinnern, dass ihre Tochter jemals so lange in diesem Zustand stimmloser Gleichgültigkeit verbracht hätte. Von ihrer Seite aus durfte Samanthas Verfassung gern länger anhalten.

Doris wippte mit den Zehen. Etwas fehlte ihr. Sie musste nicht lange überlegen, was es war: Unterhaltung. Sie brauchte Ablenkung. Die Geschichten vorhin waren ein prima Weg gewesen. Weshalb also nicht fortsetzen?

„Sebastian", sagte Doris und durchbrach damit die allgemeine Schweigsamkeit. „Hättest du jetzt Lust, eine Geschichte zu erzählen?"

*

„Es ist ein eigenartiges Geräusch, wenn sich eine Lawine löst", sagte Sebastian. „Ein dumpfes Ploppen, ein leises Schaben, das nur geschulte Ohren wahrnehmen können. Ich wende mich dem Gipfelgrat zu und sehe, dass der gesamte Hang in Bewegung geraten ist. Erwin und ich sind wie gelähmt. Ein Brausen und Rauschen erklingt, das immer mehr anschwillt. Die Lawine hält genau auf uns zu."

Sebastian legte eine Kunstpause ein und leckte über seine stattliche, sinnlich geschwungene Unterlippe. Sogleich erwachte ein erregendes Pulsieren zwischen Doris Beinen. Unfassbar, war der Typ heiß!

„Erwin packt mich am Arm und brüllt: ‚Runter!' Dabei deutet er auf den Steilhang zu unseren Füßen. Tja, wir hatten nicht viele Alternativen. Die Lawine war zu breit, um seitlich zu entkommen. Also Kopf einziehen und ab durch die Mitte. Wir rasen auf unseren Schiern den Abhang hinunter, dicht gefolgt von einer weißen Wand, die mit jeder Sekunde größer und mächtiger wird. Erwin brüllt etwas, das ich nicht verstehe. Plötzlich ist er verschwunden. Ich wende mich um und sehe, dass er auf die Seite gefahren ist. Dort befindet sich ein kleines Waldstück, aber ich bin zu weit entfernt. Vor mir taucht ein großer, ansteigender Felsblock auf. Ich kann nicht mehr ausweichen, jage die Schräge empor – und springe; ich sage euch, das war der Sprung meines Lebens! Hätte jeden Schiflieger in ehrfürchtiges Staunen versetzt. Bin sogar mit den Beinen aufgekommen, aber dann habe ich das Gleichgewicht verloren. Die Lawine hat mich überrollt wie ein Güterzug. Ich glaube, ich habe ein Dutzend Saltos geschlagen. Aber ich hatte doppeltes Glück: Erstens kam ich an der Oberfläche zu liegen und zweitens blieb ich bei Bewusstsein. Sonst wäre dieses Abenteuer zweifellos anders ausgegangen. So konnte ich mich rasch befreien. Aber meine beiden Schi habe ich nie mehr wiedergefunden. Die liegen noch immer irgendwo unter dem Lawinenkegel auf der Schwarzkogeler Ostwand – wenige hundert Meter von uns entfernt."

„Spannende Geschichte", meinte Doris und schenkte dem Mitarbeiter der Seilbahnen ein warmes Lächeln. „Hat mir gut gefallen. Aber wie wäre es mit einer lustigen Anekdote?"

„Kein Problem", sagte Sebastian und grinste. „Da wüsste ich schon was: Was, glaubt ihr, passiert, wenn das Zugseil eines Hundertfünfzig-Kilo-Mannes am steilsten Punkt des Schlepplifts reißt?"

„Ein schreckliches Unglück?", mutmaßte Rüdiger.

Sebastian lachte. „Nein. Eher eine, wenigstens für die Zuseher, schrecklich erheiternde Bauchlagen-Talfahrt."

*

Raphael registrierte es nur durch Zufall. Eigentlich war er durch Sebastians Erzählung abgelenkt, aber ein Lichtreflex an der Scheibe der Kabine ließ ihn den Blick zur Seite wenden. Sonja schob sich das letzte Stück Traubenzucker in den Mund. Sie hatte den Kopf abgewandt, damit es niemand mitbekam.

Raphaels Herz zog sich zusammen. Wenn Sonja bereits jetzt ihre eiserne Reserve zu sich nahm, würde sie unmöglich bis morgen durchhalten. In einer Geste von Hilflosigkeit wollte er sie anschreien, ihr verbieten, den Traubenzucker bereits jetzt zu verzehren. Doch kannte sie ihren Körper am besten. Vielleicht war jetzt der ideale Zeitpunkt, den Insulinspiegel auszugleichen. Unter Umständen hatte sie die Aufnahme des Traubenzuckers genau auf ihren Metabolismus abgestimmt. Oder aber, ein längeres Warten wäre für sie unerträglich geworden.

Raphael biss die Zähne zusammen.

Kitzbühel, Hotel Resch
Samstag, 6. Januar, 20:45 Uhr

Stefanie überflog den von ihr verfassten Text, fügte einige Seilbahnfotos und den kurzen, von Holger gedrehten Videoclip hinzu. Kein Meisterwerk, aber für eine erste Berichterstattung musste es reichen. Morgen war, sofern es die Kapazitäten zuließen, eine Liveschaltung nach Kitzbühel geplant. Ihre erste seit mehr als einem halben Jahr.

Stefanies Herz klopfte. Wie rasch kam man – beziehungsweise frau – außer Übung? Sollte sie einen Text vorbereiten? Oder nur Stichwörter notieren? Wo sollte die Übertragung stattfinden? Im Inneren eines Gebäudes war das Licht berechenbar. Außerdem könnte sie sich gut in Szene setzen, ihre Haare stylen und elegante Kleidung anlegen. Andererseits bot der Schneesturm eine dramatische Szenerie, wodurch das Geschehen mitreißend und lebendig wirkte, selbst wenn die Rettung der Gondelinsassen völlig unspektakulär verlief.

Bei Gott, sie sollte unspektakulär verlaufen, dachte Stefanie und faltete die Hände. Falls Sebastian etwas zustieß, würde sie sich das nie verzeihen. Obwohl sie keine Schuld an dem Unglück trug. Andererseits war sie es gewesen, die ihrem Bruder den Job als Mitarbeiter der Seilbahn GmbH vermittelt hatte. Mit tatkräftiger Unterstützung von Franz, zugegeben, aber dennoch war die Idee allein auf ihrem Mist gewachsen.

Schluss!, befahl Stefanie und ordnete ihre Gedanken. Sie sandte das Dokument an die Redaktion und überflog die Berichte ihrer Kollegen. Sabine hatte einen hervorragenden Artikel über den Tornado bei Augsburg verfasst. Ihre Videoreportage bot die gesamte Bandbreite eines

Hollywoodstreifens: scheinbare Idylle, pure Dramatik, dicke Tränen und natürlich ein Happy End. Roman hatte wie immer erstklassige Fotos der Sturmschäden und Stromausfälle geliefert. Ein kurzer, aber nett gestalteter Bericht des Mordfalls im Bayerischen Wald war von Simon erschienen. Margarete hatte es sich wie üblich nicht nehmen lassen, die esoterischen Hintergründe des Orkantiefs zu beleuchten, und Julia war mit Michael …

Stefanie stockte. Sie rief die vorherige Seite auf und betrachtete das Bild, das dem Artikel angefügt war. Zu erkennen waren zwei Männer, die mit ernster Miene vor einem baufälligen Gebäude im Wald standen. Einem der beiden war sie vor kaum zwei Stunden begegnet.

Ich wusste es, schoss es Stefanie durch den Kopf. *Das wird nicht nur eine Story, das wird ein Erdbeben!*

Kitzbühel, Altstadt

Samstag, 6. Januar, 20:50 Uhr

„Ah, da seid's ja!" Eduard streckte sich im Fahrersitz und gähnte ausgiebig. „Oiso, bei uns woar nix los."

Bei uns auch nicht, dachte Bernhard resigniert. Nicht nur, dass ihre Hotelbefragungen rein gar nichts erbracht hatten – bis auf eine Rezeptionistin, der *vielleicht* jemand mit blauen Augen aufgefallen war. Nein, zudem hatte das Zusammentreffen mit der Reporterin zu der Erkenntnis geführt, dass ihre Ermittlungen zur Presse durchgedrungen waren. Dies bedeutete, sie mussten von nun an besonders vorsichtig sein. Das Schlimmste, was ihnen passieren konnte, waren spekulative *Breaking News* auf irgendeinem Fernsehkanal. Falls der Mörder davon erfuhr, war er schneller außer Landes, als ein Porsche von null auf hundert beschleunigen konnte.

„Wie ist das mit der Kamera", wandte sich Bernhard an Arthur. „Ist es möglich, dass wir die Daten auch in einem Hotelzimmer empfangen?"

„Natürlich. Die Kamera besitzt einen Signalverstärker, drei- bis vierhundert Meter sollten möglich sein. Der Videostream ist verschlüsselt, die Codes kann ich euch gern übermitteln."

„Fein." Bernhard blickte zu Anna hinüber. „Ich glaube, es ist angenehmer, wenn wir drinnen im Warmen sitzen. Was meinst du?"

„Einverstanden", erwiderte Anna. „Wie wäre es mit dem Hotel Goldener Hirsch. Das ist gleich um die Ecke."

„Ist das nicht ein Fünfsternehotel? Sicher sehr teuer."

„Dann sind wenigstens Zimmer frei. Außerdem wären wir im Fall des Falles schnell beim Wagen."

„Meinetwegen." Bernhard zuckte die Schultern. „Solange kein federweiches Himmelbett im Zimmer steht, ist mir alles recht."

„Du willst doch nicht etwa schlafen?"

Bernhard kniff die Augenbrauen zusammen. „Wir brauchen den Schlaf", stellte er fest. „Du wahrscheinlich mehr als ich."

Als Anna protestieren wollte, hob Bernhard beschwichtigend die Hand. „Natürlich werden wir uns nicht gleichzeitig hinlegen. Wir wechseln uns bei der Überwachung des Fahrzeuges ab, in Ordnung?"

„Falls ihr Hilfe braucht", meldete sich Arthur zu Wort. „Ich habe heute Nacht Bereitschaftsdienst wegen dem Seilbahnunglück in Kitzbühel. Über das Funkgerät könnt ihr mich jederzeit erreichen."

„Seilbahnunglück?"

„Ja." Arthur verzog die Lippen. „Seltsame Geschichte. Mehrere Personen sind in einer Gondel eingeschlossen und müssen die Nacht darin ausharren."

„Sehr unangenehm", stellte Bernhard fest.

Schiregion Kitzbühel, 3S-Bahn, Kabine 14
Samstag, 6. Januar, 21:00 Uhr

„Ja, Chirurg", sagte Matteo. „Seit fünf Jahren bin ich Primar am Krankenhaus in Schlanders."

„Das liegt in Südtirol, oder?", erkundigte sich Sonja.

„Korrekt. Im sommersauheißen und winterarschkalten Vinschgau."

„Jetzt übertreib mal nicht", wandte Emma ein. „Wir haben ein sehr angenehmes Klima."

Matteo ignorierte seine Frau und fuhr fort: „Begonnen habe ich als Gerichtsmediziner in Bozen. Auf Dauer war mir das zu … abstoßend. Ich habe kein Problem damit, an lebendigen Menschen herumzuschnipseln, auch wenn sie mit dem Tod ringen. Aber wenn sie einmal tot sind – nun, das war nicht so meins."

„Mein Vater hatte viel mit Gerichtsmedizinern zu tun", sagte Sonja. „Er war Polizeikommissar. Einmal hat er gemeint, es gibt zwei Sorten von ihnen. Die einen, idealistischen, die zwei, drei Jahre ihre gesamte Energie in den Job stecken und dann aufgeben. Die anderen, pragmatischen, sehen die Toten nicht länger als Menschen. Sie bleiben ihr ganzes Leben lang in dem Job."

„Da war ich wohl zu idealistisch", brummte Matteo. „Oder die Ausdünstungen des Todes haben mich einmal zu viel in der Nase gekitzelt."

„Was macht ihr beruflich?", fragte Emma.

„Ich bin Doktorand der Informationstechnologie in München", sagte Raphael. „Mittlerweile am Fertigwerden. Hoffentlich." Er grinste schief. „Nebenbei arbeite ich in einem Kommunikationsbetrieb."

„Ich studiere Soziologie im Master", ergänzte Sonja. „Sollte auch demnächst mal abschließen."

„Ebenfalls in München, nehme ich an?"

„Ja. An der Ludwig-Maximilians-Universität."

„München ist eine aufregende Stadt", meinte Matteo. „Habe mich erst vor ein paar Tagen wieder davon überzeugen können."

*

„Ich muss pinkeln", sagte Henrik.

Die Gespräche verstummten augenblicklich. Emma stellte fest, dass sie bei Weitem nicht die Einzige war, die den Rothaarigen für unberechenbar hielt.

Sebastian versuchte ein Lächeln. „Kein Problem, die Toilette ist frei."

Henrik würdigte Sebastian nicht einmal eines Blickes und erhob sich. Als er an Emma vorbeischritt, fielen ihr eigenartige Flecken auf der Hand des Mannes auf. Weiße, teilweise ins bläuliche gehende Hautstellen, die definitiv ungesund aussahen. Emma ahnte, worum es sich handelte. Als Einziger in der Kabine trug Henrik keine Handschuhe. Vermutlich waren die Verfärbungen erste Anzeichen von Erfrierungen.

Emma überlegte, ob sie Henrik darauf ansprechen und ihre Hilfe anbieten sollte. Sie tat es nicht, aus drei Gründen: Erstens erwartete sie bestenfalls einen schnippischen Kommentar des Rothaarigen, wenn er sie nicht überhaupt ignorierte. Zweitens gab es in der Kabine keine Möglichkeit, Erfrierungen zu behandeln; auch hatte niemand zusätzliche Kleidungsstücke dabei. Der dritte Grund war persönlich: So unfreundlich und gehässig, wie Henrik bisher zu ihr gewesen war, geschah es diesem grobschlächtigen Kerl nur recht, wenn er jetzt leiden musste.

Krankenhaus Kufstein, Unfallchirurgie
Samstag, 6. Januar, 21:25 Uhr

Natascha schlummerte tief und friedlich. Mit einem milden Lächeln betrachtete Benjamin ihre schlafende Gestalt. Sie lag am Rücken, die langen, blonden Haare in einem Fächer um ihr Gesicht gebreitet. Die bandagierte Hand lag neben ihrem Körper, die zweite hatte sie über ihrem Kopf angewinkelt und die Finger gespreizt, als wollte sie nach einem vergänglichen Traum haschen.

Sie war wunderschön. Einmal mehr wurde sich Benjamin dieser Tatsache bewusst. Wie konnte sich eine solch beeindruckende Frau in jemanden wie ihn verlieben? Hatte er Natascha überhaupt verdient? Würde er ihr das geben können, was sie sich wünschte? Wäre er ihr ein guter Ehemann; das hieß, sofern sie seine vorherige Wortmeldung nicht als Scherz genommen hatte.

Hatte sie?

Seine Gedanken verloren sich in einem Netz aus Für und Wider, Bedenken, Hoffnungen und Zuversicht. Benjamin unterdrückte ein Gähnen. Allmählich machten sich Stress und Anstrengungen des heutigen Tages bemerkbar. Er sollte sich etwas Schlaf gönnen, damit er morgen fit für die Rettungsaktion war.

Leise Schritte näherten sich. Benjamin wandte den Kopf. „Sie müssen das Zimmer jetzt verlassen", sagte die Krankenschwester mit Nachdruck. Doch war ihr Gesichtsausdruck mild und freundlich. Es wirkte nicht so, als würde sie ihn notfalls mit Gewalt hinauskomplimentieren.

„Gibt es eine Möglichkeit, dass ich mich irgendwo hinlege?", erkundigte sich Benjamin. „Wenn sie aufwacht, möchte ich bei ihr sein."

„Gastbetten haben wir leider nicht." Die Krankenschwester zwinkerte ihm verschwörerisch zu. „Aber *Ehepartnern* können wir Lehnstühle anbieten."

Schiregion Kitzbühel, 3S-Bahn, Kabine 14
Samstag, 6. Januar, 21:45 Uhr

Trotz der unwirtlichen Wetterbedingungen, der allgemeinen Anspannung und ihrer wenig bequemen Lage, hatte Müdigkeit um sich gegriffen. Henrik hatte die Arme verschränkt, den Kopf gesenkt und schnarchte leise. Samantha war zur Seite gekippt und hatte sich wie ein Fötus zusammengerollt. Sie wachte nicht einmal auf, als Doris ihr den Rucksack unter den Kopf schob. Martin und Rüdiger schienen zu dösen, wenn sie nicht ebenfalls eingeschlafen waren. Raphael hielt Sonja eng an sich gedrückt, und Sandra und Michelle hantierten schweigend mit ihren Mobiltelefonen. Das einzige Gespräch, das noch im Laufen war, fand zwischen Doris und Sebastian statt. Sie tuschelten miteinander wie ein verliebtes Pärchen. Immer wieder war leises Lachen zu vernehmen. Definitiv mehr als ein harmloser Flirt. Emma rümpfte die Nase. In dieser Hinsicht verstand sie keinen Spaß.

Doris trug einen Ring am Finger ihrer rechten Hand. Sie war also verheiratet, auch wenn sie es bislang nicht zugegeben hatte. Offensichtlich hinderte sie dies nicht daran, mit einem fremden Mann herumzumachen. Emma argwöhnte, dass bedingungslose Treue nicht zu Doris' Eigenschaften zählte.

Sie schielte zu Matteo hinüber. Es war ein offenes Geheimnis, dass er sie betrog. Oft genug waren ihr fragwürdige Kommentare aufgefallen, wenn er über die Pflegerinnen in seiner Abteilung gesprochen hatte. Auch erschien ihr verdächtig, dass er nie gewollt hatte, dass Emma im selben Krankenhaus arbeitete. Dazu kamen angebliche Überstunden und Phantomanrufe spät in der Nacht. Manchmal roch Matteo nach fremdem Parfum. Frauenparfum.

Emma verdrängte die unliebsamen Gedanken. Vielleicht sollte sie auch ein wenig dösen. Konnte jedenfalls nicht schaden. Wer wusste schon, welche Anstrengungen der morgige Tag bereithielt. Sie warf einen letzten Blick in die Runde. Alles war ruhig.

Emma schloss die Augen.

*

Doris fröstelte. Augenscheinlich war sie die Einzige in der Kabine, der die Kälte zusetzte. Objektiv betrachtet, war es vermutlich nicht besonders eisig. Aber ihr Stoffwechsel konnte mit niederen Temperaturen nicht so gut umgehen. Doris war meistens kalt. Bloß im Hochsommer fühlte sie sich wohl. Dennoch. Solange sie alle Gliedmaßen spürte – und das tat sie auf teils sehr schmerzhafte Weise – sollte die Gefahr von Erfrierungen gering sein. Hoffte sie wenigstens.

Doris erinnerte sich des Apfels in ihrem Rucksack. Seltsamerweise war ihr Hunger abgeflaut, hatte einem Gefühl gleichmütiger Sättigung Platz gemacht. Dazu kam, dass Samantha auf dem Ranzen lag. Wenn sie jetzt nach dem Apfel zu kramen begann, würde ihre Tochter unweigerlich erwachen.

Egal, dachte Doris und gähnte herzhaft. *Dann gibt's eben ein leckeres Frühstück.*

*

Endlich. Kribbelnde Erregung erfasste seinen Körper. Selbstverständlich war an Schlaf nicht zu denken. Nicht in den kommenden Stunden, die von unzähligen Möglichkeiten gespickt sein mochten. Und Möglichkeiten würden sich ergeben, auf die eine oder andere Weise. Er hatte vor, sämtliche Chancen zu nützen. Oder zumindest ein paar. Allerwenigstens eine einzige.

Kitzbühel, Hotel Resch

Samstag, 6. Januar, 23:30 Uhr

Inzwischen hatte sie es schwarz auf weiß: Der Unbekannte aus der Lobby, den sie auf dem Foto wiedererkannt hatte, hieß Bernhard Lichtenberger und war Polizeikommissar in Straubing.

Es war gar nicht schwer gewesen, den Namen zu eruieren. Herausfordernder war da schon, Näheres zu dem Mordfall in Erfahrung zu bringen. Eine junge Frau war vergewaltigt und umgebracht worden. So viel stand einmal fest. Doch waren die Behörden mit weiteren Erklärungen sehr sparsam geblieben. Selbst wenn man berücksichtigte, dass der Mörder bislang nicht gefasst werden konnte, waren die verfügbaren Daten ungewöhnlich rar. Auch Stefanies meist zuverlässige und ausgiebige Quellen brachten keine hilfreichen Informationen.

Dies alles ließ Stefanie misstrauisch werden. An der Geschichte war etwas faul; und sie musste herausfinden, was es war. Der Weg, den sie nun beschritt, konnte nicht als legal bezeichnet werden. Vielmehr war er in hohem Maße illegal. Während ihrer Jugendzeit war sie eine begnadete Hackerin gewesen. Mit dem Ende ihrer Berufsausbildung hatte sie diese Tätigkeit zwar kaum noch ausgeübt, aber hin und wieder war es hilfreich, sich auf ihre Erfahrung und spezielle Computerprogramme stützen zu können.

Der direkte Weg wäre gewesen, auf die Polizeidatenbank zuzugreifen. Dies war aus verschiedenen Gründen schwierig bis unmöglich und bot zudem ein erhebliches Risiko. Besser war, nach Verknüpfungen und Ähnlichkeiten im Netz zu suchen, nach nicht verschlüsselten E-Mails aus dem Präsidium, nach zeitlich relevanten Telefonanrufen sowie nach ungewöhnlichen Maßnahmen und Verlautbarungen der Presseabteilung.

In Summe kostete es Stefanie einiges an Fingerspitzengefühl, Raffinesse und verdammt viel Zeit, um zu den wirklich interessanten Informationen vorzudringen. Und selbst dann brauchte es eine gesunde Kombinationsgabe, um die Wahrheit herauszufiltern. Als sich diese schlussendlich zu einem klaren Bild zusammenfügte, stockte Stefanie der Atem.

Möglicherweise war hier in Kitzbühel ein Serienmörder unterwegs. Einer, der mit Vorliebe junge Frauen vergewaltigte und tötete.

Stefanie schielte zur Tür ihres Zimmers. Hatte sie vorhin zugesperrt? Sie erhob sich und kontrollierte die Verriegelung, aber es war abgeschlossen. Nur minder beruhigt wanderte sie zu ihrem Arbeitsplatz zurück und ging unschlüssig auf und ab. Dies war zweifellos ein heißes Eisen; so heiß, dass sie sich leicht die Finger daran verbrennen konnte. Das Beste wäre wohl, wenn sie einen oder mehrere ihrer Kollegen in die Ergebnisse ihrer Recherchen einweihte. Allerdings würde sie auf diesem Weg nicht mehr alle Lorbeeren für sich ernten können. Dabei hatte sie Lorbeeren fürwahr nötig.

Die andere Alternative war, dass sie es morgen brachte; vielleicht sogar während der Live-Übertragung. Zweifellos eine waghalsige Aktion mit enormem Risiko, welche darüber hinaus die laufenden Ermittlungen gefährden mochte. Aber momentan kannten ihr Mut und ihr Egoismus keine Grenzen. Eine ungewohnte Empfindung, aber nicht unangenehm. Womöglich hatte die Auseinandersetzung mit Franz doch Positives bewirkt.

Trotzdem: Jetzt eine Entscheidung zu treffen, war zu früh. Sie sollte wenigstens darüber schlafen. Morgen war auch noch ein Tag.

Schiregion Kitzbühel, 3S-Bahn, Kabine 14

Samstag, 6. Januar, 23:50 Uhr

Raphael schreckte hoch. Das knarzende Geräusch von Schischuhen hatte ihn geweckt. Verschlafen tastete er nach seinem Smartphone, darauf bedacht, den Oberkörper ruhig zu halten. Sonjas Kopf war gegen seine Schulter gesunken. Sie atmete tief und gleichmäßig. Ein gutes Zeichen.

Das schwache Licht des Handydisplays beleuchtete eine breitschultrige Gestalt, die über der geöffneten

Luke hockte. Sie wandte den Kopf. Es war Sebastian.

„Sorry", flüsterte er und zog eine Grimasse. „Ich wollte niemanden wecken."

„Schon in Ordnung", murmelte Raphael und winkte ab. „Menschliche Bedürfnisse haben Vorrang."

*

Träge öffnete er die Augen. Es roch nach Blut. Frischem Blut. Sorgfältig darauf bedacht, dass seine Lider halb geschlossen blieben, ließ er seinen Blick durch die Kabine schweifen. Es war stockdunkel, jedenfalls fast. Obwohl weder ein Handydisplay noch eine andere Lichtquelle erglühte, vermochte man vage Schemen zu erkennen. Möglicherweise drangen ein paar Prozent des Mondlichtes selbst durch die dichte Wolkendecke und das wirbelnde Schneegestöber.

Jemand hockte über der Luke. Er wusste instinktiv, dass es eine Frau war. Eine junge Frau. Seine Mundwinkel wanderten nach oben. Gleichzeitig spürte er, wie sich sein Schwanz regte, aufrichtete und steif wurde. Er wusste genau, was die Frau dort tat. *Weshalb* sie es tat. Was für eine Gelegenheit! Er hätte alles dafür gegeben, wenn er jetzt allein mit ihr in der Kabine gewesen wäre. Alles. Sein Glied pochte, drückte hart gegen die Schihose. Er unterdrückte ein Stöhnen.

Kitzbühel, Hotel Goldener Hirsch
Sonntag, 7. Januar, 01:10 Uhr

Bernhard sah vom Monitor auf und rieb sich die Augen. Sein Blick streifte Anna, die angekleidet und eng zusammengekauert auf dem geräumigen Doppelbett schlief. Ihre Züge wirkten entspannt, sie atmete tief und gleichmäßig. Anna hatte etwas ausnehmend Kindliches an sich.

Bernhard lächelte mild. Eigentlich war vereinbart gewesen, dass er seine Partnerin um eins wecken sollte. Momentan empfand er aber noch keine Erschöpfung. Auch hatte er festgestellt, dass die Matratze des Bettes – wie insgeheim befürchtet – viel zu weich war. Er konnte sich nicht vorstellen, dass der Schlummer hierauf erholsam sein würde.

Sein Blick wanderte zum Monitor des Tablet-PCs.

Der Wagen war verschwunden.

*

Bernhards Gedanken setzten sich träge in Bewegung. Er hatte bestenfalls eine Minute lang nicht auf das Display geblickt. Viel zu wenig Zeit, um das Fahrzeug von den Schneemassen zu befreien und davonzufahren.

Er sondierte die Szenerie, welche die Überwachungskamera an den Computer sandte. Die Perspektive stimmte nicht. Sie wirkte verschoben, das ganze Bild nach unten gedrückt. Anscheinend war die Kamera verrutscht.

Bernhard fluchte leise. Leider wusste er nicht, wo genau die Kamera montiert war. Auch mochte es seine technischen und handwerklichen Fähigkeiten überfordern, das Gerät wieder ordnungsgemäß einzurichten.

Bernhard marschierte in das zweite Zimmer ihres Appartements, schloss die Tür, um Anna nicht zu wecken, und drückte den Verbindungsknopf des Funkgeräts.

Arthur meldete sich sofort. „Ja?“

„Bernhard hier. Es gibt ein Problem mit der Kamera.“

„Ist sie ausgefallen?“

„Nein, wie es aussieht nur verschoben. Aber der Wagen ist nicht mehr zu erkennen.“

Kurzes Rauschen in der Leitung. „In Ordnung. Könnte sein, dass ich für die Nachmontage deine Hilfe benötige. Am besten, wir treffen uns in fünf Minuten vor eurem Hotel.“

*

Es war, als würde er eine andere Welt betreten. Die glimmenden Straßenlaternen schufen das gleichfalls surreale wie scharf konturierte Bildnis einer tief winterlichen Märchenlandschaft. Der klebrige Nassschnee hatte nicht nur Boden und Fahrzeuge überzogen, sondern haftete auch an Hauswänden, Türen, Balkonen und Glasfassaden. Kitzbühel war nicht länger eine Menschenstadt. Die Ortschaft hatte sich in einen dämonischen Spielplatz aus Zuckerguss verwandelt. Der heulende Sturm trieb schäkernde Windhosen durch die Gassen. Sie tanzten umher, sprangen über Autos und rüttelten an Fensterläden. Wirbelnde Schneeflocken formten groteske Fratzen, die übereinander herfielen und zerbarsten wie Seifenblasen. Eiszapfen klirrten und knackten, als würden unsichtbare Hände mit abgenagten Knochen dagegenschlagen. Formlose Schatten fingen sich in der Nacht und jagten heulend über die Dächer der Häuser.

Nirgendwo zeigte sich eine Menschenseele.

Bernhard zog seine Haube tief ins Gesicht und rieb sich die Augen. Was für seltsame Gedanken ein wenig Schnee auslösen konnte. Sobald die Kamera repariert war, sollte er Anna wecken und ins Bett gehen.

Bernhard vernahm einen Ruf. Arthur stapfte mit großen Schritten auf ihn zu. In der Hand trug er einen roten Werkzeugkoffer.

„Dann mal los", sagte er und grinste breit. „Sorgen wir dafür, dass unser wachsames Auge wieder ungehindert sehen kann."

*

Der Wagen stand unbehelligt am Straßenrand. Nichts deutete darauf hin, dass er in der Zwischenzeit Besuch bekommen hatte. Die Kamera war unweit einer kleinen Grünfläche auf einer Laterne montiert. Arthur stieg auf eine Mülltonne und begann an dem kaum daumengroßen Überwachungsapparat zu hantieren. Während Bernhard Arthur den Werkzeugkoffer hielt, setzte sich ein lästiger Gedanke in ihm fest. Die Empfindung, dass etwas nicht richtig war. Dass er einen Fehler begangen hatte. Möglicherweise einen, der die Ermittlungen gefährden konnte.

Blödsinn, dachte Bernhard und schüttelte den Kopf. *Schneesturm und Müdigkeit lassen mich Gespenster sehen.*

*

Die Arbeit an der Überwachungskamera war nach wenigen Minuten beendet. Arthur brachte eine weitere Halteklammer an, damit der Apparat nicht mehr verrücken konnte. Danach überprüften sie das Bild: Alles lief einwandfrei.

„Danke", sagte Bernhard. „Und tut mir leid, dass ich dich gestört habe."

„Kein Problem", erwiderte Arthur. „Bei Schneestürmen finde ich sowieso keinen Schlaf."

Sie verabschiedeten sich, und Bernhard marschierte zum Hotel zurück.

Anna schlief nach wie vor. Womöglich hatte sie die vergangene Nacht durchgearbeitet, was ihr Bernhard durchaus zugetraut hätte. Falls dem so war, besaß sie eine enorme Selbstbeherrschung, denn sie hatte sich keine Erschöpfung anmerken lassen. Bernhard blickte auf seine Armbanduhr. Kurz nach zwei Uhr früh. Allmählich sollte er seine Partnerin wecken, damit auch er zu etwas Schlaf kam. Bernhard trat auf das Doppelbett zu. Sie lag auf der Seite, hatte eine Hand unter den Kopf geschoben. Ihr Atem ging rasch, ihre Augenlider flatterten. Sie träumte.

Wehmütige Erinnerungen stiegen in Bernhard empor. Es war die gleiche Körperhaltung, in der seine Tochter stets geschlummert hatte. Manchmal war sie weinend erwacht, hatte nach ihm gerufen. *Nur ein Traum, mein Schatz,* hatte er ihr versichert und die tränennassen Locken aus ihrem Gesicht gewischt.

Bernhard wandte sich ab und trat auf den Monitor zu. *Eine halbe Stunde noch,* dachte er. *Dann wecke ich sie auf.*

Schiregion Kitzbühel, 3S-Bahn, Kabine 14

Sonntag, 7. Januar, 04:15 Uhr

Doris war sofort hellwach. Dunkelheit lag über der Kabine. Nur mit viel Fantasie ließen sich die groben Umrisse der Fenster und Fahrgäste erahnen. Die übrigen Passagiere schienen zu schlafen. Aber sie hatte einen Windhauch gespürt, dicht neben sich. Jemand saß an ihrer Seite. Jemand, der ihr sehr vertraut war. Doris' Herz pochte. Sie ahnte, wer sich zu ihr gesellt hatte; nein, sie wusste es. Eine kräftige Männerhand tastete nach ihren behandschuhten Fingern. Sie ließ es geschehen, klemmte den Fäustling ihrer zweiten Hand zwischen die Beine und strich mit ihrem Daumen über seinen nackten Handrücken. Wieder dieses warme, lustvolle Ziehen. Sie war geil. Verdammt heiß auf ihn.

Er umfasste ihre Brüste. Hart, fordernd. Widersprüchliche Gefühle peitschten in Doris empor. Sie wollte es. Jetzt. Hier. Aber da war auch eine nachdrückliche Stimme der Vernunft, die ihr einzureden versuchte, dass es Wahnsinn war. Zu viele Leute. Zu wenig Platz. Man würde sie hören, sehen, empört oder gar entsetzt reagieren. Ferdinand würde davon erfahren. Und dann war da noch Samantha.

Dies gab den Ausschlag.

Nein, Sebastian, dachte sie. *So gern ich es möchte, aber nicht hier und jetzt.*

Doris wollte ihre Entscheidung in Worte fassen, doch im selben Moment legte sich eine Hand auf ihren Mund. Für einen Moment war sie wie erstarrt. Was sollte das? Wollte sie Sebastian zu Sex zwingen? Hier vor all den Leuten? Vor Samantha?

Unmut stieg in ihr auf. Doris griff nach dem blockierenden Arm und versuchte ihn fortzuschieben. Zwecklos. Der Griff war eisern, gnadenlos. Schlagartig loderte Furcht empor.

Beiß zu, dachte sie und öffnete den Mund.

Schmerz. Ihre Kehle war ein See aus Feuer. Sie bekam keine Luft mehr. Ihre Muskeln versagten. Sie wollte Sebastian anflehen: *Hör auf, bitte!* Nicht einmal ein Röcheln.

Panik, flirrende Punkte vor den Augen. *Aufhören!*

Ein kaum hörbares Rascheln. *Nein!*
Finsternis.

Kitzbühel, Hotel Tiefenbrunner
Sonntag, 7. Januar, 04:20 Uhr

Andreas riss die Augen auf und schnellte hoch. Stille umfing ihn.

Wobei, das stimmte nicht ganz: Der Sturm brauste um das Gebäude, die Fenster knirschten und knackten, und Schneekristalle prasselten gegen die Glasscheiben.

Seufzend ließ sich Andreas zurückgleiten und atmete tief durch. Er hatte schon wieder geträumt. Es war sein Albtraum gewesen – oder auch nicht. Zu Beginn die wohlbekannte Kulisse: Allein vor dem Abgrund aus Finsternis, über ihm ein runder Vollmond, strahlend hell, sodass sich die karge Landschaft in eine geisterhafte Steppe verwandelte. Direkt voraus das Nichts.

Weit und breit kein Gewitter, auch keine Blitze oder das beständige Grollen der Donnerschläge. Über dem Horizont erhob sich eine weiße Wand, bar jeglicher Farbnuance, ohne Kontraste, ohne einen einzigen Anhaltspunkt, worum es sich handelte.

Aber es kam näher. Nach und nach verschluckte die fahle Wolke das Gelände, die knorrigen Bäume und die wie ein Nagelbett aufgereihten Berggipfel. Dazu erklang ein gutturales Fauchen und Brausen. Es hörte sich so an, als würde ein uralter, zahnloser Löwe den Versuch unternehmen zu brüllen. Dennoch versprühte das Geräusch den Odem einer düsteren Bedrohung.

Augenblicke später war Andreas erwacht.

Erschöpft strich er sich mit einer Hand über die Stirn. Sie war schweißbedeckt. Vielleicht hatte Peter, sein Kollege, doch recht. Vielleicht sollte er professionelle Hilfe in Anspruch nehmen. Die Wiederkehr dieses Traums war unheimlich, erschreckend. Mittlerweile war es das dritte Mal innerhalb weniger Tage. Wenn seine Schlafprobleme anhielten, würde sich das früher und später auf seine Gesundheit schlagen. Andreas hatte jemanden gekannt, der nach einer Woche ohne richtigen Schlaf dem Wahnsinn verfallen war. Dieses Schicksal wollte er sich auf jeden Fall ersparen. *Gib dir einen Ruck, du sturer Hund!* Ermattet schloss Andreas die Augen. *Vielleicht ist es tatsächlich mehr als nur ein Traum.*

Schiregion Kitzbühel, 3S-Bahn, Kabine 14
Sonntag, 7. Januar, 04:50 Uhr

„Mama!"

Emmas Schädel dröhnte. *Wo bin ich?*

„Mama!"

Ächzend hob Emma den Kopf, blinzelte. *Was ist los?*

„Mama!"

Die Stimme eines Kindes, eines Mädchens. *Es heißt Samantha,* erinnerte sich Emma. Jemand stieß einen Schrei aus. Emma kam hoch, rieb sich die Augen. Es war überraschend hell in der Kabine. Drei, vier Handydisplays leuchteten, ebenso Raphaels Taschenlampe. Weitere Stimmen wurden laut.

„Doris? Verdammte Scheiße!"

Emma blickte sich um. Doris lag in Sebastians Armen. Reglos. Die Augen weit aufgerissen. Das Gesicht bleich wie der Tod. War sie tot?

„Oh mein Gott", wisperte Martin.

Eisige Erkenntnis brandete durch Emmas Körper. Etwas war geschehen. Etwas, das nicht hätte geschehen dürfen. Sie sprang auf und eilte an Sebastians Seite.

„Vielleicht ist sie nur ohnmächtig."

Emma wünschte sich von Herzen, dass Rüdigers unerschütterlicher Optimismus auch diesmal recht behielt.

„Nein", stellte Matteo nüchtern fest, der sich ebenfalls über die Leblose gebeugt hatte. „Sie atmet nicht mehr."

Emma drückte zwei Finger gegen Doris Hals. *Bitte,* flehte sie. *Sei nicht tot!*

Kein Puls.

„Reanimieren", sagte sie. „Sebastian, leg sie auf den Boden."

„Aber ..."

„Sofort."

Sebastian tat, wie ihm geheißen. Mit einem Mal wirkte er hilflos und verzweifelt, wie ein kleines Kind, das seine Mutter in der Menschenmenge verlor und nicht mehr wusste, wohin.

Eins, zwei, drei, dachte Emma konzentriert, während sie die Herzdruckmassage durchführte.

Tränenbäche rannen über Samanthas Wangen. Ihre Augen waren glasig. „Mama", murmelte sie. „Sag doch etwas ..."

Sonja erhob sich, setzte sich neben Samantha und nahm sie in den Arm. „Alles wird gut", flüsterte sie. Aber der Blick, den sie Emma zuwarf, wirkte alles andere als zuversichtlich.

Achtundzwanzig, neunundzwanzig, dreißig. Beatmen! Emma überstreckte Doris' Kopf und begann mit der Mund-zu-Mund-Beatmung.

Matteo kniff die Augen zusammen. „Ihre Kehle …“, murmelte er und beugte sich näher heran. Ohne seinen Handschuh auszuziehen, strich er mit zwei Fingern über Doris gestreckten Hals. „Ihr Kehlkopf ist eingedrückt“, sagte er. „Fast so, als ob …“

Er verstummte.

Emma hielt inne. Matteo hatte recht. Doris Hals war verformt. Auf den ersten Blick kaum zu erkennen, aber wenn man wusste, wonach es zu suchen galt, blieb die Einbuchtung im Luftröhrenbereich nicht verborgen. Das sah nicht nach einem Unfall aus. Und es bedeutete, dass Doris vermutlich nicht zu retten war.

Eins, zwei, drei, zählte Emma verbissen und fuhr mit der Herzdruckmassage fort.

Tränen sickerten in ihre Augen. Hastig wandte sie sich zur Seite. Sie wollte nicht, dass es Matteo mitbekam. Dabei fiel ihr Blick auf Henrik. Der Rotschopf rührte sich noch immer nicht, aber seine Körperhaltung sprach Bände: angespannt, steif, die Hände an der Sitzbank aufgestützt, als wollte er jeden Moment aufspringen. In seinen Augen loderte ein unstetes Feuer. Brannte es aus Furcht, Entsetzen oder gar Bosheit?

„Henrik“, hauchte Emma.

„Scheiße“, entfuhr es Rüdiger. „Hier klebt Blut am Boden!“

Der Rothaarige schnellte von seinem Sitz wie eine gespannte Feder. Er stieß Rüdiger beiseite, der vor ihm stand, und hechtete an das andere Ende der Kabine. Michelle und Sandra kreischten auf, als Henrik in ihre Richtung stürmte. Panisch rückten sie zur Seite, drängten sich an Raphael.

Henrik stand in der Ecke der Gondel wie ein in die Enge getriebenes Raubtier. Seine Augen glühten. „Lasst mich in Ruhe!“, fauchte er, und eine klebrige Speichelfahne lief aus seinem Mundwinkel.

„Henrik.“ Sebastians Stimme war hart und schneidend. „Was hast du getan?“

Er trat einen Schritt auf den Rothaarigen zu.

Mit einem Mal blitzte es silbern in Henriks ausgestreckter Hand. Das Schnappmesser war mindestens zehn Zentimeter lang und ohne Zweifel scharf.

„Zurück!“, kreischte Henrik und die Adern an seinen Schläfen pulsierten. „Oder ich bringe euch um!“

*

Für einige Sekunden rührte sich niemand. Auch Emma hatte ihre Wiederbelebungsversuche eingestellt. Es schien, als befänden sie sich in einem Videofilm und als hätte ein perfider Gott den Pausenknopf betätigt.

„Ich war's nicht“, gurgelte Henrik und deutete anklagend auf Matteo. „Du hast sie umgebracht!“

Matteo zuckte zusammen. „Sie sind wahnsinnig“, murmelte er. „Legen Sie das Messer weg!“

„Du warst es!“, brüllte Henrik und deutete diesmal auf Sebastian.

Sebastians Augen waren kleine, feurige Kohlen und brannten sich in Henriks Antlitz. „Weg mit dem Messer“, fauchte er.

Sebastian suchte Matteos Blick. Dieser verstand und nickte kaum wahrnehmbar. Von zwei Seiten näherten sie sich Henrik. Auch Rüdiger schloss sich ihnen an.

„Kommt nicht näher“, grollte der Rothaarige und fuchtelte mit seinem Messer umher. „Ich meine es ernst!“

„Sie wollen doch niemanden verletzen“, sagte Matteo beschwörend, hob beide Hände und lenkte damit Henriks Aufmerksamkeit auf sich. „Legen Sie das Messer weg. Dann können wir uns in Ruhe unterhalten, was eigentlich geschehen ist."

Sebastian näherte sich von der Seite. Henrik wandte sich ihm zu, aber auch Matteo tat einen Schritt nach vorn. Der Rothaarige zögerte. Sein Blick flackerte. Er wich noch weiter zurück, bis er mit seinen Kniekehlen gegen die Sitzbänke stieß.

Unerwartet schnellte Sebastian vor und packte Henriks Messerarm. Henrik keuchte überrascht, wollte sich losreißen. Doch Matteo ergriff seinen zweiten Arm. Als der Rothaarige nach dem Chirurgen treten wollte, schnappte sich Rüdiger das Bein und zog daran. Henrik verlor das Gleichgewicht. Im selben Moment schlug Sebastian die Hand mit dem Messer gegen eine Haltestange der Kabine. Henrik kreischte auf. Er ließ die Waffe fallen und stürzte zu Boden. Sofort waren die anderen über ihm und drückten ihn auf das Wellblech.

Henrik brüllte wie am Spieß. Mit aller Macht wehrte er sich gegen die Übermacht, bockte, trat um sich und versuchte Matteo in die Hand zu beißen.

„Wir brauchen etwas, um ihn zu fesseln!", schrie Sebastian.

„Ich hab' ein Seil!", rief Raphael und öffnete seinen Rucksack.

Das Tau war etwa drei Meter lang. Sie schnitten es auseinander und fesselten Henrik an Armen und Beinen, sodass er bloß seinen Oberkörper hilflos hin- und herwerfen konnte. Emma registrierte, dass einige von Henriks Fingern blau vor Kälte waren. Ihr Mitleid hielt sich in Grenzen.

Schwer atmend erhoben sich die vier Männer und blickten auf Henriks zuckende und fluchende Gestalt hinab. „Hübsches Paket", sagte Matteo und rückte seine Brille zurecht.

*

Emma sah nach einigen Minuten vergeblicher Reanimation ein, dass Doris tot war. Martin und Rüdiger legten den Leichnam auf die andere Seite der Gondel und breiteten Doris' Jacke über ihren Oberkörper, sodass ihnen der grässliche Anblick erspart blieb. Martin sprach ein kurzes Gebet. Stockend und nicht besonders einfallsreich, aber das bekümmerte niemanden.

Sebastian unternahm mehrmals den Versuch, Henrik zum Sprechen zu bringen. Doch dieser blieb stur, fluchte und spuckte und wünschte ihnen allesamt eine Fahrt in die Hölle.

Schweigend hockten die Fahrgäste auf ihren Sitzen. Die meisten Personen starrten ins Leere. Sebastians Gesicht war blass und bar jeder Regung. Samantha drückte sich gegen Sonjas Brust, schniefte herzzerreißend und wurde alle paar Sekunden von Weinkrämpfen geschüttelt. *Was für eine Katastrophe,* dachte Emma. *Als kleines Kind die Mutter zu verlieren.* „Ich frage mich nur", sagte Sonja leise, „weshalb er Doris umgebracht haben sollte."

„Vielleicht ist er einfach ausgerastet", meinte Raphael.

„Vielleicht", gab Sonja zu. „Aber dann hätten wir doch etwas mitbekommen müssen. Ich meine, hat irgendjemand etwas Verdächtiges gehört?"

Allgemeines Kopfschütteln.

„Mir ist nur aufgefallen ...", begann Rüdiger, wurde aber von einem Aufschrei unterbrochen. Michelle deutete mit vor Schrecken geweiteten Augen auf den am Boden liegenden Henrik.

„Er hat Schaum vorm Mund!“

Der Rothaarige zuckte und wand sich, wie ein Fisch am Haken. Speichel troff aus seinen Mundwinkeln, spritzte auf den Metallboden. Seine Pupillen wanderten nach oben, bis nur noch das Weiß in seinen Augen zu sehen war.

Emma sprang auf und wollte Henrik in eine stabile Seitenlage drehen, aber seine unkontrollierten Bewegungen ließen das nicht zu. *Wasser*, dachte Emma. Sie besaßen kein Beatmungsgerät, keine Medikamente, kein Beruhigungsmittel, nichts. Nur Wasser, und selbst davon zu wenig. „Haltet ihn fest!“, rief sie, an Sebastian und Matteo gewandt. Die beiden bückten sich folgsam und fixierten den Tobenden. Emma nahm den Kunststoffsack mit dem geschmolzenen Schnee und träufelte etwas Flüssigkeit in Henriks Mundwinkel.

Keine Entspannung.

Der Körper des Rothaarigen bäumte sich auf wie ein bockendes Pferd. Sebastian und Matteo wurden abgeschüttelt. Henriks Kehle entrang sich ein erbarmungsloser Schrei. Sein Kopf schlug mehrmals hart auf den Wellblechboden. Blut spritzte. Spastische Krämpfe erfassten seine Gliedmaßen. Die Hände verkrümmten sich zu Klauen. Schlagartig verlor Henrik jede Menschlichkeit. Und dann – Stille. Henrik regte sich nicht mehr.

Zögernd ging Emma in die Hocke und drückte ihre Finger gegen Henriks Halsschlagader. Kein Puls. Sie riss die Augen auf und warf Matteo einen hilfesuchenden Blick zu. Dieser kniff die Lippen zusammen, bückte sich und tastete nach Henriks Arm.

„Er ist tot.“

*

Anspannung. Fassungslosigkeit. Betroffenheit. Furcht.

Die Luft war geschwängert von negativen Energien und düsteren Gedanken. Emma spürte es so deutlich, dass ihr schwindelig wurde. Falls sie nicht gegensteuerten, würde sich die Situation weiter zuspitzen. Dann konnte sich diese geballte Kraft aus Dunkelheit nur in einer zerstörerischen Explosion entladen. Emma rief ihren Schutzengel herbei, bat ihn um Beistand. Doch es kam keine Antwort.

„Das gibt's einfach nicht", wimmerte Sandra. „Warum ist er gestorben? Warum hat er Doris umgebracht?"

Samantha fing an zu schreien, zuerst leise, mehr ein Jammern, dann immer lauter.

„Irgendwas ist hier faul", stellte Sebastian fest. „Zuerst Doris und jetzt Henrik. Das kann kein Zufall sein."

„Finde ich auch", sagte Matteo. Seine Stimme war bedächtig und ruhig. Gefährlich ruhig. Er wandte sich abrupt Martin zu. „Du bist gegenüber von Doris gesessen. Bevor ich eingeschlafen bin, habe ich gehört, wie ihr miteinander gesprochen habt. Und zwar nicht besonders nett. Da stellt sich mir die Frage", seine Stimme wurde lauter, „ob du nicht hinübergelangt und ihr den Kehlkopf zertrümmert hast."

„Was erlaubst du dir!", brauste Martin auf. „Willst du mich des Mordes bezichtigen? Wir hatten eine kurze Diskussion über Gott, das war alles. Und überhaupt: Was sollte mein Motiv sein? Ist hier niemanden aufgefallen, dass Sebastian Doris schöne Augen gemacht hat?"

Alle Blicke wandten sich dem Liftbediensteten zu. Dieser gab sich in keinster Weise eingeschüchtert. „Ist das ein Verbrechen?", fauchte er. „Bin ich ein Mörder, nur weil ich eine Frau attraktiv finde?"

„Vielleicht hat sie dich abblitzen lassen", schnaubte Matteo.

„Schwachsinn!", brüllte Sebastian. „Euch ist wohl entgangen, dass man hier jeden Huster mitbekommt. Von einem Gewaltverbrechen ganz zu schweigen. Aber weshalb ist Doris dann gestorben? Warum hatte Henrik Schaum vorm Mund und die Augen verdreht? Was wäre naheliegender als ein bisschen Gift, mit dem sich der Herr Pharmazeut garantiert blendend auskennt."

Rüdiger wurde blass. „Verleumdung!", fuhr er auf und erhob sich von seinem Sitzplatz. „Nimm das sofort zurück."

„Auf gar keinen Fall. Glaubst du, ich habe nicht bemerkt, dass du andauernd in deinen Taschen gekramt hast, wenn niemand hingesehen hat?"

„Bitte", flehte Emma. „Wir müssen einen kühlen Kopf bewahren. Noch wissen wir nicht einmal, ob es sich überhaupt um Mord …"

Doch schon wurde sie von Martin unterbrochen. „Was ist eigentlich mit dir, Matteo, wenn wir schon bei Verleumdungen sind: Kann es sein, dass ich gehört habe, wie du aufgestanden bist – kurz bevor Samantha geschrien hat?"

„Untersteh dich!", brauste Matteo auf.

Sandra fing an zu weinen. Samantha brüllte immer lauter. Michelle hatte die Hände auf die Ohren gepresst, die Augen geschlossen und murmelte Unverständliches. Raphael bemühte sich vergeblich, zwischen den vier Männern zu vermitteln, die kurz davor standen, sich gegenseitig an die Gurgel zu springen.

Emma war zur Hilflosigkeit erstarrt. Sie wusste nicht, was sie tun sollte. Wenn hier in der Gondel Gewalt und Panik eskalierten, würde es noch mehr Tote geben. Hier gab es keine Polizei, die eingreifen konnte, keine außenstehende Person, die sie vielleicht zur Vernunft gebracht hätte; und schon gar nicht gab es ein Entrinnen aus der bedrückenden Enge von Kabine vierzehn.

Da fing Sonja an zu singen.

Kitzbühel, Hotel Goldener Hirsch
Sonntag, 7. Januar, 05:00 Uhr

Bernhard schreckte auf. Einen Moment lang war er völlig orientierungslos. *Verdammter Mist,* dachte er und erhob sich schwankend. *Ich bin eingeschlafen.* Sein Blick fiel auf den Monitor. Der Wagen stand da wie zuvor. Wenigstens etwas.

Bernhard schritt an das Doppelbett heran und rüttelte sacht an Annas Schulter. Sie schnellte auf wie eine gereizte Klapperschlange und stieß ihrem Partner vor die Brust, sodass dieser zwei Schritte zurücktaumelte.

„Anna, ich bin's!" Bernhard war von ihrer heftigen Reaktion völlig überrascht. Um ein Haar wäre er gestürzt.

Anna blinzelte. Dann senkte sich ein Ausdruck von Bestürzung auf ihre Züge. „Diamine", murmelte sie auf Italienisch und strich sich die dunklen Haarsträhnen aus dem Gesicht. „Entschuldige. Ich … habe geträumt."

Bernhard lächelte matt. „Ist schon in Ordnung. Nicht verwunderlich nach den gestrigen Strapazen."

„Ist es schon eins?", erkundigte sich Anna und gähnte herzhaft.

„Hm, nicht ganz."

Anna hielt inne. „WIE spät ist es?"

„Fünf Uhr früh."

Sie riss die Augen auf. „Du hast mich vier Stunden länger schlafen lassen?“

„Ähm, ja.“

„Das war nicht abgemacht.“

„Nein. Dummerweise bin ich eingeschlafen.“

Anna kniff entrüstet die Augenbrauen zusammen. Ihr Blick wanderte in Richtung des Monitors.

„Keine Sorge“, beruhigte sie Bernhard. „Der Wagen steht noch da.“

Anna schwang sich aus dem Bett. „Dann legen Sie sich gefälligst hin, Herr Kommissar“, sagte sie mit einem spöttischen Unterton in der Stimme. „Nicht, dass Sie noch im Stehen einschlafen.“

Schiregion Kitzbühel, 3S-Bahn, Kabine 14
Sonntag, 7. Januar, 05:30 Uhr

Sonjas Stimme war zart und glockenhell. Sie erfüllte die Kabine gleich einer Woge aus Hoffnung, Sanftmut und Lebensfreude. Es schien, als müssten all die bangen und düsteren Empfindungen, all die angestaute Furcht, der Hass und die Unsicherheit dem Gesang weichen. So rasch, als würden sie vom Winde verweht.

Raphael war wie verzaubert. Er wusste, dass Sonja eine schöne Stimme besaß. Vor zwei Jahren, als es ihr zeitlich noch möglich gewesen war, hatte sie in einem Chor gesungen. Dank ihrer klaren und kräftigen Sopranstimme war sie immer wieder für Solostücke vorgeschlagen worden und hatte bei Auftritten begeisterten Beifall erhalten. Doch noch nie hatte er sie so singen gehört wie jetzt. Es war, als würde aus ihrem Mund der Ruf eines Engels erklingen.

Erst in diesem Moment erfasste er, was sie sang. Es war das *Ave Maria* von Schubert; ein Lied, das er schon als Kind mit Begeisterung vernommen hatte.

Raphael sah sich um. Es war unfassbar. Rüdiger starrte Sonja mit offenem Mund an. Kaum weniger beeindruckt wirkte Matteo. Seine Augen waren glasig, als könne er nur mit Mühe die Tränen unterdrücken. Martin hatte die Hände in Gebetshaltung verschränkt und den Blick gesenkt. Sebastians Gesicht war völlig unbewegt, aber in seinen Augenwinkeln funkelte es verdächtig. Samantha weinte nicht mehr. Mit einem Ausdruck grenzenloser Verblüffung beobachtete sie Sonjas Lippenspiel. Emmas Antlitz zeigte puren Frieden und Glückseligkeit. Die alte Dame wirkte so entspannt, wie sie es seit dem Beginn ihrer Odyssee nicht gewesen war. Sandra und Michelle lauschten andächtig, warfen keinen einzigen Blick auf ihre Smartphones; selbst dann nicht, als die Beleuchtung der Handydisplays allmählich verblasste.

Unglaublich, dachte Raphael. Was all die vorherigen Worte, die Beschwichtigungsversuche und Ermahnungen nicht vermocht hatten, gelang Sonja innerhalb von Sekunden: Sämtliche Aggression war wie weggeblasen.

Raphael schloss die Augen und lauschte Sonjas Gesang. *Was habe ich nur für eine unglaublich tolle Freundin!*

*

„Tut mir leid, was ich vorhin gesagt habe.“ Martins Gesicht war das Abbild des demütigen Büßers. „Es war nicht so gemeint.“

„Nein, nein“, erwiderte Matteo. „Ich muss mich entschuldigen. Der Stress und die Anspannung. Ich habe wohl irgendein Ventil gebraucht. Das war weder fair noch ehrlich. Ich halte dich sicher nicht für einen Mörder. Emma hat recht – wahrscheinlich war es eine unglückliche Verkettung an Zufällen."

„Auch mir tut es leid", meinte Sebastian, wandte sich Rüdiger zu und senkte betreten den Kopf. „Ich nehme alles zurück, was ich gesagt habe."

„Passt schon", entgegnete Rüdiger und seufzte tief. „Ich glaube, wir alle waren mit den Nerven am Ende. Wir müssen Sonja dafür danken, dass sie uns zur Vernunft gebracht hat. Sonst wären wirklich die Fäuste geflogen."

„Stimmt", bestätigte Martin und wandte sich Sonja zu. „Ohne deinen engelsgleichen Gesang hätte das böse enden können. Ich möchte mich aus tiefstem Herzen für unser Verhalten entschuldigen. Dein *Ave Maria* war eine Offenbarung."

„Danke und gern geschehen", sagte Sonja und lächelte. „Irgendwer musste doch einen klaren Kopf bewahren."

*

Die Stimmung war ruhig, wenn auch nicht entspannt. Raphael fiel auf, dass niemand mehr an Schlaf dachte und sich sämtliche Gespräche um Belanglosigkeiten drehten. Kein Wort wurde über die dramatischen Ereignisse verloren, kaum ein Blick wanderte in Richtung der beiden Leichen; und wenn doch, flüchtete er sich rasch in ein lebendiges Antlitz oder verlor sich in der Dunkelheit jenseits der Fenster.

Selbstverständlich war es Raphael aufgefallen. Der Gesang hatte Sonja enorme Kraft gekostet. Weiterhin standen Schweißperlen auf ihrer Stirn. Ihre Nasenspitze und die Wangen wirkten etwas zu hell, um als natürliche Gesichtsfarbe durchzugehen. Außerdem war sie unruhig. Ihre Hände suchten sich ständig ein Stück Stoff oder ein Band, mit dem sie herumspielen konnten.

Als Raphael seine Freundin darauf ansprach, winkte diese ab. „Mir geht es gut. Bin nur ein bisschen müde. Aber schlafen möchte ich nicht. Da bleibe ich lieber wach."

Raphael entging nicht, dass ihre Stimme zitterte. Er konnte sich nicht vorstellen, dass dies allein auf Sonjas Erschöpfung zurückzuführen war. Ihr Zuckerspiegel musste mittlerweile im Keller sein.

Bitte, flehte Raphael in Gedanken. *Bewegt endlich eure Ärsche und rettet uns!*

*

Es war leichtsinnig gewesen. Sehr leichtsinnig.

Selbstverständlich hätte er wissen müssen, dass Doris im Beisein ihrer Tochter keine sexuellen Handlungen setzen würde. Dummerweise war dieses Wissen nicht bis in sein Bewusstsein gedrungen.

Als er ihre Brüste umfasst hatte, wollte sie protestieren. Instinktiv presste er ihr seine Hand auf den Mund. Für einen Moment war sie wie erstarrt, dann versuchte sie seinen Arm wegzuschieben. Unwillkürlich war seine zweite Hand vorgeschnellt. Der Schlag mit der Handkante zerschmetterte ihren Kehlkopf, das Geräusch kaschierte er mit einem verschlafenen Seufzer. Danach waren alle weiteren Bedenken überflüssig. Sie durfte keinen Laut von sich geben. Ein weiterer Hieb an die Schläfe und sie verlor das Bewusstsein. Umsichtig ließ er ihren schlaffen Körper nach hinten gleiten, bis dieser sicher an der Rückenlehne ruhte. So war es nur eine Frage von

Sekunden, bis sie ersticken würde. Nun rasch auf den eigenen Platz zurückgehuscht und schlafend gestellt.

Glücklicherweise war die Fügung auf seiner Seite gewesen. Den rothaarigen Trinker als Mörder zu sehen, kam ihm wie gerufen. Bloß unangenehm, dass es mit Henriks Gesundheit nicht zum Besten gestanden hatte. Er tippte auf einen Schlaganfall. Dumme Sache, besonders, da ihm die Situation um ein Haar entglitten wäre. Aber auch in diesem Fall blieb ihm das Glück hold. Eine wahrhaft teuflisch schöne Stimme, die Sonja besaß. Darauf würde er noch zurückkommen.

Blieb die Frage, ob ihn jemand bemerkt hatte. Er hoffte nicht. Jeder zusätzliche Tote erhöhte die Gefahr einer Enttarnung. Was wiederum äußerst unangenehm werden konnte – für die übrigen Fahrgäste, verstand sich.

Krankenhaus Kufstein, Unfallchirurgie
Sonntag, 7. Januar, 05:45 Uhr

„Natascha?"

Sie murmelte Unverständliches im Schlaf, strich mit der Hand über ihre Wange.

„Natascha, mein Engel."

Sie blinzelte, wirkte für einen Moment zerstreut. Benjamin lächelte.

„Mein Engel", sagte er. „Ich muss los. Um sieben haben wir in Kitzbühel Lagebesprechung."

Natascha nickte schwach. „Okay", flüsterte sie. Der Blick ihrer leuchtend blaugrünen Augen wanderte über Benjamins Gesicht. Er ahnte, was sie gerade dachte: *Welche meiner Erinnerungen entstammen der Welt der Träume, welche spiegeln die Realität wider?* Auch Benjamin hatte geträumt. Konfuse, verwirrende Gedankenfetzen waren durch seine Gehirnwindungen gefegt. Er konnte sich an Schreie erinnern. An weiß vermummte Gestalten. An Unmengen von Schnee. Zumindest Letzteres entsprach den Tatsachen.

Benjamin griff nach Nataschas Hand. „Ich komme wieder, so schnell ich kann."

„Gut." Sie lächelte schwach. „Pass auf dich auf. Und keine Heldentaten, verstanden?"

„Natürlich nicht. Ich werde vorsichtig sein."

Ein unsicherer Schatten huschte über ihr Gesicht. „Weißt du, ich …" Natascha zögerte und senkte den Blick. „Was hast du gestern zu mir gesagt?"

„Was ich …? Ah." Benjamins Miene hellte sich auf. Er drückte Natascha einen sanften Kuss auf die Stirn. „Ich habe gesagt, dass ich dich liebe."

Natascha seufzte und schloss für einen Moment die Augen. „Gott sei Dank", murmelte sie. „Ich habe schon befürchtet, es war alles nur ein Traum."

Kitzbühel, Wohnung Gerbergasse
Sonntag, 7. Januar, 06:05 Uhr

Franz hob das linke Augenlid. Es war schwer wie Blei. Er hob das rechte; eine uranverstärkte Augenstahlklappe, die sich nicht von der Stelle bewegen wollte. Ächzend rollte er sich auf die Seite, griff nach dem Wecker und deaktivierte den Alarm.

Aufstehen, dachte er.

Sein Körper regte sich nicht.

Aufstehen, du gottverfluchter Scheißorganismus!

Stöhnend gelangte er in eine sitzende Position, rieb sich mit fahrigen Bewegungen über das Gesicht. Die Nacht war die Hölle gewesen. Immer wieder war er hochgeschreckt, hatte geglaubt, verschlafen zu haben. Dazu Albträume ohne Ende. Er konnte sich erinnern, wie sich der gesamte Aufsichtsrat in gackernde Dämonen verwandelte, die ihm befahlen, nackt auf einem Nagelbett zu tanzen. Stefanie erschien ihm als Hexe, verwandelte ihn in einen Frosch und schlug ihn mit einem Tennisschläger wieder und wieder gegen eine Wand. In einem weiteren Traum rannte er um sein Leben. Rote Augen in der Finsternis. Ein tiefes, furchteinflößendes Grollen. Vielleicht ein Löwe, vielleicht eine namenlose Bestie aus Gestalt gewordener Angst. Franz war zu langsam. Das Untier rückte beständig näher. Dann ein bodenloser Abgrund vor ihm. Ein endloser Sturz. Das Schreien in seinen Ohren, als er schweißgebadet erwachte.

Daneben hatten ihn auch Schmerzen geplagt. Einerseits in der Schulter, die zwar nicht gebrochen schien, aber fortwährend Speere aus Pein Richtung Nacken und Oberkörper sandte. Andererseits waren die Schmerzen in seinem Schädel im Lauf der Nacht unerträglich geworden. Letztendlich war es einem Aspirin zu verdanken, dass er doch noch zwei, drei Stunden durchgehenden Schlaf fand.

Franz wusste nicht, ob er den heutigen Tag überleben würde. Er fühlte sich alles andere als erholt. Eine weitere Tablettendosis wie gestern konnte lebensbedrohlich sein. Dabei mochten die nächsten Stunden noch nervenaufreibender werden. *Wenn ich heute sterbe,* überlegte er, *was würde ich tun?*

Nichts, beantwortete er seine Frage. *Einfach weitermachen. Nicht aufgeben. Kämpfen. Bis zum Schluss.*

Kitzbühel, Hotel Goldener Hirsch
Sonntag, 7. Januar, 06:30 Uhr

„Einen wunderschönen guten Morgen! Auf, auf, Monsignore, es ist schon halb sieben."

Bernhard stöhnte und zog die Bettdecke über den Kopf. „Noch zehn Minuten. Erbarmen!"

„Keine Chance", erwiderte Anna. „In weniger als zwei Stunden geht die Sonne auf. Bis dahin will ich eine neue Spur haben."

„Wir ha'm doch 'ne Spur", näselte Bernhard und rieb sich die Augen.

„Nein, haben wir nicht", widersprach Anna. „Wir überwachen ein möglicherweise relevantes Fahrzeug, das ist alles. Wir wissen nicht, wann der Verdächtige zurückkehrt. Wie können nicht einmal sagen, ob er sich überhaupt noch in Kitzbühel befindet. Eventuell hat er einen anderen Wagen genommen. Theoretisch könnte der Mörder auch in ein Flugzeug gestiegen sein. Vielleicht sitzt er längst an einem Strand in Argentinien und hält Ausschau nach seinem nächsten Opfer."

„Schon gut, schon gut", beschwichtige Bernhard und setzte sich auf. „Du hast ja recht. Wobei ich davon ausgehe, dass sich der Tatverdächtige in der Nähe aufhält."

„Davon ausgehen ist nicht wissen."

Bernhard warf Anna einen schrägen Blick zu. Gewöhnlich war sie nicht so schnippisch. Ob dies ein Ausdruck ihrer inneren Unruhe war, jetzt, da sie dem Täter näher rückten? Oder konnte es ein Resultat von Schlafmangel und schlechten Träumen sein?

„In Ordnung", sagte Bernhard und gähnte herzhaft. „Ich nehme an, du hast dir Gedanken über unser weiteres Vorgehen gemacht."

„So ist es."

„Dann lass mal hören."

Schiregion Kitzbühel, 3S-Bahn, Kabine 14

Sonntag, 7. Januar, 06:35 Uhr

„Was machen wir jetzt?"

Das letzte halblaute Gespräch zwischen Rüdiger und Martin verstummte. Raphael warf einen entschlossenen Blick in die Runde. Eigentlich reagierte nur Emma. Aber auch in ihren Augen stand wenig Motivation.

„Wir müssen irgendetwas tun", sagte Raphael bestimmt. „Sonst werden wir hier noch wahnsinnig!"

Raphael hatte genug. Er war es leid, zu warten. Er war es leid, tatenlos herumzusitzen. Vor allem aber war er es leid, zusehen zu müssen, wie es Sonja beständig schlechter ging.

„Klar", grollte Matteo. „Am besten wir spielen verstecken. Oder fangen."

Ärger flammte in Raphael empor wie eine meterhohe Lohe, ausgelöst durch Wasser auf brennendes Öl. Doch seine negativen Gefühle verflüchtigten sich sofort. Im Prinzip meinte es Matteo nicht böse. Es war bloß sein Weg, mit Stress und Angst umzugehen.

Emma meldete sich zu Wort. „Raphael hat recht. Wenn wir keine Vorsorge treffen, werden Unsicherheit und Nervosität überhandnehmen. Ich denke, niemand hier will, dass wir uns wieder in eine Spirale aus Bosheit und gegenseitigen Beschuldigungen begeben."

Raphael warf Emma einen dankbaren Blick zu. Die Krankenschwester nickte verständnisvoll und musterte Sonjas zusammengesunkene Gestalt. Auf die offenkundige Frage in ihrem Gesicht konnte Raphael nur die Schultern zucken. Er wusste nicht, wie es um seine Freundin stand. Seit einer Stunde hatte Sonja kein Wort gesprochen. Raphael fürchtete, dass es ihr sogar noch schlechter ging, als sie nach außen hin erkennen ließ.

„Völlig richtig", stimmte nun auch Rüdiger zu. „Furcht und Stress können leicht in Panik umschlagen. Wir müssen eine Beschäftigung finden, selbst wenn sie wenig sinnvoll erscheint; einfach aus dem Grund, damit wir nicht durchdrehen."

„Wie wäre es", schlug Martin vor, „wenn wir Raphaels Idee in die Tat umsetzen und mit der Taschenlampe Leuchtsignale senden?"

„Genau", brummte Matteo. „Und danach pinkeln wir aus hundert Meter Höhe einen Limerick in den Schnee."

Tirol, B161 bei Sankt Johann

Sonntag, 7. Januar, 06:35 Uhr

Auf dem Weg von Kufstein nach Kitzbühel entschloss sich Benjamin zu drei Handlungen, die sein Leben verändern sollten.

Handlung Nummer eins: Er würde wieder anfangen, regelmäßig Sport zu treiben. Vor kaum fünf Jahren war er zwei-, dreimal pro Woche ins Fitnessstudio und Laufen gegangen. Aber mit seiner Anstellung als Sicherheitschef hatte er die sportliche Betätigung immer öfter ausfallen lassen; sein kleiner Waschbärbauch war der lebendige Beweis dafür. Das musste sich ändern. Natürlich war es ein Ansporn, wenn man wusste, dass man von einer attraktiven, jungen Frau begehrt wurde. Aber ebenso wollte er sich selbst im Spiegel betrachten und sagen können: *Du siehst gut aus.* Freilich, ein gewisser Narzissmus ließ sich nicht leugnen. Doch gleichzeitig war es eine nette Triebfeder für das Selbstwertgefühl.

Handlung Nummer zwei: Heute Abend, wenn er ins Krankenhaus nach Kufstein zurückkehrte, würde er Natascha einen Heiratsantrag machen. Selbstredend war das verrückt. Er kannte die junge Blondine seit kaum drei Monaten. Sie hatten erst zwei oder drei tiefschürfende Gespräche geführt. Und sexuell war noch überhaupt nichts zwischen ihnen gelaufen. Dessen ungeachtet, war er überzeugt, das Richtige zu tun. Er fühlte es tief in seinem Herzen gleich der niemals erlöschenden Flamme eines Sturmfeuerzeugs: Sie waren füreinander bestimmt; so sicher, wie der Tag auf die Nacht folgte.

Handlung Nummer drei: Heute Nachmittag, wenn die Bergung der Passagiere abgeschlossen war, würde er vor Franz treten und eine Gehaltserhöhung fordern. Das klang vielleicht wagemutig, trug sein Zuspätkommen gestern früh doch Mitschuld an dem Seilbahnunglück. Doch Benjamin wusste, dass er in einigen Tagen oder Wochen nicht mehr den Mut dazu aufbringen würde. Dazu kam, dass er Natascha mehr bieten wollte als eine sechzig Quadratmeter kleine Wohnung. Er wollte sie zu einem Gala-Dinner einladen können, mit ihr zu einem Strandurlaub auf die Malediven fliegen, ihr die Sterne vom Himmel holen. Das alles benötigte Geld. Viel Geld. Sorgen, dass ihm Franz die Gehaltserhöhung verweigern könnte, machte er sich nicht. Bislang war er immer zuverlässig und arbeitsam gewesen, hatte Franz mehr als einmal in misslichen Lagen beigestanden. Sollte sich der Betriebschef dennoch stur zeigen, gab es noch eine weitere Möglichkeit: Benjamin wusste etwas, das ihm die Macht gab, alles von Franz verlangen zu können. Er würde dieses Wissen nicht gern in die Waagschale werfen. Aber falls es erforderlich war, konnte ihn auch sein schlechtes Gewissen nicht davon abhalten.

Kitzbühel, Altstadt
Sonntag, 7. Januar, 06:50 Uhr

Anna brachte zwei Vorschläge ein. Der erste war, mithilfe einer Flipchart-Tafel die bisherigen Erkenntnisse zu skizzieren, nach Möglichkeiten zu sortieren und eventuelle Querverknüpfungen zu schaffen. Als zweite Anregung schlug sie vor, das Innere des überwachten Fahrzeugs unter die Lupe zu nehmen. Bernhard war von letzterer Idee nicht besonders angetan. Er argumentierte, dass der Täter Verdacht schöpfen könnte. Anna hielt dagegen, dass es unwahrscheinlich war, dass der Mörder gerade jetzt auftauchte. Auch glaubte sie nicht, dass ihm die Untersuchung des Wagens auffallen würde – sofern sie keine Fensterscheibe einschlugen.

Letztendlich gab Bernhard klein bei. Um unliebsamen Überraschungen vorzubeugen, kontaktierten sie Arthur, der sich prompt bereiterklärte, das Monitoring der Überwachungskamera zu übernehmen. Für den Fall, dass sich eine verdächtige Person näherte, würde er sie informieren.

Bei dem Fahrzeug handelte es sich um einen schwarzen BMW mit getönten Seiten- und Heckfenstern. Fast ein halber Meter Schnee bedeckte Dach und Motorhaube. Das Sicherheitssystem des Wagens war aktiviert. Das bedeutete, dass bei einem widerrechtlichen Eindringversuch nicht nur eine ohrenbetäubende Alarmsirene aufheulte, sondern auch die nächst gelegene Polizeistation über den Einbruch informiert wurde. Zusätzlich blockierten die Haupträder, was ein Weiterfahren unmöglich machte. Eventuell wurde auch eine SMS an den Besitzer des Fahrzeugs verschickt.

Der Vorteil an diesem hochmodernen Sicherheitssystem war, dass vom Hersteller Zentralcodes zur Verfügung gestellt wurden. Anna zog ihren Tablet-PC hervor und aktivierte das Sicherheitsprotokoll, das sie noch im Hotel angefordert hatte. Eine Sekunde später erlosch das rot blinkende Lämpchen im Wagen, und die Türverriegelung öffnete sich.

„Na bitte“, sagte Anna zufrieden. „Legen wir los.“

*

Der Kofferraum war leer, so wie das gesamte Fahrzeug. Nirgends Spuren seines Besitzers. Aber Bernhard ahnte, wonach es zu suchen galt. Er richtete seine Taschenlampe auf die Filzabdeckung am Boden des Kofferraums und begutachtete jeden Quadratzentimeter. Erschwerend kam der nach wie vor kräftige Schneefall hinzu, wodurch immer wieder Schneeflocken durch das Fahrzeuginnere fegten. Dennoch wurde Bernhard fündig. Der winzige weiße Fussel hätte ein Kügelchen Schnee sein können; doch er zerging nicht, als sich Bernhard Untersuchungshandschuhe überzog und die unscheinbare Fluse zwischen den Fingern wand.

„Styropor“, stellte Bernhard fest. Er hob den Filzboden des Kofferraums an und lugte darunter. Der Reservereifen lag unter der Abdeckung, genauso, wie es sein sollte.

„Da ist nichts“, kommentierte Anna, als sie mit den Fingern unter den Reifen langte.

Bernhard legte den Kopf schräg. Etwas irritierte ihn. Er unterzog den Reifen einer gründlichen Musterung, fuhr mit der Hand die Oberfläche entlang. Da, an der Breitseite – eine quadratische Erhebung, die nicht zum Profil des Rades passen wollte. Bernhard verrenkte sich den Kopf, klemmte sich die Taschenlampe zwischen die Zähne und kroch halb ins Fahrzeuginnere. Ein rechteckiger Spalt war zu erkennen, gut zehn Zentimeter im Durchmesser. Jemand hatte den Reifen aufgeschnitten, ein Stück von ihm entfernt und wieder eingesetzt. Bernhard bemühte sich, das eingeklemmte Gummistück mit der Kante der Taschenlampe zu entfernen. Vergeblich.

„Reichst du mir das Messer?"

Unter Zuhilfenahme der Klinge war es ein Leichtes, das eingefügte Reifenstück herauszulösen. Im Inneren lag ein etwa faustgroßes Objekt, das von einer schwarzen Tüte umwickelt war. Bei dem Gegenstand handelte sich um einen schmucklosen Behälter aus Styropor, vielleicht einen halben Kubikdezimeter groß. Bernhard zögerte. Eine dunkle Ahnung stieg in ihm auf. Der kombinatorische Teil seines Verstandes wusste, was er zu Gesicht bekommen würde. Keine angenehme Vorstellung. Als er das Gefäß öffnete, drehte er sich etwas zur Seite, sodass Anna keinen direkten Blick erhaschen konnte.

Es waren acht Glasphiolen, gerade mal so groß wie ein kleiner Finger. Und nur zwei davon waren leer. Bernhard schluckte.

„Dieser dreckige Hurensohn", flüsterte Anna. Sie hatte sich zur Seite geneigt und auf die Zehenspitzen gestellt, sodass sie den Inhalt der Röhrchen erkennen konnte. Ihr Gesicht verzerrte sich zur Grimasse. In jeder der sechs Glasphiolen befand sich eine durchsichtige Flüssigkeit – und die abgetrennte Spitze einer weiblichen Klitoris.

Seilbahn GmbH Kitzbühel, Besprechungsraum
Sonntag, 7. Januar, 06:55 Uhr

Trotz des sonntäglichen Ruhetags, der frühen Stunde und der unwirtlichen Wetterbedingungen war der Besprechungsraum nicht weniger überfüllt als gestern. Bis auf den stellvertretenden Landeshauptmann hatten sich dieselben Personen eingefunden. Zudem waren weitere Vertreter von Alpinpolizei und Feuerwehr erschienen.

Franz wirkte übermüdet und angegriffen. Sein unrasiertes Gesicht und die rissigen Lippen verstärkten den kränklichen Eindruck. Benjamin, der unmittelbar links des Betriebsleiters saß, warf einen diskreten Blick auf Franz' Hände hinab. *Seine Finger zittern,* stellte er fest. *Er kann es nicht mehr verbergen. Phase zwei …*

Vermutlich war Benjamin der Einzige, der von Franz' Erkrankung wusste. Womöglich hatte außer dem behandelnden Arzt auch niemand Kenntnis davon. Benjamin war durch Zufall darauf gestoßen. Vor einigen Monaten hatte er Franz' leeres Zimmer betreten, um dem Betriebschef eine Nachricht auf den Tisch zu legen. Dabei stach ihm ein ärztliches Attest ins Auge. Ein ungewohnt neugieriges Begehren bewog ihn, sich herabzubeugen und den Zettel zu überfliegen. Franz hatte Parkinson. Das fortgeschrittene Stadium der Krankheit war evident.

„Ich wünsche einen guten Morgen", sagte Franz mit leiser und emotionsloser Stimme. Seine Mimik war starr, seine Haltung gebeugt. „Zunächst ersuche ich um eine kurze Zusammenfassung der aktuellen Ereignisse – Wilhelm?"

Der Leiter der Bergrettung ergriff das Wort. „Vor einer halben Stunde haben wir die Posten unterhalb der Gondel ausgetauscht. Bislang keine besonderen Vorkommnisse. Ein Trupp unserer Bergretter steigt derzeit mit drei Alpinpolizisten", er nickte zu Philipp hinüber, „zur Bergstation auf. Spätestens um halb acht sind sie einsatzbereit."

Franz nickte kaum merklich. „Maria?", wandte er sich an die leitende Technikerin.

„Das Notstromaggregat in der Bergstation konnte gestern Abend repariert werden", verkündete sie. „Auch das restliche System läuft einwandfrei, was uns aber wenig hilft, solang das Zugseil blockiert ist. Das Mobilfunknetz ist nach wie vor ausgefallen. Habe vorhin mit einem Techniker von der Mobilkom gesprochen. Angeblich soll das Netz in zwei Stunden wieder funktionieren."

„Na hoffentlich", brummte Franz und warf Benjamin einen Blick zu. „Wie steht es um den Bergewagen?"

„Ist startklar. Die verzogene Achse wurde repariert, das schadhafte Rad ausgetauscht."

„Wen hast du als Besatzung vorgesehen?"

„Ich würde zusammen mit …"

„Nein", unterbrach ihn Franz mit erhobener Stimme, was ihm sichtlich Schwierigkeiten bereitete. „Ich brauche dich hier in der Zentrale."

Benjamin überlegte, ob er es auf eine Konfrontation ankommen lassen sollte. Er wollte die Bergung der Kabine nicht in andere Hände legen. Andererseits wirkte Franz' Zustand instabil. Überdies sollte er nicht zu aufsässig sein, wenn er in wenigen Stunden um eine Gehaltserhöhung bat.

„Dann würde ich Ibrahim und Moritz schicken."

„Einverstanden", entgegnete Franz. „Machen wir das so. Georg, was ist mit der Presse?"

Der stellvertretende Betriebschef erhob sich, was seine Größe noch beeindruckender werden ließ. „Die ersten

Journalisten sind schon eingetroffen", sagte er. „Mit dem Start der Bergeaktion sind Liveübertragungen geplant. Ich habe auch mehrere Anfragen wegen Interviews und Pressekonferenzen erhalten."

„Die musst du übernehmen", stellte Franz fest. „Ich fühle mich gesundheitlich nicht dazu in der Lage."

Benjamin verwunderte die Ehrlichkeit, mit der Franz seine gebrechliche Verfassung eingestand. Das war definitiv nicht seine Art. Kompetenz abzugeben war ihm ein Graus. Es musste ihm in der Tat außergewöhnlich schlecht gehen.

„Herr Stamberger", wandte sich Franz an den Meteorologen aus Innsbruck. „Das Entscheidende ist nun das Wetter. Wie sieht es aus?"

„Gut", meinte Andreas lapidar. „Soll heißen: Meine Prognose dürfte eintreffen. Derzeit liegen die Spitzenböen im Gipfelniveau bei knapp unter einhundert Stundenkilometer. Der Wind sollte sich weiter abschwächen und erst nach Mittag wieder zulegen. Ähnlich sieht es mit dem Schneefall aus; er hat etwas nachgelassen. Habe mir die aktuellen Messwerte angesehen. Bis jetzt ist in höheren Lagen ein knapper Meter Neuschnee gefallen. Damit ist die Lawinengefahr als sehr hoch einzuschätzen. Von Ausflügen ins ungesicherte Gelände würde ich abraten."

„Das ist auch nicht geplant", stellte Franz fest. „Wir fahren jetzt mit dem Bergewagen zur Gondel, holen die Kabine rein, versorgen die Fahrgäste und am Nachmittag können wir alle unseren wohlverdienten Schlaf nachholen."

Gut gebrüllt, Löwe, dachte Benjamin.

Schiregion Kitzbühel, 3S-Bahn, Kabine 14
Sonntag, 7. Januar, 07:00 Uhr

Die einzige Person in der Kabine, die des Morsecodes mächtig war, war Matteo. Da aber niemand sagen konnte, wie es um die potenziellen Beobachter am Boden stand, hatten sie sich dazu entschieden, die einzig universell verständliche Botschaft zu übermitteln: SOS.

Wie allgemein erwartet, gab es auch nach einer Viertelstunde keine Antwort auf Raphaels Lichtsignale. Gleichwohl gab dieser nicht auf. Ohne Unterlass sandte er die festgelegte Blinkkombination durch die Bodenluke – dreimal kurz, dreimal lang, dreimal kurz.

„Das bringt nichts", stellte Sebastian fest. Seine Stimme war rau und tonlos. „Wenn jemand das Signal gesehen hätte, würde er sich bemerkbar machen."

Widerwillig erhob sich Raphael vom Wellblechboden und ließ sich neben Sonja nieder. Seine Freundin zitterte am ganzen Körper. Ihr Blick war verschleiert. Er erkannte, dass sie ihre Gesichtszüge nicht länger unter Kontrolle hatte. Immer wieder verzerrte sich Sonjas Antlitz, die bleiche Haut bildete abstoßende Grimassen.

In hilfloser Verzweiflung nahm Raphael Sonja in den Arm, drückte sie an sich. Er spürte, dass ihre Herzfrequenz erhöht war. *Tachykardie,* dachte er. Ein weiteres Indiz für die lebensbedrohliche Unterzuckerung.

„Wir könnten wieder Karten spielen", schlug Martin vor.

Die Begeisterung der übrigen Passagiere hielt sich in Grenzen.

„Ich habe eine bessere Idee", meldete sich Rüdiger zu Wort. „Kinderspiele. Klingt vielleicht albern, aber ist eine hervorragende Ablenkung. Außerdem hält es wach."

„Was schwebt dir denn vor?“, fragte Martin.

„Wie wäre es mit ‚Schere, Stein, Papier‘, ‚Ich packe meinen Koffer‘ oder ‚Stille Post‘?“

„Ich bin für Letzteres“, sagte Matteo. „Aber ohne die Post.“

Kitzbühel, Hotel Resch
Sonntag, 7. Januar, 07:10 Uhr

Stefanie kaute an ihren Fingernägeln. *Soll ich? Oder soll ich nicht?* Sie war extra früh aufgestanden, da sie erfahren hatte, dass sich Franz bereits um sieben mit seinen Kollegen und den Rettungskräften treffen wollte. Aufgrund der Dunkelheit konnten die Verantwortlichen nicht vor acht mit der Bergung der Passagiere beginnen. In der Redaktion hatte sie die Live-Zuschaltung für das Morgenjournal um neun vorgeschlagen. Sie hoffte, dass die Rettung bis dahin nicht abgeschlossen war.

Soll ich? Oder soll ich nicht?

Sie war zu keiner Entscheidung gelangt. Falls sie während der Livesendung ihre Mutmaßungen äußern würde, konnte dies nur zwei Konsequenzen haben: Entweder ihre These war richtig, und es befand sich ein gesuchter Massenmörder in Kitzbühel. In diesem Fall würde sie sich schlagartig im Mittelpunkt des journalistischen Interesses befinden und gewiss einen Vorteil daraus schöpfen können. Außerdem stand ihr dann zweifellos eine Beförderung ins Haus. Oder aber, sie irrte. Wenn dem so war, würde sie sich zum Gespött der übrigen Reporter machen und bestenfalls einen scharfen Verweis kassieren. Möglicherweise kostete es sie aber auch den Job.

Wie gern hätte sie jetzt mit Sebastian gesprochen. Seine Meinung war wichtig. Aber das Mobilfunknetz war weiterhin ausgefallen, wie sie zuvor feststellen musste. Keine Chance, mit Sebastian Kontakt aufzunehmen.

Soll ich? Oder soll ich nicht?

Schiregion Kitzbühel, 3S-Bahn, Kabine 14

Sonntag, 7. Januar, 07:15 Uhr

Emma ließ ihren Blick in gewohnt aufmerksamer Weise durch das Innere von Kabine vierzehn gleiten. Sonja sah wahrhaftig nicht gut aus. Emma registrierte mehrere typische Anzeichen von Hypoglykämie. Wenn nicht bald Hilfe eintraf, würde ein körperlicher Schockzustand eintreten, der sogar tödlich enden konnte.

Bitte nicht, dachte Emma und wandte sich in tiefster Inbrunst an ihren Schutzengel. Sie hatte die Befürchtung, dass ein weiterer Todesfall zu völligem Chaos oder gar Mord und Totschlag führen würde. Davon abgesehen, hatte sie die junge, selbstbewusste Frau in ihr Herz geschlossen. Sie wollte nicht, dass Sonja etwas zustieß. Wenn es möglich gewesen wäre, hätte sie mit ihr getauscht.

Rüdigers Idee mit den Kinderspielen war von den übrigen Fahrgästen ignoriert worden. Der Pharmazeut hatte zwar versucht, Sebastian und Martin zu einem Wettkampf in *Schere, Stein, Papier* zu überreden, war jedoch auf taube Ohren gestoßen. Im Moment gab es nur eine Tätigkeit, die wirklich Anklang fand: stumm da sitzen und ins Leere starren.

So war es auch bei Samantha. Nach Sonjas Gesang war die Kleine in Lethargie versunken. Sie schlief nicht, aber ihr glasiger Blick war ein Spiegel des Nichts. Tiefe Augenringe hatten sich in ihrem Gesicht festgesetzt. Das Mädchen wirkte krank und sehr viel älter, als es tatsächlich war.

Kurzerhand erhob sich Emma von ihrem Sitz, ließ sich neben Doris' Tochter nieder und nahm sie in den Arm. Samantha ließ es geschehen. Stillschweigend und ohne eine sichtbare Reaktion.

„Wie machen wir das mit den … Toten", flüsterte Michelle und warf einen flackernden Blick in Richtung der beiden reglosen Körper.

„Was meinst du?" Rüdigers Stimme schwankte.

„Na ja … Wir können nicht einfach aus der Gondel aussteigen und so tun, als wäre nichts passiert."

„Es wird mit Sicherheit polizeiliche Ermittlungen geben", schaltete sich Matteo ein. „Erst recht, weil die Todesursache unklar ist. Vermutlich werden wir einzeln befragt und die Toten obduziert werden. Falls Fremdverschulden nicht ausgeschlossen werden kann, dann … werden sie uns weitere Fragen stellen, nach Spuren suchen, Fingerabdrücke und DNA-Proben nehmen. Das volle Programm."

„Gut so", murmelte Sonja.

Kitzbühel, Hotel Goldener Hirsch

Sonntag, 7. Januar, 07:15 Uhr

Sie waren in ihr Hotelzimmer zurückgekehrt. Über das Funkmeldesystem des Dienstwagens alarmierten sie die Spurensicherung und erstatteten im Präsidium Bericht. Leider war Mathias nicht erreichbar. Bernhard hätte gern persönlich mit ihm gesprochen. So musste er sich damit begnügen, ihm eine Nachricht mit dem Vermerk *Dringend!* zu hinterlassen.

Anna hüllte sich in Schweigen. Ihr Gesicht spiegelte abwechselnd Wut, Entschlossenheit und blankes Entsetzen wider. Der Anblick der abgeschnittenen und wie Amphibien eingelegten Klitoris war mehr, als sie ertragen konnte. Bernhard fühlte Mitleid. Sogar ihm selbst, der sich durch zahlreiche ekelerregende Mordfälle für hinlänglich abgebrüht hielt, war bei den perfiden Sammelstücken des Täters übel geworden. Diese Ermittlungen mauserten sich zu einer weit dramatischeren Feuerprobe, als er Anna jemals gewünscht hätte.

Das Zimmertelefon erwachte zum Leben. Bernhard war von seinen Gedanken abgelenkt und warf dem Apparat einen irritierten Blick zu. Anna nahm den Anruf entgegen.

„Ja, bitte?"

Bernhard verstand zwar die Erwiderung nicht, sehr wohl aber Annas Gesichtsausdruck: Plötzliche Erregung zeichnete sich darauf ab.

„Ja, stellen Sie die Dame durch", sagte Anna und winkte Bernhard herbei. „Es ist für dich."

Bernhards Verwirrung wuchs. Wer in aller Welt wollte ihn an einem Sonntag um sieben Uhr morgens sprechen? Und woher wusste die Unbekannte, dass er hier in diesem Hotel abgestiegen war?

„Entschuldigen Sie die frühe Störung", meldete sich eine schüchtern klingende Frauenstimme. „Spreche ich mit Kommissar Bernhard Lichtenberger?"

„Ja, am Apparat."

„Mein Name ist Bettina Wolfgruber. Ich arbeite im Hotel Tiefenbrunner. Sie waren gestern Abend hier und haben sich wegen eines Mannes erkundigt."

„Richtig.“ Bernhard gab Anna einen Wink, ihm Notizblock und Bleistift zu bringen.

„Ich war mir nicht sicher, habe mich jetzt aber bei der Kollegin erkundigt, die Donnerstagnachmittag Dienst hatte“, fuhr die junge Frau fort. „Sie hat gemeint, dass tatsächlich ein Mann mit stahlblauen Augen eingecheckt hat.“

„Alles klar. Ist Ihre Kollegin momentan erreichbar?“

„Ja. Soll ich sie ans Telefon holen?“

„Nicht notwendig“, meinte Bernhard und griff nach seinem Mantel. „Wir kommen in zehn Minuten vorbei.“

Kitzbühel, Hotel Tiefenbrunner

Sonntag, 7. Januar, 07:30 Uhr

„Ich hoffe, es war in Ordnung, dass ich Sie angerufen habe?“, erkundigte sich die junge Rezeptionistin. Ihre Wangen waren gerötet, fortwährend strich sie ihre langen, blonden Haare aus dem Gesicht. Besonders oft dürfte sie noch nicht mit der Polizei in Kontakt gekommen sein.

„Ja, natürlich“, sagte Bernhard. „Ich danke Ihnen, dass Sie uns umgehend informiert haben. Wie konnten Sie unser Hotel feststellen?“

Die Gesichtsfarbe der Empfangsdame wechselte ins Hellviolett. „Ich habe ein wenig herumtelefoniert“, gestand sie ein. „Ich kenne eine Menge Leute in Kitzbühel. Trotzdem war es Glück, dass ich Ihren Aufenthaltsort so rasch gefunden habe.“

Bernhard nickte. „Wo befindet sich Ihre Kollegin?“

„Sie müsste jeden Moment … Ah, da ist sie ja.“

Eine zweite Dame eilte auf sie zu. Sie wies erstaunliche Ähnlichkeiten mit der ersten Bediensteten auf. Der gleiche Haarschnitt, ähnliche Gesichtszüge, der gleiche birnenförmige Körperbau. Bernhard vermutete, dass die beiden miteinander verwandt waren.

„Guten Morgen", sagte die neu Eingetroffene. „Ich heiße Melanie Huber. Sie sind der Polizist?" Im Gegensatz zu ihrer Kollegin wirkte sie kein bisschen schüchtern.

„Genau", bestätigte Bernhard. „Mein Name ist Bernhard Lichtenberger, und das ist meine Partnerin Anna Brentano. Ich nehme an, Sie wissen bereits, worum es geht?"

„Ja." Die junge Frau rümpfte die Nase. „Um diesen Martin Albers."

Martin Albers … Bernhard hatte die seltsame Empfindung eines Déjà-vu. Ihm schien, als müsste ihm dieser Name bekannt sein. Falls dem tatsächlich so war, wollten seine Erinnerungen den Schleier partout nicht lüften.

„Sie wirken nicht besonders begeistert von ihm", meinte Bernhard. „Ist etwas vorgefallen?"

„Nicht direkt. Er war wenig zuvorkommend, das ist alles. Und ziemlich im Stress."

„Im Stress?"

„Ja, er …" Die Rezeptionistin zuckte die Achseln. „Ich weiß auch nicht. Hat nervös gewirkt, war ziemlich in Eile."

„Wie hat er ausgesehen?"

„Das Auffälligste waren seine Augen. Von einem so intensiven Blau; wie ich es selten gesehen habe. Vielleicht waren's aber auch nur Kontaktlinsen. Ansonsten … Etwa fünfzig Jahre alt, eher stämmige Figur. Und seine Zähne waren beinah unverschämt weiß."

„Interessant", entgegnete Bernhard und warf Anna einen Blick zu, die eifrig Notizen machte.

„War das nicht auch der Typ mit der seidenweichen Stimme?“, warf die andere Empfangsdame ein.

„Ja, richtig. Fast wie ein Politiker. Oder ein Priester.“

Bernhard spürte Annas bedeutungsschweren Blick, ließ sich indessen nichts anmerken.

„Können Sie uns sagen, ob sich Herr Albers derzeit im Haus aufhält?“, fragte Bernhard.

„Ja. Und nein“, erwiderte die zweite Rezeptionistin. „Soviel ich weiß, hat er gestern früh mit seiner Schiausrüstung das Hotel verlassen und ist bislang nicht zurückgekehrt. Oder hast du ihn gesehen, Bettina?“

„Nein. Habe auch Robert gefragt. Zum Abendessen ist er ebenfalls nicht erschienen. Muss woanders übernachtet haben.“

„Das heißt, Sie wissen nicht, wo er sich derzeit aufhält?“, erkundigte sich Anna.

„Leider nein. Aber wir können Sie gern informieren, sobald er eintrifft.“

„Danke, nicht nötig“, erwiderte Bernhard. „Wir werden einen Kollegen bitten, hier zu warten. Da das Mobilfunknetz ausgefallen ist, stehen wir in Funkkontakt.“

Die zweite Bedienstete musterte Bernhard nachdenklich. „Dürfen wir erfahren, was Sie von unserem Gast wollen? Falls er in ein Verbrechen verwickelt sein sollte, wäre es hilfreich, wenn …“

„Tut mir leid“, bedauerte Bernhard. „Ich kann Ihnen nur so viel sagen, dass wir Martin Albers so rasch wie möglich sprechen müssen.“

*

„Dir ist schon bewusst, dass wir nur einer Augenfarbe nachjagen“, sagte Bernhard.

„Ja, natürlich". Anna verzog das Gesicht. „Aber es ist die beste Spur, die wir haben. Und die einzige, bei der wir aktiv eingreifen können. Die Überwachung des Wagens ist auf Dauer wenig befriedigend."
In diesem Moment betrat Arthur die Lobby des Hotels. Sie hatten sich entschieden, den Beamten in ihre neuesten Erkenntnisse einzuweihen; womöglich konnte er sie mit seinen Orts- und Personenkenntnissen unterstützen. Zudem wuchs in Bernhard die Empfindung, dass die Zeit drängte.

„Martin Albers, Martin Albers …", murmelte Arthur und runzelte nachdenklich die Stirn. „Der Name kommt mir bekannt vor."

Bernhard runzelte die Stirn. „So? Woher denn?"

„Ich glaube … nein." Arthur schüttelte den Kopf. „Ich kann mich nicht erinnern. Aber vielleicht weiß Eduard Bescheid. Moment, ich frage ihn."

Arthur nahm sein Funkgerät zur Hand und drückte den Sendeknopf. Noch ehe sich sein Kollege meldete, ließ Arthur das Gerät wieder sinken und griff sich an die Stirn.

„Natürlich", sagte er. „Was bin ich nur für ein Holzkopf. Die Passagiere!"

„Bitte?"

Arthur holte tief Luft. „Der Mann, den ihr sucht, befindet sich in der verunglückten Seilbahnkabine."

Seilbahn GmbH Kitzbühel, Besprechungsraum
Sonntag, 7. Januar, 07:40 Uhr

Jutta, die Sekretärin, lugte zur Tür herein.

„Ich wollte den Herrschaften nur mitteilen, dass die Handys wieder funktionieren." Ein süffisantes Lächeln erschien auf ihrem Gesicht. „Für den Fall, dass es Ihnen entgangen sein sollte." Franz hätte der Sekretärin ihre scheinheilige Hilfsbereitschaft am liebsten mit der Faust aus dem Gesicht gewischt. Jutta war fällig, definitiv. Er musste sich nach einer neuen Hilfskraft umsehen. Eine, die weniger telefonierte, nicht so zickig war und wenigstens ein Mindestmaß an Höflichkeit an den Tag legte.

„Super Sache", meinte Georg. „Dann können wir endlich Kontakt zu den Eingeschlossenen aufnehmen."

„Genau", bestätigte Franz kühl. „Das kannst gleich du übernehmen."

Georg verzog das Gesicht, blieb aber stumm.

„Die Bergretter sind eingetroffen", erscholl es aus dem Funkgerät. Einmal mehr wurde die Stimme von einem unangenehmen Knistern und Kratzen überlagert. Immerhin war die Verbindung besser als gestern.

„Moritz und Ibrahim inspizieren gerade den Bergewagen. Wenn alles passt, können wir in wenigen Minuten starten."

„Perfekt", sagte Franz. „Ein günstiger Moment, um den Fahrgästen die frohe Botschaft zu überbringen. Georg, wenn ich bitten darf."

Schiregion Kitzbühel, 3S-Bahn, Kabine 14

Sonntag, 7. Januar, 07:45 Uhr

„Es fängt an zu dämmern."

Sebastians Worte durchbrachen das bedrückte Schweigen wie die ersten Regentropfen eine monatelange Dürre. Ein erleichtertes Aufatmen wanderte durch die Kabine. Zwar war die Helligkeit kaum mehr als ein silbriger Schimmer, auch konnte man aufgrund des unvermindert tobenden Schneesturms nicht viel erkennen, aber die Tatsache, dass der Morgen anbrach, war alles, was zählte.

„Hervorragend", sagte Emma. „Jetzt kann es nur noch bergauf gehen."

Sebastians Mobiltelefon klingelte.

Augenblicklich kehrte Stille ein. Große Augen ruhten auf dem Smartphone, als es Sebastian hervorzog und stirnrunzelnd betrachtete.

„Ein Anruf, wirklich wahr", stellte er fest. „Es ist die Zentrale in Kitzbühel."

„Ja?", meldete er sich.

„Sebastian? Gott sei Dank, Georg hier."

„Wird auch Zeit", meinte Sebastian und stieß erleichtert die Luft aus. „Ich sage dir, es war eine höllische Nacht. Ich hoffe, du hast gute Nachrichten für uns."

„Ja, die habe ich. Bevor ich zu ausschweifend werde, hier die Kurzfassung: Wie du dir denken kannst, gab es gestern einige Komplikationen und Zwischenfälle. Dabei wurde unter anderem der Bergewagen beschädigt. Er ist zwar repariert worden, aber aufgrund der Dunkelheit und des Sturms konnten wir ihn in der Nacht nicht einsetzen. Doch jetzt fährt er in wenigen Minuten von der Bergstation ab."

„Endlich!", entfuhr es Raphael und Sandra stieß einen Freudenschrei aus.

„Das sind wirklich tolle Neuigkeiten", sagte Sebastian. „Du kannst mir glauben, dass ... egal."

„Wie geht es euch?", erkundigte sich Georg. „Alle gesund und wohlauf?"

Sebastians Blick flackerte durch den Raum. Niemand sah in Richtung der beiden Leichen.

„Zwei Passagiere ..." Sebastian stockte. „Eine der Frauen, Sonja, leidet an Diabetes. Bei ihr besteht die Gefahr einer Unterzuckerung. Haltet also entsprechende Medikamente bereit."

„Geht klar."

„Auch sonst ist einiges geschehen, aber das kann ich erzählen, wenn wir oben sind."

„In Ordnung. Freut mich, dass es dir gutgeht."

Sebastian unterbrach die Verbindung.

„Wieso hast du nichts gesagt?", flüsterte Sonja.

„Was gesagt?"

„Was passiert ist."

Sebastian schloss die Augen und seufzte erneut. „Was würde das ändern? Die Welt erfährt es früh genug."

*

Fast ein wenig betrüblich, dass ihre Odyssee bereits zu Ende gehen sollte. Er konnte nicht umhin, der Einzigartigkeit der vergangenen Stunden Tribut zu zollen. Bestimmt hätte ein weiterer Tag die Spannung und den Nervenkitzel auf neue Höhepunkte gejagt. Wahrscheinlich hätte sich eine weitere Gelegenheit ergeben; zwar nicht so unauffällig wie die letzte, aber gerade deshalb aufregend.

Allerdings gab es eine Entwicklung, die weniger erfreulich war. Offensichtlich wurde er gejagt. Es handelte sich nicht um einen Anfänger. Ohne Frage war es ein Profi. Die Unklarheit bestand darin, was er von ihm wollte. Gründe gab es genug, nicht alle mussten mit seinen mörderischen Eskapaden zusammenhängen. Es wurde Zeit, dass er diese Unklarheit beseitigte. Verständlicherweise wäre es vorteilhaft, wenn nachher die richtigen Personen aus dem Leben schieden.

Seilbahn GmbH Kitzbühel, Besprechungsraum
Sonntag, 7. Januar, 07:55 Uhr

„Der Bergewagen fährt soeben aus der Station", erklang eine Stimme über Funk.

Die Gespräche im Besprechungsraum verstummten. Alle warteten auf die erlösende Nachricht, dass der Bergewagen erfolgreich an der Gondel angedockt habe und sich am Rückweg befinde.

Die Minuten strichen dahin, in quälender Langsamkeit, als würden sie von launischen Geistern durch morastige Schlammlöcher gezogen.

Ein Klicken in der Leitung. Ein zweites Funkgerät, das auf die Frequenz des Bergewagens eingestellt war, sprang an. Moritz meldete sich.

„Wir haben ein Problem."

„Was?" Franz Stimme war heiser und rau.

„Das Seil … wir können nicht weiterfahren."

„Warum?"

„Überschlag. Auf halber Strecke zur Stütze ist ein Tragseil über das Zugseil gesprungen. Es schaut so aus, als … ja, hier fehlen Seilreiter. Mindestens zwei Stück."

Frustriertes Stöhnen wanderte durch den Raum. Benjamin wusste, was ein Seilüberschlag bedeutete. Schon unter normalen Umständen war er schwer zu beheben. Berücksichtigte man die Witterung und das eingeklemmte Zugseil, mochte es ein Ding der Unmöglichkeit sein – zumindest ohne schwerem Gerät.

„Wie gravierend ist der Überschlag? Könntet ihr ihn durch ein Überfahren mit dem Bergewagen lösen?

„Unmöglich. Das Seil hängt mindestens einen Meter runter. Wenn wir weiterfahren, stürzen wir ab. Keine Chance. Wir müssen umkehren."

Das Zittern von Franz' Gliedmaßen verstärkte sich. Der Betriebschef ballte die Hände zu Fäusten. „Wir dürfen nicht …" Er brach ab. Auf seinem Gesicht erschien ein Ausdruck unsäglicher Qual. Für einen Moment spürte Benjamin fast so etwas wie Mitleid.

„Gut", murmelte Franz in das Funkgerät. „Fahrt zurück." Er ließ seinen Blick durch den Raum gleiten. Müde, kraftlos. „Irgendwer", sagte Franz, „muss die Fahrgäste informieren, dass ihre Rettung länger dauert als geplant."

Schiregion Kitzbühel, 3S-Bahn, Kabine 14
Sonntag, 7. Januar, 08:05 Uhr

Jeder, der ein Mobiltelefon besaß, hatte es ans Ohr gepresst oder tippte an einer SMS. Emma war fasziniert, mit welcher Geschwindigkeit die Finger von Michelle und Sandra über den Touchscreen huschten. Sie selbst war schon froh, wenn sie die richtige Anwendung fand, um eine Kurzmitteilung zu senden. In Summe hatte sie in ihrem Leben kaum mehr als zehn SMS verschickt. Anrufe zog sie in jedem Fall vor. Daheim verwendete sie ausschließlich ihr geliebtes Schnurlostelefon, das über einen Festnetzanschluss verfügte. Zwar besaß sie auch ein altmodisches Wertkartenhandy, aber das lag meist achtlos in einer Lade – oder, so wie jetzt, auf der Kommode im Zimmer ihres Hotels.

Sie warf einen Blick nach draußen. Mittlerweile hatte das Tageslicht den letzten Rest der Finsternis zur Helligkeit bekehrt. Wenn Matteo recht hatte, und er hatte meistens recht, musste sich die Sonne gerade über die östlichen Berggipfel erheben. Freilich bekamen sie davon aufgrund der Wolken und des Schneefalls nichts mit, aber es war beruhigend zu wissen, dass die Nacht endgültig vorüber war.

Sebastians Mobiltelefon klingelte. Diesmal fand der Anruf keine Beachtung. Die übrigen Fahrgäste waren selbst in Konversationen mit Gesprächspartnern vertieft.

Emma beobachtete Sebastians Mienenspiel. Zuerst Verwirrung, danach Unverständnis und zuletzt Erschrecken. Das sah nicht gut aus.

„Alles herhören“, rief Sebastian und senkte sein Mobiltelefon. „Wir werden noch etwas warten müssen, bis wir hier herausgeholt werden.“

„Was? Das darf doch nicht …“

„Himmel, Arsch und Zwirn!“

„Verdammte Schei…“

„Ruhe!“, brüllte Sebastian. Einen Moment schien es, als würden ihn die anderen ignorieren, aber dann legte sich der aufkommende Tumult. „Im oberen Teil der Strecke ist es zu einem Seilüberschlag gekommen. Das bedeutet, der Bergewagen kann nicht eingesetzt werden.“

„Zum Teufel!“, platzte es aus Martin heraus. „'tschuldigung“, murmelte er gleich darauf und senkte beschämt den Blick.

„Die Verantwortlichen tüfteln an einer Ersatzlösung“, fuhr Sebastian fort. „Wir werden informiert, sobald sie eine Entscheidung getroffen haben.“

„Ich will hier raus“, wimmerte Sandra und zog ihre Knie an die Brust. Michelle legte tröstend die Arme um Sandras Schultern und flüsterte ihr beruhigende Worte ins Ohr.

„Wie lange wird es noch dauern?“, fragte Raphael.

„Können sie nicht sagen. Schlimmstenfalls bis nach Mittag.“

„Das ist zu lang", murrte Michelle.

„So schlimm ist es auch wieder nicht", wandte Rüdiger ein. „Im Gegensatz zu vorhin gibt es einen erfreulichen Unterschied: Wir haben Verbindung zur Außenwelt."

„Grandios", knurrte Matteo und schielte zu Sonja hinüber. „Dann können wir sofort die nächste Todesnachricht überbringen."

Seilbahn GmbH Kitzbühel, Besprechungsraum
Sonntag, 7. Januar, 08:10 Uhr

Es war absurd. Seit der Bergungsversuch vor wenigen Minuten gescheitert war, schien Franz mit jeder Sekunde Kraft und Gesundheit zurückzugewinnen. Benjamin konnte nur vermuten, woran das lag. Eventuell zapfte Franz' Körper unbekannte Energiereserven an. Oder der Betriebsleiter hatte eine Technik entwickelt, seinen kranken Körper durch geistige Stimulation anzutreiben. Jedenfalls zeugte Franz' Gebaren von einer bemerkenswerten Selbstbeherrschung.

„Sonst noch Vorschläge?", erkundigte sich Franz. Sie hatten ein lautstarkes Brainstorming gestartet, um mögliche Alternativen zur Bergung der eingeschlossenen Fahrgäste zu finden; bis jetzt mit bescheidenem Erfolg. Die Errichtung einer Abseilmöglichkeit, indem man vom Boden aus mit einer Harpune auf die Gondel schoss, war ebenso wenig Erfolg versprechend wie das Abschleppen der verunglückten Kabine von der Talstation aus. Mehrmals wurde ein Helikoptereinsatz vorgeschlagen, aber dieser war aus verschiedenen Gründen undurchführbar.

Benjamin zermarterte sich den Kopf, aber ein genialer Einfall wollte sich nicht einstellen. Er dachte an Natascha. *Ob es ihr gutgeht? Wie wird sie auf meinen Heiratsantrag reagieren?* Ihm fiel ein, dass er für sein Unterfangen nicht einmal die nötigen Ringe besaß. Und heute war Sonntag, kein Juwelier hatte geöffnet. Benjamin verzog das Gesicht. Falls alle Stricke reißen sollten, gab es immer noch die Plastikringe aus dem Kaugummi-Automaten.

*

Jutta betrat den Raum und eilte auf den Betriebschef zu. Sie wirkte wie verwandelt. Von ihrer Hochnäsigkeit war nichts geblieben. In ihrem Antlitz spiegelten sich Unruhe und Nervosität. Selbst ein Anflug von Furcht war zu erkennen. Jutta beugte sich zu Franz hinab und flüsterte ihm ins Ohr: „Da sind zwei Polizeibeamte, die Sie sprechen wollen. Sie meinten, es sei dringend."

Franz erwartete eine heftige physische oder gefühlsspezifische Reaktion: verstärktes Zittern, Verwirrung, Schweißausbrüche oder Panikattacken. Nichts hiervon stellte sich ein. Ausnahmsweise eine positive Überraschung.

Vielleicht hatte Stefanie den Mantel des Schweigens gebrochen. Vielleicht war sie zur Polizei gegangen. Oder einer von Franz' Mitarbeitern wollte den Beamten weismachen, dass Franz allein die Verantwortung für das Seilbahnunglück trug.

Was es auch war, es war ihm egal. Schon lange hatte er den Punkt hinter sich gelassen, an dem ihn noch etwas überraschen konnte.

Franz erhob sich von seinem Stuhl. „Ich bin gleich wieder da", sagte er. „Eine dringende Angelegenheit. Bitte analysieren Sie inzwischen die eingebrachten Vorschläge auf ihre Durchführbarkeit."

Franz trat aus dem Besprechungsraum. „Schick die Polizisten in mein Zimmer“, sagte er zu Jutta gewandt. „Und kein Wort zu irgendjemandem sonst.“

Schiregion Kitzbühel, 3S-Bahn, Kabine 14
Sonntag, 7. Januar, 08:15 Uhr

„Matteo, jetzt reicht es aber!“, fauchte Emma mit kaum verhaltener Stimme. „Du gehst zu weit. Nimm dich zusammen und verzichte *einmal* auf deinen schwarzen Humor. Der ist weder passend noch angebracht. Schon gar nicht angesichts der Umstände.“

Matteos Blick flackerte. Emma ahnte, was in ihm vorging. Seine Selbstbeherrschung war schon immer ein wackeliges Kartenhaus gewesen. Je boshafter und verletzender seine Kommentare wurden, desto schlechter stand es um seine Besonnenheit.

Matteo mahlte mit den Zähnen. Sein Blick war auf den Boden gerichtet, kleine Schweißtropfen standen auf seiner Stirn. „Du hast recht“, presste er hervor. Er wandte sich an Sonja. „Tut mir wirklich leid. Das war nicht so gemeint. Ich werde persönlich dafür Sorge tragen, dass du dieses Abenteuer heil überstehst.“

Sonja lächelte schwach. „Danke“, flüsterte sie, streckte ihre Hand aus und berührte Matteo an der Schulter. „Ich nehme es dir nicht übel.“

Matteo atmete schwer und so tief, dass sich seine Brust hob und senkte wie nach einem Hundert-Meter-Sprint.

„Ich hoffe, den Einsatzkräften fällt endlich etwas ein, das funktioniert.“

„Bestimmt“, versicherte Rüdiger. „Die haben mit Sicherheit die hellsten Köpfe zusammengetrommelt. Ich bin davon überzeugt, dass der nächste Plan klappen wird."

Wenn sie einen haben, dachte Emma. Aber das sagte sie nicht laut.

Seilbahn GmbH Kitzbühel, Büro des Betriebsleiters
Sonntag, 7. Januar, 08:20 Uhr

„Das sind … wenig erfreuliche Neuigkeiten", presste Franz hervor.

„Es tut mir aufrichtig leid, Sie mit diesen Informationen belasten zu müssen", erwiderte Bernhard. „Mir ist bewusst, dass die Situation angespannt ist und Sie ohnehin genug Sorgen haben. Aber sofern sich unsere Vermutung bestätigt, wäre es dringend erforderlich, dass Sie mit uns kooperieren."

„Was sollen wir tun?"

„Zunächst würde ich gern wissen, ob die Bergung bereits im Gange ist."

„Nein. Wir mussten sie wegen eines Seilüberschlags abbrechen. Derzeit beraten wir die weitere Vorgehensweise."

„Sehr gut." Bernhard nickte. „Wichtig ist, dass wir am Laufenden gehalten werden. Sobald Herr Albers die Gondel verlassen hat, müssen wir umgehend mit ihm sprechen. Das Beste wäre, wenn wir ihn direkt in Empfang nehmen können. Ist das möglich?"

Franz kratzte sich am Kopf. „Ja, ich denke … das wird machbar sein."

„Ausgezeichnet. Die Details besprechen wir, sobald der Bergungsablauf geklärt ist. Bis dahin empfehle ich, unser Gespräch streng vertraulich zu behandeln."

Franz nickte abwesend. Bernhard stellte fest, dass die Hände des Betriebsleiters zitterten. Auch die ungewöhnlich starren Gesichtszüge waren ihm nicht entgangen.

„Sie besitzen eine Liste mit den Namen der Passagiere?“, erkundigte sich Bernhard.

„Ja“, bestätigte Franz und reichte dem Kommissar die Zusammenstellung. „Es sind zwölf Personen. Wir haben auch die Handynummern und Anschriften.“

Bernhard nahm den Zettel entgegen. *Martin Albers* war gleich an zweiter Stelle gelistet. Seine Heimatadresse war ein evangelisches Pfarrhaus in der Schweiz. Ein mehr als verdächtiger Zufall.

Bernhard überflog die restlichen Namen: *Emma Vill, Matteo Vill, Rüdiger Bocconcelli, Raphael Vogt, Sonja Lichtenberger, Doris Helmreich, Samantha …*

Er stockte.

Das war unmöglich.

Er las den Namen ein zweites Mal. Und ein drittes Mal. Selbst die Adresse war korrekt. Bernhards Finger verkrampften sich. Ihm war, als würde sich sein Herz in einen flüssigen, pulsierenden Bleiklumpen verwandeln. Ein brennender Schmerz brach aus seinem mutierten Körperzentrum und brandete wie flüssiges Quecksilber durch seine Adern.

Sonja Lichtenberger. Seine Tochter.

Schiregion Kitzbühel, 3S-Bahn, Kabine 14

Sonntag, 7. Januar, 08:21 Uhr

„Ich habe Durst“, murmelte Sonja.

Unverzüglich kramte Raphael nach seiner Wasserflasche. Obwohl ihm beim Anblick der verlockend glucksenden Flüssigkeit das Wasser im Mund zusammenlief, verzichtete er auf einen Schluck und reichte die Flasche Sonja weiter. Es war kaum noch ein Viertelliter, der sich in dem Behälter befand.

Sonja zögerte. „Trink du zuerst“, sagte sie matt.

Raphael schüttelte den Kopf. „Ich habe vorhin was getrunken“, log er. „Der Rest ist für dich.“

Sonja zog zweifelnd die Augenbrauen hoch, aber ihr Widerstand bröckelte angesichts der verführerisch glitzernden Wassertropfen. Sie setzte den Behälter an ihre ausgedörrten Lippen und leerte ihn in einem Zug. Raphael registrierte, dass einige der Passagiere die Wasserflasche mit sehnsüchtigen Blicken bedachten. Er war beileibe nicht der Einzige, der von dem verzehrenden Wunsch nach Flüssigkeit geplagt wurde.

„Wir brauchen Wasser“, brachte es Matteo auf den Punkt. „Ich gehe davon aus, dass ihr so durstig seid wie ich. Wenn wir vom schlimmsten Fall ausgehen und erst nach Mittag gerettet werden, sind das noch ein paar Stunden.“

„Willst du wieder einen Helm aus der Luke stecken?“, fragte Martin. „Das war letztens nicht sehr erfolgreich.“

„Nein“, widersprach Matteo. „Ich will ein Fenster einschlagen und den Schnee von der Scheibe kratzen.“

„Ja, klar. Und dann …“ Martin verstummte. „Du hast das ernst gemeint?“

„Natürlich. Wie du richtig sagst, hat das mit dem Helm nicht funktioniert. Durch ein offenes Fenster können wir den Schnee bequem abschaben oder in einem Gefäß auffangen.“

„Wie willst du das Plexiglas zerbrechen?“, erkundigte sich Raphael. „Das wird nicht leicht.“

„Mit Henriks Messer. Damit sollte es klappen.“

„Wird es dann nicht saukalt hier?“, argwöhnte Michelle.

Matteo zuckte die Schultern. „Falls es kühler werden sollte, können wir das Loch wieder verschließen.“ Mit einem Seitenblick auf die beiden reglosen Gestalten am Boden, fügte er hinzu: „Kleidungsstücke haben wir jetzt ja genug.“

Seilbahn GmbH Kitzbühel, Eingangshalle
Sonntag, 7. Januar, 08:27 Uhr

Bernhard hatte sich äußerlich nichts anmerken lassen; hoffte er wenigstens. Unter dem Vorwand, die Daten für ihre Ermittlungen zu benötigen, ließ er sich von der Sekretärin einen Abzug der Fahrgastzusammenstellung anfertigen. Jetzt saß er auf einem Stuhl in der Eingangshalle und betrachtete unschlüssig Sonjas Mobilfunknummer.

„Ruf sie an“, sagte Anna leise. „Aber verrate ihr nicht, weshalb wir hier sind. Ich überprüfe inzwischen diesen Martin Albers.“

Sie entfernte sich einige Schritte, zog ihren Tablet-PC hervor und beachtete Bernhard nicht weiter. Dieser rieb sich die Hände, atmete tief durch und tippte Sonjas Nummer in sein Mobiltelefon.

Es läutete einmal. Es läutete zweimal. Endlich wurde der Anruf entgegengenommen.

„Ja?“

Sie war es. Ohne Zweifel. Ein bitterer Kloß stieg in Bernhards Hals empor. Musste das erste Zusammentreffen mit seiner Tochter unter solch miserablen Gegebenheiten stattfinden?

„Hallo?"

Ihre Stimme klang schwach. Schwach und verunsichert.

„Hallo ... Sonja", entgegnete er.

„Wer ist da?"

„Bernhard. Dein Vater."

„Papa?" Bodenloses Erstaunen lag in diesem einen Wort. Und, wenigstens soweit Bernhard sagen konnte, keine Verärgerung oder gar Hass.

Bernhards Empfindungen rangen miteinander. Er *musste* seine Tochter in die Tatsache einweihen, dass möglicherweise ein Massenmörder neben ihr in der Kabine saß. Aber er *durfte* es nicht. Abgesehen davon, dass er nicht sagen konnte, wie sie reagieren würde, mochte der Täter durch das Gespräch und Sonjas Verhalten Verdacht schöpfen. Außerdem, vielleicht irrten sie ja. Vielleicht gab es gar keinen Mörder – wenigstens nicht in der gestrandeten Gondel.

„Ist ... alles in Ordnung?", presste er hervor.

„Ja ... Ich meine, es geht. Könnte besser sein. Woher hast du meine Nummer? Weshalb rufst du mich an? Bist du ...?"

„Ist eine lange Geschichte", unterbrach sie Bernhard. „Und jetzt ist nicht der richtige Moment, darüber zu sprechen. Aber wenn du willst, können wir das tun, wenn ihr wieder im Tal seid."

„Das heißt, du weißt, was passiert ist? Woher hast du erfahren, dass ich in der Gondel gefangen bin?"

„Wie gesagt, ist eine lange Geschichte. Jedenfalls bin ich derzeit in Kitzbühel. Also wenn du nachher Zeit und Lust hast ..."

Schweigen. Bernhard befürchtete, dass Sonja seinen Vorschlag ablehnen würde, so wie sie es etliche Male zuvor getan hatte. Es war eine eitrige Wunde, die jedes Mal von Neuem aufriss, wenn er mit seiner Tochter zu sprechen gedachte. Sein falsches Verhalten, seine Dummheit und Ignoranz waren die Ursachen dafür, dass Sonja den Kontakt zu ihm abgebrochen hatte.

„Ja", erwiderte sie leise. „Ich glaube, du hast recht. Wir sollten miteinander sprechen."

Erleichterung und Hoffnung loderten in Bernhard empor. Womöglich war dies die Wende. Vielleicht würde alles so werden wie früher. Vater und Tochter, ein unzertrennliches Paar.

„Das freut mich", sagte Bernhard und bemühte sich, seine überschäumende Euphorie zu zügeln. „Schön, deine Stimme zu hören. Dann ... pass auf dich auf."

„Werde ich machen. Bis später, Papa."

Seilbahn GmbH Kitzbühel, Besprechungraum

Sonntag, 7. Januar, 08:29 Uhr

„Franz, Benjamin – darf ich euch unter sechs Augen sprechen?"

Georg war seit einigen Minuten ungewöhnlich zappelig. Bei einem Mann seiner Größe und Statur mutete dies etwas seltsam an.

Benjamin warf Franz einen Blick zu. „Klar. Gehen wir auf den Gang."

Kaum nach draußen getreten, sprudelte Georg schon los. „Ich weiß, dass die Seilbahn mit der Annahme errichtet wurde, dass eine Rettung per Hubschrauber nicht möglich ist; wegen der großen Seillängen, der Höhe sowie der zu erwartenden Turbulenzen. Aber ich kenne einen Piloten, der es trotzdem machen würde."

„Ach so?“ Franz' Skepsis war nicht zu überhören. „Wer soll das sein?“

„Herbert, ein Freund von mir. Er arbeitet beim Militär.“

„Die Windgeschwindigkeit liegt bei fast einhundert Stundenkilometer“, erinnerte Franz. „Also sehr grenzwertig für eine Bergung per Hubschrauber. Und wenn Andreas recht behält, wird sich der Sturm am Nachmittag verstärken. Das heißt, die Rettung müsste bis Mittag abgeschlossen sein.“

„Herbert schafft das“, sagte Georg zuversichtlich. „Er ist der beste und verrückteste Hubschrauberpilot, den wir in Österreich haben.“

Hoffentlich mehr gut als verrückt, dachte Franz. Aber hatten sie eine andere Wahl? „Wie sähe das sicherheitstechnisch aus“, wandte sich Franz an Benjamin. „*Dürfen* wir die Fahrgäste mittels Helikopter bergen?“

Benjamin zuckte die Schultern. „Ich würde sagen, das ist rechtliche Grauzone. Aber falls es klappt, sagt nachher bestimmt niemand etwas.“

Franz kniff die Augen zusammen. „Selbst wenn sich der Pilot bereiterklären sollte und wir das Einverständnis der Landeswarnzentrale erhalten, bleibt immer noch die Frage, welcher Lebensmüde unten am Seil baumelt, und die Fahrgäste aus der Kabine holt.“

Georg blickte betreten zu Boden. Daran hatte er offensichtlich nicht gedacht.

„Ich mache es“, sagte Benjamin.

Franz blinzelte. „Du ...?“

„Ich bin der Einzige hier, der eine Ausbildung zum Seilretter hat und mit der Türautomatik der Dreiseilumlaufbahn vertraut ist.“

Franz wusste nicht recht, was er darauf antworten sollte. Zweifellos traf zu, was Benjamin gesagt hatte.

Aber ebenso stand außer Frage, dass es ein Job für einen wahrhaft Tollkühnen war.

„Bist du dir ganz sicher?“, fragte er leise.

„Ja“, erwiderte Benjamin, und sein Gesicht war wie in Stein gemeißelt. „Ich muss es tun.“

Schiregion Kitzbühel, 3S-Bahn, Kabine 14
Sonntag, 7. Januar, 08:30 Uhr

Sonja hatte das Gespräch mit ihrem Vater ziemlich mitgenommen. Raphael sah es ihr an der Nasenspitze an, obgleich seine Freundin nur wenige Worte über das unerwartete Telefonat verloren hatte. Er fragte sich, was ihr Bernhard erzählt haben mochte, und wie er herausgefunden hatte, dass seine Tochter hier in der Gondel festsaß. Soviel Raphael wusste, pflegte Sonja seit Jahren keinen Kontakt zu ihm.

„Aufgepasst“, sagte Matteo und hob den Arm mit Henriks Messer. Mit voller Wucht stieß er die Spitze der Klinge gegen das Plexiglas der Fensterscheibe. Ein Knirschen und Quietschen erklang, der Stahl versank bis zum Heft im spröden Kunststoff. Mit einiger Mühe zog Matteo das Messer wieder heraus und schlug ein zweites Mal zu – so lange, bis die Scheibe von zahlreichen Einstichen durchbohrt war. Matteo drehte sich zur Seite und stieß seinen Ellbogen gegen das beschädigte Fenster.

Ein ansehnliches Stück brach aus dem Gefüge und verschwand draußen im Schneesturm.

„Na bitte“, meinte Matteo zufrieden und rieb sich den Ellbogen. „War gar nicht schwer.“

Mit Hilfe von Henriks Messer entfernte er die schärfsten Zacken des Kunststoffs und steckte prüfend seinen

Arm ins Freie. Als er ihn zurückzog, glitzerte eine Handvoll Schnee zwischen seinen Fingern.

„Mag jemand kosten?“, feixte er und streckte den Schnee Emma entgegen. Sie zögerte kurz, griff danach und begann das gefrorene Wasser aus der Handfläche zu lecken, wie ein Hund, der etwas zu trinken bekam.

„Was machen wir, wenn sich die Firma wegen dem beschädigten Fenster erkundigt?“, fragte Sebastian.

„Wir sagen die Wahrheit“, entgegnete Matteo. „Ein riesiger Steinadler ist gegen das Fenster geflogen.“

Seilbahn GmbH Kitzbühel, Eingangshalle
Sonntag, 7. Januar, 08:31 Uhr

„Bingo“, sagte Anna, die sich mit ihrem Tablet-PC ins Internet eingewählt hatte. Ihre Augen leuchteten. „Es gibt keinen Martin Albers in Rüti. Der evangelische Pfarrer heißt Vincenco Donarius.“

Bernhard entging das düstere Funkeln nicht, das hinter Annas Pupillen lauerte. Er musste achtgeben. Seine Partnerin besaß eine gewisse Neigung zu spontaner Überreaktion; eine gefährliche Eigenschaft bei Ermittlungen.

„Es kann eine Menge Gründe geben, weshalb er einen falschen Namen angegeben hat“, wandte Bernhard ein.

Anna verzog die Mundwinkel. „Das meinst du nicht ernst, oder? Hast nicht du behauptet, Zufälle gibt es keine? Erst recht nicht bei Ermittlungen zu einem Mordfall?“

Erwischt, dachte Bernhard und konnte sich ein Grinsen nicht verkneifen. Anna besaß ein hervorragendes Gedächtnis. „Stimmt“, gab Bernhard zu. „Ich spreche nur sämtliche Möglichkeiten an. Natürlich bin ich deiner Meinung, aber wir dürfen nichts überstürzen.“

„Nichts überstürzen?!“, fuhr Anna auf. „Das Schwein hat unzählige Frauen auf dem Gewissen!“

„Beruhige dich. Ich gebe dir ja recht. Aber mit Mutmaßungen wurde noch kein Täter hinter Gitter gebracht. Momentan beruht unser Verdacht allein auf den Beobachtungen einer alten Dame. Du weißt, wie unzuverlässig Zeugen sein können. Wir brauchen Fakten. Beweise. Solange wir die nicht haben, gilt, wie du weißt, die Unschuldsvermutung.“

Anna knirschte mit den Zähnen. Bernhard empfand Mitgefühl. Er wusste, dass bei seiner Partnerin persönliche Gefühle mitschwangen; wahrscheinlich, weil sich der Mörder ausschließlich an Frauen vergriff und ihnen jene unvorstellbaren Verstümmelungen zufügte. Wäre er selbst eine Frau, würde er vielleicht ähnlich reagieren.

Bernhard erhob sich von seinem Stuhl. Er brauchte Bewegung, das regte seine Gehirnzellen an. Erneut hatte er die Empfindung, etwas zu übersehen. Das Gefühl war stärker als letztes Mal. Und wieder konnte er nicht sagen, was es war.

Verdammte Intuition, dachte er.

Seilbahn GmbH Kitzbühel, vor dem Besprechungsraum

Sonntag, 7. Januar, 08:33 Uhr

„Ich habe mit Herbert telefoniert“, sagte Georg.

„Und?“

„Wir haben doppeltes Glück. Wegen der drohenden Lawinengefahr wurde seine Staffel schon gestern nach Salzburg verlegt. Und momentan ist er nicht im Einsatz.

Das heißt, er könnte die Bergung übernehmen, sofern er die entsprechende Weisung erhält."

„Mit was für einem Helikopter will er fliegen?", erkundigte sich Benjamin. „Ich bezweifle stark, dass die Maschine bei den Böen stabil bleibt."

„Herbert hat gemeint, eine Augusta Bell. Das ist ein flexibler Mehrzweck-Hubschrauber, der mit einer Zwei-Mann-Besatzung auskommt. Außerdem einer der robustesten Helikopter überhaupt."

„Wie lange würde er nach Kitzbühel brauchen?"

„Zwanzig Minuten, maximal. Der Hubschrauber steht in Bereitschaft, theoretisch könnten sie in zehn Minuten starten."

Franz verschränkte die Arme. „Das bedeutet, wir müssten das Bundesministerium um eine Genehmigung bitten beziehungsweise in der Landeswarnzentrale einen Helikopter anfordern. Nur ich fürchte, die werden uns bei dem Wetter eine Absage erteilen."

Georg nickte geflissentlich. „Gut möglich. Deshalb würde ich die Bürgermeisterin mit einbeziehen. Sie soll den Landeshauptmann einschalten. Der kann intervenieren. Auch sollten wir auf Herbert, seine Erfahrung und Einsatzbereitschaft verweisen."

„Hm." Franz schloss die Augen und rieb sich das Nasenbein. „Könnte klappen. Versuchen wir es."

Seilbahn GmbH Kitzbühel, Eingangshalle

Samstag, 6. Januar, 08:35 Uhr

„Wie bitte?!" Stefanie wollte ihren Ohren nicht trauen.

„Doch, es stimmt." Ernst nickte eifrig. „Auch der stellvertretende Betriebschef hat es bestätigt."

„Wann?“

„Während du auf der Toilette warst, um dich schön zu machen, Süße.“

Stefanie verdrehte die Augen. Wie üblich hatte sie das Wichtigste verpasst. Die Bergung der Passagiere war abgebrochen worden. „Was haben die Verantwortlichen jetzt vor?“

„Wissen sie selbst noch nicht. Dieser glatzköpfige Riese hat gemeint, wir werden informiert, sobald es Neuigkeiten gibt.“

„Pah!“, meinte Stefanie verächtlich. „Die geben uns höchstens Bescheid, wenn alles vorüber ist. Nein, so läuft das nicht.“

„Okay.“ Ernst verzog spöttisch die Lippen. „Und was willst du tun? Aus deiner heißen Spitzenunterwäsche ein Seil für die Eingeschlossenen flechten?“

Stefanie ballte ihre Hände zu Fäusten. „Nein“, fauchte sie. „Ich lasse mich nicht so leicht abspeisen. Schon gar nicht, wenn dieser Feigling seinen Stellvertreter schickt.“

„Wenn du meinst.“ Ernst wirkte enttäuscht, dass Stefanie seine anzügliche Bemerkung ignorierte. „Ach ja“, ergänzte er. „Das Mobilfunknetz funktioniert wieder.“

Eine Welle freudiger Erregung wanderte durch Stefanies Körper. Das bedeutete, sie konnte mit Sebastian sprechen. *Endlich!*

Schiregion Kitzbühel, 3S-Bahn, Kabine 14

Sonntag, 7. Januar, 08:37 Uhr

Emma erfasste, wie ein mildes Lächeln auf Sebastians Zügen erschien. Wer immer ihn auf seinem Mobiltelefon anrief, musste ein willkommener Gesprächspartner sein.

„Hallo, Schwesterherz", meldete sich Sebastian im Flüsterton. „Schön, dass du anrufst." Die nächsten Minuten war es vor allem Sebastians Schwester, die sprach. Emma konnte ihre Worte zwar nicht verstehen, bemühte sich aber anhand Sebastians Mimik auf ihre Aussagen zu schließen. Anfangs wirkte der Liftbedienstete entspannt, kurzzeitig sogar erheitert. Dann jedoch bildete sich eine steile Sorgenfalte auf seiner Stirn, die länger und tiefer wurde. Die Antworten, die er in sein Mobiltelefon sprach, wurden beständig knapper und leiser, sodass Emma ihre Bedeutung nicht entschlüsseln konnte. Als Sebastian das Gespräch beendete, wirkte er nervös und beklommen. Sein Blick huschte durch den Raum. Emma konnte den ihren im letzten Moment auf Sonja richten. In ihr erwuchs das befremdliche Gefühl, dass es nicht gut wäre, wenn Sebastian mitbekam, dass sie ihn beobachtet hatte.

Einen Augenblick lang war Emma geneigt, Sebastian auf das Telefonat anzusprechen. Womöglich hatte ihm seine Schwester neue Informationen zur geplanten Rettungsaktion übermittelt. Andererseits hätte ihnen Sebastian eine solche Nachricht bestimmt nicht vorenthalten. Oder etwa doch?

Seilbahn GmbH Kitzbühel, Besprechungsraum
Sonntag, 7. Januar, 08:39 Uhr

Benjamin marschierte unruhig auf und ab. Die politischen und sicherheitstechnischen Verhandlungen waren in vollem Gang. Noch konnte niemand sagen, ob man den Hubschraubereinsatz bewilligen würde. Nach wie vor war es gut möglich, dass Benjamins freiwillige Meldung als Seilretter keinen realen Einsatz nach sich zog.

Ich muss es tun. Benjamins eigene Worte hallten in seinen Gedanken wider. Ja, er musste es tun. Er war der Einzige, der diesen lebensgefährlichen Auftrag ausführen konnte – und durfte. Nicht umsonst war er der Sicherheitschef; er gehörte in die erste Reihe, selbst wenn das bedeuten mochte, dass andere die Entscheidungen trafen. Kein weiteres Mal wollte er hilflos im Firmengebäude ausharren, während andere seinen Job erledigten – und damit ihr Leben riskierten. Erneut dachte er an Natascha. Wäre er in dem Bergewagen gesessen, wäre vielleicht alles anders gekommen. Eventuell hätte er den Unfall verhindern können. Unter Umständen wäre es ihm sogar möglich gewesen, Jürgen das Leben zu retten.

Benjamin biss die Zähne zusammen. Was vorbei war, war vorbei. Die Tragödie ließ sich nicht mehr ändern. Aber eine weitere verhindern.

*

„Jawohl", rief Georg aus und lenkte damit die Aufmerksamkeit auf sich. „Wir haben das Okay der Landeswarnzentrale. Der Helikopter startet in wenigen Minuten."

Anerkennendes Murmeln wurde laut. Ein paar der Anwesenden klatschten sogar; überflüssig, wie Franz fand. Die Bereitstellung des Hubschraubers war nur der erste Schritt. Anflug, Maschinencheck, Beladung, Einsatz des Seilretters, Öffnen der Kabinentüren, Abtransport der Passagiere, Rückflug, zwischenzeitliches Auftanken – es gab eine Menge, das schiefgehen konnte.

Thomas betrat den Raum und eilte auf Franz zu.

„Eine junge Journalistin steht draußen und will dich sprechen", sagte er.

Franz wurde abwechselnd heiß und kalt. *Auch das noch!* „Wie heißt sie?“, fragte er barsch, obgleich er eine sehr genaue Vorstellung hatte, um wen es sich handelte.

„Stefanie Wertens.“

„Sag ihr, dass ich unabkömmlich bin.“

„Sie …“ Thomas zögerte. Die übermittelte Botschaft war ihm sichtlich unangenehm „Sie hat gemeint, falls du dich weigerst, dann …“

„Was?“, blaffte Franz.

„Wird sie es erzählen.“

„Was erzählen, zum Teufel?!“

Thomas senkte den Blick und starrte unangenehm berührt auf seine Schuhspitzen. „Sie hat gesagt, du weißt, was gemeint ist.“

Franz holte tief Luft und stieß sie mit einem kehligen Knurren wieder aus. *Nun gut,* dachte er. *Meine Schuld ist noch nicht beglichen. Wird Zeit, dass ich das ändere.*

Franz erhob sich von seinem Stuhl. „Schick sie in fünf Minuten in mein Büro. Allein.“

Schiregion Kitzbühel, 3S-Bahn, Kabine 14
Sonntag, 7. Januar, 08:45 Uhr

Erneut war es Sebastians Mobiltelefon, das läutete. „Georg hier. Wir haben einen neuen Plan: Helikopterbergung.“ – „Bei dem Sturm?“, entfuhr es Sebastian.

„Ja. Der Hubschrauber startet soeben aus Salzburg. Wenn alles glattgeht, können wir in einer halben Stunde mit der Bergung beginnen. Den genauen Ablauf und die Verhaltensmaßnahmen wird euch Benjamin erklären.“

Sebastian schaltete die Lautsprecher seines Mobiltelefons ein, sodass alle Fahrgäste die Stimme des Sicherheitschefs vernehmen konnten. „Hallo allerseits“, begann Benjamin. „Ich bin derjenige, der euch aus der Gondel holen wird. Ich werde jetzt mit euch eine kurze Einschulung zur Bergung per Helikopter machen; und zwar deshalb, weil wir uns bei dem Sturm und dem Lärm des Hubschraubers nur schwer werden verständigen können. Der Rettungsprozess muss aber so rasch wie möglich über die Bühne gehen. Wir sollten bis Mittag fertig sein, weil später der Wind zulegen wird. Da ihr zu zwölft seid und ich euch einzeln herausholen muss, könnt ihr euch ausrechnen, dass es knapp wird, selbst wenn keine Komplikationen auftreten.“

„Ähm, Benjamin …“

„Ja?“

Sebastian musterte die übrigen Fahrgäste. Allen war klar, was er sagen wollte: Dass sie keine zwölf Personen mehr waren. Oder anders ausgedrückt: Sie waren zu zwölft, aber davon waren nur noch zehn am Leben. In Sebastians Augen lag ein eigentümlicher Ausdruck, eine Mischung aus Vorsicht und kalter Wut. Emma lief ein Schauer den Nacken hinab. Was immer Sebastian denken mochte, es war nichts Gutes.

„Es gab …“ Sebastian brach ab und schüttelte den Kopf. Keiner der anderen führte seinen Satz zu Ende.

„Egal. Kannst weitermachen, Benjamin.“

„Ah … okay. Also die erste Schwierigkeit besteht darin, die Kabinentür zu öffnen. Während ich das bewerkstellige, haltet euch bitte von ihr fern. Sobald sich die Gondeltür geöffnet hat und ich mit der Hand ein Zeichen gebe, kommt der Erste zu mir und ich helfe ihm in den Rettungsgurt. Wichtig dabei ist, dass ihr weder Rucksack noch Schischuhe tragt. Das behindert nur unnötig, ist gefährlich wegen der Rutschgefahr. Der Flug durch die

Kälte dauert auch nicht lang. Den Helm könnt ihr auflassen, wenn ihr einen habt. Ihr solltet euch vorher, am besten jetzt gleich, die Reihenfolge ausmachen, in der ihr gerettet werdet. Später haben wir keine Zeit für lange Diskussionen. Nachdem ich euch angegurtet habe, werden wir hinauf in den Helikopter gezogen und fliegen nach Kitzbühel zurück. Gelandet wird unmittelbar vor dem Betriebsgebäude. Dort warten die Rettungskräfte und Angehörigen. Der Vollständigkeit halber muss ich euch mitteilen, dass der Unfall ein enormes Medienecho ausgelöst hat und zahlreiche Vertreter der Presse anwesend sind. Wer sein Gesicht also nicht in Fernsehen oder Zeitung sehen möchte, sollte es verhüllen."

Benjamin schwieg einen Moment. „Das wäre es von meiner Seite. Gibt es noch Fragen oder Unklarheiten?"

„Ich … habe Höhenangst", murmelte Sandra.

„Das bekommen wir schon hin", beruhigte sie Sebastian. „Wenn du bis jetzt durchgehalten hast, schaffst du das auch. Wenn du magst, kann ich dich begleiten, bis du sicher im Gurt angeschnallt bist."

Sandra starrte auf den Wellblechboden. Sie wirkte nicht überzeugt.

„Wie ist das mit den persönlichen Sachen", kam von Martin. „Insbesondere den Rucksäcken. Wann bekommen wir die?"

„Wenn es sich zeitlich ausgeht, werde ich noch einmal rauffliegen, sobald ihr alle in Sicherheit seid. Im schlimmsten Fall kann es ein, zwei Tage dauern, bis sich das Wetter bessert und wir die Kabine geborgen haben."

Als es keine weiteren Fragen gab, fuhr Benjamin fort: „Ich melde mich wieder, sobald ich im Hubschrauber sitze. Dann dauert es nur ein paar Minuten, bis ich bei euch eintreffe."

Seilbahn GmbH Kitzbühel, Eingangshalle
Sonntag, 7. Januar, 08:46 Uhr

„Ja?"

„Franz Reiter hier. Wir werden die Bergung per Helikopter durchführen. Der Hubschrauber ist bereits aus Salzburg gestartet."

Bernhard legte die Stirn in Falten. „Ich dachte, das wäre bei dem Sturm unmöglich?"

„Wir haben einen Weg gefunden. Nicht optimal, aber es muss funktionieren."

„Wann kann mit der Bergung begonnen werden?"

„Frühestens in einer halben Stunde."

„Ich nehme an, es wird immer nur ein Fahrgast transportiert?"

„Ja."

„Wo wird der Helikopter landen?"

„Direkt vor dem Betriebsgebäude. Einerseits wegen der Presse und den Angehörigen, andererseits ist der Parkplatz ein geeigneter Sammelpunkt für die Rettungskräfte."

Bernhard überlegte einen Moment. „Journalisten sind ein Problem. Wir müssen die Befragung diskret durchführen. Kann man diesen Martin Albers direkt nach der Landung zu einem Krankenwagen führen, vielleicht unter dem Vorwand, einen Gesundheitscheck durchzuführen? Dort würden wir ihn empfangen."

„Ja, das ginge sicher. Eine ärztliche Kontrolle ist ohnehin vorgesehen."

„Gut, dann machen wir es so."

Seilbahn GmbH Kitzbühel, Büro des Betriebsleiters
Sonntag, 7. Januar, 08:48 Uhr

„Soweit unser Plan", sagte Franz. „Ich gestehe ein, dass mein gestriges Verhalten nicht besonders zuvorkommend war. Das tut mir leid, und ich entschuldige mich dafür. Deine Nachricht hat mich einfach schockiert. Aber ich will es wieder gutmachen. Mein Vorschlag: Wir fahren mit Motorschlitten den Berg hinauf bis unmittelbar unter die Kabine. Damit erhältst du exklusiv die Möglichkeit, die Bergung per Helikopter zu filmen."

Stefanie regte sich nicht. Kerzengerade hockte sie auf dem Besucherstuhl. „Oben am Berg können wir nicht live senden."

„Mag sein", gab Franz zu. „Dafür erhaltet ihr einzigartige Bilder. Der Schneefall ist nicht mehr so stark, der Abtransport der Eingeschlossenen wird also gut zu erkennen sein. Vom Talboden aus wird man nichts mitbekommen."

Stefanie war hin- und hergerissen. Auf der einen Seite wollte sie die Liveschaltung nicht missen. Auf der anderen Seite würde eine Position direkt unterhalb der Gondel zu spektakulären Aufnahmen führen. Auch konnte sie sich hiermit elegant aus der selbst gelegten Schlinge ziehen: Es wäre ihr nämlich nicht möglich, ihre abenteuerliche Krimithese während des Liveberichts der Öffentlichkeit zu präsentieren.

Indessen würde sie im Fall eines Ausflugs auf den Berg nicht dabei sein, wenn Sebastian in Kitzbühel landete. Aber war das überhaupt klug? Wie würde sie reagieren, wenn ihr Bruder aus dem Helikopter sprang und auf sie zuschritt? Vielleicht völlig kopflos. Das Pflichtbewusstsein gegenüber ihrem Reporterdasein mochte sich in Luft auflösen. Womöglich warf sie sich in Sebastians Arme und vergaß darüber hinaus alles um sich herum. Kein guter Eindruck. Und ein Kündigungsgrund.

Schlussendlich gab es noch ein weiteres Argument, das gegen ein Verweilen in Kitzbühel sprach. Es war an der Zeit, sich von ihren Abhängigkeiten zu lösen. Nach den letzten Gesprächen mit Franz und Sebastian war ihr das so richtig bewusst geworden. Immer waren es Männer, die in ihrem Fokus standen und ihr Leben bestimmten. Das musste sich ändern. So konnte, so durfte es nicht weitergehen!

Ich bin eine kluge, starke, selbstbewusste Frau, dachte Stefanie. *Ich brauche keinen Mann, der mein Händchen hält und mir sagt, was ich zu tun habe.*

„Einverstanden", sagte Stefanie entschieden. „Ich will aber vorher einen kurzen Beitrag aufnehmen und an die Redaktion schicken. Quasi als Aperitif."

„Gut", meinte Franz und lehnte sich in seinem Stuhl zurück. „In spätestens einer halben Stunde ist der Helikopter da. Wir sollten also in fünfzehn Minuten aufbrechen. Treffen wir uns am Parkplatz?"

Stefanie nickte. „Ich weiß nicht, ob Ernst Holger, mein Kameramann, schon mal auf einem Schneemobil gesessen ist."

„Er wird es lernen", meinte Franz. „Und wenn nicht, übernehme ich die Kamera."

Schiregion, Kitzbühel, 3S-Bahn, Kabine 14
Sonntag, 7. Januar, 08:50 Uhr

„Sonja geht es am schlechtesten", meinte Rüdiger. „Sie sollte zuerst gehen."

Zustimmendes Murmeln.

„Ich schlage vor, wir losen aus, wer danach gerettet wird."

Emma schüttelte heftig den Kopf. „Nein. Die Kinder müssen zuerst."

„Ich will aber nicht", murmelte Sandra, und ihre Augen flackerten.

„Ich auch nicht", sagte Michelle sofort.

„NEIN!!", kreischte Samantha und klammerte sich an Emmas Hals.

„Gut", sagte Matteo und seufzte. „Ich würde sagen, wir bleiben bei den Losen. Dann kann niemand behaupten, er wäre benachteiligt worden. Hast du noch Zettel, Raphael, damit wir die Zahlen von eins bis neun notieren können?"

„Ja, Sekunde."

„Wieso eigentlich Zahlen?", wandte Martin ein. „Können wir nicht ein Stück Papier mit einem Punkt versehen und vor jedem Helikopterflug neu ziehen?"

„Das ist doch Blödsinn", fuhr Matteo auf. „Ich will mich darauf einstellen können, wann ich an der Reihe bin, und nicht bei jedem …"

Matteo verstummte und warf Sonja einen erschrockenen Blick zu.

Emma wandte den Kopf. Sonjas Augen waren geweitet. Schweiß stand auf ihrer Stirn. Und ihr Gesicht war so aschfahl, dass es sich kaum von frisch gefallenem Schnee unterschied.

*

Sonja kippte zur Seite, bedächtig, wie in Zeitlupe. Raphael griff zu, hielt ihren Arm, sodass sie ganz sacht mit dem Kopf auf der Sitzbank aufsetzte. „Schatz“, murmelte sie, und ihre Augen schlossen sich. „Halt mich fest.“

„Nein!“, schrie Raphael, und Tränen schossen in seine Augen. „Sonja, nein! Bleib bei mir, hörst du?!“ Er beugte sich zu ihr hinab, umfasste ihre Schultern und strich ihr die hellen Locken aus dem Gesicht. Vergeblich bemühte er sich, ihren Körper aufzurichten.

Sonjas Gesichtsmuskeln zuckten. „Mir ist schlecht“, murmelte sie. „Mein Bein …“

„Was ist damit?“

„Ich … spüre es nicht mehr.“

Gnadenlose Pein brandete durch Raphaels Körper. *Das darf nicht sein*, dachte er und drückte sein tränennasses Gesicht gegen Sonjas Oberkörper. *Ich muss irgendetwas tun. Sie darf nicht einschlafen!*

„Willst du … mich heiraten?“, brach es aus Raphael hervor.

Sonja wandte den Kopf. „Was hast du gesagt?“

„Willst du mich heiraten“, wiederholte er und zog die Nase auf.

„Meinst du das ernst?“ Ihre Stimme war über das Heulen des Sturms kaum zu verstehen.

„Ja. Ich meine es ernst. So ernst, dass … Ich wollte dir oben am Berg einen Heiratsantrag machen. Nur hast du ja gesagt, dass du noch nicht bereit für die Ehe bist. Ich habe sogar …“, Raphael begann hektisch in seiner Tasche zu kramen, „… die hier besorgt.“ Er hielt seine Hand auf. Zwei silberne Ringe glänzten darin.

„Die sind aus Titan; ganz leicht, und sie verfärben sich nicht, so wie Silber. Ich habe mir gedacht … also, falls du Ja sagen würdest …“

Sonja schüttelte träge den Kopf. „Ich …“

„Schon gut", unterbrach sie Raphael. „Ich verstehe dich. War auch nur so eine verrückte Idee, weil wir doch schon eine Weile … Ist egal, vergiss es. Ich werde …"

„Raphael."

Er verstummte.

„Ja", hauchte Sonja. „Ich will dich heiraten."

Eine eigentümliche, andächtige Stille breitete sich in der Kabine aus.

„Du willst?"

„Ja, ich will. Heiraten wir. Heiraten wir jetzt."

„Jetzt? Aber das geht doch nicht."

Raphael hielt inne. Nicht nur ihm war der entscheidende Gedanke gekommen. Sämtliche Blicke wandten sich Martin zu.

„Das ist nicht euer Ernst", sagte der Geistliche.

Seilbahn GmbH Kitzbühel, Besprechungsraum
Sonntag, 7. Januar, 08:53 Uhr

Es war eine fraglos saudumme Idee.

Normalerweise hätte sich Franz in seine Aufgabe verbissen, hätte gekämpft und getobt, alle Fäden in der Hand behalten. Er hatte noch nie zu spontanen Aktionen geneigt, war stets rational und überlegt vorgegangen. Dass er einfach seinen Chefposten verließ, um auf einen Berg zu fahren, barg rein emotionale Gründe: Er musste aus der bedrückenden Enge des Gebäudes fliehen, wollte den Wind, Schnee und die Kälte spüren; mit dem Motorschlitten durch den Tiefschnee brausen, das unbändige Gefühl von Freiheit verspüren. Woher sein plötzlicher Sinneswandel kam, wusste er nicht. Aber er vermutete, dass es zwei wesentliche Faktoren gab, die

Schuld daran trugen. Die eine Komponente war seine Krankheit. Die andere Stefanie.

Es bekümmerte ihn nicht, was seine Kollegen dachten. Es bekümmerte ihn nicht einmal, dass ihn sein normwidriges Verhalten endgültig den Posten als Betriebsleiter kosten musste. Tatsächlich war er seit dem Anruf von Volker, dem Leiter des Aufsichtsrates, immer mehr zu der Überzeugung gelangt, dass er seinen Job verlieren würde, egal wie die Bergungsaktion ausging.

Es war eine fraglos saudumme Idee. Aber genau das, was er jetzt tun wollte.

*

„Ich fahre mit einer Journalistin und ihrem Kameramann zur Kabine“, sagte Franz. „Die Rettungsaktion geht weiter wie geplant. Georg.“ Franz wandte sich an seinen Stellvertreter. „Ich übergebe dir hiermit offiziell die Einsatzleitung.“

Die Augen des Hünen wurden groß. Noch nie hatte Franz während seiner Anwesenheit in Kitzbühel die Chefposition aufgegeben.

„Ähm. Okay“, brachte Georg heraus. „Aber warum ...?“

„Von oben kann ich die Rettungsaktion nicht koordinieren.“

Das war mit Sicherheit nicht die Antwort auf die Frage, die Georg hatte stellen wollen. Benjamin spürte, dass dem stellvertretenden Betriebschef eine wenig zuvorkommende Meldung auf der Zunge lag; vermutlich, wie sich Franz in einer solch heiklen Situation erlauben konnte, Reißaus zu nehmen. Aber Georg verkniff sich seinen Kommentar, wie auch Benjamin stumm blieb. Nein, heute war definitiv alles anders.

„Kann ich mitkommen?“, fragte Andreas. „Ich würde am Berg gern ein paar Messungen zur Lawinengefahr vornehmen.“

Franz nickte knapp. „Kein Problem. Schon mal mit einem Motorschlitten gefahren?“

„Ja.“

„Perfekt. Dann machen wir uns fertig und brechen auf.“

*

Andreas war von sich selbst überrascht, einen solch spontanen Entschluss gefasst zu haben. Klar, gestern wollte er ins Gelände, um die Lawinengefahr besser beurteilen zu können. Da die Bergung aber ohnehin aus der Luft durchgeführt wurde und die Sicht weiterhin beschränkt war, hatte er von dieser Idee wieder Abstand genommen.

Nur jetzt … Jetzt war es, als wäre ihm der Sturmwind seines Traumgewitters durch die Gedanken gefegt. Er hatte das Gefühl, dass es gut wäre, mit auf den Berg zu fahren; nicht nur gut, sondern notwendig. Eine höchst seltsame Empfindung, eine Instinkthandlung, die ihm fremd war.

Vielleicht war der Grund aber auch sehr banal. Er konnte nicht von der Hand weisen, dass ihm die junge Journalistin gefiel. Er war von der Toilette gekommen, just als sie das Büro des Betriebsleiters verlassen hatte. Als sie ihm ihr zaghaftes Lächeln schenkte, war ein Quell von Wärme durch seinen Körper geströmt. Auch das war ungewöhnlich. Er war Frauen zwar grundsätzlich nicht abgeneigt, aber all seine bisherigen Bekanntschaften waren kurzlebige und rationale Begegnungen gewesen. Er hatte es nicht so mit Gefühlen. Manche würden sogar behaupten, er sei gefühlskalt.

Allein, seit zwei Tagen … Seine Träume wurden beständig intensiver, drängender. Seine Gedanken waren anders, irrationaler. Und seine Handlungen schienen … abartig.

Hoffentlich war er nicht krank. Das fehlte gerade noch.

Schiregion Kitzbühel, 3S-Bahn, Kabine 14
Sonntag, 7. Januar, 08:54 Uhr

„Nein, ich …" Martins blaue Augen flackerten. „Ich kann das nicht."

„Wieso nicht, verdammt", fluchte Raphael, und Tränen der Verzweiflung sammelten sich in seinen Augenwinkeln. „Du bist ein Priester!"

„Ich …" Martin brach ab. „Okay", sagte er dann.

Ohne weiteres Zaudern wandte er sich Sonja zu, die von Krämpfen geschüttelt auf der Sitzbank lag. Speichel lief aus ihrem Mundwinkel.

„… will nicht …", keuchte sie. „… will nicht sterben."

Raphaels Herz zog sich zusammen.

„Willst du, Sonja Lichtenberger, den hier anwesenden Raphael Vogt vor Gottes Angesicht zu deinem rechtmäßig angetrauten Ehemann nehmen, bis dass der Tod euch scheidet?", fragte Martin. Seine Stimme war nicht länger ruhig und samtig weich. Sie wirkte unrund, gehetzt. Immer wieder geriet der Priester ins Stocken und verhaspelte sich.

„Ja", presste Sonja hervor.

„Willst du ihn lieben und ehren, ihm die Treue halten alle Tage deines Lebens?"

„Ja."

„Und willst du, Raphael Vogt, die hier anwesende Sonja Lichtenberger vor Gottes Angesicht zu deiner rechtmäßig angetrauten Ehefrau nehmen, bis dass der Tod euch scheidet?"

„Ich will."

Bitte, lieber Gott, dachte Raphael voller Inbrunst. *Lass nicht zu, dass uns der Tod schon heute scheidet!* Hastig wischte er sich eine Träne aus dem Gesicht.

„Willst du sie lieben und ehren, ihr die Treue halten, alle Tage deines Lebens?"

„Ja."

„Dann erkläre ich euch hiermit zu Mann und Frau."

Zitternd kramte Raphael nach den Ringen und hob Sonjas Arm. Sie versuchte ein Lächeln, aber es gerann zur Grimasse. Nur unter höchster Konzentration gelang es Raphael, seine tobenden Gefühle zu unterdrücken und Sonja den Ring anzustecken.

Sie seufzte matt. Ein glückseliges Lächeln erschien auf ihren Zügen, verdrängte die unmenschliche Fratze, die sich auf ihrem Gesicht eingenistet hatte.

„Schön …"

Es war das einzige Wort, das Raphael verstand. Er presste die Lippen aufeinander, hielt ihren Arm, küsste sie auf die eisig kalte Wange.

„Mein Engel …", flüsterte er.

Da spürte er eine Bewegung hinter sich und wandte den Kopf. Samantha hatte sich von ihrem Sitz erhoben und war hinter ihn getreten. Scheu blickte sie auf Sonja herab.

„Magst du einen Apfel?"

Seilbahn GmbH Kitzbühel, Eingangshalle
Sonntag, 7. Januar, 08:57 Uhr

„Wohin willst du?“, erkundigte sich Bernhard.

„Zum Wagen“, erwiderte Anna.

„Weshalb?“

„Wegen …“ Sie zögerte, wirkte verunsichert. Doch dann strafften sich ihre Züge. „Ich hole die MP.“

„Bitte? Was willst du mit dem Maschinengewehr?“

„Wir haben es mit einem gefährlichen Massenmörder zu tun“, beschwor Anna. „Wir müssen auf alles vorbereitet sein.“

„Nein.“ Bernhard verpackte seine gesamte Autorität in dieses eine Wort.

Anna schwieg einen Moment. „Aber …“

„Nein, habe ich gesagt. Wir haben unsere Dienstpistolen, das ist mehr als ausreichend.“

Obgleich Bernhard seine Stimme nicht erhob, war die Botschaft eindeutig. Selbst ein tauber Einfaltspinsel musste sie verstehen. Und seine Partnerin war beides nicht.

Anna starrte auf den Fußboden. Vier Sekunden. Fünf. Dann hob sie den Kopf. „Darf ich dich etwas fragen?“

Bernhard ahnte, dass ihm die Frage nicht gefallen würde. Dennoch nickte er.

„Bist du schon einmal von einem Mann in den Arsch gefickt worden?“

Bernhards Kinnlade klappte nach unten.

„Nein! Meine Güte, was ist …“

„Stell dir vor, es würde jemand tun. Mit Gewalt.“

Bernhard schüttelte den Kopf. Das war unglaublich. Er gewann immer mehr die Überzeugung, dass er Anna nicht auf diesen Einsatz hätte mitnehmen sollen.

„Stell dir vor, nachdem er das getan, deinen Arsch blutig gefickt hat …"

„Anna!"

„… fängt er an, deinen Körper mit einem Skalpell zu verzieren. Überall dort, wo es so richtig weh tut. Und am Ende, kurz bevor er dich mit einem Schnitt in die Kehle tötet, schneidet er dir den Schwanz ab und lässt ihn vor deinen Augen in ein …"

„Anna, jetzt reicht es aber!"

„Was würdest du tun", fuhr seine Partnerin ihn an, „außer schreien und um dein Leben winseln?"

„Wenn du nicht sofort …"

„Nichts. Wie jeder andere normale Mensch. Wie es alle Opfer des Mörders getan haben. Bis auf Jasmin. Sie hat übermenschliche Kräfte besessen, einen unbeugsamen Willen. Mit ihrer Botschaft wollte sie eins erreichen: Gerechtigkeit. Sie will, dass wir ihren Mörder finden. Sie will, dass wir ihn zur Verantwortung ziehen. Sie will, dass er so leidet, wie sie gelitten hat."

Bernhard schwieg. Es gab eine Menge, was er hätte erwidern können, erwidern wollte.

„Man kann es auch anders sehen", sagte er leise.

„Ach?", entgegnete Anna. „Nehmen wir für einen Augenblick lang an, er hätte nicht Jasmin geholt. Sondern deine Tochter."

Schiregion Kitzbühel, 3S-Bahn, Kabine 14

Sonntag, 7. Januar, 08:59 Uhr

Das Schwierigste war, Sonja dazu zu bringen, den Apfel zu schlucken. Raphael schnitt die Frucht in ganz kleine Stücke und schob sie behutsam zwischen ihre klammen Lippen. Doch Sonja wandte unwillig den Kopf zur Seite.

„Schlucken, mein Schatz“, flehte Raphael. „Bitte!“

„Vorher kauen wäre besser“, meinte Matteo. „Dann kommt der Fruchtzucker schneller ins Blut.“

Widerstrebend mahlte Sonja mit den Zähnen und würgte den süßen Brei hinunter. Nach einigen Minuten und weiteren Apfelstücken wurde ihr Kauen regelmäßiger, ihre Atmung ruhiger. Sonjas Züge entspannten sich.

„Mehr“, flüsterte sie.

Wortlos reichte ihr Raphael einen größeren Bissen, den Sonja bereits selbstständig zwischen die Zähne schob. Nach zehn Minuten war der Apfel vertilgt. Sonja wischte sich die Haare aus dem Gesicht und gelangte mithilfe von Raphael in eine aufrechte Sitzposition. Ihre Gesichtsfarbe war merklich rosiger als vorhin.

„Wie geht es dir?“, fragte Raphael.

„Besser“, erwiderte Sonja und stieß erleichtert die Luft aus. „Viel besser.“

„Trotzdem solltest du die Gondel als Erste verlassen“, meinte Matteo. „Der Apfel hat deinen Blutzucker nur kurzfristig stabilisiert.“

Sonja nickte wissend. Sie wandte sich Raphael zu und lächelte sanft. „Ich danke dir, mein Schatz. Ich würde sagen, du hast dich als Ehemann bewährt.“

„Nicht doch“, entgegnete Raphael und senkte beschämt den Blick.

Sonja drehte sich in Samanthas Richtung. „Auch dir danke, dass du mir den Apfel gegeben hast. Woher hast du ihn?“

Samantha wippte mit ihren Beinen auf und ab. „War in Mamas Rucksack“, sagte sie. „Unten brauchen wir noch einen Apfel. Damit Mama auch gesund wird.“

Seilbahn GmbH Kitzbühel, Parkfläche vor dem Hauptgebäude
Sonntag, 7. Januar, 09:15 Uhr

Der Helikopter landete inmitten eines aufstiebenden Tornados aus Schneekristallen. Die Zuschauer kniffen die Augen zusammen. Einige wankten, von den plötzlichen Sturmböen überrascht. Videokameras wurden auf den Hubschrauber gerichtet. Reporter brachten sich in Stellung, vergeblich bemüht, ihrer Frisur den Anschein der Unvergänglichkeit zu geben.

Benjamin schlug das Herz bis zum Hals. Er hatte Angst. Es stimmte zwar, dass er die Ausbildung zum Seilretter absolviert hatte, aber das war zehn Jahre her. Bis auf den jährlichen Auffrischungskurs konnte er kaum Erfahrung aufweisen. Der letzte richtige Einsatz lag Monate zurück und war im Vergleich zu der heutigen Aktion eine Lappalie gewesen. Dessen ungeachtet dachte er kein einziges Mal daran, einen Rückzieher zu machen. Er war der Einzige, der – hoffentlich – die automatische Türverriegelung der Seilbahngondel umgehen konnte. Jetzt hing alles von ihm ab.

Benjamin fuhr sich mit der Zunge über die Lippen, als er tief geduckt auf den Hubschrauber zueilte. Angesichts des engen Zeitfensters, das ihnen für die Bergung der Fahrgäste zur Verfügung stand, sowie der Massen an Pressevertretern und Schaulustigen hatten sie beschlossen, dass Benjamin sofort in den Helikopter steigen und auf den Berg fliegen sollte. Eines der zahlreichen Probleme war die Einsatzdauer. Für die Bergung und den Rücktransport eines Fahrgastes mussten zumindest fünfzehn Minuten veranschlagt werden. Der Treibstofftank der Augusta Bell reichte allerdings nur für zweieinhalb

Stunden. Davon war eine halbe bereits verbraucht. Es war somit abzusehen, dass sie nach fünf bis sechs Personen abbrechen mussten, um die Kerosintanks aufzufüllen; eine weitere halbe Stunde, die verloren gehen würde.

Benjamin biss die Zähne zusammen und kletterte durch die Schiebetür ins Innere des Hubschraubers. Der Kopilot schüttelte ihm die Hand und übergab Benjamin einen Helm samt Kopfhörern und Mikrofon, den dieser über seine Sturmhaube zog. Benjamin spürte, wie die Maschine stärker vibrierte. Das *Flapp-flapp* der Rotorblätter beschleunigte sich. Der Helikopter löste sich vom Boden, veränderte den Anstellwinkel und brauste himmelwärts.

Benjamin atmete tief aus und ein.

Es war so weit. Nun gab es kein Zurück mehr.

Schiregion Kitzbühel, 3S-Bahn, Kabine 14
Sonntag, 7. Januar, 09:17 Uhr

„Ich bin unterwegs“, erklang Benjamins Stimme, kaum wahrnehmbar durch das Heulen und Brausen im Hintergrund. „Der erste Fahrgast soll sich bereit machen!“

„Ihr habt Benjamin gehört“, sagte Sebastian. „Wird Zeit, dass wir die Reihenfolge festlegen.“

Sie zerrissen einen Zettel von Raphaels Notizblock in kleine Stücke. Rüdiger notierte mit krakeliger Handschrift die Zahlen eins bis neun. Die zusammengefalteten Papierstücke wurden in einen Helm geworfen. Jeder zog eine Nummer, nur Sonja nicht, da sie die Gondel als Erste verlassen sollte.

„Ich habe die Zwei“, sagte Raphael zufrieden.

„Eins", frohlockte Martin und grinste über das ganze Gesicht.

Hingegen war Rüdigers Grinsen wie weggeblasen. „Neun", meinte er wenig begeistert. „Will jemand tauschen?"

„Ich will tauschen", sagte Sonja.

„Was?" Rüdiger zog die Augenbrauen hoch. „Das wäre aber …"

„Nein, nicht mit dir." Sonja zog entschuldigend die Schultern hoch. „Mit dir, Martin."

„Wieso das?"

„Ich möchte nicht so lange auf Raphael warten müssen. Und ob ich jetzt als erste oder zweite Person gerettet werde …"

„Schatz", tadelte Raphael. „Ich halte das für keine gute Idee."

Sie berührte neckisch seine Nasenspitze. „Aber die Fahrt mit der Dreiseilumlaufbahn war eine gute Idee?"

Raphael schwieg und verzog die Mundwinkel.

„Also ich hätte nichts dagegen", sagte Martin. „Kann gerne die Vorhut übernehmen."

„Welch' Überraschung", knurrte Matteo, der die Acht gezogen hatte.

„Wir können tauschen, Matteo", warf Sebastian ein. „Ich habe …"

„Seid mal still", meldete sich Emma zu Wort. „Ich höre etwas."

Das Wüten des Schneesturms und das Quietschen der Kabine waren nicht länger die einzigen Geräusche. Ein dumpfes Pulsieren drang durch das einförmige Weiß. Ein rasch auf- und abschwellendes Dröhnen, ein Schlagen wie von gigantischen Hämmern.

„Er ist da", flüsterte Emma.

Schiregion Kitzbühel, 3S-Bahn, oberhalb Kabine 14
Sonntag, 7. Januar, 09:21 Uhr

Benjamins Weichteile zogen sich zusammen, als er in die Tiefe blickte. Weit unter ihm waren heftig schwankende Baumkronen zu erkennen. Darüber, kaum zwanzig Meter von der Unterseite des Helikopters entfernt, baumelte die gestrandete Kabine in der Luft wie eine dunkle Spinne, die sich mit aller Kraft an ihre letzten fragilen Fäden klammerte.

Erfreulicherweise verflog das Gefühl von Unwohlsein rasch. Benjamin wandte sich dem Kopiloten zu und gab das vereinbarte Zeichen. Die Seilwinde surrte, und Benjamin glitt in die Tiefe.

Wie zu erwarten geriet er durch den Sturmwind in immer heftigere Schwingungen, je näher er der Gondel kam. Aufgrund der Wetterlage war es nicht möglich, näher an die Kabine heranzufliegen. Selbst der momentane Abstand war grenzwertig.

Obwohl Benjamin eine Sturmhaube, den Helm und seine Schibrille trug, spürte er die eisigen Böen des tobenden Orkans und die Schneekristalle, die auf seinen Körper prasselten. Wenn er sich am Rückweg befand, musste er die Person an seiner Seite bestmöglich vor den Unbilden des Wetters schützen. Aber vermutlich war das noch die leichteste Aufgabe.

Die Oberseite der Kabine kam rasch näher. Benjamin schwang von links nach rechts, über die Seile hinweg. Er musste achtgeben, dass er nicht mit den Füßen hängenblieb.

Nur noch zwei Meter.

Noch einer.

Benjamin wurde vom Wind zur Seite gedrückt. Für einen Augenblick verlor er die Gondel aus seinem Blickfeld, schwebte über dem Abgrund. Mit dem Überschreiten des Pendelzenits schwang er zurück, direkt auf die Oberkante der Gondel zu. Diesmal würde der Abstand nur wenige Zentimeter betragen.

„Jetzt!“, brüllte er in sein Helmmikrofon, als er die Kabinenkante passierte.

Im selben Moment glitt der Helikopter ein gutes Stück tiefer und Benjamin setzte wenig elegant, dafür mit beiden Beinen auf dem Dach der Kabine auf. Georg hatte nicht zu viel versprochen. Sein Freund war ein begnadeter Pilot.

„Landung erfolgreich“, meldete Benjamin über Funk. „Ich öffne jetzt die Kabinentüren.“

Er kramte in der Tasche seines Anoraks. Es musste schnell gehen. Jede Sekunde konnte eine heftige Böe den Helikopter erfassen und Benjamin von der Gondel reißen.

Mit den Handschuhen war der Schraubenschlüssel kaum zu fassen. Kurzerhand zog Benjamin einen Fäustling aus und klemmte ihn sich zwischen die Knie. Er ging in die Hocke und entfernte die Abdeckung der Türmechanik. Hoffentlich leisteten die Fahrgäste seinem Befehl Folge und hielten sich vom Ausstieg fern.

Er demontierte zwei Schrauben, legte eine Klappe um. Vor ihm lag der Hebel zur manuellen Türentriegelung. Sobald er ihn betätigte, sollte ein Kabelzug dafür sorgen, dass sich die Türen der Gondel öffneten. Allerdings nur, wenn die Mechanik durch den Unfall keinen Schaden davongetragen hatte.

Benjamin zögerte. Was sollte er unternehmen, wenn der Versuch fehlschlug? Die Tür mit einem Brecheisen öffnen? Ein Fenster einschlagen? *Konzentrier dich,* dachte er und kniff kurz die Augen zusammen. Mit einer entschlossenen Handbewegung legte er den Hebel um.

Die Türen von Kabine vierzehn öffneten sich.

Schiregion Kitzbühel, Piste 34
Sonntag, 7. Januar, 09:23 Uhr

Sie fegten auf ihren Motorschlitten die tief verschneite Schipiste entlang. Franz fühlte sich rundum zufrieden. Er hatte das getan, was er spontan wollte, ohne lange Überlegungen anzustellen. Gewöhnlich wog er selbst bei Kleinigkeiten jedes Für und Wider, als hinge sein Leben davon ab; doch nun, da eine Entscheidung tatsächlich seine Zukunft betraf, hatte er kaum einen Gedanken an mögliche Konsequenzen verloren. Eine völlig neue Sicht der Dinge; ein Leben im Moment, wie er es noch nie getan hatte.

Vor ihnen schälte sich der monumentale Umriss der Seilbahnstütze aus dem Schneegestöber. Am Rand der Piste stand ein Schneemobil. Franz nahm an, dass es dem Mitarbeiter gehörte, der die Kabine überwachen sollte. Als er eine Gestalt am Waldrand erblickte, änderte er seine Fahrtrichtung und stoppte seinen Motorschlitten an der Seite des Unbekannten.

„Wie sieht es aus?", erkundigte sich Franz und schob seine Schneebrille auf die Stirn.

Ibrahims Mundwinkel verzogen sich zu einem feisten Grinsen. „Ei, welch Überraschung! Der Chef persönlich."

„Also?"

„Alles ruhig, Boss. Keine besonderen Vorkommnisse. Auch keine weißen Kater oder andere böse Omen."

Dieses Mal war Franz der seltsame Humor des Schwarzafrikaners gleichgültig. „Wir fahren noch ein Stück weiter Richtung Piste fünfundfünfzig. Ist der Helikopter aus Kitzbühel schon gestartet?"

Ibrahim grinste noch breiter und deutete zu der tief hängenden Wolkendecke empor. Schräg über ihnen klebten zwei Objekte am Himmel, wie Fliegen auf einer Mauer. Die Gondel glich einem dunklen Farbklecks, der darüber schwebende Helikopter war nicht mehr als ein formloser Schatten. Das Geräusch der schlagenden Rotorblätter drang erst jetzt in Franz' Bewusstsein.

Schemen in einem Ozean aus Nichts, dachte er und zog fröstelnd die Schultern hoch.

Hinter sich vernahm Franz die Stimmen von Andreas und Stefanie. Sie sprachen miteinander. Die Worte ihrer Unterhaltung blieben ihm verborgen, nicht aber der Tonfall. Es klang wie ein Schäkern.

Das Gefühl von Freiheit verflog. Schlagartig fühlte sich Franz von gähnender Leere erfüllt.

„Fahren wir!", rief er ungehalten und ließ den Motor seines Schneemobils aufheulen.

Schiregion Kitzbühel, 3S-Bahn, Kabine 14
Sonntag, 7. Januar, 09:23 Uhr

Die Kabinentüren schwangen lautlos auf. Eine stürmische Böe fauchte herein, glitzernde Schneekristalle tanzten durch den Raum. Mehrere der nummerierten Zettel wurden aufgewirbelt und verschwanden nach draußen. Der Wind erfasste auch die beiden Leichen. Unvermittelt sah es so aus, als würden sie zu neuem Leben erwachen: Die Kleider flatterten, eine Hand rutschte zur

Seite. Doris' leblose Gesichtszüge wandten sich Emma zu. Ein stiller Vorwurf lag darin. Für eine Sekunde war es, als würde sich Doris' Abbild auflösen und verwandeln; als sehe Emma ein anderes Gesicht. Ihr eigenes.

Emma kniff hastig die Augen zusammen.

Ganz ruhig, dachte sie und umfasste ihren Oberschenkel. *Das sind nur die Nerven.*

Wie alle anderen war sie an die Gondelrückseite zurückgewichen. Sie hatte die Fünf gezogen. Die *Goldene Mitte,* hätte man sagen können. Oder aber: Eine Zahl, die viel zu weit von der Eins entfernt lag. Wenn ihre Einschätzung stimmte, würde sie sich wenigstens zwei Stunden gedulden müssen, bis sie an die Reihe kam. Eine verdammt lange Zeit.

Die Gestalt eines Mannes schob sich von oben vor die Türöffnung, hantelte sich den Türstock entlang und zog sich mit einer schwungvollen Bewegung in das Innere der Gondel. Das musste Benjamin sein. Der Mann besaß auffällig breite Schultern und war mit einem dunklen Anorak bekleidet. Das Seil war mit einem Karabiner an seinem Rettungsgurt befestigt. Ein zweiter Gurt baumelte daneben.

Benjamin verschwendete keine Zeit und Energie auf Begrüßungsfloskeln. Er wedelte mit seiner Hand und brüllte: „Der Erste zu mir!"

„Na dann", sagte Martin gelassen und warf den übrigen Fahrgästen einen aufmunternden Blick zu. „Bis später."

*

Außen war er ganz ruhig, innerlich aber grinste er wie ein Honigkuchenpferd.

Also doch.

Sein Gespür hatte ihn nicht getrogen. Der Mann war ein Lügner, ein Verräter, ein Jäger. Er jagte ihn. Aber nicht mehr lange. Für eine solche Eventualität war er immer vorbereitet. Er hatte stets Dinge bei sich, die ihn von unliebsamen Mitwissenden befreien konnten. Besonders stolz war er auf seine Erfindung mit der Nadel. Eine gewöhnliche Stecknadel mit großem Kopf und langer Spitze. Getunkt in seine Spezialmischung. Geschützt von einer winzigen Kunststoffröhre. Verborgen an der Innenseite seines Overalls. Mit einem raschen Griff erreichbar. Eine kurze Handbewegung, ein winziger Stich, der kaum auffiel. Ein paar Minuten später war man tot. Einfach so. Und niemand konnte sagen, warum.

Er lächelte zufrieden; zumindest in Gedanken.

Seilbahn GmbH Kitzbühel, Eingangshalle

Sonntag, 7. Januar, 09:24 Uhr

Seit ihrem letzten Gespräch war Anna noch schweigsamer als sonst. Kein gutes Zeichen. Bernhard seufzte tief. Er hätte gern mit ihr gesprochen, ihr seine Meinung dargelegt, aber auch Verständnis gezeigt. Dagegen sprachen die momentane Situation und sein mangelhaftes Einfühlungsvermögen, das in vielen Fällen zu einer weiteren Eskalation geführt hatte; und das nicht erst seit dem Konflikt mit seiner Tochter.

Anna marschierte zielstrebig in Richtung Ausgang. Sie hatten mit den Zuständigen gesprochen und sich einen Platz im ersten Krankenwagen gesichert. Zwar war es unwahrscheinlich, dass der Priester als Erster aus dem Helikopter stieg, aber sie mussten auf alles vorbereitet sein.

Bernhard durchsuchte seine Taschen, aber er konnte sein Mobiltelefon nicht finden.

„Anna!", rief er über die zahlreichen Menschen hinweg.

Seine Partnerin, die bereits an der Tür angelangt war, hielt inne und wandte den Kopf. Ihre dunklen Augen suchten seinen Blick. Das hieß: Er wusste, dass ihre Augen dunkel waren. Von einem satten Ebenholzbraun, in dem sich kaum eine Lichtquelle spiegelte. Erkennen konnte er dies freilich nicht. Dazu war die Entfernung – etwa zwanzig Schritte – zu groß.

Bernhard erstarrte. *Das darf doch nicht wahr sein!*

Tatsächlich. Er hatte einen Fehler begangen. Mehr als einmal.

In Windeseile formierte sich ein neues Bild vor seinem inneren Auge: Der Unbekannte, der vor ihnen den Taxifahrer befragt hatte. Die ungewöhnliche, aber Bernhard nicht fremde Vorgehensweise, den Täter zu imitieren. Die strahlend blauen Augen, die der alten Dame in Kitzbühel aufgefallen waren – aus einer viel zu großen Entfernung, um Gesichtszüge zu erkennen. Und schließlich der Name: Martin Albers.

Er kannte ihn tatsächlich. Er kannte ihn, weil er mit der Person, die diesen Decknamen manchmal trug, schon einige Male zusammengetroffen war.

Scheiße, dachte Bernhard in ungewohnter Heftigkeit. *Wie kann man nur so dumm sein!*

Schiregion Kitzbühel, 3S-Bahn, Kabine 14
Sonntag, 7. Januar, 09:24 Uhr

Martin, der eigentlich Ilmar Rudesch hieß, stand vor den weit geöffneten Türen der Kabine und hielt sich mit beiden Händen an einer Haltestange fest. Benjamin war noch damit beschäftigt, den zweiten Rettungsgurt zu entwirren.

Ilmar hatte sich von allen verabschiedet, auch von dem Mörder. Er war sich absolut sicher, dass er es war. Der Mann hatte sich verraten, sogar zweimal. Ilmar war seiner Maske treu geblieben, keinen Funken hatte er durchblicken lassen. Hoffte er wenigstens.

Sobald er den sicheren Erdboden erreichte, würde er umgehend die Polizei informieren. Mit etwas Glück konnte der Verdächtige sofort nach der Landung verhaftet werden. Ilmar würde seine Aussage machen, die Beamten eine DNA-Probe nehmen, und in Kürze wäre der Täter überführt. Und Ilmar hunderttausend Euro reicher.

Er kratzte sich am Handrücken und warf einen Blick zu dem über ihnen schwebenden Helikopter empor. Innerhalb der letzten Minute hatte sich ein unangenehmes Brennen in seiner Hand ausgebreitet. Vermutlich lag es am Stress. Davon hatte er in den letzten Stunden wahrlich genug empfunden. Er freute sich wie ein kleines Kind auf eine heiße Dusche und darauf, endlich die blauen Kontaktlinsen loszuwerden. Mit der Zeit stachen sie höllisch.

Benjamin hatte die Entflechtung des Gurtes abgeschlossen und erklärte Ilmar in knappen Worten, wie man ihn anlegte.

Ilmar spürte einen Anfall von Schwindel, kämpfte das Gefühl zurück. Er durfte keine Zeichen von Schwäche zeigen. Nicht mit einem Mörder im Rücken.

Das Seil des Flugretters straffte sich, und er wäre um ein Haar aus der Kabinenöffnung nach draußen gezogen worden.

„Mehr Seil!“, brüllte er in sein Mikrofon.

Ilmar fühlte abermals Benommenheit in sich aufsteigen. Dazu kamen abrupte Übelkeit und Muskelschwäche. Hastig umklammerte er die Haltestangen mit seinen Ellbogen.

Benjamin wurde von einer Böe gegen den Türstock gedrückt. Er klammerte sich fest, tat einen Schritt auf Ilmar zu und öffnete den zweiten Sicherheitsgurt.

„Schlüpfen Sie rein!“, rief er und zog den Gurt auseinander, sodass Ilmar hineinsteigen konnte.

Ilmar vernahm ein unangenehmes Brausen in seinem Kopf, das die Symptome von Schwindel und Übelkeit verstärkte. Sein Gesichtsfeld verschwamm, er sah die geöffnete Tür nur noch undeutlich vor sich.

Was hat der Mann gesagt? Ich soll zu ihm kommen?

Ilmar ließ seinen Halt los, wankte auf die Tür zu.

Die Beine gaben unter ihm nach. Ein Aufschrei hinter ihm, dann fühlte er sich gepackt, festgehalten. Eilige Schritte – oder waren es Schüsse? Die Hand, die ihn hielt, rutschte ab. Ein Fluchen, das sich anhörte wie das Brausen eines wütenden Bienenschwarms.

Auf einmal spürte er, dass unter ihm nichts mehr war. Es ging abwärts, rasend schnell. Der Wind brauste in seinen Ohren, formte ein irres Gelächter, das seinen Verstand packte, aus seinem Bewusstsein riss und in die Finsternis schleuderte.

Ilmar verlor die Besinnung, noch ehe er mit vernichtender Gewalt am Erdboden aufschlug.

*

In der Kabine war es totenstill. Nur der Wind fegte durch die offenen Türen herein.

Benjamin starrte in die Tiefe. Ein dunkler, unförmiger Punkt kennzeichnete die Stelle, an der Martin aufgeschlagen war. Es gab keine Chance, dass er diesen Sturz überlebt hatte.

Du bist schuld!, heulte es in Benjamins Schädel.

Du kannst nichts dafür!, kreischte eine andere Stimme.

Du hättest es verhindern können, drang es aus einer anderen Ecke seines Verstandes.

Nein, hätte ich nicht, hielt Benjamin dagegen. *Es ging viel zu rasch. Er hat sich fallen lassen. Ist vornüber gekippt. Ich konnte ihn nicht halten. Sein Schioverall war schlüpfrig.*

Benjamin spannte sämtliche Muskeln an.

Konzentrier dich!

Mit eiserner Selbstdisziplin brachte er seine Gedanken zur Räson und wandte seinen Blick den verbliebenen Fahrgästen zu. Die Passagiere wirkten zu Tode erschrocken. Gleichzeitig aber auch ... gefasst. Wenn es nicht völlig absurd gewesen wäre, hätte Benjamin angenommen, dass sie den Unfall vorausgeahnt oder wenigstens mit einer Katastrophe gerechnet hatten.

Hier stimmte etwas nicht. Die Situation war ... *falsch.*

Erst jetzt erkannte Benjamin die beiden reglosen Gestalten am Boden. Ein eisiges Kribbeln erfüllte seine Nervenbahnen. Was zum Teufel war in der Kabine vorgefallen? Was hatte ihnen Sebastian verschwiegen?

Konzentrier dich, dachte Benjamin verbissen. *Neun Personen sind am Leben. Sie alle wollen gerettet werden.*

Unerwartet fiel ihm ein Kinderreim ein: *Zehn kleine Negerlein, die ...*

SCHLUSS!

„Wir können nichts für ihn tun", krächzte Benjamin. „Wir müssen weitermachen. Wer ist der Nächste?"

„Ich", sagte Sonja mit fester Stimme und trat vor.
„Warte!", rief Raphael und hielt sie zurück.
„Auf was denn? Dass die Bergung abgebrochen wird, weil der Wind zu stark ist? Es war ein Unfall, verdammt, das haben wir alle gesehen!"
Raphael kaute auf seiner Unterlippe.
„Gut, aber ich helfe dir."
Gemeinsam traten sie auf Benjamin zu. Der Sicherheitschef hatte sich so gestellt, dass er die Öffnung blockierte. Man hätte ihn mit Gewalt zur Seite stoßen müssen, um aus der Tür zu treten.
Benjamin hielt Sonja den offenen Rettungsgurt entgegen. „Hier reinsteigen."
Stumm tat Sonja wie ihr geheißen und zog den Gurt bis zu ihrer Hüfte hoch. Raphael half ihr, die Schnallen festzuzurren.
„Fertig", kommentierte sie.
Benjamin kontrollierte die Verschlüsse und hängte Sonjas Gurt an den seinen. „Bitte zurücktreten", sagte er an Raphael gewandt. „Niemand nähert sich der Tür, bis ich zurück bin."
Raphael gab seiner Freundin einen ungeschickten Kuss. „Sei vorsichtig", flüsterte Sonja so leise, dass nur Raphael ihre Worte verstand. „Irgendjemand hier ist ein Mörder."

Schiregion Kitzbühel, Piste 55, nahe Kabine 14
Sonntag, 7. Januar, 09:27 Uhr

Sie hatten gerade noch rechtzeitig angehalten und sich an einen Aussichtspunkt begeben, um der Bergung des ersten Passagiers beizuwohnen. Zwei heftig hin- und herpendelnde Personen wurden soeben in den Helikopter gezogen. Der amorphe Umriss des Hubschraubers war durch den schwächer werdenden Schneefall klar zu erkennen. Zweifellos würden das beeindruckende Aufnahmen werden.

Ernst stieß derbe Flüche aus, als die Batterie seiner Filmkamera den Geist aufgab und er den Akku wechseln musste. Stefanie grinste unverblümt. Bereits die Fahrt auf den Berg musste Ernst einiges an Nerven gekostet haben. Er war noch nie zuvor auf einem Motorschlitten gesessen und zweimal mit der Maschine umgekippt. Stefanie hatte schallend gelacht, aber das Bild war auch einfach göttlich: Ernst, der wie ein halb im Schnee versunkener Käfer auf dem Rücken lag und hilflos mit seinen dicken Ärmchen ruderte. Sie warf Andreas einen Blick zu. Auch er grinste. Allerdings in ihre Richtung. Peinlich berührt wandte Stefanie den Kopf. Sie spürte, wie ihre Wangen rot wurden. Mit etwas Glück war die Verfärbung aber nicht kräftiger als das zarte Rosa, das ihr bereits durch die Kälte im Gesicht stand.

Andreas übte eine seltsame Anziehungskraft auf sie aus. Obgleich sie erst wenige Sätze miteinander gesprochen hatten, war eine gegenseitige Empathie, vielleicht eine tiefe Seelenverwandtschaft nicht zu leugnen. Im Gegensatz zu manch anderen Frauen störte sie auch Andreas' Vollbart nicht. Er gab ihm etwas Wildes, Unberechenbares. Außerdem waren da seine dunklen Augen. Erfüllt von einem inneren Feuer, das Stefanie am liebsten direkt auf ihrer Haut gespürt hätte; zusammen mit seinen kräftigen, aber doch zärtlichen Männerhänden. Ein schöner Gedanke.

*

Andreas vergrub unschlüssig die Hände in seinen Jackentaschen. Diese Frau verdrehte ihm völlig den Kopf. Sie glich einem wahr gewordenen Männertraum: Dunkle Rehaugen, eine unglaublich erotische Stimme und ihr Lächeln … brachte ihn jedes Mal zum Schmelzen. Dass sie etwas mehr auf den Hüften trug, bekümmerte ihn nicht. Er mochte es, wenn Frauen Kurven besaßen. Wenn er sie anfasste, wollte er nicht das Gefühl haben, dass sie bei einer unbedachten Bewegung zerbrechen könnten.

Andreas trat auf der Stelle. Glücklicherweise hatten sie unten im Tal nicht nur Lawinenpiepser, sondern auch Schneeschuhe erhalten, die sie nach dem Erreichen ihres Ziels anlegten. Ohne diese Hilfsmittel wären sie bis zu den Hüften im Schnee versunken. Auch so reichte das weiße Pulver bis zu den Knien. Hier das Gleichgewicht zu verlieren konnte gefährlich sein, besonders wenn man mit dem Kopf voran im Tiefschnee versank.

Andreas blinzelte den Hang empor. Seine offiziell getätigte Aussage war, dass er mitkommen wollte, um die Lawinengefahr zu beurteilen. Doch je länger er darüber nachdachte, Schneeprofile zu erstellen und Gleitversuche zu starten, desto weniger konnte er sich dafür begeistern. Außerdem war es eine Tatsache, dass weder Schneeprofil noch Rutschblock die Lawinengefahr eines Hanges mit ausreichender Genauigkeit beurteilen konnten. Dafür war der Schneedeckenaufbau zu inhomogen.

Aber was sollte er sonst tun?

Andreas linste zu Stefanie hinüber.

Wieso eigentlich nicht. Mehr als dass sie ihm einen Korb verpasste, konnte nicht geschehen.

*

Franz beäugte seine ehemalige Freundin von der Seite. Unglaublich, wie wenig sie sich verändert hatte. Ihre Mimik, ihr Gehabe, ihre Bewegungen; und natürlich ihr Aussehen. Franz gewann den Eindruck, dass Stefanie die vergangenen drei Jahre in einem Jungbrunnen verbracht hatte. Gleichzeitig musste er selbst in ein heimtückisches Zeitloch gefallen sein, das ihm die dreifache Lebenszeit aufbürdete. Er blickte zu Boden. Es war zu spät. Alles war zu spät.

Franz fühlte, wie seine Hände zitterten. Nicht aufgrund der Kälte. Leichtsinnigerweise waren seine Medikamente im Büro geblieben. Das war dumm und passte so gar nicht zu seiner sonstigen Umsicht. Die tiefen Temperaturen bereiteten seinem Körper zunehmend Schwierigkeiten. Franz spürte, wie sich seine Gliedmaßen versteiften. Er musste erhebliche Kraft und Energie darauf verwenden, sein Gleichgewicht zu wahren. Wie es um seine Gesichtsmimik stand, wollte er lieber nicht wissen.

Franz wandte sich ab und blickte in Richtung der Saukaser-Hochalm, die einige hundert Meter entfernt unterhalb des Pengelsteiner Berggrats lag. Zwar gab es in diese Richtung nichts zu sehen außer Schnee, Schnee und nochmals Schnee, aber so blieb ihm wenigstens ein Anblick erspart: Andreas und Stefanie, die miteinander flirteten; so intensiv, dass in Franz' Gedanken die Frage aufstieg, weshalb sich der Schnee des gesamten Berghangs nicht in kochendes Wasser verwandelte.

Seilbahn GmbH Kitzbühel, Parkfläche vor dem Hauptgebäude
Sonntag, 7. Januar, 09:28 Uhr

„Ach du Schande!" Anna riss die Augen weit auf. „Das bedeutet also, Martin Albers ist nicht der Mörder."

„Nein", entgegnete Bernhard. „Höchst unwahrscheinlich. Er ist Privatdetektiv, ein ziemlich guter sogar. Habe ihn mal kennengelernt. Ich glaube, er heißt in Wirklichkeit Ilmar. Bin davon überzeugt, dass er es war, der bei dem Taxifahrer Erkundigungen eingezogen hat. Manchmal imitiert er Eigenschaften des Mörders – weshalb auch immer. Deshalb ist er in die Person des Priesters geschlüpft. Er muss es auch gewesen sein, den die alte Dame in Kitzbühel gesehen hat."

„Aber wie konnte sie ihn mit dem Fahrer des Wagens verwechseln?"

„Vielleicht, weil Ilmar nach ihm eingetroffen ist", vermutete Bernhard. „Könnte mir vorstellen, dass er das Fahrzeug mit einem Peilsender ausgestattet hat. Und was die Frau angeht: Sie ist ja nicht mehr die Jüngste. Laut ihrer Aussage hat sich der Fahrer des Wagens von ihr wegbewegt; die Grünanlage, bei der sie sich aufgehalten hat, liegt aber rund dreißig Meter von dem Abstellplatz des Fahrzeugs entfernt. Aus dieser Entfernung ist es unmöglich, eine Augenfarbe zu erkennen, selbst wenn sie auffällig ist. Falls meine These korrekt ist, würden auch die Beschreibungen der Rezeptionistinnen Sinn ergeben. Wie auch immer. Jetzt müssen wir die Frage klären, wie wir weiter vorgehen."

„Ich … ich weiß nicht." Anna schüttelte verwirrt den Kopf. Bernhards Erkenntnisse hatten ihr Weltbild auf den Kopf gestellt. Wenigstens das Bild, das sie vom Mörder hatte.

„Ich schlage vor, wir warten trotzdem ab, bis Ilmar hier eintrifft“, meinte Bernhard. „Vielleicht kooperiert er mit uns. Außerdem müssen wir erfahren, weshalb er sich in der Kabine aufgehalten hat. War er dem Mörder auf der Spur? Weiß er etwas, das wir nicht wissen?“

„Was ist mit dem Wagen des Täters?“, warf Anna ein.

„Der wird von Eduard überwacht. Die Spurensicherung sollte jeden Moment bei ihm eintreffen.“

„Einverstanden.“ Anna gewann allmählich ihre Fassung zurück. „Aber ich finde, das Maschinengewehr wäre trotzdem eine gute Idee gewesen.“

Schiregion Kitzbühel, 3S-Bahn, Kabine 14
Sonntag, 7. Januar, 09:29 Uhr

Niemand sprach ein Wort. Es erweckte den Anschein, als würde jede Lautäußerung die Sache nur noch schlimmer machen. Die Männer saßen einzeln, in sich gekehrt und misstrauisch jedem Atemzug gegenüber. Sandra und Michelle hatten sich in eine Ecke gedrängt. Sie warfen furchtsame Blicke in die Runde, umklammerten ihre Mobiltelefone wie den letzten Strohhalm. Samantha wimmerte leise. Sie drückte sich an Emma, die mit halb geschlossenen Lidern dasaß und Samantha schützend im Arm hielt. Zumindest nach außen hin wirkte die alte Dame bemerkenswert ruhig.

Raphael erinnerte sich Sonjas letzter Worte. Es war keine überraschende Feststellung, dass jemand in der Kabine ein falsches Spiel spielte. Aber die Vermutung aus dem Mund seiner Freundin – nein, falsch, Ehefrau – zu vernehmen, gab der Annahme eine ungeahnte Bedeutung. Raphael musste sich beherrschen, die Bewegungen der übrigen Personen nicht mit argwöhnischen Blicken zu verfolgen.

Wer hatte Doris auf dem Gewissen? Wer konnte Henrik umgebracht haben? War es Zufall, dass Martin ausgerechnet in jenem Moment einen Schwächeanfall erlitt? Kaum vorstellbar. Dennoch war Sonja davon ausgegangen, dass es sich um einen Unfall handelte. Oder war diese Aussage nur eine Finte, um den Mörder in Sicherheit zu wiegen?

Raphael ging in Gedanken alle Fahrgäste durch. Samantha, Sandra und Michelle schieden von vornherein aus. Auch Emma kam für ihn nicht in Frage. Blieben Sebastian, Rüdiger und Matteo. Keiner von ihnen hatte sich in Raphaels Augen auffällig verhalten. Keiner wirkte verdächtig.

Wobei, das stimmte nicht ganz. Einer von ihnen hatte etwas gesagt. Etwas, das erst seit Martins unerwartetem Tod von Relevanz war.

Raphael schluckte. Hoffentlich kehrte der Helikopter bald zurück.

Seilbahn GmbH Kitzbühel, Parkfläche vor dem Hauptgebäude

Sonntag, 7. Januar, 09:31 Uhr

Bernhard erkannte sie sofort, obgleich sie ihre Haare etwas länger trug als das letzte Mal, da er ihr begegnet war. Sonja kletterte selbstständig aus dem Helikopter und wurde von zwei Sanitätern in Empfang genommen.

Bernhard wäre ihr am liebsten entgegengestürmt. Aber es gab einen guten Grund, weshalb sich seine Partnerin und er in dem Krankenwagen verborgen hielten. Der Grund bestand aus mehr als einem halben Dutzend Kameraaugen, die auf den Hubschrauber und seine Insassen gerichtet waren.

Kaum war Sonja ausgestiegen und hatte sich einige Schritte entfernt, heulten die Triebwerke des Helikopters auf, und die Maschine gewann an Höhe. Wie vereinbart führten die beiden Sanitäter Sonja auf den Krankenwagen zu, in dem sich die beiden Ermittler befanden. Die Türen wurden geöffnet und Sonja kletterte ins Innere. Sie wirkte nicht überrascht, ihren Vater dort zu erblicken.

„Hallo, Papa", sagte Sonja leise.

Sie sah genau so aus, wie er sie in Erinnerung hatte, oder auch nicht. Ihre Gesichtszüge wirkten reifer und weiblicher, die brünetten Locken fielen ihr nicht mehr so ungebändigt über die Schultern. Außerdem waren ihre magisch grünen Augen von dunklen Ringen umgeben. Aber das konnte auch ein Resultat der jüngsten Entbehrungen sein.

„Hast du etwas zu essen?", fragte Sonja, während ihr einer der Sanitäter eine Blutdruckmanschette anlegte.

Bernhard griff in seine Jackentasche. Wenngleich ihr Kontakt vor Jahren abgebrochen war, trug er immer ein Stück Traubenzucker bei sich. Wortlos hielt er seiner Tochter die weiße Tablette hin.

Sonja lächelte schwach. „Danke", murmelte sie und schob sich den Traubenzucker zwischen die Zähne. „Trotzdem wäre richtiges Essen nicht schlecht. Und etwas zu trinken."

Bernhard wechselte einen Blick mit Anna. Sie nickte kaum wahrnehmbar.

„Gehen wir hinein", sagte Bernhard. „Die Leute von den Seilbahnen haben bestimmt ein ordentliches Frühstück für dich."

Schiregion Kitzbühel, 3S-Bahn, Kabine 14
Sonntag, 7. Januar, 09:34 Uhr

In der Ferne war das rasch näher kommende Knattern des Helikopters zu hören. Raphael atmete auf. Endlich hatte dieser Albtraum ein Ende. Er würde nach Kitzbühel gebracht werden und Sonja in die Arme schließen. Gemeinsam konnten sie nach München zurückkehren und diese höllische Gondelfahrt samt ihrer traumatischen Erinnerungen hinter sich lassen. Trotzdem war eines sicher: Er würde sein Lebtag in keine Seilbahn mehr steigen.

Raphaels Blick fiel auf Samantha.

Sie hatte aufgehört zu weinen, aber ihr Gesicht war leer und ausdruckslos. Die Vorfälle in der Gondel würden sie prägen, vielleicht so nachhaltig, dass eine gestörte Persönlichkeit daraus entwuchs. Das Mädchen brauchte dringend professionelle Hilfe. Es brauchte seinen Vater, seine Geschwister, Angehörige und geschultes Fachpersonal. Hier in der Kabine gab es nichts davon.

Raphaels schlechtes Gewissen schlug zu wie ein Krokodil in einem Schlammloch. *Das kannst du nicht tun!* Er durfte die Kleine nicht zurücklassen; nicht, wenn neben ihr ein Mörder saß. Raphael kaute auf seiner Unterlippe. Sonja würde das verstehen, bestimmt. Wenn sie nicht so krank gewesen wäre, hätte sie das Gleiche getan.

„Samantha", sagte er leise. „Willst du schon jetzt gerettet werden?"

Sie wandte ihm ihr tränenverschmiertes Gesicht zu und schniefte herzzerreißend. „Ich hab' die Vier", nuschelte sie.

„Nein, du hast die Zwei", entgegnete Raphael und hielt Samantha seinen Zettel hin. Sie musterte das Blatt Papier mit großen Kulleraugen und wischte sich mit dem Handrücken eine blonde Locke aus dem Gesicht.

„Das ist sehr edel von dir", bemerkte Emma. „Du hast ein großes Herz."

„Danke", entgegnete Raphael beschämt. „Aber das würde doch jeder tun."

„Nein", betonte Emma. „Die meisten Menschen würden in ihrem Egoismus ertrinken."

Die schwarze Silhouette des Helikopters schob sich in ihr Blickfeld. Sekunden später löste sich Benjamins Gestalt von der Unterseite des Fluggeräts und glitt zu ihnen herab.

„Na dann", meinte Raphael und strich Samantha über den hellen Haarschopf. „Ab nach Hause."

Schiregion Kitzbühel, Piste 55, nahe Kabine 14
Sonntag, 7. Januar, 09:37 Uhr

Ernst war schon wieder am Fluchen. Umherwirbelnde Schneekristalle hatten sich auf der Linse der Kamera festgesetzt, waren geschmolzen und verschleierten die Sicht. Stefanie fand das nicht weiter tragisch. Dadurch wirkten die Bilder realer und gewannen an Dramatik. Ernst war nicht dieser Meinung.

„Scheiß Schnee", murrte er und begann die Linse mit einem Tuch zu säubern.

Stefanie beachtete ihn nicht weiter. Das Filmen war seine Aufgabe. Ihr oblag, gut auszusehen und einen halbwegs vernünftigen Text ins Mikrofon zu säuseln. Wenn der Helikopter zur nächsten Bergung anrückte, wollten sie einen Beitrag aufnehmen, mit der Kabine im Hintergrund. Vielleicht konnte sie Andreas dazu bringen, dass er seine Einschätzung zu den Schneemassen und der drohenden Lawinengefahr beisteuerte. Stefanie rieb ihre Hände. Obschon sie Fäustlinge, Mütze und einen dicken Overall trug, hatten sich die klammen Finger von Väterchen Frost durch ihre Kleidung gewühlt.

Andreas lächelte. „Darf ich?", fragte er.

Er nahm ihre Hände in die seinen und rieb die Handschuhe aneinander.

„Pass bloß auf, dass zwischen uns keine Funken sprühen", murmelte sie.

Er hielt verblüfft inne. Dann jedoch erschien ein breites Grinsen auf seinem Gesicht. „Das will ich doch hoffen."

*

Die zweite Person, die aus der Kabine geborgen wurde, war schmächtiger. Franz vermutete, dass es sich um eines der Kinder handelte.

Werde ich jemals Kinder haben?

Franz verzog das Gesicht; zumindest bemühte er sich, seine starre Mimik zu einer Reaktion zu bewegen. Ein sehr unpassender Moment für solche Spinnereien. Noch nie war in ihm der Wunsch nach eigenem Nachwuchs erwacht. Er fand, dass er genügend Sorgen und Probleme hatte, auch ohne sie mit einem kreischenden Balg zu multiplizieren.

Franz' Gedanken stockten. Irgendetwas war anders.

Er warf einen Blick in den Himmel empor; der Helikopter entfernte sich Richtung Kitzbühel, die Gondel hing weiterhin fast regungslos inmitten vorbeifegender Wolkenfetzen. Aber die Veränderung war nicht in der Luft zu finden. Sondern hangaufwärts.

Der Boden erzitterte.

Schiregion Kitzbühel, Saukaser-Hochalm
Sonntag, 7. Januar, 09:38 Uhr

„Hörst du das?“ Hans verhielt mitten im Schritt.

Magdalena zog die Augenbrauen hoch. „Nein. Willst du dich schon wieder vor der Arbeit drücken?“

Hans knurrte böse. „Sei still, Weib, und stell die Gläser hin.“

Magdalena überlegte, ob sie es auf eine offene Konfrontation ankommen lassen sollte. Sie entschied sich dagegen. Nicht vor Mittag. Nicht an einem Sonntag. Folgsam stellte sie die Bierkrüge auf den Tresen und lauschte.

Tatsächlich. Ein dumpfes Dröhnen, wie von einem kilometerhoch fliegenden Passagierjet. Oder dem fernen Brummen einer Pistenraupe.

Die Krüge am Tisch fingen an zu vibrieren.

„Scheiße!“, brüllte Hans und riss den Vorhang des Fensters beiseite, welches den Blick Richtung Nordwesten freigab.

Vom Berggrat des Pengelstein raste eine weiße Wand auf sie zu.

Schiregion Kitzbühel, Piste 55, nahe Kabine 14
Sonntag, 7. Januar, 09:38 Uhr

Andreas blieb seine erotische Anspielung im Halse stecken. Sein Lächeln gefror, seine Muskeln verkrampften.

Das ist unmöglich.

Er erkannte das Bild auf Anhieb. Abermals war die Szenerie aus seinem Traum gerissen – seinem heutigen Traum. Die weiße Wand, die sich vor ihnen aufbäumte, mit einem gutturalen Brausen näher rückte und alles verschlang, was sich ihr in den Weg stellte. Eine Lawine. Wie hatte er nur so blind sein können.

Andreas wirbelte herum. Stefanie starrte dem weißen Tod entgegen, den Mund vor Überraschung weit aufgerissen. Franz zeigte überhaupt keine Reaktion. Ganz anders der Kameramann. Ernst kreischte auf, presste die Kamera an seine Brust und hetzte auf den Motorschlitten zu.

Genau das sollten sie auch tun. Unverzüglich.

„Weg hier!", brüllte Andreas und packte Stefanie am Arm. Sie rührte sich nicht, blickte zu Franz hinüber, der etwa zwanzig Schritte entfernt stand. Viel zu weit weg, um ihm irgendwie helfen zu können.

„Warum unternimmt er nichts?", flüsterte sie.

„Franz!", brüllte Andreas. Keine Antwort.

Die Lawine donnerte heran. Breiter und höher wurde das Schneebrett, verwandelte sich in eine alles erstickende Staublawine.

Andreas zerrte Stefanie einfach mit sich, direkt auf den nächsten Motorschlitten zu. Hastig löste er die Schneeschuhe von seinen Füßen und sprang auf den Fahrersitz. Ernst war ihnen voraus. Sein Schi-Doo tat einen Satz, und er fegte den Abhang hinab.

„Franz, nein!“, schrie Stefanie. Ihre Stimme brach.

Andreas fluchte ungehemmt, als das Schneemobil nicht sofort ansprang. Erst beim zweiten Anlauf erwachte das Brummen des Motors.

„Steig auf!“, brüllte Andreas, aber Stefanie kletterte bereits hinter ihn. Er meinte, Tränen in ihren Augen zu erkennen. Sie legte die Arme um ihn, drückte ihr Gesicht gegen seinen Rücken.

Andreas warf einen letzten Blick zurück. Die Ausläufer der Lawine erreichten die Saukaser-Hochalm. Das Dach eines Gebäudes wurde erfasst, angehoben und wie Spielzeug durch die Luft geschleudert.

Franz zeigte noch immer keine Reaktion. Er stand da, als wäre er aus Erz gegossen.

Andreas beugte sich über die Lenkstange und sie brausten talwärts.

*

Franz vernahm Stefanies Schreie, Andreas' Rufe. Er hörte, wie sie auf einen Motorschlitten sprangen und davonjagten.

Franz lächelte.

Wie verschlagen das Schicksal doch war. Vor wenigen Sekunden hatte er noch geglaubt, das Ruder herumreißen zu können. Er hatte über die Bergung der Passagiere sinniert; seine Chancen ausgerechnet, den Job behalten zu können. Sogar über Kinder hatte er nachgedacht.

Und jetzt begegnete ihm der Tod. Packte zu, wenn er es am wenigsten erwartete. Ausgerechnet in Form jenes Elements, das sich in den letzten zehn Jahren als treuer Begleiter erwiesen hatte.

Franz war völlig ruhig. Er konnte sich nicht retten, selbst wenn er dem schrillen Kreischen seines Überlebenswillens nachgab. Seine Krankheit erlaubte das nicht. Seine Glieder waren viel zu steif und unbeweglich, als dass er sich rechtzeitig in Sicherheit hätte bringen können. Aber was hatte er erwartet? Mit einem Mal traf ihn die Erkenntnis, dass die vergangenen vierundzwanzig Stunden nur in diesem Ereignis gipfeln konnten.

Schade. Er hätte gern noch einmal die Sonne gesehen.

Die Lawine brauste heran. Höher und höher wirbelten die Schneemassen, formten eine immense Walze aus weißem Staub. Franz stemmte die Füße in den Schnee. Er würde aufrecht sterben. So wie er sein ganzes Leben aufrecht gekämpft hatte. Gegen seine Neider, falschen Freunde und gegen sich selbst.

Franz öffnete den Mund, brüllte dem Tod seine Entschlossenheit entgegen.

Wie ein Löwe.

Schiregion Kitzbühel, 3S-Bahn, Kabine 14
Sonntag, 7. Januar, 09:38 Uhr

„Hört ihr das?“, fragte Sandra. Ihre Stimme klang ängstlich.

Raphael, der noch immer Benjamin und Samantha hinterherblickte, drehte den Kopf.

„Was meinst du?“, erkundigte er sich.

„Da ist so ein Brummen …“

„Ich höre es auch“, erwiderte Emma.

„Ich auch“, bestätigte Rüdiger. „Klingt fast wie eine …“

„Lawine!“, entfuhr es Matteo.

Sie erblickten eine unförmig weiße Masse, die sich mit einem Höllentempo den Hang hinabwälzte. Der Schnee wurde emporgewirbelt, sicherlich Dutzende Meter hoch. Die Scheiben der Kabine erzitterten. Sandra stieß einen leisen Schrei aus.

„Uns kann nichts geschehen“, beruhigte Matteo. „Die Lawine geht seitlich an der Seilbahnstütze vorbei, seht ihr?“

Das stimmte. Der Hauptast des Schneerutsches bahnte sich einige hundert Meter entfernt den Weg in Richtung eines Waldes, nur ein kleiner Teil bewegte sich in ihre Richtung. Aber auch der ebbte ab, bevor er die Seilbahnstütze erreichte.

„Meine Herrschaften? Es wird Zeit, dass wir ein paar Dinge klären.“

Das war Sebastians Stimme. Raphael wandte sich um.

Er blickte direkt in die Mündung einer schwarzen Faustfeuerwaffe.

Seilbahn GmbH Kitzbühel, Kantine
Sonntag, 7. Januar, 09:38 Uhr

Sonja kaute genüsslich an ihrem Tomatensandwich. Bernhard betrachtete sie mit einem milden Schmunzeln. Wie sie so vor ihm saß, wirkte alles vertraut. Als wären sie nicht Jahre getrennt gewesen, sondern nur wenige Stunden.

„Schmeckt's?“, fragte er.

Sonja nickte eifrig und schluckte einen großen Bissen hinunter. „Sehr gut! Ich muss sagen, vor einer Stunde habe ich noch gedacht, ich werde nie wieder etwas essen.“

„So schlimm?“

„Ja, ich … bin kollabiert. Unterzuckerung."

„Hattest du dein Notfall-Set nicht dabei?"

„Nein. Das liegt noch immer auf unserem Zimmer."

„Unserem?"

„Ja. Ich bin mit meinem Freund in Kitzbühel. Falsch, meinem Ehemann."

Bernhards Augen weiteten sich. Offensichtlich hatte sich seine Tochter mehr verändert, als er bisher wahrhaben wollte.

„Ich gehe wieder zum Krankenwagen", sagte Anna rasch, die unruhig mit ihren Nägeln auf die Tischplatte trommelte. „Dann könnt ihr euch in Ruhe unterhalten."

„Raphael, mein Mann, wird als Nächster vom Helikopter gebracht", warf Sonja ein.

„Soll ich ihm etwas ausrichten?"

„Es genügt, wenn du ihm sagst, wo ich mich befinde. Den Kuss übernehme ich schon selbst."

Schiregion Kitzbühel, Piste 55, nahe Kabine 14

Sonntag, 7. Januar, 09:39 Uhr

„Schneller!", brüllte Stefanie.

Der Motor des Schneemobils heulte auf, als Andreas die Maschine über einen kleinen Hügel lenkte. Sie flogen dem Waldrand entgegen. Kaum fünfzig Meter trennten sie von den ersten knorrigen Stämmen.

Stefanie wandte den Kopf. Hinter ihnen war ein Gesicht erschienen. Für den Bruchteil einer Sekunde meinte sie riesige, hell leuchtende Augen inmitten der Schneewalze zu erkennen; ein weit geöffnetes Maul, das ein hämisches Lachen ausstieß; bizarr verkrümmte Finger, die sich ihnen entgegenstreckten.

Die Lawine war fast heran. Das dumpfe Brausen übertönte alle anderen Geräusche.

Sie fegten an den ersten Bäumen vorbei.

Andreas musste die Geschwindigkeit ihres Gefährts drosseln, sonst wären sie unweigerlich gegen einen Baumstamm geprallt. Im Zickzack preschten sie durch den Nadelwald. Feine Schneekristalle stoben an ihnen vorbei. Eine Sturmböe erfasste Stefanie und hätte sie fast vom Motorschlitten geweht. Die Bäume bogen sich wie Getreideähren im Wind. Schlagartig sank die Sichtweite auf wenige Meter, als sie der feine Schneestaub erreichte.

„Festhalten!", schrie Andreas, riss den Motorschlitten herum und hielt abrupt an.

Sie waren hinter einem großen Felsblock zum Stehen gekommen. Eine weitere Wolke aus Schnee fegte über sie hinweg, als hätte ein Riese einen Sack Mehl verschüttet. Augenblicke später flaute der Sturm ab; so rasch, wie er gekommen war. Stille senkte sich auf sie herab.

„Geschafft", seufzte Andreas.

Schiregion Kitzbühel, 3S-Bahn, Kabine 14
Sonntag, 7. Januar, 09:40 Uhr

Also doch, durchzuckte es Raphaels Gedanken. *Ich hatte recht. Sebastian war es, der das Thema Gift ins Spiel gebracht hat; das Gift, woran Henrik und Martin gestorben sind!*

„Sebastian …" Emmas Stimme war nur ein Flüstern.

Der Liftbedienstete grinste breit. „Tut nicht so überrascht. Es musste so kommen."

Er deutete mit seiner Pistole auf die Breitseite der Kabine. „Darf ich die Damen und Herren bitten, sich dort drüben aufzustellen? Sandra und Michelle, ihr nicht."

„Was hast du vor?“ Matteos Stimme zitterte. Ob aus Wut oder Furcht war schwer auszumachen.

„Wie gesagt, ich will endlich Tacheles reden. Ich bin dieses Maskenspiel leid. Wird Zeit, dass ich es beende.“

Rüdiger, der über ein Paar Schi steigen musste, stolperte, fiel und klammerte sich im letzten Moment an eine Haltestange.

„Pah!“ Matteo zog eine Grimasse. „Was willst du tun – mit einer Schreckschusspistole?“

„Wie?“ Sebastian blickte verwirrt auf die Waffe in seiner Hand.

Rüdiger schnellte hoch und griff an.

Es war ein höchst ungleicher Kampf. Der Pharmazeut war zwanzig Jahre älter, einen halben Kopf kleiner und erheblich schmächtiger als Sebastian.

Dennoch hatte der Liftbedienstete keine Chance. Raphael schien es, als würde sich der alte Mann in einen Schatten verwandeln, so rasch folgten seine Bewegungen. Rüdiger tat *irgendetwas*, und Sebastian ließ röchelnd die Waffe fallen. Er griff sich an den Hals, fiel auf die Knie und kippte vornüber.

„Wahnsinn.“ Raphael war fassungslos. „Was …?“

Rüdiger wirbelte herum und hechtete wie ein Panther auf Raphael zu. Bevor dieser seine Verblüffung überwinden konnte, spürte er einen heftigen Schmerz an der Schläfe.

Dann nichts mehr.

Seilbahn GmbH Kitzbühel, Parkfläche vor dem Hauptgebäude
Sonntag, 7. Januar, 09:42 Uhr

Samantha wurde von zwei Sanitätern in Empfang genommen, hochgehoben und zum nächsten Krankenwagen getragen. Benjamin hatte während des Fluges versucht, die Kleine in ein Gespräch zu verwickeln, aber nur Schweigen als Antwort erhalten. Die Ereignisse in der Kabine waren wohl nicht spurlos an dem Mädchen vorübergegangen. Benjamin fiel auf, dass sich der Helikopter nicht von der Stelle rührte.

„Warum starten wir nicht?", wandte er sich an den Piloten.

„Wegen dem roten Lämpchen hier", erwiderte dieser und deutete auf eines der Kontrollelemente im Cockpit.

„Was ist das?"

„Die Öldruckanzeige. Wahrscheinlich nur ein Wackelkontakt. Hat beim Abflug aus Salzburg schon mal geleuchtet. Mit etwas Glück können wir in drei, vier Minuten starten."

Drei weitere verlorene Minuten. Benjamin rieb sich den Nacken. Zur Abwechslung wäre es hilfreich, wenn alles glattginge.

Er ahnte den düsteren Gedanken, noch bevor er in sein Bewusstsein drang, und konnte ihn erfolgreich unterdrücken.

Nein. Es wird alles glattgehen. Es muss!

*

Das Mädchen war äußerlich unversehrt und wirkte gefasst. Allein die Augen, in denen eine Reife und Erfahrung standen, die nicht mit dem kindlichen Alter übereinstimmten, ließen erahnen, was die Kleine durchgemacht hatte.

Samantha wurde in eine warme Decke gehüllt und bekam auf ihre Frage „Gibt's was zu essen?" eine Wurstsemmel in die Hand gedrückt.

„Wo ist denn deine Mama?", erkundigte sich Anna, lächelte mild und strich der Kleinen die nassen Haare aus dem Gesicht.

„Mama ist tot", entgegnete Samantha und schluckte einen Bissen Wurstsemmel hinunter. „Ein alter Mann hat sie totgemacht."

Schiregion Kitzbühel, 3S-Bahn, Kabine 14
Sonntag, 7. Januar, 09:42 Uhr

Noch während Raphael zu Boden ging, tänzelte Rüdiger zur Seite. Er duckte sich unter einem weiten Schwinger Matteos und hieb dem Chirurgen seine Faust gegen den Solarplexus. Matteo grunzte verblüfft, verdrehte die Augen und fiel der Länge nach zu Boden.

Emma war dem Geschehen mit einer Empfindung physischer Distanz gefolgt. Sie hatte jede Bewegung wahrgenommen, war aber selbst völlig regungslos geblieben. Nur ihre Augen hatten Rüdigers Wüten verfolgt.

Fünf Sekunden. Es konnte kaum länger gedauert haben. In diesem kurzen Zeitraum hatte Rüdiger drei erwachsene Männer kampfunfähig gemacht. Ohne zu zögern. Ohne Pardon. Und ohne die geringste Spur einer körperlichen Anstrengung erkennen zu lassen.

Emma sah Rüdiger an, und Rüdiger blickte zurück. Was sie in seinen Augen las, war ein Albtraum. Jede

Freundlichkeit war verblasst. Verschwunden waren seine Sanftheit, seine Hilfsbereitschaft, sein Humor. Der menschliche Engel Rüdiger existierte nicht mehr.

Er hat nie existiert, korrigierte sich Emma.

Rüdiger lachte leise. „Überrascht?", fragte er.

Emma schüttelte stumm den Kopf. Sie konnte es nicht fassen, sich in einem Menschen so getäuscht zu haben.

„Tja." Rüdiger ließ seine Halswirbel knacken. „Du bist nicht die Erste. Ich wäre nicht so weit gekommen, wenn ich das Spiel nicht beherrschen würde."

„Warum?", flüsterte Emma.

„Warum was?" Rüdigers Stimme war hart und schneidend. „Warum ich eine Maske getragen habe? Warum ich mich erst jetzt zu erkennen gebe?"

Emma blieb stumm.

Rüdiger verzog das Gesicht. „Nein", beantwortete er selbst seine Frage. „Du willst wissen, weshalb ich Doris und Martin getötet habe."

Er ließ eine kurze Pause verstreichen und blickte zu Sandra und Michelle hinüber, die sich mucksmäuschenstill in eine Ecke der Gondel kauerten. In ihren Augen stand das nackte Grauen.

„Ich würde sagen, weil es mir Spaß macht", sagte Rüdiger. „So einfach ist das. Und weil wir schon beim Thema Vergnügen sind: Sandra wird jetzt das Fliegen lernen. Aber schön langsam, damit wir alle unsere Freude daran haben." Rüdigers Lachen war nicht länger fröhlich und ausgelassen. Eine schwarze, grausame Ernsthaftigkeit lag darin, eine Bosheit, die alles überstieg, was Emma jemals vernommen hatte.

Sandra stieß ein ersticktes Keuchen aus. Ihre Züge waren kalkweiß. Sie klammerte sich an ihre Freundin, als wäre sie eine rettende Planke inmitten tosender Brandung.

„Danach ficke ich Michelles blutige Muschi, bis ihre Schreie die Scheiben der Kabine zum Erzittern bringen." Rüdiger warf der jungen Frau einen brennenden Blick zu. „Du hast wohl gedacht, niemand bemerkt, dass du deine Tage hast. Falsch gedacht. Ich habe mitbekommen, wie du über der Bodenluke gehockt bist, und ja, es hat mich verdammt geil gemacht! Bevor ich dich am Ende töte, werde ich deine …"

Rüdigers Blick wurde glasig. Seine Mundwinkel zuckten unkontrolliert, dann klappte er zusammen, wie ein Schweizer Taschenmesser. Hinter ihm stand Matteo. Er atmete schwer und hielt einen Schischuh in Händen.

„Nicht heute, du Drecksschwein", murmelte er.

Seilbahn GmbH Kitzbühel, Kantine

Sonntag, 7. Januar, 09:44 Uhr

Das Donnern des Helikopters war auch im hinteren Teil der Anlage deutlich zu vernehmen. Vielleicht würde nun Martin – beziehungsweise Ilmar – gebracht werden.

„Nein", entgegnete Sonja, als Bernhard eine entsprechende Frage stellte. „Martin ist tot."

Bernhard riss die Augen auf. „Wie bitte?"

„Er ist aus der Kabine gestürzt, als ihn der Flugretter anseilen wollte. Für die anderen hat es wohl nach einem Schwächeanfall ausgehen. Ich vermute aber, er ist vergiftet worden."

Bernhard versteifte sich. „Woher …?"

„Mein Vater ist Kriminalpolizist", meinte sie und grinste humorlos. „Außerdem war Martin nicht der erste Tote."

Bernhard hatte das Gefühl, als würde ihm jemand den Boden unter den Füßen wegziehen. „Verdammt, Sonja! Das hättest du mir sofort sagen müssen!"

„Ehrlich? Und warum hast du mir nicht am Telefon gesagt, dass neben mir in der Kabine ein Mörder sitzt?"

Bernhard schwieg betroffen. „Ich konnte es nicht. Ich hatte Angst, dass der Täter Verdacht schöpfen würde. Ich dachte, es wäre das Beste, wenn du nichts von der Gefahr weißt – und damit keine Bedrohung für den Mörder darstellst."

Sonja musterte ihren Vater abschätzend. „Die Verletzungen an Doris' Hals waren nicht natürlichen Ursprungs", sagte sie dann. „Du hast mir genug beigebracht, sodass ich mir sicher bin, dass ihr jemand den Kehlkopf zertrümmert hat. Bei Henrik bin ich unschlüssig, aber Martin wurde garantiert vergiftet. Sein untypisches Verhalten, seine plötzliche Orientierungslosigkeit, kurz bevor er abgestürzt ist."

Bernhard presste seine Finger gegen die Schläfen. Das Problem war, dass er seiner Tochter glaubte. Mehr noch: Er war davon überzeugt, dass sie recht hatte. Die Schwierigkeit bestand darin, einen kühlen Kopf zu bewahren. Sie mussten die Angelegenheit diskret über die Bühne bringen, ohne dass die Medien Verdacht schöpften.

Unversehens kam ihm ein Gedanke.

„Mist!", fluchte Bernhard und sprang so heftig auf, dass der Stuhl polternd zu Boden fiel.

Seilbahn GmbH Kitzbühel, Eingangshalle
Sonntag, 7. Januar, 09:46 Uhr

Bernhard eilte durch den Raum, drängte sich rücksichtslos durch die wartenden Menschentrauben. Das Geräusch der schlagenden Rotorblätter wurde lauter. Der Helikopter würde jeden Moment starten.

Bernhard stürmte ins Freie. Er brüllte und schrie, fuchtelte mit seinen Armen, um den Piloten auf sich aufmerksam zu machen. Vergeblich.

Heftige Windböen schlugen Bernhard entgegen und ließen ihn taumeln. Nadelspitze Eiskristalle prasselten auf seine Haut. Schützend hob Bernhard eine Hand vor das Gesicht. Er spähte zwischen den Fingern hindurch, sah, wie der Hubschrauber an Höhe begann. Er kam zu spät. Auch ohne sich zu vergewissern, wusste er, was geschehen war.

Zum Teufel, dachte Bernhard und wandte sich ab. *Pass bloß auf dich auf!*

Schiregion Kitzbühel, 3S-Bahn, Kabine 14
Sonntag, 7. Januar, 09:46 Uhr

Matteo hatte sich nach der erfolgreichen Attacke gegen Rüdiger erschöpft auf den Boden fallen lassen. Er saß gegen eine Sitzbank gelehnt und sog keuchend die Luft ein. Raphael war bewusstlos, aber er atmete. Schlimmer stand es um Sebastian. Sein Kehlkopf war durch Rüdigers Schlag eingedrückt. Er bekam kaum noch Luft und war der Ohnmacht nahe. „Wir müssen einen Luftröhrenschnitt machen!“, rief Emma.

„Wa'?", nuschelte Matteo. „Du meins' woh' 'ne Koniotomie."

„Verflucht, Matteo! Sebastian erstickt!"

Erst jetzt erkannte Matteo den Ernst der Lage. Sebastians Gesicht war hellblau angelaufen. Matteo stützte sich schwer auf seine Hände und robbte auf den Liftbediensteten zu. „Wir brauchen ein Skalpell", murmelte er. „Irgendwas, um ..."

„Henriks Messer", entfuhr es Emma. Sie tastete am Boden danach und reichte die Klinge ihrem Mann weiter. Matteo zog die Stirn in Falten.

„Durchtrennen der *Ligamentum conicum* zwischen Ringknorpel und Schildknorpel", brabbelte er wie ein schlecht einstudiertes Mantra.

Er setzte das Messer an Sebastians Hals an. Zögerte.

„Was ist?!", rief Emma. „Tu es!"

Eine rasche Handbewegung, und Sebastian sog pfeifend frische Luft in seine Lungen.

Matteo legte den Kopf schief. „Ich hoffe, dass ..."

Hinter ihm wuchs eine dunkle Gestalt empor.

*

Sandra und Michelle fingen an zu schreien. Matteo reagierte zu spät. Der Schischuh traf ihn am Hinterkopf und raubte ihm die Besinnung.

Rüdiger grinste. Es war ein dämonisches Lächeln. Blutiger Speichel troff aus seinem Mundwinkel, in seinen Augen loderte etwas, das schlimmer war als Wahnsinn. Aus weiter Ferne vernahm Emma den sich nähernden Helikopter. Er würde zu spät kommen.

„Du hast die Wahl", sagte Rüdiger, an Emma gewandt. Seine Stimme war ruhig und auf unnatürliche Weise besänftigend und einlullend. „Entweder du springst freiwillig, oder ich muss nachhelfen. Alternativ könnte ich dir das Gift injizieren, das Martin getötet hat."

Emmas Herzschlag glich mehr dem Dröhnen eines Presslufthammers als einem menschlichen Organ.

„Rüdiger, bitte ...", flüsterte sie mit erstickter Stimme. „Warum tust du das? Du hast doch keine Chance. Alle werden wissen, dass du es warst."

Rüdiger lächelte humorlos. „Vielleicht werden sie das. Die Frage ist eher, ob sie mich zu Gesicht bekommen. Habe ich schon mal erwähnt, dass ich den Flugschein für Helikopter besitze? Nein? Man wird von einem tragischen Unglück ausgehen, wenn der Hubschrauber an einer Felswand zerschellt und in Flammen aufgeht. Die Einzelteile und Leichen weit verstreut, eine Person bleibt verschollen – Fallschirme sind schon eine feine Sache."

Rüdiger grinste erneut und tat einen großen Schritt über Matteos bewegungslose Gestalt. Emma wich zurück, immer näher zu der weit geöffneten Tür der Gondel, durch die der Sturm blitzende Schneeflocken ins Innere der Kabine wirbelte.

„Du kannst nicht entkommen", sagte Rüdiger gelassen. „Und es gibt keine Rettung für dich. Gib auf, Emma. Gib auf – und entscheide dich." Bei den letzten Worten wurde Rüdigers Stimme kalt und schneidend. Er trat einen weiteren Schritt auf Emma zu. Emma stolperte rückwärts, spürte, dass hinter ihr nichts mehr war, und langte hastig nach den Haltegriffen. Eine Sturmböe erfasste sie, zerzauste ihr das Haar. Mit einem Mal spürte sie eine Kälte in sich aufsteigen, intensiver und grausamer, als sie es je erlebt hatte.

Gabriel, mein Schutzengel, flehte sie. *Wo bist du?*

Keine Erwiderung. Emma stöhnte auf.

Rüdiger kicherte. Es war ein hoher, abgehackter Laut, erinnerte an das Meckern eines wahnsinnigen Ziegenbocks.

„Entscheide dich …“, säuselte er.

Eine verirrte Schneeflocke tanzte direkt vor Emmas Gesicht. Sie fixierte das zerbrechliche Gebilde, beobachtete den unbeschwerten Tanz des vergänglichen Eiskristalls. *Wie schön,* dachte sie und schloss die Augen.

*

Es war ein dumpfes *Plopp!,* wie ein Sektkorken, der aus der Glasflasche schoss. Emma hob zögernd die Lider. Rüdiger stand direkt vor ihr, keinen Schritt mehr entfernt. Seine Augen waren groß, seine Lippen schlaff. Auf seinen Zügen lag ein Ausdruck höchster Verwunderung.

Das dritte Auge, schoss es Emma durch den Kopf. Völlig unangebracht, aber: Auf der Stirn oberhalb Rüdigers Nasenbein war ein hellroter Punkt erschienen. Wie das dritte Auge von Shiva, dem Glückverheißenden.

Blut quoll aus dem Einschussloch hervor. Nicht viel, nur wenige Tropfen. Rüdiger brach zusammen und regte sich nicht mehr.

Schiregion Kitzbühel, 3S-Bahn, oberhalb Kabine 14
Sonntag, 7. Januar, 09:48 Uhr

Benjamin klingelten die Ohren. Obwohl er seine Sturmhaube und den Helm samt Kopfhörern trug, und obschon das Knattern des Helikopters eine beachtliche Lautstärke erreichte, hatte der Knall des Schusses alles übertönt. Benjamin klammerte sich an den Haltegriff, während er auf der Türkante saß und seine Beine über dem Abgrund baumelten. Er warf der jungen Polizeibeamtin neben sich einen Blick zu. Anna senkte das mit Zielfernrohr ausgestattete Maschinengewehr. Ein schmales Lächeln erschien auf ihren Zügen.

„Ich hab' ihn", sagte sie, ruhig und gefasst. Mehr nicht. Und mehr sprachen sie auch nicht miteinander, bis sie sich gemeinsam zu Kabine vierzehn abseilten.

War es die richtige Entscheidung, sie mitzunehmen?, dachte Benjamin beklommen. *Was ist, wenn sie die falsche Person erschossen hat?*

Als die Kriminalistin in Kitzbühel auf den Helikopter zugestürmt war, in ihren Armen das Präzisionsgewehr und mit einem gleichfalls entschlossenen wie gnadenlosen Ausdruck in den Augen, hatte Benjamin für einen Augenblick gedacht, sie wollte ihn töten. Dafür, dass er Martin hatte fallen lassen.

Habe ich nicht!, empörte sich eine Stimme in seinem Kopf.

Benjamin presste die Lippen zusammen. *Vielleicht werde ich niemals die Wahrheit erfahren.*

Seilbahn GmbH Kitzbühel, Besprechungsraum
Sonntag, 7. Januar, 09:54 Uhr

„Er ist tot", erklang eine Stimme über Funk. „Der Mörder ist tot."

Ein lautstarker Tumult brach los, jeder versuchte sich Gehör zu verschaffen. Georg bemühte sich vergeblich, Ordnung in das Chaos zu bringen. Doch seine Stimme war nur eine von vielen.

Ein durchdringender Knall ertönte. Die Menge erstarrte.

Bernhard erhob sich bedächtig von seinem Stuhl und steckte die Dienstwaffe in das Halfter zurück, die er mit aller Macht auf den Tisch geschlagen hatte. Er trat an das Funkgerät heran.

„Anna?"

„Ja. Er heißt Rüdiger. Rüdiger Bocconcelli."

Bernhard schwieg einen Moment. „Wie ...?"

„Ein Schuss in den Kopf. Vom Helikopter aus. Er wollte gerade eine Frau aus der Kabine stoßen."

Bernhard schwieg erneut. „Gibt es ...?"

„Ja. Es gibt drei Zeugen. Außerdem hat er zwei Morde gestanden."

Bernhard seufzte erleichtert. „Gut. Wie geht es den übrigen Fahrgästen?"

„Die drei Damen in der Kabine sind wohlauf. Ein junger Mann ist bewusstlos, er wurde von Rüdiger niedergeschlagen. Einem anderen konnte mit einem Luftröhrenschnitt das Leben gerettet werden. Letzterer befindet sich im Helikopter auf dem Weg nach Kitzbühel. Außerdem haben wir hier zwei Leichen. Die Mutter des kleinen Mädchens und ein rothaariger Mann. Laut Aussage der anderen Fahrgäste sind sie schon länger tot."

Bernhard rieb sich den Nacken. „Danke für deinen Bericht. Das weitere Prozedere kennst du ja."

Schiregion Kitzbühel, 3S-Bahn, Kabine 14
Sonntag, 7. Januar, 10:03 Uhr

„Raphael? Raphael, hörst du mich?"

Träge hob Raphael die Lider. Sein Schädel schmerzte, als wäre er in vollem Lauf gegen eine Betonwand geschlagen. *Was ist geschehen?*

„Wie viele Finger?" Emma hielt Raphael ihren ausgestreckten Mittel- und Zeigefinger entgegen.

„Drei", murmelte Raphael. Die Schmerzen waren unerträglich.

„Das wird schon wieder", erklang Matteos Stimme. „Rüdiger hat dir eine ordentliche Kopfnuss verpasst."

„Du wirst als Nächster vom Helikopter ins Tal gebracht", sagte Emma. „Schaffst du das?"

Statt einer Antwort stöhnte Raphael auf und griff sich an die Stirn. Er bezweifelte stark, dass er unter diesen Qualen aufrecht stehen konnte.

„Ich glaube, das ist ein Nein", meinte Matteo trocken. „Wäre es in Ordnung, wenn ich gehe?"

„Ja." Emma trat auf ihren Mann zu und küsste ihn flüchtig auf die Lippen. „Es tut mir leid, wenn ich in letzter Zeit etwas launisch und ungehalten war."

„Ist schon okay", sagte Matteo und grinste. „Ich glaube, diese Höllenfahrt war besser als jede Paartherapie."

Durch das Brausen des Sturms näherte sich das wohlbekannte *Flapp-flapp* des Helikopters.

„Matteo …", flüsterte Raphael.

„Ja?"

„Könntest du Sonja etwas ausrichten?"

„Natürlich."

„Sag ihr, dass es mir gutgeht und dass ich …"

„… sie liebe“, vollendete Matteo den Satz. Er lächelte verständnisvoll und klopfte Raphael kameradschaftlich auf die Schulter. „Geht in Ordnung.“

Seilbahn GmbH Kitzbühel, Besprechungsraum
Sonntag, 7. Januar, 12:30 Uhr

„Die Bergung ist abgeschlossen“, meldete Benjamin über Funk. „Die letzte Leiche wird soeben an die Behörden übergeben.“

Georg atmete auf. „Danke, Benjamin, für deinen unermüdlichen Einsatz. Wenn wir hier fertig sind, würde ich gern mit dir sprechen.“

„Einverstanden. Was ist mit Franz?“

„Mittlerweile sind drei Lawinensuchstaffeln im Einsatz. Aber es ist ein verdammt großes Gebiet. Sein Piepser war wohl nicht eingeschaltet, jedenfalls gibt es bis jetzt kein Lebenszeichen von ihm.“

Benjamin schwieg. Er wusste, was das bedeutete. Bei einem Lawinenunfall waren die ersten Minuten entscheidend. Je mehr Zeit verstrich, desto geringer wurden die Überlebenschancen. Nach drei Stunden gab es praktisch keine Hoffnung mehr.

„Du hattest übrigens recht, was Henrik angeht“, sagte Georg.

„Er ist es?“

„Ja. Henrik Lachmann.“

„Ich dachte, der sitzt noch die Haftstrafe seiner letzten Schlägerei ab?“

„Ist vor fünf Tagen auf Bewährung raus. Nun ja, viel hatte er nicht davon.“

Sie schwiegen einen Moment.

„Habt ihr die Rucksäcke mitgenommen?", erkundigte sich Bernhard.

„Ja", antwortete Benjamin. „Die befinden sich im Helikopter."

„Und Sebastians Waffe?"

„Trägt Anna bei sich. Aber ich glaube nicht, dass sie Sebastian gehört hat."

„Nein. Sie stammt aus Ilmars – also Martins – Rucksack. Es handelt sich um eine Schreckschusspistole."

Ein kurzes Rauschen in der Leitung. „Der Pilot fragt, ob wir ihn und den Helikopter noch brauchen", sagte Benjamin.

Georg und Bernhard wechselten einen Blick.

„Nein", erwiderte Georg. „Richte ihm liebe Grüße und meinen Dank aus. Ich lade ihn bei nächster Gelegenheit auf ein Bier ein."

Seilbahn GmbH Kitzbühel, Kantine

Sonntag, 7. Januar, 14:00 Uhr

„Michael hier", meldete sich der Anrufer. „Wir haben erste Ergebnisse."

„Lass hören", sagte Bernhard. Er betete voller Inbrunst, dass ihm der junge Gerichtsmediziner das bestätigen würde, wovon alle Beteiligten ausgingen.

„Die Profile stimmen überein. Der Schnelltest ergab einen Deckungsgrad von einhundert Prozent."

„Gott sei Dank", murmelte Bernhard und seufzte erleichtert.

„Man kann also mit nahezu absoluter Sicherheit davon ausgehen, dass es sich bei Bocconcelli um den Täter handelt."

„Ausgezeichnet. Bitte leite das an Mathias weiter. Er soll entscheiden, wie wir mit der Presse verfahren."

„Geht klar. Übrigens: Wir konnten unserem Mann einen weiteren Mordfall zuordnen. Eine Prostituierte aus Lyon, Frankreich, vor drei Jahren."

Bernhards Gedanken trübten sich. Er befürchtete, dass dies nicht das letzte Opfer war, das Rüdiger Bocconcelli auf dem Gewissen hatte. So sehr er sich freute, dass Anna den Mörder zur Strecke gebracht hatte, wäre es doch hilfreicher gewesen, wenn er überlebt hätte. So würden sie niemals genau sagen können, wie viele Frauen der Psychopath tatsächlich getötet hatte.

Allein, man musste das Positive sehen: Der Killer war tot, die Gefahr gebannt. Nach all den Jahren, in denen er unbehelligt vergewaltigt und gemeuchelt hatte, war er nur noch ein toter, kalter Körper, der langsam zu Erde zerfiel.

So muss es sein, dachte Bernhard lakonisch.

Seilbahn GmbH Kitzbühel, Eingangshalle

Sonntag, 7. Januar, 14:30 Uhr

Andreas war so energiegeladen wie schon lange nicht mehr. Die Lawine und ihre dramatische Flucht waren die letzten Bausteine, welche die vergangenen achtundvierzig Stunden zu einem vollendeten Mosaik formten. Seine Träume wirkten nicht länger wie düstere Nachtmahre, sondern wie wohlwollende Botschaften seines Unterbewusstseins. Zwar wusste er noch nicht, was das Mosaik bedeutete, aber er ahnte, dass er es bald erfahren würde. Einen wesentlichen Bestandteil kannte er bereits: Stefanie.

„Hätten Sie Lust, mit mir auf einen Kaffee zu gehen, bevor wir abreisen?"

Stefanie legte den Kopf schief. „Hast du gerade *Sie* zu mir gesagt?"

„Hoppla", murmelte Andreas und verzog das Gesicht zu einem entschuldigenden Grinsen. „Ist mir rausgerutscht."

Stefanie lächelte. „Gern. Wenn wir ein offenes Lokal finden."

„Sicher", betonte Andreas. „Und falls nicht, nehme ich dich mit nach Innsbruck, da gibt es Cafés en masse."

„So?" Stefanie runzelte die Stirn. „Ich war noch nie in Innsbruck."

„Dann wird es höchste Zeit! Du hast morgen nicht zufällig frei?"

„Zufällig schon." Stefanie lächelte. „Aber ich möchte meinen Bruder im Krankenhaus in Kufstein besuchen."

„Wie wär's, wenn wir gemeinsam hinfahren", schlug Andreas vor. „Und danach zeige ich dir Innsbruck."

*

Verdammt, dachte Stefanie und senkte den Blick. *Was ist aus meinem Vorsatz geworden, mich nicht mehr in die Abhängigkeit eines Mannes zu begeben?* Auf der anderen Seite war Andreas nicht mit Franz und Sebastian zu vergleichen; weder zeigte er überhöht dominante Züge noch war er unnachgiebig und schon gar nicht egozentrisch. Überdies fühlte sie eine solch tiefe Verbundenheit mit ihm, dass es die richtige Entscheidung sein musste, sich auf ihn einzulassen. Andreas war der Mann, mit dem sie zusammensein wollte. Mit ihm würde alles anders werden.

„Einverstanden", erwiderte Stefanie. „Fahren wir nach Innsbruck. Bleibt nur die Frage, wo ich übernachte."

„Wir finden schon was", meinte Andreas und bot ihr den Arm. Mit einem spitzbübischen Gesichtsausdruck fügte er hinzu: „Im schlimmsten Fall besitze ich eine Ausziehcouch."

„Für zwei Personen?"

„Ja. Wenn wir ein bisschen zusammenrutschen."

Sie grinsten beide.

Stefanie hängte sich bei Andreas ein und musterte sein Antlitz. „Habe ich dir schon gesagt, dass ich einen Vollbart sehr attraktiv finde?"

„Ehrlich?"

„Ja. Der hat so etwas … Wildes."

Andreas lachte laut auf. „Tja, ich bin eben ein Wilder. Wild wie das Wetter."

„So mag ich es", hauchte Stefanie und kuschelte sich eng an Andreas.

Kitzbühel, Altstadt

Sonntag, 7. Januar, 16:00 Uhr

„Das war's dann wohl", sagte Bernhard und rieb sich den Nacken. „Ende gut, alles gut. Den Rest können wir der Spurensicherung und den österreichischen Behörden überlassen."

„Machen wir das", erwiderte Anna. „Darf ich fragen, wie es dir mit deiner Tochter ergangen ist?"

„Ausgezeichnet. Sie hat mich zu ihrer Hochzeit eingeladen."

„Ich dachte, sie ist schon mit Raphael verheiratet?"

„Nicht wirklich. Ilmar hat sie in der Kabine getraut. Aber er war ja kein richtiger Priester."

„Na dann." Anna schmunzelte. „Vor dem Gesetz zählt ohnehin nur die standesamtliche Hochzeit."

Sie vollführte einen koketten Hüftschwung, der Bernhard dazu veranlasste, seinen Blick auf die attraktiven Rundungen seiner Partnerin zu richten.

„Wie wäre es, wenn wir noch eine Nacht in Kitzbühel verbringen?", fragte sie.

„Meinetwegen", erwiderte er. „Unter einer Bedingung."

Anna legte den Kopf schräg und musterte ihn abschätzend.

Benjamin spitzte die Lippen. „Wir nehmen uns ein anderes Hotel. Und zwar eines mit härteren Matratzen."

Oberösterreich, A1, zwischen Mondsee und Attersee
Sonntag, 7. Januar, 16:45 Uhr

„Ich muss aufs Klo", sagte Samantha. Ihre Stimme war selbst über das bedrückte Schweigen im Fahrzeug kaum zu vernehmen.

Ferdinand wandte den Kopf. Samantha saß neben ihren Brüdern auf der Rückbank, klein und blass, die Hände in ihrem Schoß verschränkt. Er blickte ihr direkt in die Augen. Doris' Augen.

Hastig drehte sich Ferdinand um und konzentrierte sich auf den Straßenverkehr. Er wollte nicht, dass seine Kinder die Tränen in seinen Augen sahen. Noch vor wenigen Stunden hätte er sich ein Leben ohne Doris sehr gut vorstellen können. Ja, er hätte sogar gedacht, Gefallen daran zu finden. Aber dem war nicht so.

„Ich halte am nächsten Parkplatz“, sagte er. „Ist das okay?“

„Ja.“ Samantha schwieg einen Moment. „Papa?“

„Was ist, mein Schatz?“

„Warum hat der Mann Mama totgemacht?“

Ferdinand umklammerte das Lenkrad wie einen Schraubstock. *Nimm dich zusammen, deine Kinder brauchen dich!*

„Es war ein … böser Mann“, erwiderte er. „Ein Mann, dem es Spaß gemacht hat, Frauen zu töten.“

„Aber warum? Warum war er so böse?“

„Weil er keine liebevolle Mama hatte. Keine Mama so wie Doris.“

„Papa?“

„Ja?“

„Ich vermisse sie.“

Eine bleierne Schwere senkte sich auf Ferdinands Herz. Er wünschte sich inbrünstig, dass er gestern nicht im Streit mit Doris auseinandergegangen wäre. Dass er ihr gesagt hätte, was für eine fantastische Mutter sie war; und was für eine wunderbare Frau.

„Ich auch, mein Schatz. Ich vermisse sie auch.“

Krankenhaus Kufstein, Unfallchirurgie
Sonntag, 7. Januar, 17:00 Uhr

„Das ist ja schrecklich“, murmelte Natascha, als Benjamin mit seinem Bericht geendet hatte. „Ein gesuchter Mörder in der Seilbahn … entsetzlich.“

„Ja“, bestätigte Benjamin. „Aber es hätte viel schlimmer kommen können. Stell dir vor, der Mann wäre unerkannt entkommen. Laut Polizei gehen mehr als ein Dutzend Morde auf sein Konto."

Natascha schüttelte wieder und wieder den Kopf. „Unfassbar. Und das in Kitzbühel."

Benjamin ließ sich neben Natascha am Bett nieder. Er warf einen flüchtigen Blick zur Tür. Als er weder einen Arzt noch Pflegepersonal entdeckte, schlüpfte er kurzerhand aus seinen Schuhen und legte sich neben Natascha. Sie kommentierte sein Verhalten mit einem verschmitzten Lächeln.

„Was hast du vor, mein Prinz? Willst du mich aus meinem hundertjährigen Schlaf küssen? Da kommst du etwas zu spät."

„Ähm." Benjamin war für einen Moment sprachlos. Dann aber bahnte sich eine lang verdrängte Empfindung den Weg in sein Herz, fegte durch seine Adern und entfachte eine nie gekannte Leidenschaft.

Benjamin beugte sich über Natascha und küsste sie. Ihre Lippen fühlten sich unglaublich gut an, warm, weich und lebendig. Und sie schmeckte genau so, wie er es sich vorgestellt hatte. Süß und fruchtig. Verführerisch.

Natascha erwiderte seinen Akt der Zärtlichkeit mit der gleichen bedingungslosen Hingabe, dem gleichen überschäumenden Verlangen. Für einen Moment gab es nur noch sie beide. Keine Umgebung, keine irdische Existenz. Sie schwebten durch ein Meer vollendeter Glückseligkeit, einen Ozean der wahr gewordenen Träume und Hoffnungen. Es war der Himmel auf Erden.

Der Augenblick dehnte sich in die Ewigkeit. *Jetzt oder nie!*

„Willst du mich heiraten?"

Benjamins Stimme war rau und brüchig, als käme er aus einer tiefen, von Kohlenstaub erfüllten Mine. Er blickte in Nataschas unendlich faszinierende, blaugrün leuchtende Augen und dachte, dass er alles dafür geben würde, damit sie ein Leben an seiner Seite wählte.

Nataschas Lippen waren rot und feucht von ihrem intensiven Kuss. Gedankenverloren fuhr sie mit der Zunge über ihre Unterlippe, senkte die Lider. Als sich ihre Augen erneut öffneten, las Benjamin ihre Antwort darin.

„Ja", flüsterte Natascha, und das erste Mal seit Jahren war sie sich in ihrer Entscheidung absolut sicher. „Ich will."

München, Untergiesing-Harlaching

Montag, 8. Januar, 10:00 Uhr

„Welcome back", sagte Raphael und stieß die Tür ihrer Wohnung auf. Ehe Sonja protestieren konnte, hob er sie auf den Arm, trug sie zum Bett und legte sie behutsam auf die Kissen.

„Du solltest die Tür schließen, bevor wie weitermachen", flüsterte sie.

„Ach wo", entgegnete er. „Unsere Nachbarn sind im Urlaub. Wer soll uns stören?"

Sie gab ihm einen spielerischen Klaps auf die Brust. „Stören vielleicht nicht, aber hören!"

Raphael grinste. „Wer wird denn so kleinlich sein?"

„Komm schon", erwiderte sie mit einem Lächeln. „Dafür stehe ich dir nachher für alle Schandtaten zur Verfügung."

„Oho!", rief Raphael, sprang aus dem Bett und schloss die Eingangstür.

Als er ins Schlafzimmer zurückkehrte, warf ihm Sonja einen nachdenklichen Blick zu. „Weißt du, was ich mich frage?", sagte sie.

„Nein, was denn?"

„Ob wir die anderen Passagiere zu unserer Hochzeit einladen sollen."

Raphael überlegte. „Ja, das finde ich eine gute Idee. Wir haben dieses Abenteuer schließlich gemeinsam überstanden. Und besonders Emma ist mir ans Herz gewachsen."

„Du Schürzenjäger, du!", lachte Sonja und warf einen Polster nach ihm.

Kanada, Québec, Percé

Montag, 8. Januar, 07:30 Uhr Lokalzeit

Henry Duvall starrte auf das Meer hinaus. Vom Wind verwehte Schneeflocken tanzten um sein zerfurchtes Gesicht, wirbelten um seinen Körper, als wären sie übermütige Seegeister. Der erste Schimmer des anbrechenden Morgens warf einen kühlen Schatten auf Henrys gebeugte Gestalt. Seine langen dunklen Haare flatterten im Wind.

Es war noch nicht vorbei.

Henry spürte es in seinen Knochen, seinen Fingern und Zehen. Außerdem versprach es das Meer. Der Sankt-Lorenz-Golf zeigte eine neue Facette seiner unendlichen Vielfalt. Ein Mosaik aus blass- und dunkelblauen, aus schmutzig gelben und leicht grünlich schimmernden Kreisen. Dazu ein tiefes Raunen, als würden sämtliche Geistwesen aus Luft, Wasser und Land über die Zukunft der Menschheit debattieren. Es roch nach

Ende und Neubeginn. Henry wandte sich dem Rocher Percé zu. Der gigantische Felsen stand regungslos in der Brandung, umhüllt von umherirrenden Nebelfetzen. Ein Leuchten ging von ihm aus, als brenne in ihm ein überirdisches Feuer.

Der Orkan am Wochenende hatte in Europa Dutzende Tote gefordert. Dennoch war das erst der Anfang. Was sich momentan in der Atmosphäre, aber auch an Land und im Meer zusammenbraute, würde alles Bisherige in den Schatten stellen. Vielleicht war es wieder ein Sturm. Vielleicht aber etwas gänzlich anderes. Eine Folge von Elementarereignissen, welche die herrschende Gesellschaftsordnung der Menschen in ihren Grundfesten erschüttern würde.

Henry fröstelte. Es gab Dinge, die sollte niemand erfahren. Dinge, die erst ans Tageslicht treten durften, wenn es zu spät war.

Ende und Neubeginn.

Italien, Südtirol, Schlanders
Montag, 8. Januar, 13:00 Uhr

Emma seufzte erleichtert, als sich die Eingangstür des Hauses hinter ihnen schloss. Das erste Mal seit drei Tagen hatte sie das Gefühl, sicher und behütet zu sein. Fern vom Terror des tobenden Sturms, fern der menschlichen Gewalt, fern von Angst und Tod.

Sie warf ihre Jacke in die Ecke, streifte sich die Schuhe ab und marschierte ins Wohnzimmer. Das Sofa lag derart verlockend vor ihr, dass sie sich ohne zu zögern darauf fallen ließ und wie eine Katze schnurrend zusammenrollte. Sie wollte nicht denken, sich nicht erinnern;

schon gar nicht daran, wie sie ihre Menschenkenntnis getrogen hatte.

Es blieb bei dem Wunsch. Ihre Gedanken wirbelten umher wie die Luftmassen in einem himmelhohen Tornado.

Irgendwann fiel ihr die Stille auf. Sie rollte sich auf die andere Seite und erschrak. Matteo stand direkt vor ihr und blickte auf sie herab. Sie hatte ihn nicht kommen gehört.

Emma versuchte ein Lächeln. „Matteo", sagte sie. „Ich glaube, ich habe mich noch nicht …"

Seine Hand schnellte vor. Emma fühlte einen Stich an ihrem Hals, war aber viel zu verblüfft, um zu reagieren. Als sich ein heftiges Brennen in ihrem Körper ausbreitete, schlug sie um sich. Mit sanfter Gewalt drückte sie Matteo in die Sitzkissen zurück.

„Ruhig", flüsterte er. „Es ist gleich vorbei."

Nach kaum einer Minute verblasste der Schmerz, ein angenehmes Gefühl von Ruhe und Leichtigkeit ergriff Emmas Geist.

Er hat dich vergiftet!, schoss es ihr durch den Kopf. Doch die Empfindungen von Angst und Panik, auf die sie wartete, blieben aus. Alles war … gut?

„So", sagte Matteo und hockte sich neben seine Frau. „Ich habe dir ein starkes Anästhetikum gegeben. Nur zur Sicherheit." Seine Stimme war freundlich, gütig und warmherzig. Etwas stimmte nicht mit ihr.

Matteos Mimik zerfloss wie ein Wachsportrait in der Wüstenhitze. Sein bekanntes Gesicht verschwand. All das, was Emma seit Jahrzehnten zu kennen geglaubt hatte, löste sich auf, verwandelte sich in etwas anderes, Böses. Ein Lächeln lag jetzt auf Matteos Zügen. Das Lächeln des Mörders. Rüdigers Lächeln.

„Wo fange ich an?", sinnierte Matteo und lehnte sich zurück. „Eigentlich mag ich keine langen Geschichten. Erklärungen schon gar nicht. Ja, ich weiß, du glaubst mir nicht. Jahrelang habe ich dir vermittelt, ein sarkastischer Besserwisser zu sein. Ich denke, ich habe meine Rolle ziemlich überzeugend gespielt." Er lachte leise.

Emma öffnete den Mund. Sie wollte etwas erwidern, musste aber feststellen, dass ihre Stimmbänder versagten.

Matteo nickte wissend. „Ja, meine Liebe. Ich fürchte, auf das Sprechen musst du verzichten. Aber ich glaube, ich werde all deine Fragen beantworten können. Und wenn nicht, spielt das auch keine Rolle." Wieder dieses Grinsen. Überlegen, selbstbewusst, ohne jede Gefühlsregung.

„Rüdiger und ich waren Brüder. Zwillingsbrüder, um genau zu sein; ganz exakt: eineiige Zwillinge. Das heißt, wir teilen dasselbe Erbgut, besitzen dieselbe DNA. Womöglich war das der Grund, weshalb wir ähnliche ...Neigungen besaßen. Vielleicht lag es aber auch an unseren Eltern. Waren ihrer Zeit weit voraus, haben schon in der Nachkriegszeit mit Drogen experimentiert, an Orgien teilgenommen und immer nach Extremen gesucht. Als Rüdiger und ich sechzehn waren, sind sie bei einer Expedition in Afrika ums Leben gekommen. Das war wie ein Wink des Schicksals. Wir hatten bereits davor erkannt, dass sich unsere sexuelle Lust an der Qual und den Schmerzen von Frauen labte. In den kommenden Jahren haben wir deshalb eine Strategie entwickelt, um unsere Gelüste gefahrlos ausleben zu können. Es begann mit dem Verschleiern unserer Herkunft, führte zur Fälschung von Dokumenten und gipfelte in einer Reihe von operativen Eingriffen, mit deren Hilfe wir unser Aussehen veränderten. Eingriffe, die wir an uns gegenseitig durchführten."

Matteo starrte gedankenverloren aus dem Fenster.

„Die Morde waren stets gut durchgeplant. Ein passendes Opfer finden, Näheres über die Person in Erfahrung bringen, einen geeigneten Ort auswählen. Mitunter zog sich das über Monate. Irgendwann haben wir dann zugeschlagen, einzeln oder zu zweit. Ich würde ganz bescheiden behaupten, dass ich der raffiniertere Geist war. Rüdiger hatte dafür die spannenderen Ideen. Beispielsweise Sex am Krater eines Vulkans, wobei das Mädchen von einem heißen Dampfaustritt gegart wurde. Danach war die Leiche praktikabel im Schlund des Kraters zu entsorgen. Sehr aufregend, kann ich nur sagen.

Weitere Details erspare ich dir. Also nur so viel: In letzter Zeit ist Rüdiger immer unberechenbarer geworden. Er ist auf eigene Faust losgezogen, hat beständig höhere Risiken auf sich genommen. Beispielsweise verzichtete er auf einen Wechsel seiner Identität und stellte keine Bewegungsmelder mehr auf, wenn es zur Sache ging. Ich habe ihn gewarnt, aber er wollte nicht hören. Ich schätze, dass ihm bereits vor mehr als einem Jahr ein grober Fehler unterlaufen ist, wodurch Martin seine Fährte verfolgen konnte. Die Münchner Studentin ist ihm endgültig zum Verhängnis geworden. Raffiniertes Biest. Trotzdem bemerkenswert, dass die Kriminalisten Rüdigers Spur so rasch aufgenommen haben. Und ein unglücklicher Zufall, dass wir alle zusammen in der Kabine festgesessen sind. Ich hätte angenommen, dass meine Anwesenheit eine Eskalation verhindern würde. Tja, da habe ich mich wohl getäuscht. Nicht einmal mein brüderlich sanfter Hieb auf den Kopf konnte ihn zur Vernunft bringen. Schade, aber damit war ihm nicht mehr zu helfen."

Emmas Blick trübte sich zusehends. Sie konnte Matteos Gesichtszüge nicht mehr klar erkennen. Doch selbst das beunruhigte sie nicht.

„Nun denn.“ Matteo lächelte wieder. „Eigentlich wollte ich nicht so lange plaudern. Vielleicht bin ich ja doch ein Schwätzer.“ Er erhob sich, trat einen Schritt zurück und blickte auf seine bewegungslose Frau herab.

„Ich werde dich töten“, sagte er so sachlich, als beurteilte er die Hausaufgaben eines Schülers. „Schnell und schmerzlos. Aber glaub nicht, dass dies ein Akt von Zuneigung oder ein Entgegenkommen meinerseits ist; es ist schlicht einfacher. Außerdem hege ich schon lange kein sexuelles Interesse mehr an dir. Deine Leiche wird nicht gefunden werden. Die offizielle Version wird lauten, dass du während einer Bergwanderung verschollen bist. Bis man mich zur Rede stellen kann, bin ich längst in meinem Domizil in Argentinien untergetaucht. Davor habe ich allerdings noch etwas zu erledigen. Genauer gesagt, sieben.“

Matteo grinste breit.

„Ich bin es Rüdiger schuldig, seinen Tod entsprechend zu würdigen. Keiner der Passagiere, der mit uns in Kabine vierzehn gesessen ist, wird überleben. Und für die junge Polizeibeamtin habe ich mir etwas ganz Besonderes einfallen lassen.“

Matteo trat ans Fenster und blickte nach draußen.

„Wie auch immer. Bis Ende der Woche will ich außer Landes sein. Sie haben mal wieder Sturm vorhergesagt. Noch einmal möchte ich mir vom Wettergott keinen Strich durch die Rechnung machen lassen. Also dann, auf geht's!“

Matteo begann *Summer dreaming* von Kate Yanai zu pfeifen, warf sich Emmas stummen und reglosen Körper über die Schulter und marschierte in Richtung Garage. Der Tag war noch jung und es gab eine Menge zu tun.

Danksagung
Dieses Werk wäre ohne die Unterstützung zahlreicher Personen kaum denkbar gewesen.
An erster Stelle möchte ich Sandra Almstädter für die Hilfe und den Rückhalt in allen Lebenslagen danken;
meinen Eltern und Geschwistern, Karin, Martin, Elena und Wendelin, für die aufbauenden Worte und das ehrliche Feedback;
meiner Großmutter Eva, ohne die diese Idee nie geboren worden wäre;
meinem Opa Norbert und Margot für die Begeisterung und Fürsorge;
Ekkehard Assmann von der Firma Doppelmayr, für seine konstruktiven, fachlichen Rückmeldungen;
Veronika Stix, die dafür gesorgt hat, dass ich mein Ziel nicht aus den Augen verliere;
und einigen mehr.
Einen Traum träumt man allein – aber um ihn Realität werden zu lassen, benötigt man die Unterstützung anderer.
Danke!